独秀学术文库

# 邺下风流与竹林风度

## 曹魏社会与文学

胡大雷／著

社会科学文献出版社
SOCIAL SCIENCES ACADEMIC PRESS (CHINA)

"广西一流学科·中国语言文学"经费资助成果
"广西高校人文社科重点研究基地·桂学研究院"经费资助成果

# 目 录
Contents

第一章　曹魏"尚实"政风与文体学 …………………………… 001

第二章　文学新动力与建安诗歌兴盛 …………………………… 014

第三章　邺下文学集团论 ………………………………………… 025

第四章　论曹魏时代对诗歌本质的全面把握 …………………… 045

第五章　曹魏军事战争诗作论 …………………………………… 061

第六章　曹魏几大诗作系列
　　　　——边地、英雄、闺怨、从军、长城 ………………… 085

第七章　曹丕与文体学 …………………………………………… 107

第八章　《文质论》《人物志》《世要论》文体论 …………… 121

第九章　曹丕、曹植论批评家 …………………………………… 138

第十章　建安诗人对乐府民歌的改制与曹植的贡献 …………… 147

第十一章　何晏：玄言诗之辩 …………………………………… 158

第十二章　应璩《百一诗》与形名学 …………………………… 167

第十三章　阮籍诗风与玄学思想方法 …………………………… 184

第十四章　嵇康四言诗的清峻玄远与自然景物 ………………… 198

第十五章　论"竹林七贤"的文化精神 …………………………… 210

第十六章　"竹林七贤"盛名之兴起 ………………………………… 239

第十七章　"竹林七贤"在南朝的品格定位 ………………………… 257

第十八章　"竹林七贤"与玄学艺术化 ……………………………… 269

第十九章　"竹林七贤"家风与"各有俊才子" …………………… 283

结语　寻找失去的世界
　　——三国时代文学的一种特殊现象 …………………………… 299

后记　本书篇章来源说明 ………………………………………………… 312

# 第一章　曹魏"尚实"政风与文体学

## 一　曹魏政风与政权运行

汉末逐名，尤其是东汉末年时，承袭先秦的游学风气，儒生时常奔走于各地，结交名士，抬高自己的名声，以博得做官的资格，"冠族子弟，结党权门，交援求售，竞相尚爵号"①。东汉后期又有品评人物的清议，这种对人物的评论可左右乡间舆论，影响士大夫的仕途；而其弊病就是士大夫以此沽名钓誉，"饰伪以邀誉，钓奇以惊俗"②，所谓"激扬名声，互相题拂，品核公卿，裁量执政，婞直之风，于斯行矣"③，即有互相标榜之义。但这些风气随着汉末大动乱的到来遭到沉重的打击，各方统治者为了现实政权运行的需求，贬斥浮华、崇尚实际，重在任用各种具有实际才能者，此又以曹操为著。《抱朴子·自叙》称：

> 汉末俗弊，朋党分部，许子将之徒，以口舌取戒，争讼论议，门宗成仇，故汝南人士无复定价，而有月旦之评。魏武帝深亦疾之，欲取其首，尔乃奔波亡走，殆至屠灭。④

到曹操掌握政权，其政权运行具"尚实"之风，不专宗某家而崇尚实用理性精神，只要为自己所用，无论什么思想都可以采取并实行，无论什

---

① 阙名：《中论序》，见郁沅、张明高《魏晋南北朝文论选》，人民文学出版社，1996，第57页。
② 《资治通鉴》卷五十一。
③ 《后汉书·党锢列传》，中华书局，1965，第2185页。
④ （晋）葛洪：《抱朴子》，诸子百家丛书，上海古籍出版社，1990，第333页下。

么样的人物都可以选拔任命。曹操强调任用人才以实际情况不以虚名，这从当时的许多政令可以看出，其《求贤令》曰：

> 若必廉士而后可用，则齐桓其何以霸世！今天下得无有被褐怀玉而钓于渭滨者？又得无有盗嫂受金而未遇无知者乎？二三子其佐我明扬仄陋，唯才是举，吾得而用之。①

其《敕有司取士毋废偏短令》则称"夫有行之士，未必能进取；进取之士，未必能有行也"；得出"士有偏短，庸可废乎"的结论②。《举贤毋拘品行令》称，要任用"负污辱之名，见笑之行，或不仁不孝而有治国用兵之术"的人才；③《论吏士行能令》称"未闻无能之人、不斗之士，并受禄赏，而可以立功兴国者也。故明君不官无功之臣，不赏不战之士"④。还有许多严厉扫除浮华之风、崇尚实用的政令，如《整齐风俗令》《禁复仇厚葬令》等。到曹操的孙子明帝曹叡掌权，"尚实"风气尚存，如太和四年（230）就曾下诏称"其浮华不务道本者，皆罢退之"⑤，对当时"咸有声名，进趣于时"的何晏、邓飏、李胜、丁谧、毕轨诸人，"以其浮华，皆抑黜之"⑥。

从政权的运行来说，也是以"尚实"为行动标准，如曹操的处死孔融，其《宣示孔融罪令状》：

> 太中大夫孔融既伏其罪矣，然世人多采其虚名，少于核实，见融浮艳，好作变异，眩其诳诈，不复察其乱俗也。⑦

"虚名""浮艳"成为治罪的口实。又，当时孔融与祢衡更相赞扬，祢

---

① 《曹操集》，中华书局，1959，第41页。
② 《曹操集》，第46页。
③ 《曹操集》，第49页。
④ 《曹操集》，第32页。
⑤ 《三国志》，中华书局，1982，第97页。
⑥ 《三国志·魏书·曹爽传》，中华书局，1982，第283页。
⑦ 《曹操集》，第39页。

衡谓孔融曰:"仲尼不死。"孔融答曰:"颜回复生。"① 对待孔融的忘年交祢衡,曹操也以同样的罪名实施打压,最终祢衡也被赶走。对待自己的儿子,曹操也有同样的心态,《世语》曰:

> 魏王尝出征,世子及临菑侯植并送路侧。植称述功德,发言有章,左右属目,王亦悦焉。世子怅然自失,吴质耳曰:"王当行,流涕可也。"及辞,世子泣而拜,王及左右咸歔欷,于是皆以植辞多华,而诚心不及也。②

这一小小的例子,就也可以看到"尚实"之风的影子,这对当时的太子之争是有影响的。到了曹丕的儿子曹叡时期,曹植仍受到压制,不能不说是因为自身的习气与时代崇尚不合,如文学史研究者就称曹植的表文作品"在文学欣赏方面却价值极高",但"在政治实用上甚为拙劣"③。

## 二 "文质之辨"的论证

曹魏时期的"尚实"政风,又曾有哲学层面的论证予以支撑,这就是当时的"文质之辨"。《尚书大传》所说"王者一质一文,据天地之道"④,"文质"本属于"道"的范畴,"尚实"政风由此学术论证、哲学论证而更加深入人心,笼罩社会。

时"建安七子"的阮瑀、应玚都有《文质论》⑤,阮瑀重质轻文,应玚重文轻质,都是一种学术的、哲学的论证。阮瑀论"质"曰:

> 盖闻日月丽天,可瞻而难附,群物著地,可见而易制,夫远不可识,文之观也,近而得察,质之用也,文虚质实,远疏近密。

---

① 《后汉书·孔融传》,中华书局,1965,第 2278 页。
② 《三国志·魏书·王卫二刘传》注引,中华书局,1982,第 609 页。
③ 徐公持:《魏晋文学史》,人民文学出版社,1999,第 87 页。
④ (汉) 班固:《白虎通·三正》引,(清) 陈立撰、吴则虞点校《白虎通疏证》,中华书局,1994,第 368 页。
⑤ (唐) 欧阳询:《艺文类聚》,上海古籍出版社,1982,第 411~412 页。下同。

是从自然界的实用方面论证"质之用"的。而应场论"文"曰：

> 盖皇穹肇载，阴阳初分，日月运其光，列宿曜其文，百谷丽於土，芳华茂于春。是以圣人合德天地，禀气淳灵，仰观象于玄表，俯察式于群形，穷神知化，万国是经。故否泰易趋，道无攸一，二政代序，有文有质。若乃陶唐建国，成周革命，九官咸义，济济休令。火、龙、黼、黻，晔皣于廊庙，衮、冕、旂、旒，焉奕乎朝廷。冠德百王，莫参其政，是以仲尼叹焕乎之文，从郁郁之盛也。

这也更从政教的实用方面论证"焕乎之文"的"郁郁之盛"的。

虽然两人的《文质论》又都是从人才与治国方面讲"文质"的，并非专论文学；但都是用言辞的质朴、华丽来打比方；而我们知道，语言文字作品经过一个从"口出以为言"到"笔书以为文"的过程①，那么，用言辞的质朴、华丽来论"文质"，必定涉及文论。因此，"文质"之辨后来被应用到文体批评领域，也是自然而然的，如刘勰《文心雕龙·时序》论文学与时代的关系，称"时运交移，质文代变""质文沿时"，其《通变》称语言风格，"黄歌《断竹》，质之至也；唐歌《在昔》，则广于黄世；虞歌《卿云》，则文于唐时"云云，应该"斟酌乎质文之间"。所以，其《序志》论及"近代之论文者"提到"应场《文论》"②，即指应场《文质论》，把它视为文论著述。而阮瑀、应场的论"文质"，可说是从现实生活方面为文学的"文质"所设的规范。

阮瑀《文质论》中既称"言多方者，中难处也"，又称"少言辞者，政不烦也"，"安刘氏者周勃，正嫡位者周勃，大臣木强，不至华言"，也就是从是否能够办成实事方面论证"质"重于"文"。阮瑀又云"孝文上林苑欲拜啬夫，释之前谏，意崇敦朴"，说到汉代抑压能说会道者的一件史事，《史记·张释之传》载：汉文帝视察上林苑，"问上林尉诸禽兽簿，十余问，尉左右视，尽不能对"。而"虎圈啬夫从旁代尉对上所问禽兽簿甚悉"，非

---

① （汉）王充：《论衡》，上海人民出版社，1974，第420页。
② （南朝梁）刘勰撰、詹锳义证《文心雕龙义证》，上海古籍出版社，1989，第1653、1084、1915页。

常乐意表现"其能口对响应无穷"。于是文帝说,吏不应该就是这样吗?那个尉太差了。"乃诏释之拜啬夫为上林令"。这时候张释之有所进谏,他说:

> 夫绛侯、东阳侯称为长者,此两人言事曾不能出口,岂斅此啬夫谍谍利口捷给哉!且秦以任刀笔之吏,吏争以亟疾苛察相高,然其敝徒文具耳,无恻隐之实。以故不闻其过,陵迟而至于二世,天下土崩。今陛下以啬夫口辩而超迁之,臣恐天下随风靡靡,争为口辩而无其实。且下之化上疾于景响,举错不可不审也。①

于是文帝不拜啬夫。这是对"谍谍利口捷""争为口辩"的批判,所谓"徒文具耳,无恻隐之实",是从"实"着眼来讨论吏的才华的。

应场《文质论》以"且少言辞者,孟僖所以不能答郊劳也"与"夫谏则无义以陈,问则服汗沾濡,岂若陈平敏对,叔孙据书,言辨国典,辞定皇居",于是称"然后知质者之不足,文者之有馀"。他先说"少言辞者"办不成事,又称"敏对""据书""言辨""辞定"之类的"文"才能成事,也是从能否办成实事来论证"文质"的。

阮瑀、应场的《文质论》,无论正方、反方都"尚实",而如此高于文学一层的"文质""尚实"的论证,也为日后文体风格的"文质"的论证打下基础。

### 三 作家品评的"尚实"促进文体论的发展

在"尚实"政风、世风之下,作家品评如何"尚实"的问题也提出来了。曹植《与杨德祖书》中的一段话很能代表评论家的心理:

> 以孔璋之才,不闲于辞赋,而多自谓能与司马长卿同风。譬画虎不成,反为狗也。前书嘲之,反作论盛道仆赞其文。夫钟期不失听,于今称之。吾亦不能妄叹者,畏后世之嗤余也。②

---

① 《史记》,中华书局,1982,第 2752 页。
② (南朝梁)萧统撰、(唐)李善注《文选》,中华书局,1977,第 593~594 页。下同。

评论失实，是要遭到后世嗤笑的啊！曹丕《典论·论文》①则对作家评论如何"尚实"的问题全面做出论述。

首先，曹丕认为作家之间是不能互相评论的，古来如此，其曰：

> 文人相轻，自古而然。傅毅之于班固，伯仲之间耳，而固小之，与弟超书曰：武仲以能属文，为兰台令史，下笔不能自休。

"文人相轻"，怎么可以互相评论呢？弊病就在于非常容易失实。曹丕又指出"文人相轻"的现实情况：

> 今之文人，鲁国孔融文举，广陵陈琳孔璋，山阳王粲仲宣，北海徐幹伟长，陈留阮瑀元瑜，汝南应玚德琏，东平刘桢公幹，斯七子者，于学无所遗，于辞无所假，咸以自骋骥䮧于千里，仰齐足而并驰，以此相服，亦良难矣。

"难"就难在这些人是以文学创作者的身份来从事文学评论的，他们在文学评论时往往要处于一种既要评论他人的作品，又要评论自己的作品的境地。但曹丕也是作家，他怎么就能评论同时代的作家呢？曹丕提出"盖君子审己以度人，故能免于斯累而作《论文》"，所谓"审己"，即仔细查核自己的能力与慎重审察的自己的作品，希望以之"免于斯累"。于是我们看到曹丕在《典论·论文》《与吴质书》等评论文字中，非常潇洒地舍弃了自己的作品，不把自己的作品与他人做比较。

对于"文人相轻"而产生的文学评论失实的现象，曹丕分析原因说：

> 夫人善于自见，而文非一体，鲜能备善，是以各以所长，相轻所短。里语曰：家有弊帚，享之千金。斯不自见之患也。

这也就是下文所说的"又患闇于自见，谓己为贤"，弊病就出在各

---

① （南朝梁）萧统撰、（唐）李善注《文选》，中华书局，1977，第720~721页。下同。

自用擅长的文体的作品与对方不擅长的文体的作品来做比较。那怎么办呢？合乎逻辑的作法就是分文体评论，于是就有曹丕以下的对建安七子的评论：

> 王粲长于辞赋，徐幹时有齐气，然粲之匹也。如粲之《初征》《登楼》《槐赋》《征思》，幹之《玄猿》《漏卮》《圆扇》《橘赋》，虽张蔡不过也。然于他文，未能称是。琳瑀之章、表、书、记，今之隽也。应玚和而不壮，刘桢壮而不密。孔融体气高妙，有过人者，然不能持论，理不胜词，以至乎杂以嘲戏，及其所善，杨班俦也。

曹丕的评论实践也是如此，王粲、徐幹二人与张衡、蔡邕的比较，集中在赋作。"然于他文，未能称是"以及称孔融"不能持论，理不胜词"，则更突出分文体相比较的意味。其《典论》中还有同文体比较的例子，如：

> 或问屈原、相如之赋孰愈。曰："优游案衍，屈原之尚也；浮沉漂淫，穷侈极妙，相如之长也。然原据托譬喻，其意周旋，绰有余度矣。长卿、子云，意未能及已。"①

都是对赋这同一文体的比较。其《与吴质书》称"孔璋章表殊健，微为繁富。公幹有逸气，但未遒耳。其五言诗之善者，妙绝时人。元瑜书记翩翩，致足乐也。仲宣续自善于辞赋"②，也都是分文体的作家评论。

那么，提出各种文体的规范性风格，也自然是题中之义，所谓：

> 夫文本同而末异。盖奏议宜雅，书论宜理，铭诔尚实，诗赋欲丽。

这就是曹丕《典论·论文》提出文体论的背景。而接下来说"此四科

---

① （唐）虞世南：《北堂书钞》，中国书店，1989，第380页下。
② （南朝梁）萧统撰、（唐）李善注《文选》，中华书局，1977，第591页。

不同，故能之者偏也，唯通才能备其体"，又回应前文所说的"文非一体，鲜能备善"，强调不能"各以所长，相轻所短"。这也就是解决作家评论失实的办法：从文体论的角度，同一文体进行比较。

从当时文体撰作的实际来看，刘勰《文心雕龙·章表》称"魏初表章，指事造实，求其靡丽，则未足美矣"①。也是"尚实"的。曹植《与杨德祖书》也谈到怎样"尚实"：

> 世人之著述，不能无病。仆常好人讥弹其文，有不善者，应时改定。昔丁敬礼常作小文，使仆润饰之。仆自以才不过若人，辞不为也。敬礼谓仆："卿何所疑难，文之佳恶，吾自得之，后世谁相知定吾文者邪？"吾常叹此达言，以为美谈。

不务虚名，不怕丢面子而虚心接受他人的意见，实际上是撰作者的文章有了长进、得到了好处。

### 四 文体论强调"尚实"为写作原则

曹丕《典论·论文》提出"铭诔尚实"，就是强调文体写作的"尚实"。曹丕在其他地方还有如此论述，如卞兰献赋赞述太子德美，曹丕回复说：

> 赋者，言事类之所附也。颂者，美盛德之形容也。故作者不虚其辞，受者必当其实，（卞）兰此赋，岂吾实哉？昔吾丘寿王一陈宝鼎，何武等徒以歌颂，犹受金帛之赐。（卞）兰事虽不谅，义足嘉也。今赐牛一头。②

曹丕称文体写作的"尚实"有作者读者两方面，所谓"作者不虚其辞，受者必当其实"；又称确有"徒以歌颂"的情况，因此这里是有的放矢。

---

① （南朝梁）刘勰撰、詹锳义证《文心雕龙义证》，上海古籍出版社，1989，第832页。
② 《三国志·魏书·卞皇后传》注引《魏略》，中华书局，1982，第158页。

又，曹丕尝云：

> 上西征，余守谯，繁钦从。时薛访车子能喉啭，与笳同音，钦笺还与余而盛叹之。虽过其实，而其文甚丽。①

"虽过其实，而其文甚丽"显示出求"实"的倾向。

曹魏时的文体论，除曹丕外，以桓范《世要论》为著。桓范，字元则，延康年间，"以有文学，与王象典集《皇览》"，"尝抄撮《汉书》中诸杂事，自以意斟酌之，名曰《世要论》"②。《世要论》中的文体论有《序作》《赞象》《铭诔》三篇③，世人多称其文体论是对曹丕《典论·论文》的继承。但值得注意的是，桓范的文论体更强调文体撰作的"尚实"。

《赞像》是对"赞像"文体的论述。赞，赞美，称颂。赞像，即对人物画像的赞辞。汉宫廷中盛行画像，如"甘露三年（前50），单于始入朝。上思股肱之美，乃图画其人于麒麟阁，法其形貌，署其官爵、姓名"，"皆有功德，是以表而扬之"④。东汉还有制度，规定在郡府听事壁上图画主管官员的画像，附以赞语，并注明其任职期间的功过得失，汉末应劭《汉官》即载：

> 郡府听事壁诸尹画赞，肇自建武（光武帝），迄于阳嘉（顺帝），注其清浊进退，所谓不隐过，不虚誉，甚得述事之实。⑤

灵帝时阳球"奏罢鸿都文学"，曰：

> 臣闻图象之设，以昭劝戒，欲令人君动鉴得失。未闻竖子小人，诈作文颂，而可妄窃天官，垂象图素者也。⑥

---

① （魏）繁钦：《与魏文帝笺》李善注引文帝《集序》，《文选》。
② 《三国志·魏书·曹爽传》注引《魏略》，中华书局，1982，第290页。
③ 郁沅、张明高编选《魏晋南北朝文论选》，人民文学出版社，1996，第60~62页。下同。
④ 《汉书》，中华书局，1962，第2468~2469页。
⑤ 《后汉书·郡国志》"河南尹"注引，中华书局，1965，第3389页。
⑥ 《后汉书·酷吏列传》，中华书局，1965，第2499页。

从那时就要求"画赞"的"得叙事之实",而到"尚实"时代,自然更加崇尚。

在《赞象》篇中,桓范先述其功能作用,所谓"夫赞象之所作,所以昭述勋德,思咏政惠,此盖《诗·颂》之末流矣";而称其"宜由上而兴,非专下而作也",这是"尚实"的基础,如果是"专下而作","尚实"就没有什么保障了。又云:"实有勋绩,惠利加于百姓,遗爱留于民庶,宜请于国,当录于史官,载于竹帛,上章君将之德,下宣臣吏之忠。若言不足纪,事不足述,虚而为盈,亡而为有,此圣人之所疾,庶几之所耻也。"这就真正说到"尚实"了,是从正反两方面讲的。正面讲,如果"赞象"所述为实,那么就把这篇"赞象"载入史册;反面讲,如果"赞象"所述为不实,那么就是"耻"之所在。

铭,古代常刻于碑版或器物,或以称功德,或用以自警;诔,古代列述死者德行,表示哀悼并以之定谥之文,多用于上对下。此处"铭诔"连用,即纪念死者之文。在《铭诔》篇中,桓范主要是批判"铭诔"文体中不实的现象:

> 夫渝世富贵,乘时要世,爵以赂至,官以贿成。视常侍黄门宾客,假其气势,以致公卿牧守所在宰莅,无清惠之政而有饕餮之害,为臣无忠诚之行而有奸欺之罪,背正向邪,附下罔下,此乃绳墨之所加,流放之所弃。而门生故吏,合集财货,刊石纪功,称述勋德,高邈伊周,下陵管、晏,远追豹产,近逾黄邵,势重者称美,财富者文丽。后人相踵,称以为义,外若赞善,内为己发,上下相效,竞以为荣,其流之弊,乃至于此,欺曜当时,疑误后世,罪莫大焉!

称"铭诔"文体中不实,或因为权势,或因为财富,所谓"势重者称美,财富者文丽",造成的后果就是"欺曜当时,疑误后世"。并总结其原因,称"赏生以爵禄,荣死以诔谥"本是"人主权柄",但"汉世不禁"私人造作,于是"私称与王命争流,臣子与君上俱用",造成"善恶无章,得失无效"的情况,"岂不误哉"!汉代情况确实如此,汉末蔡邕就这样说过:

> 吾为人作铭，未尝不有惭容，唯为郭有道碑颂无愧耳。①

显然，桓范作《铭诔》篇就是配合了曹魏时的"尚实"政风，史载：

> 汉以后，天下送死奢靡，多作石室石兽碑铭等物。建安十年，魏武帝以天下雕弊，下令不得厚葬，又禁立碑。魏高贵乡公甘露二年，大将军参军太原王伦卒，伦兄俊作《表德论》，以述伦遗美，云"祗畏王典，不得为铭，乃撰录行事，就刊于墓之阴云尔"。②

曹魏"下令不得厚葬，又禁立碑"，就是"汉世不禁"而本朝禁，其原因可能就在鉴于"铭诔"类作品的失实。

序作，指著作书论，即一般所说的子书。《序作》云：

> 夫著作书论者，乃欲阐弘大道，述明圣教，推演事义，尽极情类，记是贬非，以为法式。

这是讲著作书论的实用性，旨在为政治服务，当时人称徐幹《中论》也是"阐弘大义，敷散道教"③，语出一辙。《序作》又云：

> 当时可行，后世可修。且古者富贵而名贱废灭，不可胜记，唯篇论俶傥之人，为不朽耳。夫奋名于百代之前，而流誉于千载之后，以其览之者益，闻之者有觉故也。

这里强调"不朽"既在于"览之者益，闻之者有觉"，更在于"当时可行，後世可修"，把实用性扩大至从今天到将来。以下是对某些著作书论的批评：

---

① 《世说新语·德行》"郭林宗"条引《续汉书》，（南朝宋）刘义庆撰、（南朝梁）刘孝标注、余嘉锡笺疏《世说新语笺疏》，上海古籍出版社，1993，第4页。
② 《宋书·礼志》，中华书局，1974，第407页。
③ 《中论序》，郁沅、张明高编选《魏晋南北朝文论选》，人民文学出版社，1996，第57页。

> 岂徒转相放效,名作书论,浮辞谈说,而无损益哉?而世俗之人,不解作体,而务泛溢之言,不存有益之义,非也。故作者不尚其辞丽,而贵其存道也;不好其巧慧,而恶其伤义也。故夫小辩破道,狂简之徒,斐然成文,皆圣人之所疾矣。

轻一点是"浮辞谈说""泛溢之言",重一点则是"伤义""破道";作者宗尚"不尚其辞丽"与"不好其巧慧"。

古今"立言"有所不同,《左传》称"臧文仲,既没,其言立",孔颖达注曰:"谓言得其要,理足可传,其身既没,其言尚存。"① 能否"立言"是由客观社会评价而成,是由于口头表达的"言得其要,理足可传"而流传下来。而曹魏时"立言",则是书面表达的"立言",即曹丕《典论·论文》所说"寄身于翰墨,见意于篇籍",不见得一定是因为"言得其要,理足可传",而是主动的要追求"不假良史之辞,不托飞驰之势,而声名自传于后",有为"立言"而"立言"的意味,并以其是实物的呈现而得以流传。所以,桓范此处称有"浮辞谈说""泛溢之言",甚或"伤义""破道"的"立言"出现,特别强调"奋名于百代之前,而流誉于千载之后"的"立言"是"以其览之者益,闻之者有觉故也",则比曹丕所言更为有益。曹植《与杨德祖书》曾云:

> 若吾志未果,吾道不行,则将采庶官之实录,辩时俗之得失,定仁义之衷,成一家之言。

桓范《世要论》与"尚实"世风有紧密关系,这从书名为"世要"就可看出,所以有"自以意斟酌之"的意味。历来文体论研究者,一般多就文体研究文体,当人们崇尚刘勰"原始以表末,释名以章义,选文以定篇,敷理以举统"的文体论原则时,则应该更为关注文体论所体现的时代风气。

以上论述曹魏政风与文体学相互影响的一些现象,其实,这样的现象

---

① 《春秋左传正义》,《十三经注疏》,上海古籍出版社,1997,第1979页中。

在中国古代并不少见，如曹魏之前的汉武帝时好大喜功的政治需求与"赋"这种文体的盛行；又如曹魏之后的梁陈社会的奢华之风与"宫体"这种诗体的泛滥。这真应了刘勰《文心雕龙·时序》所说："文变染乎世情，兴废系乎时序。"①

---

① （南朝梁）刘勰撰、詹锳义证《文心雕龙义证》，上海古籍出版社，1989，第1713页。

# 第二章 文学新动力与建安诗歌兴盛

刘勰盛赞建安诗歌的繁荣状况云:"暨建安之初,五言腾踊,文帝、陈思,纵辔以骋节;王、徐、应、刘,望路而争驱;并怜风月,狎池苑,述恩荣,叙酣宴;慷慨以任气,磊落以使才,造怀指事,不求纤密之巧,驱辞逐貌,唯取昭晰之能;此其所同也。"① 人们对建安时期"五言腾踊"的原因多有探寻,进而要问,建安诗歌兴盛的原因是什么,其原因的动力又是什么,建安文学由此又产生出怎么样的新面貌?

## 一 拟乐府的引发与新文体的力量

建安诗歌的兴盛在于五言诗的繁荣,是什么引发了建安诗人的五言诗创作?或称建安诗歌创作继汉末古诗如《古诗十九首》而来,建安诗作与《古诗十九首》同一类型者,据《文选》所录,有王仲宣(粲)《杂诗》一首、刘公幹(桢)《杂诗》一首、魏文帝(曹丕)《杂诗》一首、曹子建(植)《朔风诗》一首、《杂诗》六首、《情诗》一首,如此看来,数量并不多。我们说,建安五言诗的兴盛,是从拟乐府创作起步的。今存曹操的诗歌作品全为乐府歌辞,《魏书》载其"登高必造新诗,被之管弦,皆成乐章"②,有四言,有五言,或为杂言。且曹操不用楚歌体,其原因或如刘勰所说:"又诗人以兮字入于句限,《楚辞》用之,字出于句外。寻兮字成句,乃语助余声。舜咏《南风》,用之久矣。而魏武弗好,岂不以无益文义耶。"③ 西汉自武帝起倡乐府,但西汉袭用民间乐府之五言体的文人拟作只有班婕妤《怨歌行》一首而已。到了东汉,拟乐府作者渐繁,傅毅有《冉

---

① 《文心雕龙·明诗》,詹锳《文心雕龙义证》,上海古籍出版社,1989,第196页。
② 《三国志》,中华书局,1982,第54页。
③ 詹锳:《文心雕龙义证》,上海古籍出版社,1989,第1281页。

冉孤生竹》,张衡有《同声歌》,蔡邕有《饮马长城窟行》,辛延年有《羽林郎》,宋子侯有《董娇娆》等。到了曹操的时代,拟乐府更盛,曹操很注意恢复汉乐府传统,"汉自东京大乱,绝无金石之乐,乐章亡缺,不可复知。及魏武平荆州,获汉雅乐郎河南杜夔,能识旧法,以为军谋祭酒,使创定雅乐"①。他也非常喜欢乐府作品,如"《但歌》四曲,出自汉世,无弦节,作伎,最先一人倡,三人和。魏武帝尤好之"②。曹植《鼙舞歌序》云:"汉灵帝西园鼓吹有李坚者,能鼙舞,遭乱西随段颎,先帝闻其旧有技,召之。坚既中废,兼古曲多谬误,异代之文,未必相袭,故依前曲,改作新歌五篇。"③建安诗人的乐府创作,绝少创调,大都为"依前曲改作新歌",所谓拟乐府。

拟乐府对五言诗创作的繁荣有着很大的影响力。乐府诗本多五言,拟乐府五言诗,则诗歌创作上有法可依,张华曰:"二代三京,袭而不变,虽诗章辞异,兴废随时,至其韵逗曲折,皆系于旧,有由然也。是以一皆因就,不敢有所改易。"④诗句章节的"韵逗曲折",可"皆系于旧",依原有曲调、原有歌辞,使诗歌创作不成为难事,"一皆因就"而容易操作。再说建安诗歌创作的"作新歌"上,当建安时期的"礼崩乐坏",乐府规则散亡严重,故拟乐府创作多出现题、义不和的情况,胡应麟说:"乐府自魏失传,文人拟作,多与题左,前辈历有辩论,愚意当时但取声调之谐,不必词义之合也。"⑤萧涤非云:"不欲为旧题所囿,于是借题寓意。"⑥所谓以古题写时事。进而形成建安拟乐府最注重歌辞的局面,刘勰称:"魏之三祖,气爽才丽,宰割辞调,音靡节平。观其'北上'众引,'秋风'列篇,或述酣宴,或伤羁戍,志不出于滔荡,辞不离于哀思,虽三调之正声,实《韶》《夏》之郑曲也。"⑦称其按照"三调"创作的新歌,歌辞并不典雅,

---

① 《晋书·乐上》,中华书局,1974,第679页。
② 《宋书·乐志》,中华书局,1974,第603页。
③ 赵幼文:《曹植集校注》,人民文学出版社,1984,第323页。
④ 《晋书·乐上》引,中华书局,1974,第685页。
⑤ (明)胡应麟:《诗薮》,上海古籍出版社,1979,第15页。
⑥ 萧涤非:《汉魏六朝乐府文学史》,人民文学出版社,1984,第125页。
⑦ 詹锳:《文心雕龙义证》,上海古籍出版社,1989,第243页。

而是另有时代风格；曹植曾说："左延年闲于增损古辞，多者则宜减之。"①如此说法，也是为自己的拟乐府创作突破乐曲的束缚而张本。于是，"三祖纷纶，咸工篇什，声歌虽有损益，爱玩在乎雕章。是以王粲等各造新诗，抽其藻思，吟咏神灵，赞扬来飨。"②所谓重辞不重乐，为五言脱离乐府奠定基础。

进而建安诗人的乐府诗创作开始有脱离音乐性的尝试，早期如王粲《从军诗》《七哀诗》，起于汉末，大概是当时的乐府新题，或是从乐府向徒诗过渡的作品，乐府的身份并不明确。后如曹植的乐府作品，刘勰称："子建、士衡，咸有佳篇，并无诏伶人，故事谢丝管，俗称乖调，盖未思也。"③如徐公持说：曹植的作品"不用旧曲、旧题，全部自拟新撰，如《盘石篇》《驱车篇》《种葛篇》《名都篇》《白马篇》等，据现有史料，其题、辞皆无所依傍，与汉乐府作品以及其他作品无任何方面的关连，其篇题皆以歌辞首句为文，可以判断全出作者自创"④。脱离了音乐性，就是纯粹的五言诗了。所以刘永济称："今综观当时文制，五言一体，实多杰构，推原其故"，有"五言新制，天机乍启。人力未臻，后起之杰，得以使才"⑤。

建安时期的诗歌创作热潮是由拟乐府兴起的；而建安时期乐曲的散亡，对乐府诗创作来说是不幸，但建安诗人以此作为自主创作的、自主创新的起步，即注重辞而不怎么注重曲，乃至脱离于曲，逐步以徒诗的五言为主。所以说，拟乐府成为建安时期的诗歌创作兴盛的契机，也成为五言诗发展的契机，建安诗歌可谓"一代有一代之文学"之模板，新兴文体焕发出魅力，诗人们创制新文体，在新开辟的天地里尽情驰骋。

## 二 诗歌成为人际交往的工具与创作新面貌

建安诗歌繁荣有一个特殊的现象，就是赠答诗比较多，诗歌成为人际

---

① （南朝梁）刘勰：《文心雕龙·乐府》引，詹锳《文心雕龙义证》，上海古籍出版社，1989，第257页。
② 《晋书·乐上》，中华书局，1974，第676页。
③ 詹锳：《文心雕龙义证》，上海古籍出版社，1989，第259~260页。
④ 徐公持：《魏晋文学史》，人民文学出版社，1999，第89页。
⑤ 刘永济：《十四朝文学要略》，黑龙江人民出版社，1984，第138页。

交往的工具，成为诗歌兴盛的一个基点。当《毛诗序》说："诗者，志之所之也。在心为志，发言为诗。情动于中，而形于言。"① 这是从诗歌作为自我表现的工具出发来讨论诗歌的生成的。当《诗经·小雅·巷伯》称"寺人孟子，作为此诗。凡百君子，敬而听之"②，诗人是渴望读者的，这也是诗歌的创作目的。建安时期，赠答诗的兴起，从重在自我抒情走向人际交往，令诗歌有了种种改变。

其一，诗歌的仪式化生成。《文选》载王粲赠答诗，多为在荆州时所作，其《赠蔡子笃》，吕向注曰："仲宣与之为友，同避难荆州，子笃还会稽，仲宣故赠之。"诗中云："及子同寮，生死固之。何以赠行？言授斯诗。"③ 其《赠士孙文始》，士孙文始也曾避难荆州，离荆州时，王粲等各作诗相赠。其《赠文叔良》，文叔良名颖，曾任荆州从事，据说是其受命聘蜀结好刘璋，王粲赠行。这些赠答诗多为赠行、赠别。老子送别孔子曰："吾闻富贵者送人以财，仁人者送人以言。吾不能富贵，窃仁人之号，送子以言。"④ 荀子称"赠人以言，重于金石珠玉"⑤，故临行赠诗，有仪式的意味，以后演化为祖饯类诗歌。

其二，赠答诗强化了文人间的情感交流。《诗经·大雅·崧高》称："吉甫作颂，其诗孔硕，其风肆好，以赠申伯。"⑥ 这是"赠"。《诗经·大雅·抑》称"无言不雠"⑦，东汉蔡邕《答卜元嗣诗》曰："斌斌硕人，贻我以文。辱此休辞，非余所希。敢不酬答，赋诵以归。"⑧ 这些是答。建安时期的赠答诗更多的是文学集团内部的诸人相互赠答诗作，王粲有《赠杨德祖》，刘桢有《赠徐干》《赠从弟》，徐干有《答刘桢》等，同辈之间相赠答的作品，纯粹是一种现实的情感交流；作品从《古诗十九首》的泛言"游子之歌与思妇之词"到特定人物间情感的抒发，自然令人感到亲切

---

① 《毛诗正义》，《十三经注疏》，上海古籍出版社，1997，第270页上。
② 《毛诗正义》，《十三经注疏》，第456页下。
③ （南朝梁）萧统撰、（唐）李善等六臣注《六臣注文选》，中华书局，1987，第436页下。
④ 《史记·孔子世家》，中华书局，1959，第1909页。
⑤ （清）王先谦：《荀子集解》，《荀子·非相》，中华书局，1988，第83~84页。
⑥ 《毛诗正义》，《十三经注疏》，第567页。
⑦ 《毛诗正义》，《十三经注疏》，第555页。
⑧ 逯钦立：《先秦汉魏晋南北朝诗》，中华书局，1983，第193页。

入心。

赠作有的是赞赏勉慰对方。如曹植《赠徐干》称"慷慨有悲心,兴文自成篇""良田无晚岁,膏泽多丰年。亮怀玙璠美,积久德愈宣"①;曹植《赠王粲》称"重阴润万物,何惧泽不周"②,曹植安慰王粲,朝廷是一定会人尽其用、眷顾到有才华者的利益的。有的是重申友情,如曹植《赠丁仪》称"思慕延陵子,宝剑非所惜。子其宁尔心,亲交义不薄"③。有的则有箴规之义,如曹植《赠丁仪王粲》末四句称:"丁生怨在朝,王子欢自营。欢怨非贞则,中和诚可经。"④劝他们以"中和"作为自己立身处世的永恒准则。有的则共抒豪情壮志,如曹植《赠丁廙》的末数句:"我岂狎异人,朋友与我俱。大国多良材,譬海出明珠。君子义休偫,小人德无储。积善有余庆,荣枯立可须。滔荡固大节,世俗多所拘。君子通大道,无愿为世儒。"⑤

下对上的作品亦有可观之处,如刘桢《赠五官中郎将诗》四首表达了自己对曹丕的感情,其二云:"余婴沉痼疾,窜身清漳滨。自夏涉玄冬,弥旷十余旬。常恐游岱宗,不复见故人。所亲一何笃,步趾慰我身。清谈同日夕,情盱叙忧勤。便复为别辞,游车归西邻。素叶随风起,广路扬埃尘。逝者如流水,哀此遂离分。追问何时会,要我以阳春。望慕结不解,贻尔新诗文。勉哉修令德,北面自宠珍。"⑥诗中写诗人自己卧病休养在漳水边,曹丕亲来看望,长谈竟日,诗人感动不已,提笔赠诗以表达情感。

其三,叶燮《原诗》有云:"然《十九首》止自言其情,建安、黄初之诗,乃有,遂开后世种种应酬等类,则因而实为创,此变之始也。"⑦由赠答起始,开拓诗歌类型如"献酬、纪行、颂德诸体",开启了诗作的"种种应酬"。这个"变"就是诗歌从"自言其情"到有明确的读者的,要写读者感兴趣的东西。而当读者感兴趣的东西就可以入诗,诗歌的题材扩大了,

---

① (南朝梁)萧统撰、(唐)李善等六臣注《六臣注文选》,第442页下。
② (南朝梁)萧统撰、(唐)李善等六臣注《六臣注文选》,第443页下。
③ (南朝梁)萧统撰、(唐)李善等六臣注《六臣注文选》,第443页上。
④ (南朝梁)萧统撰、(唐)李善等六臣注《六臣注文选》,第444页上。
⑤ (南朝梁)萧统撰、(唐)李善等六臣注《六臣注文选》,第446页上。
⑥ (南朝梁)萧统撰、李善等六臣注《六臣注文选》,第439页下~440页上。
⑦ 丁福保辑《清诗话》,上海古籍出版社,1978,第566页。

生活的各个方面都可以入诗，诗可以写的东西多了，诗歌的叙写抒情多样化，自然促进诗歌的兴盛。

其四，由于赠答，诗歌明确了是为特定接受者而作，那么，诗歌接受、文学接受的问题便提到议事日程上来。如对"文质"的讨论，谈的就是文学接受问题。阮瑀《文质论》称："盖闻日月丽天，可瞻而难附，群物著地，可见而易制；夫远不可识，文之观也，近而得察，质之用也。""远不可识"者为"文"，"近而得察"者为"质"，其称"文"是难以被明确接受的："故言多方者，中难处也；术饶津者，要难求也；意弘博者，情难足也；性明察者，下难事也。"应场则重文轻质，称"文"是易于被人们所接受的："若夫和氏之明璧，轻縠之袿裳，必将游玩于左右，振饰于宫房，岂争牢伪之势，金布之刚乎！"①

当诗歌以赠答诗为契机而成为文人生活交流的工具，诗歌的繁荣是可以想见的；当诗歌明确了是为特定读者所作，从某种意义上讲，读者成为文学活动的主动者，而创作者只是发起者而已。诗歌不仅仅只是自我抒情，而是要走向人际交往，让对方接受，于是诗歌的创作方向发生了变化。

### 三 创作平台与时代风格的形成

刘永济谈建安诗歌兴盛的原因云："邺下诸子，陪游东阁，从容文酒，酬答往复，辄以吟咏相高，一也。"② 如《邴原别传》载"太子燕会，众宾百数十人"③，史载某次由曹植组织的文学聚会的具体情况："会临菑侯植亦求（邯郸）淳，太祖遣淳诣植。植初得淳甚喜，延入坐，不先与谈。时天暑热，植因呼常从取水自澡讫，傅粉。遂科头拍袒，胡舞五椎锻，跳丸击剑，诵俳优小说数千言讫，谓淳曰：'邯郸生何如邪？'于是乃更著衣帻，整仪容，与淳评说混元造化之端，品物区别之意，然后论羲皇以来贤圣名臣烈士优劣之差，次颂古今文章赋诔及当官政事宜所先后，又论用武行兵倚伏之势。乃命厨宰，酒炙交至。坐席默然，无与伉者。及暮，淳归，对

---

① （唐）欧阳询：《艺文类聚》，中华书局，1982，第 411~412 页。
② 刘永济：《十四朝文学要略》，黑龙江人民出版社，1984，第 138 页。
③ 《三国志》，中华书局，1982，第 353 页。

其所知叹植之材，谓之'天人'。"① 从"坐席默然，无与伉者"，可知这是一次文学聚会。从曹植的炫才表演可知，文学聚会的内容是非常丰富的，当然其中有"诵俳优小说数千言""颂古今文章赋诔"之类的文学内容。

更有诗人对文学聚会的叙说。曹丕《与吴质书》曰："每念昔日南皮之游，诚不可忘。既妙思六经，逍遥百氏，弹棋间设，终以博弈，高谈娱心，哀筝顺耳。驰骛北场，旅食南馆，浮甘瓜于清泉，沈朱李于寒水。皦日既没，继以朗月，同乘并载，以游后园，舆轮徐动，宾从无声。""方今蕤宾纪辰，景风扇物，天气和暖，众果具繁。时驾而游，北遵河曲，从者鸣笳以启路，文学托乘于后车。"② 曹丕《又与吴质书》曰："昔日游处，行则同舆，止则接席，何尝须臾相失！每至觞酌流行，丝竹并奏，酒酣耳热，仰而赋诗。当此之时，忽然不自知乐也。"③ 吴质《答魏太子笺》亦云："昔侍左右，厕坐众贤。出有微行之游，入有管弦之欢。置酒乐饮，赋诗称寿。"④ 曹植《公讌》称："公子敬爱客，终宴不知疲；清夜游西园，飞盖相追随。"⑤ 有时曹植也主持游园欢宴，如他有诗《赠丁廙》："嘉宾填城阙，丰膳出中厨。吾与二三子，曲宴此城隅。秦筝发西气，齐瑟扬东讴。肴来不虚归，觞至反无馀。"⑥

曹丕、曹植组织宴会游园，这类游园欢宴中往往赋诗，如上述"酒酣耳热，仰而赋诗"以及"置酒乐饮，赋诗称寿"等。赋诗一般由曹丕主持的，如王粲的《公讌》、陈琳的《宴会》、刘桢的《公讌》、阮瑀的《公讌》、应玚的《公讌》与《侍五官中郎将建章台诗》、曹丕的《孟津》与《芙蓉池作》及《于玄武陂作》、曹丕曹植的《公讌》及《侍太子坐》。游园宴会的结果，产生出一批诗作来，这类游园宴会内容的诗作，当是在游园宴会中或为游园宴会而作。游园宴会中所作可能还有其他题材内容的，但到底有哪些，今已不可考。

---

① 《三国志》，第603页。
② 《三国志》，第608页。下同。
③ 《三国志》，第608页。
④ （南朝梁）萧统撰、（唐）李善等六臣注《六臣注文选》，第750页下。
⑤ （南朝梁）萧统撰、（唐）李善等六臣注《六臣注文选》，第369页。
⑥ （南朝梁）萧统撰、（唐）李善等六臣注《六臣注文选》，第446页上。

于是知道，诗歌创作是可以组织的。组织创作的主要形式之一即命题赋诗，曹丕曾自称："为太子时，北园及东阁讲堂，并赋诗，命王粲、刘桢、阮瑀、应玚等同作。"① 曹丕有《清河作》与《见挽船士兄弟辞别》，徐干有《于清河见挽船士新婚与妻别》，也可视为同时所作。曹植、应玚、刘桢皆有《斗鸡》诗，丕、植兄弟及陈、王、应、刘、阮诸子皆有《公宴》诗，曹植、王粲皆有《三良诗》，等。

《文心雕龙·时序》载：三曹与建安诸子，"傲雅觞豆之前，雍容衽席之上，洒笔以成酣歌，和墨以藉谈笑。观其时文，雅好慷慨，良由世积乱离，风衰俗怨，并志深而笔长，故梗概而多气也"②。如此"建安风骨""建安风力"统一风格的形成，除了被社会、历史以及诗人的人生经历所决定外，当然也与文学聚会的集体性创作以及有组织的命题创作有关系。

## 四 文学交流与文学批评风气的盛行

建安时代盛行文学交流。《吴历》载，曹丕曾"以素书所著《典论》及诗赋饷孙权，又以纸写一通与张昭"③，这是曹魏与东吴的文学交流。曹丕《与吴质书》有对吴质的创作的询问："顷何以自娱，颇复有所述造否？"这是以文会友。赠答诗之类令文学交流普及化，创作平台令文学交流体制化，而文人们自觉自愿把作品呈送给别人，并情不自禁的奉上自己的看法，则令文学批评盛行起来。如卞兰读了曹丕的《典论》及诸赋颂就说："窃见所作《典论》，及诸赋颂，逸句烂然，沈思泉涌，华藻云浮，听之忘味，奉读无倦。正使圣人复存，犹称善不暇，所不能闲也。"④曹植把文章给陈琳看，陈琳回信谈了感想，其《答东阿王笺》云："昨加恩辱命，并示《龟赋》，披览粲然。君侯体高俗之材，秉青萍干将之器，拂钟无声，应机立断，此乃天然异禀，非钻仰者所庶几也。音义既远，清辞妙句，焱绝焕炳，譬犹飞兔流星，超山越海，龙骧所不敢追，况于驽马，可得齐足。夫听白雪之音，观绿水之节，然后东野巴人，蚩鄙益著，载欢载笑，欲罢不能。谨韫

---

① （唐）徐坚：《初学记》，中华书局，1962，第230页。
② 詹锳：《文心雕龙义证》，上海古籍出版社，1989，第1687~1694页。
③ 《三国志·魏书·文帝纪》，中华书局，1982，第89页。
④ （唐）欧阳询：《艺文类聚》，中华书局，1982，第299页。

椟玩耽，以为吟颂。"① 此处虽然说的是曹丕曹植示赋于人，示诗于人亦是如此。曹植《与杨德祖书》说："今往仆少小所著辞赋一通相与。"② 即随信附上作品请杨修批评，杨修《答临淄侯笺》所谓"猥受顾锡（赐），教使刊定"③。可说是频繁的文学交流，促发了对作品发表意见之类的文学批评。

文学交流中如何对待文学批评的问题，也引起了世人的关注。曹丕《答卞兰教》对卞兰称颂自己的作品，说："赋者，言事类之所附也。颂者，美盛德之形容。故作者不虚其辞，受者必当其实。兰此岂吾实哉。"④ 提出文学批评必须实事求是，文学接受者应当实事求是谈自己对作品的感受，称如果不是这样，作者是很难接受如此批评的。曹植《与杨德祖书》："以孔璋之才，不闲辞赋，而多自谓能与司马长卿同风，譬画虎不成反为狗者也。前有书嘲之，反作论盛道仆赞其文。"曹植称自己对作品的意见被陈琳误解，于是表明自己"不敢妄叹者，畏后之嗤余也"的态度。

再从曹丕、曹植经常组织文学活动来说，面对其属下的诸位文学家的文学创作而进行评论，是自然而然的，这是作为文坛领袖的职责。曹丕对诸位文学家的评论集中见于《典论·论文》，他充分肯定诸位文学家的文学工作："盖文章经国之大业，不朽之盛事。年寿有时而尽，荣乐止乎其身，二者必至之常期，未若文章之无穷。是以古之作者，寄身于翰墨，见意于篇籍，不假良史之辞，不托飞驰之势，而声名自传于后。"⑤ 称从事文学，在上承担国家重任，在下托付个人理想。所以曹丕极力鼓吹文人创作，其《与王朗书》说："生有七尺之形，死唯一棺之土，唯立德扬名，可以不朽，其次莫如著篇籍。"⑥

曹丕又评价诸位文学家："王粲长于辞赋，徐干时有齐气，然粲之匹也。如（王）粲之《初征》《登楼》《槐赋》《征思》，（徐）干之《玄猿》《漏卮》《圆扇》《橘赋》，虽张蔡不过也。然于他文，未能称是。琳、瑀之

---

① （南朝梁）萧统撰、李善等六臣注《六臣注文选》，第749页下~750页上。
② （南朝梁）陈寿撰、裴松之注《三国志》，第558~559页。下同。
③ （南朝梁）萧统撰、李善等六臣注《六臣注文选》，第748页上。
④ （唐）欧阳询：《艺文类聚》，中华书局，1982，第298~299页。
⑤ （南朝梁）萧统撰、（唐）李善等六臣注《六臣注文选》，第966页下~968页上。下同。
⑥ （晋）陈寿撰、（南朝宋）裴松之注《三国志》，第88页。

章、表、书、记，今之隽也。应场和而不壮，刘桢壮而不密。孔融体气高妙，有过人者，然不能持论，理不胜词，以至乎杂以嘲戏，及其所善，杨班俦也。"优缺点两面都说到。又，曹丕《与吴质书》夸赞徐伟长（干）著《中论》二十篇，成一家之言，夸赞应德琏（瑒）"常斐然有述作之意"，又称："（陈）孔璋章表殊健，微为繁富。（刘）公干有逸气，但未遒耳。其五言诗之善者，妙绝时人。元瑜书记翩翩，致足乐也。（王）仲宣独自善于辞赋，惜其体弱，不足起其文，至于所善，古人无以过之。"所谓各有千秋，各有所长，各有所短。如此充分肯定诸位文学家的文学工作及其文学作品，显示出一位文学领袖的眼光与气度。而曹丕亦指出诸位文学家的不足，显示出文学批评是为了提高创作水平的目的。

《典论·论文》说：建安七子者，"于学无所遗，于辞无所假，咸以自骋骥騄于千里，仰齐足而并驰，以此相服，亦良难矣。"但他通过分文体评价文学家，有效地解决了"文人相轻"的问题，把文学家放在不同的文体平台上来评价，各有所长，也各有所短，那就无所谓"相轻"的问题。

曹植《与杨德祖书》说"刘季绪才不能逮于作者，而好诋诃文章，掎摭利病"，刘勰称"韦诞所评，又历诋群才"，虽说是贬义，但由此可瞥见建安时期文学批评风气之盛。曹植曾就相示作品以征求意见这件事发表意见，其《与杨德祖书》说："世人著述，不能无病。仆常好人讥弹其文，有不善者，应时改定。"他主张送作品给他人看，请别人指出缺点，自己则马上修改订正。他以先圣为榜样说："昔尼父之文辞，与人通流。"他对别人送作品给自己以求修订者提出赞赏，把文学作品的交流与相互修改，视为提高创作水平的某种路径，其云："昔丁敬礼尝作小文，使仆润饰之，仆自以才不能过若人，辞不为也。敬礼云：'卿何所疑难乎！文之佳丽，吾自得之，后世谁相知定吾文者邪？'吾常叹此达言，以为美谈。"由此建安时期也形成了一种良好的创作、批评氛围。

文学集团内诸文学家相互鼓励创作、赠阅文章、品赏作品与修改作品，对繁荣创作、提高创作质量，起到了良好的作用；也促发着文学批评的生成，文学创作的繁荣与文学批评形成了良好的相动。

本文所说的文学新动力，即新文体的力量、诗歌成为人际交往的工具、创作平台的建立以及文学交流促发文学批评的生成四者，其中都有统治阶层或文学集团领袖人物在起着主导作用，尤以创作平台的建立为重要。创作平台的建立引发诗歌创作热情与文学交流，文学交流引发文学接受观念的强化，文学接受观念有利于文学鉴赏、文学批评的开展。当然，这个进程也是可逆的，文学鉴赏、文学批评的开展有利于文学接受观念的树立，文学接受观念的树立促进文学交流，文学交流焕发诗人的创作热情，而这一切都围绕着文学创作平台进行的。

# 第三章  邺下文学集团论

公元 2 世纪末 3 世纪初，北方有一批文学家，如号称三曹的曹操、曹丕、曹植及号称建安七子的王粲、刘桢、陈琳、应玚、徐干、阮瑀、孔融等。他们用自己的笔深刻地反映了当时的社会现实，也抒发了自己渴望建功立业的雄心壮志；他们掀起了我国诗歌史上文人创作的第一个高潮。他们都生活在魏王曹操手下，以后曹丕代汉而建立了魏朝，故又称这段光辉的文学历程为魏代文学；又因为他们生活在汉献帝建安年间，则称之为建安文学，此称呼更为普遍。对他们，则称为魏代作家或建安诸子等；又因为当时川蜀归刘备，江汉属孙权，曹操是北方实际统治者，曹操的根据地在邺城，上述作家的后半生，也大都在邺城度过，故又称他们为邺下诸子，元好问《论诗三十首》中称他们的诗风为"邺下风流"，陆时雍《诗镜总论》称他们为"邺下之材"。三曹与他们一起，再加上其他文学家，可称为邺下集团。

## 一  邺下才子风流聚会

建安时期多有文学聚会，曹丕《与吴质书》曰：

> 每念昔日南皮之游，诚不可忘。既妙思六经，逍遥百氏，弹棋间设，终以博弈，高谈娱心，哀筝顺耳。驰骛北场，旅食南馆，浮甘瓜于清泉，沈朱李于寒水。皦日既没，继以朗月，同乘并载，以游后园，舆轮徐动，宾从无声，清风夜起，悲笳微吟，乐往哀来，凄然伤怀。余顾而言，兹乐难常，足下之徒，咸以为然。①

---

① 《三国志》，第 608 页。下同。

这是曹丕回忆包括吴质在内的诸文学家在渤海郡南皮的一些聚会活动。曹丕《又与吴质书》，信中先慨叹徐干、陈琳、应玚、刘桢诸人的不幸逝世，又说：

> 昔日游处，行则同舆，止则接席，何尝须臾相失！每至觞酌流行，丝竹并奏，酒酣耳热，仰而赋诗。当此之时，忽然不自知乐也。①

这是曹丕概括叙述了当时文学家们在一起聚会活动的情形，这里还点出了其聚会活动的文学性："仰而赋诗"；还点出了其聚会活动的起码成员：徐干、陈琳、应玚、刘桢及曹丕与吴质。

《与吴质书》又叙述了写信之时的诸文学家在一起活动的情形：

> 方今蕤宾纪辰，景风扇物，天气和暖，众果具繁。时驾而游，北遵河曲，从者鸣笳以启路，文学托乘于后车。

信中还曾感叹此日的欢游少了阮瑀一人，显然，此信写于建安十七年（212），这时徐干、陈琳、应玚、刘桢诸人尚未逝世。此处点出，诸类活动的参予者为"文学"，"文学"是官职名，这"文学"中多有文学家。

《文选》卷二十载曹植《公讌》，诗曰：

> 公子敬爱客，终宴不知疲。清夜游西园，飞盖相追随。明月澄清景，列宿正参差。秋兰被长坂，朱华冒绿池。潜鱼跃清波，好鸟鸣高枝。神飙接丹毂，轻辇随风移。飘飘放志意，千秋长若斯。②

此处"公子"指曹丕，当时曹丕确也多次宴请诸文学家，即载"太子尝请诸文学，酒酣坐欢"之事。③ 吴质《答魏太子笺》亦云：

---

① 《三国志》，第608页。下同。
② （南朝梁）萧统撰、（唐）李善等六臣注《六臣注文选》，第369页。
③ 《三国志·王粲传》注引《典略》，第602页。

昔侍左右，厕坐众贤。出有微行之游，入有管弦之欢。置酒乐饮，赋诗称寿。①

从上述所引可以看出，当时的文学家确实是经常在一起活动的，他们的活动起码有游乐与文学创作二事。

## 二 "置官属"与文学集团的建立

上述的文学活动是有组织的，上述的文学家也是有组织的，虽然不能说他们像官府里的官员那样班列有序，但他们确也是被组织起来的。这里首先要指出，是当时北方的实际统治者曹操把文学家们招揽来的，曹操爱好文学，奖励文学家，所以文学家大都云集于魏。但是，他们被组织起来的契机是曹操为诸子官属设置"文学"。建安八年（203）秋七月，曹操下《修学令》：

丧乱已来，十有五年，后生者不见仁义礼让之风，吾甚伤之。其令郡国各修文学，县满五百户置校官，选其乡之俊造而教学之，庶几先王之道不废，而有以益于天下。②

所谓"文学"，略如后世的教官，或文学侍从。本来，汉时郡及王国都有"文学"，经董卓之乱后多有废弃，故曹操下了此令。建安九年（204），曹操攻占邺城，并在此建立了自己的根据地，建安十八年（213），曹操为魏王，定府为邺。在这几年中，北方的诸文学家或早或晚都陆续来到邺城，成为曹操的属下。在建安十六年（211）春正月，"天子命公世子（曹）丕为五官中郎将，置官属，为丞相副"③，又命曹植为平原侯，曹据为范阳侯，曹豹为饶阳侯④，"是时，太祖诸子高选官属，令曰：'侯家吏，宜得渊深法

---

① （南朝梁）萧统撰、（唐）李善等六臣注《六臣注文选》，第750页下。
② （晋）陈寿撰、（南朝宋）裴松之注《三国志·武帝纪》，第24页。
③ 《三国志·武帝纪》，第34页。
④ 《三国志·武帝纪》注引《魏书》，第34页。

度如邢颙辈．'"① 曹丕的"置官属"与曹操诸子尤其是曹植的"高选官属"，是当时文学家得以组织起来的开始。

先说曹丕通过"置官属"组织的一批文学家，"五官将博延英儒"②，有以下诸人先后是五官中郎将"文学"：

徐干，字伟长，建安七子之一，为五官将文学。(《三国志·王粲传》)

应玚，字德琏，建安七子之一，先为平原侯曹植庶子，后为五官将文学。(《三国志·王粲传》)

苏林，字孝友，博学，"多通古今字指，凡诸书传文间危疑，苏林皆释之"。建安中，为五官将文学。(《魏略》，《三国志，刘劭传》注引)

刘廙，字恭嗣，"著书数十篇"，太祖辟为丞相掾属，转五官将文学。(《三国志·刘廙传》)

建安二十二年（217），曹丕被立为太子，陆续又有一些人成为太子文学：

刘桢，字公干，建安七子之一，"太子尝请诸文学，酒酣坐欢，命夫人甄氏出拜。坐中众人咸伏，而桢独平视"③，由"太子尝请诸文学"而刘桢又在其中，可知刘桢曾为太子文学。

邢颙，字子昂，先为曹植家丞，后为太子少傅，迁太傅。(《三国志·邢颙传》)

王昶，字文舒，"文帝在东宫，昶为太子文学，迁中庶子"。王昶曾著有《治论》二十余篇，又著《兵书》十余篇。(《三国志·王昶传》)

司马孚，字叔达，曾先为曹植官属文学掾，后为太子中庶子。(《晋书·司马孚传》)

郑冲，字文和，"耽玩经史，遂博究儒术及百家之言"，"魏文帝为太子，搜扬侧陋，命冲为文学"。(《晋书·郑冲传》)

荀纬，字公高，"少喜文学。建安中，召署军谋掾、魏太子庶子"。(荀勖《文章叙录》，《三国志·王粲传》注引)

---

① 《三国志·邢颙传》，第383页。
② 《三国志·王粲传》注引《魏略》，第603页。
③ 《三国志·王粲传》注引《文士传》，第602页。

任曹丕"文学"之职的，不都是诗赋之才，但都是文才，且著名的建安七子中的徐干、应玚、刘桢都在内，也可谓皇皇大观。

再说曹植的"高选官属"，曹植曾先后为平原侯、临淄侯等。

毋丘俭，字仲恭，有诗作传世，"为平原侯文学"。（《三国志·毋丘俭传》）

徐干、郑袤，"魏武帝初封诸子为侯，精选宾友，（郑）袤与徐干俱为临淄侯文学"。郑袤，字林叔，有识鉴。（《晋书·郑袤传》）

应玚，在为五官将文学前，曾为平原侯庶子。庶子，亦是职同"文学"的教官侍从。（《三国志·王粲传》）

邯郸淳，字子叔，"邯郸淳为魏临淄侯文学"（汪僧虔《名书录》，《太平广记》卷二〇九引）。

刘桢，为平原侯庶子。（《三国志·邢颙传》）

任嘏，字昭先，"年十四始学，疑不再问，三年中诵五经，皆究其义，兼包群言，无不综览"，"著书三十八篇"，为临淄侯庶子。（《任嘏别传》，《三国志·王昶传》注引）

司马孚，汉末时，他曾"处危亡之中，箪食瓢饮，而披阅不倦"，曹植"清选官属，以孚为文学掾"。（《晋书·司马孚传》）

邢颙，为平原侯家丞。（《三国志·邢颙传》）

当时曹丕曹植争为太子，要当曹操的接班人，他俩争相延纳有才学之士引以为羽翼。如对邯郸淳，曹丕与曹植都花费了很大的心思来争取得到其欢心，曹植下的功夫更深一些，史载：

淳一名竺，字子叔。博学有才章，又善苍、雅、虫、篆、许氏字指。初平时，从三辅客荆州。荆州内附，太祖素闻其名，召与相见，甚敬异之。时五官将博延英儒，亦宿闻淳名，因启淳欲使在文学官属中。会临菑侯植亦求淳，太祖遣淳诣植。植初得淳甚喜，延入坐，不先与谈。时天暑热，植因呼常从取水自澡讫，傅粉。遂科头拍袒，胡舞五椎锻，跳丸击剑，诵俳优小说数千言讫，谓淳曰："邯郸生何如邪？"於是乃更著衣帻，整仪容，与淳评说混元造化之端，品物区别之意，然后论羲皇以来贤圣名臣烈士优劣之差，次颂古今文章赋诔及当官政事宜所先后，又论用武行兵倚伏之势。乃命厨宰，酒炙交至，坐席默然，无与伉者。及暮，淳归，对其所知叹植之材，谓之"天人"。而于时世子未立。太祖俄有意於植，而淳屡称植材。由是五官将颇不悦。①

曹植对邯郸淳既待之以礼，又耀之以才、享之以酒炙，难怪邯郸淳对他赞叹不已，还多次在曹操面前称颂曹植，于是引起曹丕的不快。又如杨修，与王粲、陈琳诸人齐名，"自魏太子已下，并争与交好。又是时临淄侯（曹）植以才捷爱幸，来意投修，数与修书"②。当时与曹丕、曹植关系密切的还有一些文学家，如曹丕与吴质，曹植与杨修、丁仪、丁廙，这数人虽未名列曹丕或曹植的官属，但实际上常共同参加一些文学活动。

曹丕比起曹植来，年长一些也更成熟与老谋深算一些，在立嗣以长的古训与现实中袁绍立嗣以幼而造成混乱的教训相映下，他更有希望，也更有实力。且建安二十二年（217），他被正式立为太子，则更是"天下向慕，宾客如云"③，他争取到了更多的人才，其中有一些便是因与曹植处不好关系而转到曹丕官属中去的。如司马孚，曾因曹植"负才陵物"而每每"切谏"④，以后便迁太子中庶子。又如邢颙，本为曹植家丞，他"防闲以礼，无所屈挠，由是（与曹植）不合"，力主曹丕当太子，称不可"以庶代宗"，曹操"遂以为太子少傅，迁太傅"⑤。

曹丕与官属成员过从甚为亲密，关系甚为友好，如《典略》载这样一件事：

建安十六年，世子（丕）为五官中郎将，妙选文学，使（刘）桢随侍太子。酒酣坐欢，乃使夫人甄氏出拜，坐上客多伏，而桢独平视。他日公（操）闻，乃收桢，减死输作部。⑥

---

① 《三国志·王粲传》注引《魏略》，中华书局，1982，第603页。
② 《三国志·曹植传》注引《典略》，中华书局，1982，第558页。
③ 《三国志·邢原传》注引《邢原别传》，中华书局，1982，第353页。
④ 《司马孚传》，中华书局，1974，第1081~1082页。
⑤ 《三国志·邢颙传》，中华书局，1982，第383页。
⑥ 余嘉锡：《世说新语·言语》注引，中华书局，第70页。

曹操这样对待刘桢可说是过于刻薄，但不闻当事人曹丕对刘桢的"独平视"有何意见。张溥《刘公干集题辞》这样称赞曹丕：

> 公干平视甄夫人，操收治罪，文帝独不见怒。死后致思，悲伤绝弦，中心好之，弗闻其过也。其知公干，诚优钟期、伯牙云。①

张溥将曹丕与刘桢比作伯牙与钟子期般的能相互理解而为知音，这一方面是文学上的，一方面则是友情上的。刘桢去世时，曹丕还表示了万分的悼惜。刘桢则在《赠五官中郎将诗》四首中表达了自己对曹丕的感情，其二云：

> 余婴沈痼疾，窜身清漳滨。自夏涉玄冬，弥旷十馀旬。常恐游岱宗，不复见故人。所亲一何笃，步趾慰我身。清谈同日夕，情眄叙忧勤。便复为别辞，游车归西邻。素叶随风起，广路扬埃尘。逝者如流水，哀此遂离分。追问何时会？要我以阳春。望慕结不解，贻尔新诗文。勉哉修令德，北面自宠珍。②

诗中写自己卧病休养在漳水边，曹丕亲来看望，长谈竟日，诗人感动不已，提笔赠以新诗。

曹丕对朝廷中的其他文学之士也很爱惜、眷顾，常常是曹操依法处治他们，而曹丕对之表示叹惋怜惜，并照顾其身后之事。如文才甚好的路粹，"从大军至汉中，坐违禁贱请驴伏法。太子素与粹善，闻其死，为之叹惜。及即帝位，特用其子为长史"③。又如孔融被曹操借故杀掉，而曹丕"深好（孔）融文辞，曰：'杨、班俦也。'募天下有卜融文章者，辄赏以金帛"④。为此，张溥比较曹操与曹丕对待文士的态度，其《孔少府集题辞》说：

---

① （明）张溥著、殷孟伦注《汉魏六朝百三家集题辞注》，人民文学出版社，1960，第84页。
② （南朝梁）萧统撰、（唐）李善等六臣注《六臣注文选》，中华书局，1987，第439~440页。
③ 《三国志·王粲传》注引《典略》，中华书局，1982，第603页。
④ 《后汉书·孔融传》，中华书局，1965，第2279页。

操杀文举，在建安十三年。时僭形已彰，文举既不能诛之，又不敢远之，并立衰朝，戏谑笑傲，激其忌怒，无啻肉馁馁虎，此南阳管乐所深悲也。曹丕论文，首推北海，金帛募录，比于扬、班，脂元升往哭文举，官以中散，丕好贤知文，十倍于操。①

脂习（字元升）听到孔融被杀，赶去痛哭收尸，曹操听到后大怒，要杀脂习；而曹丕则认为脂习有节操，给他加官中散大夫。

正因为曹丕与曹植延纳有才学之士是为了引为羽翼，所以这两个官属的部分成员及围绕着官属的一些人成为曹丕与曹植政治上的心腹。围绕着争立太子、争当继承人的问题，这两个官属展开了一系列严酷而尖锐的斗争。曹操的大儿子曹昂死后，依立嗣以长的传统，曹丕为太子，当继承人，本该没有问题，但曹操偏偏很喜爱曹植，他"以才见异，而丁仪、丁廙、杨修等为之羽翼。太祖狐疑，几为太子者数矣"，于是曹丕"御之以术"②。这些斗争当然不是文学组织之间的文学之争，而是政治、权力之争。正是由于这种原因，曹丕杀起文学家来也是毫不手软的，如他"即王位，诛丁仪、丁廙并其男口"③，原因就是丁仪兄弟站在曹植一边，曾阻碍曹丕当太子即王位。

## 三 丰富多样的集体文学活动

粗看起来，建安时期曹丕、曹植二人分别主持着文学集团，各自文学集团是以其官属为核心组成，但在实际上，由于曹丕的地位与身份，一般有影响的文学活动多是由曹丕来主持。从上述的组织形式还可以看到，曹操是把诸子置官属作为招揽人才的一种手段；这种官属是文学家的核心归属，它以本官属的成员为核心并团结了一大批文学家，史书这样称述曹丕、曹植与建安时期文学家的关系：

始文帝为五官将，及平原侯植皆好文学。（王）粲与北海徐干字伟长、广陵陈琳字孔璋、陈留阮瑀字元瑜、汝南应玚字德琏、东平刘桢

---

① （明）张溥著、殷孟伦注《汉魏六朝百三家集题辞注》，人民文学出版社，1960，第57页。
② 《三国志·曹植传》，第557页。
③ 《三国志·曹植传》，第561页。

字公干,并见友善。①

但是,有组织的文学活动正是以官属这种组织形式展开的,从而吸引社会上其他文学家的参加。广义上说,邺下文学集团正是以曹丕官属为核心组织而形成的。

## (一) 游园欢宴中的赋诗

前述曹丕,曹植及吴质对此都有论述。史载"太子燕会,众宾百数十人"②,可见其盛况,且这类游园赋诗一般是由曹丕主持的。这种游园欢宴往往有诗,如王粲的《公讌》、陈琳的《宴会》、刘桢的《公讌》、阮瑀的《公讌》,应玚的《公讌》与《侍五官中郎将建章台诗》、曹丕的《孟津》与《芙蓉池作》及《于玄武陂作》、曹植的《公讌》及《侍太子坐》。但有时曹植也主持游园欢宴,如他有诗《赠丁翼》,诗首八句云:

嘉宾填城阙,丰膳出中厨。吾与二三子,曲宴此城隅。秦筝发西气,齐瑟扬东讴。肴来不虚归,觞至反无余。③

描写出一幅乐融融的景象。

游园宴会的结果,是产生出一批诗作来,这类游园宴会内容的诗作,当是在游园宴会中或之后而作。游园宴会中所作可能还有其他题材内容的,但到底有哪些,今已不可考。

《楚辞·招魂》中有这么几句:"结撰至思,兰芳假些。人有所极,同心赋些。"王夫之这样解释说:"结者,结其篇章,撰其词句。至思,极思也。兰芳假者,藻思中发,若兰蕙之芳相假借也。极,思所至也。人各尽其思之所至,相竞美也。谓酒阑分题作赋,以纪胜会也。"④ 他说楚人的酒宴上已有"分题作赋"的风气,那么这风气就是魏的酒宴赋诗的先声。

---

① 《三国志·王粲传》,第599页。
② 《三国志·邴厚传》注引《邴厚别传》,第353页。
③ (南朝梁)萧统撰、(唐)六臣注《六臣注文选》,第446页上。
④ 王夫之:《楚辞通释》,中华书局,1959,第148~149页。

## （二）命题创作

一人出题大家作，当时称之为"命诗""命赋"，这个"命"，当然是具有相当权威的人才能发出。此风始自曹操。建安十五年（210），"时邺铜爵台新成，太祖悉将诸子登台，使各为赋。（曹）植援笔立成，可观，太祖甚异之"①，曹植此赋已佚。几年后，曹丕《登台赋序》称："建安十七年春，游西园，命余兄弟并作。其词曰……"此为《登台赋》，曹操、曹丕、曹植均有此赋。又王粲曾称"奉命作《刀铭》"②，这当是曹操所命。曹操有《百辟刀令》，说制成百辟刀数枚，将以与诸子，王粲《刀铭》可能即为此作。曹植亦有《宝刀赋》《宝刀铭》。

在另外的场合，则以曹丕命题更为普遍。如曹丕曾自称："为太子时，北园及东阁讲堂，并赋诗，命王粲、刘桢、阮瑀、应玚等同作。"③ 又如阮瑀卒，曹丕作《寡妇赋》，亦命王粲作之，曹丕《寡妇赋序》称：

> 陈留阮元瑜，与余有旧，薄命早亡。每感存其遗孤，未尝不怆然伤心。故作斯赋，以叙其妻子悲苦之情，命王粲并作之。④

又如众人随曹操出猎，曹丕自作《校猎赋》，并命大家同作畋猎题材的赋。挚虞《文章流别论》称：

> 建安中，魏文帝从武帝出猎赋，命陈琳、王粲、应玚、刘桢并作。琳为《武猎》，粲为《羽猎》，玚为《西狩》，桢为《大阅》。⑤

又如曹丕自作《槐赋》，并命王粲也作之，曹丕《槐赋序》称：

---

① 《三国志·曹植传》，第557页。
② 俞绍初辑校《建安七子·王粲集》，中华书局，2005，第141页。
③ （唐）徐坚：《初学记》卷十引《魏文帝集》，中华书局，1962，第230页。
④ （唐）欧阳询：《艺文类聚》卷三十四，第600页。
⑤ 《古文苑》卷七章樵注引。

> 文昌殿中槐树，盛暑之时，余数游其下，美而赋之。王粲直登贤门小阁外，亦有槐树，乃就使赋焉。①

又如曹丕、曹植失稚子，命诸人作哀悼文章：

> 建安中，文帝与临淄侯各失稚子，命徐干、刘桢等为之哀辞。②

又如命以玛瑙勒为题作赋，曹丕《马脑勒赋序》称：

> 马脑，玉属也，出自西域。文理交错，有似马脑，故其方因以名之，或以系颈，或以饰勒。余有斯勒，美而赋之，命陈琳、王粲并作。③

陈琳《马脑勒赋序》也说：

> 五官将得马脑以为宝勒，美其英彩之光艳也，使琳赋之。④

曹植命题亦有，如曹植"曾作《鹞鸟赋》，命（杨修）作，修辞不为也。又命作《暑赋》，修虽造成，终日不敢献"⑤。又，曹植自己作《七启》，也曾命王粲作之。

## （三）同一题目大家同时作

这也是一项有组织的创作活动。曹丕《临涡赋序》称：

> 建安（十）八年至谯，经东国，遵涡水，相伴乎树下，驻马书鞭，

---

① （唐）欧阳询：《艺文类聚》卷八八，第1518页。
② （宋）李昉：《太平御览》卷五九六引挚虞《文章流别论》。
③ （宋）李昉：《太平御览》卷三五八。
④ 俞绍初辑校《建安七子·陈琳集》，第48页。
⑤ （南朝梁）萧统撰、（唐）六臣注《六臣注文选》，第748页上。

作《临涡之赋》。①

曹植亦有《临涡赋》，从曹丕所云"余兄弟从上"云云，知此同题之赋为同时所作。又，曹丕、曹植都有《代刘勋妻王氏杂诗》，可视为同时所作。曹丕、曹植、王粲又都有《出妇赋》，也是同咏此事。又，徐干有《于清河见挽船士新婚与妻别》，曹丕有《清河作》与《见挽船士兄弟辞别》，也可视为同时所作。又，建安十三年曹操南征荆州，曹丕作《述征赋》，阮瑀作《纪征赋》，徐干作《序征赋》，可能为同时所作。建安作家的同题作品甚多，但有些不知是否同时所作，此处只述同题同时所作，馀姑不论。

### （四）文学家们彼此鼓励创作、赠阅文章、品赏作品与修改文章

曹丕《又与吴质书》曾这样问吴质道："顷何以自娱，颇复有所述造不？"这样的问语中的确含有鼓励对方创作之意，并表现了对对方作品的敬慕之情。曹植《与吴季重（质）书》说："其诸贤所著文章，想还所治，复申咏之也。可令熹事小史，讽而诵之。"② 曹植送上"诸贤"的文章请吴质品赏。吴质《答东阿王书》回复道："还治讽采所著，观省英玮，实赋颂之宗，作者之师表也。众贤所述，亦各有志。"③ 这是谈自己的观感。曹植《与杨德祖书》④，载其曾给杨修送上自己的生平著作，"今往仆少小所著词赋一通相与"。此类赠阅作品之事，有时范围还会有所扩大，曹丕就曾"以素书所著《典论》及诗赋饷孙权，又以纸写一通与张昭"⑤。

这些文学家还互相请求他人评阅自己的作品，曹植《与杨德祖书》说："世人著述，不能无病。仆常好人讥弹其文，有不善者，应时改定。"他主张送作品给他人看，请别人指出缺点，自己则马上修改订正。《与杨德祖书》载，他还曾修改别人的作品并赞扬其人的谦虚态度，其曰：

---

① （唐）欧阳询：《艺文类聚》卷八，第149页。
② （南朝梁）萧统撰、（唐）六臣注《六臣注文选》，第792页上。
③ （南朝梁）萧统撰、（唐）六臣注《六臣注文选》，第794页下。
④ 《三国志·曹植传》注引，第558~559页。
⑤ 《三国志，文帝纪》注引，第89页。

昔丁敬礼尝作小文，使仆润饰之，仆自以才不能过若人，辞不为也。敬礼云："卿何所疑难乎！文之佳丽，吾自得之。后世谁相知定吾文者邪？"吾常叹此达言，以为美谈。

曹植还把文章送给陈琳，陈琳回信谈了感想，其《答东阿王笺》云：

昨加恩辱命，并示《龟赋》，披览粲然。君侯体高世之才，秉青萍干将之器，拂钟无声，应机立断，此乃天然异禀，非钻仰者所庶几也。音义既远，清辞妙句，焱绝焕炳，譬犹飞兔流星，超山越海，龙骧所不敢追，况于驽马，可得齐足。夫听白雪之音，观绿水之节，然后东野巴人，岂鄙益著，载欢载笑，欲罢不能。谨韬椟玩耽，以为吟颂。①

无疑，文学集团内诸文学家相互鼓励创作、赠阅文章、品赏作品与修改作品，对繁荣创作、提高创作质量起到了良好的作用。

## （五）文学集团的诸人还相互赠答诗作

文献所载此类作品甚多。王粲有《赠杨德祖》，刘桢有《赠五官中郎将》、《赠徐干》，徐干有《赠五官中郎将》、《答刘桢》，曹植有《赠徐干》、《赠丁仪》、《赠王粲》、《赠丁仪王粲》、《赠丁廙》，等等。

就文学家相互之间的赠答来说，则多是叙述友情与相互劝勉。其中上对下的赠答作品也很具特色。这类赠作或赞赏勉慰对方，如曹植《赠徐干》称"慷慨有悲心，兴文自百篇""良田无晚岁，膏泽多丰年。亮怀玙璠美，积久德愈宣"②；如曹植《赠王粲》称"重阴润万物，何惧泽不周"③。曹植让他们自己相信自己一定会发挥出才力而人尽其用的。有的是重申友情，如曹植《赠丁仪》称"思慕延陵子，宝剑非所惜。子其宁尔心，亲交义不薄"④。有的则有箴规之义，如曹植《又赠丁仪王粲》末四句以"丁生怨在

---

① （南朝梁）萧统撰、（唐）六臣注《六臣注文选》，第749~750页。
② （南朝梁）萧统撰、（唐）六臣注《六臣注文选》，第442页下。
③ （南朝梁）萧统撰、（唐）六臣注《六臣注文选》，第443页下。
④ （南朝梁）萧统撰、（唐）六臣注《六臣注文选》，第443页上。

朝，王子欢自营。欢怨非贞则，中和诚可经"①，劝他们以"中和"作为自己立身处世的永恒准则。有的则是共抒豪情壮志，如曹植《赠丁翼》的末数句：

> 我岂狷异人，朋友与我俱。大国多良材，譬海出明珠。君子义休偫，小人德无储。积善有余庆，荣枯立可须。滔荡固大节，世俗多所拘，君子通大道，无愿为世儒。②

但没见曹丕对其他文学家的赠作，可能失传了。

## （六）品评同时代的诸文学家

此多是具有领袖地位的人所作。如曹丕《典论·论文》称：

> 王粲长于辞赋，徐干时有齐气，然粲之匹也。如粲之《初征》《登楼》《槐赋》《征思》，干之《玄猿》《漏卮》《圆扇》《橘赋》，虽张蔡不过也。然于他文，未能称是。琳瑀之章、表、书、记，今之隽也。应场和而不壮，刘桢壮而不密。孔融体气高妙，有过人者，然不能持论，理不胜词，以至乎杂以嘲戏，及其所善，杨班俦也。③

曹丕在诸子逝世后，还曾写信给吴质论诸文学家的作品特点，《又与吴质书》称：

> 而伟长独怀文抱质，恬淡寡欲，有箕山之志，可谓彬彬君子矣。著中论二十余篇，成一家之业，辞义典雅，足传于后，此子为不朽矣。德琏常斐然有述作意，才学足以著书，美志不遂，良可痛惜。闲历观诸子之文，对之抆泪，既痛逝者，行自念也。孔璋章表殊健，微为繁富。公干有逸气，但未遒耳，至其五言诗，妙绝当时。元瑜书记翩翩，

---

① （南朝梁）萧统撰、（唐）六臣注《六臣注文选》，第444页上。
② （南朝梁）萧统撰、（唐）六臣注《六臣注文选》，第446页上。
③ （南朝梁）萧统撰、（唐）六臣注《六臣注文选》，第966~968页。

致足乐也。仲宣独自善於辞赋，惜其体弱，不足起其文，至于所善，古人无以远过也。

评论诸子，既指出长处，又指出短处，显示出领袖的公允与气度。曹丕《典论·论文》批评"文人相轻"的风气，并说要"审己以度人"而"免于斯累"来评价作家，看来他是做到了。吴质《答魏太子笺》回复曹丕，笺中有"若东方朔、枚皋之徒，不能持论，即阮、陈之俦也"与"至于司马长卿称疾避事，以著书为务，则徐生庶几焉"①，则都是以贬为主，这是为了突出笺中对曹丕本人的褒扬，这就显得客气话太多了。

曹植《与杨德祖书》评价诸子，先称赞诸子昔日各擅名一地，后集邺城，但"不能无病"，他是以之为核心来论述诸子的：

> 然此数子，犹不能飞翰绝迹，一举千里也。以孔璋之才，不闲辞赋，而多自谓与司马长卿同风，譬画虎不成还为狗者也。前为书嘲之。

### （七）以文坛领袖的身份与地位为先死者编诗文作品集

建安二十二年（217），徐干、陈琳、应玚、刘桢在疫疠中逝世，曹丕万分伤心。次年，他《又与吴质书》说："顷撰其遗文，都为一集。"在孔融被曹操处死后，曹丕因深好孔融文辞，称他为扬雄、班固之类的文学家，并以金帛募取孔融文章，想必也是为了撰为一集。南朝宋人谢灵运有《拟魏太子邺中集诗八首》，各以曹丕、王粲、陈琳、徐干、刘桢、应玚、阮瑀、曹植的口吻作诗。看来曹丕当年还编过《邺中集诗》，把当年在邺集会的诗作收为一集。

## 四 作为文坛领袖的曹丕

曹丕并非是建安文学的佼佼者，他何以被称之为文坛领袖呢？

其一，提倡"新变"与开启一代文风。建安诗歌在发展初期"慷慨悲

---

① （南朝梁）萧统撰、（唐）六臣注《六臣注文选》，第750~751页。

凉"，笔法上承袭汉乐府，有民歌风味，稍后，诗歌文人化的历程便开始了，在这历程中，曹丕是关键性的人物，"子桓诗有文士气，一变乃父悲壮之习矣。要其便娟婉约，能移人情"①。曹丕的诗由汉乐府的多叙事转向注重抒情，由直率慷慨转向含蓄清秀宛转，这两点，都成为日后文人诗歌的显著特点。本来，建安诗歌的继承渊源有两个，一是汉乐府，一是古诗十九首之类。无疑，前者的影响要更大一些，这从曹操的诗全是乐府诗即可看出。建安诗歌注重抒怀是从曹操开始的，他的诗虽是乐府诗，但已是抒情叙事并重了。但就曹丕来说，其诗则更多地从古诗十九首汲取营养，对离情别绪多加注意。其《燕歌行》抒发思妇之情，先是借秋景抒情，再写对方的恩情，进而写自己的忧愁，接着又写解忧，最后以牛郎织女的神话故事来抒发感情，写得委婉曲折、缠绵动人，不再像乐府民歌那样坦直朴素。

　　曹丕诗歌在形式上多有创新，四言、五言、六言、七言、杂言无所不用，其七言《燕歌行》是我国文学史上第一首完整的七言诗作。曹丕在理论上也提倡"新变"，当他在《典论·论文》中称赞建安七子"于辞无所假，咸以自骋骥骤于千里"时，实际上是在肯定诗人们自铸伟词、自创新诗的努力。

　　其二，团结奖掖文学家。曹丕所处的时代是我国古代诗歌史上一个璀璨的时代，当时诗人辈出，而这些诗人文学才能的发挥，与曹氏父子的奖掖分不开。当时的文士如王粲、陈琳、徐干、阮瑀、应玚、刘桢等毕集邺城，这是曹操"设天网以该之，顿八纮以掩之"的结果。集合天下文士，必须借重曹操的权势与声望，但实际领导他们进行一系列文学活动的却是曹丕而不是政务繁忙的曹操。曹丕本身就是文学集团的领导者，当时文学家们聚集一起宴饮赋诗，曹丕就自称是活动的领导者，其《与吴质书》称："昔日游处，行则连舆，止则接席，何曾须臾相失。每至觞酌流行，丝竹并奏，酒酣耳热，仰而赋诗。"完全是一副领导者的口吻。他是以其文学集团的名义来召集全社会的文学家一起进行文学活动的。谢灵运《拟

---

① （清）沈德潜：《古诗源》，中华书局，1963，第107页。

魏太子邺中集诗序》模拟曹丕的口吻说："今昆弟友朋，二三诸彦，共尽之矣。"① 也完全是一副领导者的语气。诗人们也承认他是领导者，曹植《公䜩诗》称"公子敬爱客"，应玚《侍五官中郎将建章台集诗》也称"公子敬爱客，乐饮不知疲。和颜既以畅，乃肯顾细微。赠诗见存慰，小子非所宜"② 云云。

曹丕颇有领袖风度，能团结人，王粲死，曹丕"临其丧，顾语同游曰：'王好驴鸣，可各作一声以送之。'赴客皆一作驴鸣"③。阮瑀死，曹丕让大家以"寡妇"为题写文作诗，以示哀悼，这些都表明他对文学家的深厚感情。他对同时代的文学家的评价以褒扬为主，非常看重他人的长处，其《典论·论文》称说建安七子"于学无所遗，于辞无所假，咸以自骋骥骡于千里，仰齐足而并驰"，这与他反对"贵远贱近"的习气是分不开的。当然，他也指出诸人的弱点，但这是在褒扬的口吻下进行的，如："应玚和而不壮。刘桢壮而不密。孔融体气高妙，有过人者，然不能持论，理不胜词；至于杂以嘲戏，及其所善，扬、班俦也。"繁钦写信与曹丕讨论音乐问题，曹丕对其论点十分赞赏，说，"披书欢笑，不能自胜，奇才妙伎，何其善也。"④ 他又能容人，如孔融是被其父曹操处死的，可曹丕却表示出哀叹，"上（孔）融文章者，辄赏以金帛"。所以，称他为全社会的文坛领袖是恰当的。

其三，探索诗歌的价值与特征。诗到底是什么？诗究竟有什么特征？文坛领袖理应对这些问题有所探讨。曹丕的《典论·论文》是中国文学批评史上第一篇文学专论，其中谈到文学的价值问题，曹丕说："盖文章者，经国之大业，不朽之盛事。"这口号确是有振聋发聩的效果。他还鼓励作家们"不托飞驰之势"而努力从事文学创作活动，以使"声名自传于后"。曹丕的理论对中古时期文学的发展推动极大。但也应该看到，他所说的"文章"，不单纯是指文学作品，还指其他各种文体的应用文；另外，他并非从"文章"自身的价值肯定"文章"，而是从"经国"的角度及作者"声名"

---

① （南朝梁）萧统撰、（唐）六臣注《六臣注文选》，第578页下。
② （南朝梁）萧统撰、（唐）六臣注《六臣注文选》，第371页上。
③ 余嘉锡：《世说新语·伤逝》，《世说新语笺疏》，上海古籍出版社，1993，第635页。
④ （唐）欧阳询：《艺文类聚》卷四十三，上海古籍出版社，第778页。

流传的角度来肯定"文章"。在实践上,曹丕与诸诗人宴饮赋诗,又说"猎之为乐,何如八音也"①,把诗视同畋猎游戏,这虽有对文学不敬的一面,但又是认识到文学的娱乐观赏性质的表现。曹丕还谈到文学的具体特征,他先是讲"文本同而末异",然后又点出"诗赋欲丽"。"丽",广义地讲就是要有文采,这表明当时人们已经不满足于对"文章"共同性的认识,而探索诗的特征到底是什么。当然,"丽"还只是诗歌的外部特征,曹丕的诗开创"文士气",也有从这方面入手的因素。

但是,曹丕自身的创作则缺乏一种必要的锐气与成熟的魅力,他虽有开启诗风之功,但其诗歌创作还不曾达到时代的高峰。从思想内容上讲,曹丕的诗与建安七子的诗不同,他不着重于描写社会的苦难而着意于渲染弥漫于社会的感伤情调,对社会人生的关注不够,在揭示社会矛盾、人生矛盾方面缺乏力度。这或许是因为政治上的高位与成为文坛领袖人物,使得他们与社会之间有着更多的妥协性吧!反过来说,一般小人物如左思、鲍照等,更会因为自身地位的低下而一举戳破社会问题,吐出心中怨情,从而有可能使自己的作品独树一帜、光彩四溢。就诗风的提倡与诗歌形式来说,曹丕站在"新变"的前沿,但不曾达到时代的完美,如曹丕的七言诗既不成熟也未推广,其诗歌的"文人化"不及曹植。刘勰称"文帝(曹丕)以位尊减才"②,如从此方面来说这是成立的。

与唐代相比,曹丕以及其后张华、沈约诸人成为文坛领袖说明了这样的历史局限:一是文学的自觉程度不及唐代那么高,对文学的提倡与对文学风尚的提倡及对文学家的奖掖、鼓励还部分地依赖于权威性的官职等外来动力;二是中古时代的优秀文学作品还不具备唐代诗歌那样的魅力,其自身还不足以成为一种号召,中古时期也不曾有同时代就认为是大诗人、大作家的人物出现。

尽管曹丕作为文坛领袖在各方面尚有不足之处,但他对繁荣诗歌创作所起的作用是公认的。这或许就是中古时代作为文坛领袖的得与失吧。

---

① 《三国志·鲍勋传》,中华书局,1982,第385页。
② 詹锳:《文心雕龙义证》,上海古籍出版社,1989,第1798页。

## 五　美名佳誉流传后代

邺下文学集团的建立，为文学创作提供了极大的方便，实际上担当了文学组织的功能。又正因为这不是文学组织而是政治官属组织，也使其组织的文学活动不局限于某一组织，而具有全社会的性质，为其他官属的人员参加文学活动提供了方便，使这种文学活动成为大多数文学家的事。因此，可以说，邺下文学集团是以曹丕、曹植官属为核心并联系其他文学家共同参加文学活动的文学家群体。所以，南朝钟嵘《诗品》这样来评说邺下文学集团：

> 曹公父子，笃好斯文，平原兄弟，郁为文栋；刘桢、王粲，为其羽翼。次有攀龙托凤，自致于属车者，盖将百计。彬彬之盛，大备于时矣。①

这样的文学集团显然与汉初藩王处的赋家集团的形成有所不同。赋家集团是在招揽人才之下同气相求的自动聚集，其成员是门客身份而无官职，但邺下文学集团的成员都是有官职的，其形成是以委派为基础的。另外，赋家集团的组织者藩王，有的是不擅长搞创作的，如谢灵运《拟魏太子邺中集诗八首序》称："梁孝王时，有邹、枚、严、马，游者美矣，而其主不文。"② 但邺下文学集团的政治官属领导人是擅长文学创作的，他们是集政治首脑与文坛创作佼佼者为一身的。这个文学集团在曹操逝世、曹丕登基后正式宣告解体。从领导者来说，继承魏王之位又进而当皇帝的曹丕，他政务繁忙，早已无暇领导与组织正常的一般性文学活动。从成员来说，著名的文学家陆续逝世，再加上曹植一派中的文学家不断被杀，连曹植最终也被赶出邺城，而曹丕一派中的文学家也所剩无几，活着的人不断得到高官，他们也无暇去搞文学创作了。于是，随着太子官属的解体与魏代对藩王的刻薄政策，藩王有生命之虞而根本没有可能组织力量进行

---

① 曹旭：《诗品集注》，上海古籍出版社，1994，第17页。
② （南朝梁）萧统撰、（唐）六臣注《六臣注文选》，第578~579页。

创作，文学家的集体活动自然而然地逐渐减少。从地域来说，曹丕定都洛阳，邺城也已不是政治、文化的中心。至此，邺下文学集团不复存在了。但是，邺下文学集团这种文学家组织起来进行活动的形式为后世作出了榜样，美名佳誉相传不绝。其实，后世文学集团所开展的种种活动，也不外乎是宴游赋诗、命题创作、同题创作、相互酬赠、品赏作品、品评作家、编辑诗文集等。

# 第四章 论曹魏时代对诗歌本质的全面把握

鲁迅先生在《魏晋风度及文章与药及酒之关系》中说,"诗赋欲丽"是"说诗赋不必寓教训,反对当时那些寓训勉于诗赋的见解,用近代的文学眼光看来,曹丕的一个时代可说是'文学的自觉时代',或如近代所说是为艺术而艺术(Art for art's sake)的一派"①,为什么"不必寓教训"的"诗赋欲丽"的观念,即可说是标志着"文学的自觉"呢?"文学的自觉"应当是对文学本质的全面把握。"诗赋欲丽"的观点是曹丕在《典论·论文》中提出的。遵循鲁迅先生的结论:本文拟探讨曹魏时代对诗歌的自觉、对诗歌的本质的认识达到一个什么高度,由此探知这种高度对认识和把握文学的本质所具有的意义。

## 一 诗歌的本质特征

这里先追溯一下曹魏时代之前对诗歌的本质有怎样的认识与把握。《毛诗序》说,诗歌"用之乡人焉,用之邦国焉","先王以是经夫妇,成孝敬,厚人伦,美教化,移风俗"②,这种理论是在诗歌表现出物质劳动实用目的的基础上演化而成的,表现出诗歌在上层建筑、意识形态方面的实用目的,即"寓训勉于诗赋的见解"。

诗歌的这种实用目的性,无疑是诗歌的本质属性之一,但诗歌的本质属性不仅仅只是如此,在曹魏时代之前,诗歌其他一些本质属性也陆陆续续被人们认识到了。如诗歌的情感性,《荀子·乐论》讲:"夫乐者,乐也,

---

① 鲁迅撰、吴中杰导读《魏晋风度及其他》,上海古籍出版社,2000,第187~188页。
② (南朝梁)萧统撰、(唐)六臣注《六臣注文选》,第853~854页。

人情之所必不免也。"① 其感人深。《毛诗序》说：诗是"吟咏情性"，"情动于中而形于言，言之不足故嗟叹之，嗟叹之不足故永歌之，永歌之不足，不知手之舞之，足之蹈之也"，"发乎情，止乎礼义"，"情发于声，声成文谓之音"②，都是讲诗由人们的情感抒发而产生，又通过感动情性来起社会作用。又如诗歌的认识性质，孔子所提倡的"兴、观、群、怨"中的"观"这就是说通过诗歌来认识社会，了解下情，但是对诗歌的观赏性质，在建安时代之前，人们的认识是很不充分的，只是《荀子·乐论》说"乐者，乐也"，谈到诗乐具有娱乐人的性质。究其原因，这与诗歌政治实用理论的势力太大很有关系，诗歌的情感性质，普遍地被看作是诗歌通过感动人情来达到其实用目的的，实现其社会作用，况且还要"发乎情，止乎礼义"呢，诗歌的认识性质，认识社会，了解下情的目的就是为了"有邪而正之"，"可行而不悖"。两汉时代，人们已认识到赋、小说这样的文学体裁具有观赏性质，是作为一种审美对象而被创造出来的，但当时人们对其认识的目的是为了抨击它、否定它，以此来说明立于正统地位、具有"诗教"巨大作用的诗（主要指《诗经》作品），当然不应该是一种审美对象，不应该具有观赏性质的。这就是曹魏时代之前人们的观点。

  文学艺术最初是与物质生产合为一体的，是与物质生产的实用目的联系在一起的，随着生产力的发展和社会分工的出现，人们的审美意识发展过渡成为创造性的反映，它从单纯实用目的的劳动的附属成为创造供人观赏物品的审美目的的表现，这就是马克思所说的艺术掌握世界的方式的产生，因此，当文学艺术从物质生产中独立出来，它就成为一种满足人们审美需要的独立的创造活动，文学艺术也就具有了一种观赏性质，为人们提供审美对象以满足人们审美需要也就成为文学艺术生产的特殊目的，正如马克思在《〈政治经济学批判〉导言》里所讲："艺术对象创造出懂得艺术和能够欣赏美的大众。"③

  曹丕的《典论·论文》④提出"诗赋欲丽"的意义是巨大的，首先，

---

① 章诗同：《荀子简注》，上海人民出版社，1974，第221页。
② 《毛诗正义》，《十三经注疏》，上海古籍出版社，1997，第270页上。
③ 《马克思恩格斯选集》第二卷，人民出版社，1972，第95页。
④ （南朝梁）萧统撰、（唐）六臣注《六臣注文选》，第966~968页。

他区分开"诗赋"与"奏议"、"书论"、"铭诔",其次,他认为区分的标准是"诗赋欲丽",而作为应用文和说理文的作品则"宜雅""宜理""尚实"。所谓"欲丽"即说"诗赋"要达到为人们提供审美对象这个特殊目的,因此,诗歌具有观赏性质。

《三国志》还记载曹丕关于诗歌具有观赏性质的另一段话:"文帝将出游猎,(鲍)勋停车上疏曰:'……陛下仁圣恻隐,有同古烈,臣冀当继踪前代,令万世可则也。如何在谅闇之中,修驰骋之事乎?臣冒死以闻,唯陛下察焉'。帝手毁其表,而竟行猎,中道顿息,问侍臣曰:'猎之为乐,何如八音也?'侍中刘晔对曰:'猎胜于乐。'勋抗辞曰:'夫乐,上通神明,下和人理,隆治致化,万邦咸乂,故移风易俗,莫善于乐。况猎,暴华盖于原野,伤生育之至理……'因奏:'刘晔佞谀不忠,阿顺陛下过戏之言……'帝怒,作色,罢还,即出勋为右中郎将。"①萧涤非先生说,这就是曹丕的时代乐府观念的改变,"文帝之视乐府,实与田猎游戏之事无异"②,曹丕视乐府诗为一种供人观赏的审美对象。

如此,我们即可明白,曹丕提出"诗赋欲丽",是认为诗歌是一种供人欣赏和感受的审美对象,所以"不必寓教训,反对当时寓训勉于诗赋的见解",曹丕的这种认识与见解,是对文学本质的又一深入把握,是对文学本质属性的全面认识。鲁迅先生由曹丕所说"诗赋欲丽"得出"曹丕的一个时代可说是'文学的自觉时代'",可见曹魏时代对诗歌具有观赏性质的认识,是具有时代性的,下面我们来看看当日这种认识还有哪些表现。

曹魏时代已敢于把诗歌创作活动视为一种自我娱悦的活动,这与先秦及两汉时代视诗歌创作活动是"政教"活动是多么的不同。曹丕《与吴质书》曰③:"昔年疾疫,亲故多离其灾。徐、陈、应、刘,一时俱逝,痛可言邪!昔日游处,行则连舆,止则接席,何曾须臾相失。每至觞酌流行,丝竹并奏,酒酣耳热,仰而赋诗,当此之时,忽然不自知乐也。"此段话明言"仰而赋诗"的自我欢娱,只是由于想起逝世的朋友,才"忽然不自知

---

① 《三国志·鲍勋传》,第385页。
② 萧涤非:《汉魏六朝乐府文学史》,人民文学出版社,1984,第123页。
③ 《三国志》,第608页。

乐也"。曹丕这封信的末尾，还询问吴质说，"顷何以自娱，颇复有所述造否？"这里所说的"述造"，亦含有诗歌创作，这里既有"仰而赋诗"时的自我欢娱，又有作诗以"自娱"之义。黑格尔说："一切民族都要求艺术中使他们喜悦的东西能够表现出他们自己，因为他们愿在艺术里感觉到一切都是亲近的、生活的、属于目前生活的。"① 作诗，这种"表现出他们自己"是自为的，作诗自娱正是"表现出他们自己"的喜悦。史载曹丕"论撰所著《典论》、诗、赋，盖百余篇，集诸儒于肃城门内，讲论大义，侃侃无倦"②，敢于说出创作时的自我欢娱心理，敢于说出创作诗歌以自我观赏、自我欢娱，此当是对诗歌的观赏性质肯定之后才会产生的。

与认识和肯定诗歌具有观赏性质的同时，曹魏时代对诗歌作品及其他文学作品，普遍采取一种"赏"的态度。曹植《与吴季重（质）书》中说："得所来讯，文采委曲，晔若春荣，浏若清风，申咏反复，旷若复面"，曹植称吴质的"所来讯"，不仅仅是信，当还有诗歌作品，下文紧接又说，"其诸贤所著文章，想还所治复申咏之也，可令熹事小吏讽而诵之"③，所谓"申咏"，"讽而诵之"，即是欣赏，"熹事小吏"，即是喜欢文学作品的人。

曹魏时代，"公宴诗""宴会诗""公宴会诗"大量出现，无论从作诗的目的、诗的内容及诗的效果来看，这类诗都是明显地以给人们提供审美对象的面目出现的。汉时乐府诗有一类是专供皇帝宴饮的诗歌作品，汉末蔡邕《乐意》称"汉乐四品"，一曰《大予乐》，二曰《周颂》雅乐，三曰《黄门鼓吹》等，"黄门鼓吹，天子所以宴乐群臣"④。崔豹《古今注》说："汉乐有黄门鼓吹，天子所以宴乐群臣也。短箫铙歌，鼓吹之一章尔，亦以赐有功诸侯。"⑤ 汉铙歌《将进酒》即在自己的诗里谈到宴会上的诗是为了使人欢悦的，其诗云："将进酒，乘大白。辨加哉，诗审博，故放歌，心所作，同阴气。诗悉索，使禹良工观者苦。"⑥ "辨加"即"驾辨，古歌名，

---

① 黑格尔：《美学》第一卷，商务印书馆，1979，第337页。
② 《三国志·文帝纪》，第88页。
③ （南朝梁）萧统撰、（唐）六臣注《六臣注文选》，第792页上。
④ 《全后汉文》卷七十，严可均《全上古三代秦汉三国六朝文》，中华书局，1958，第859页下。
⑤ （宋）郭茂倩：《乐府诗集》卷十六引，中华书局，1979，第224页。
⑥ （宋）郭茂倩：《乐府诗集》卷十六，第229页。

"诗审博""诗悉索"言诗歌的繁盛,"苦",快也,即欢娱。曹魏代的"公宴诗"正是对此类乐府诗的继承,在宴饮聚会上作诗以给人们提供审美对象供人观赏。曹魏时,宴饮欢会本是很盛的,曹丕《与吴质书》言:"方今……纪时,景风扇物,天气和暖,众果具繁,时驾而游,北遵河曲,从者鸣笳以启路,文学托乘于后车。"① 曹丕《魏太子集》言:"为太子时,北园及东阁讲堂并赋诗,命王粲、刘桢、阮瑀、应场每同作"②,都是讲宴饮酒会之盛,并在宴饮欢会中有赋诗活动。刘勰《文心雕龙》在讲到建安时代的文学时,常常提起他们的宴饮欢会赋诗,《明诗篇》说:"暨建安之初,五言腾踊,文帝、陈思,纵辔以骋节,王、徐、应、刘,望路而争驱,并怜风月,狎池苑,述思荣,叙酣宴。"《时序篇》说:曹氏父子与诸人"傲雅觞豆之前,雍容衽席之上,洒笔以成酣歌,和墨以藉谈笑"③。曹氏父子与建安七子大都有"公宴诗",建安七子中,王粲、刘桢、陈琳、阮瑀、应场都有题名为"公宴"之类的诗留传下来;北魏夏侯道迁"每诵孔融诗曰":"坐上客恒满,樽中酒不空"④,只徐干一人现存的诗中无此。曹氏父子,曹植有"公宴诗",武帝操、文帝丕无题名为此的诗,《文选·公宴诗》吕延济注曰:"公宴者,臣下在公家侍宴也"⑤,"公宴"本是君王宴请臣下,故武帝、文帝定无题名为"公宴诗"的"侍宴"之诗,但曹操有《对酒》,其《短歌行》又言"对酒当歌",显然都是宴饮之作,曹丕有《芙蓉池作诗》《于玄武陂作诗》,"芙蓉池""玄武陂",均为宫中苑、陂之名,此是宴饮欢会的诗亦明。东晋末刘宋初诗人谢灵运有《拟魏太子邺中集诗八首》,其序言以曹丕口吻叙述了当日宴饮欢会赋诗的盛况:"建安末,余时在邺宫,朝游夕宴,究欢愉之极,天下良辰美景,赏心乐事,四者难并,今昆弟友朋,二三诸彦,共尽之矣。古来此娱,书籍未见,何者?楚襄王时,有宋玉、唐景,梁孝王时,有邹、枚,严、马,游者美矣,而其主不文,汉武帝时,徐、乐诸才,备应对之能,而雄猜多忌,岂获晤言之适,

---

① 《三国志》,中华书局,1982,第 608 页。
② (唐)徐坚:《初学记》卷十,中华书局,1962,第 230 页。
③ 詹锳:《文心雕龙义证》,上海古籍出版社,1989,第 196、1692 页。
④ 《魏书·夏侯道迁传》,中华书局,1974,第 1583 页。
⑤ (南朝梁)萧统撰、(唐)六臣注《六臣注文选》,第 369 页。

不诬方将，庶必贤于今日尔？岁月如流，零落将尽，撰文怀人，感往增怆。"① 突出其时皇帝与臣下都文采奕奕仰而赋诗的欢悦之景。此实是当日情形的真实写照。

## 二 曹魏时代诗体大备与艺术追求

曹魏时代，对诗歌是一种审美对象供人欣赏和感受的认识，对诗歌观赏性质的认识，还表现在其时的诗体大备上。在此之前，诗坛以四言诗为正统，当日《离骚》及其他楚歌一类，入骚体，不作正统的诗看。诗论亦多涉及以四言句为主体的"诗三百篇"，正统作诗的也多是四言体。五言诗，实在是东汉末年的无名氏之作，以《古诗十九首》为代表，这批诗，南朝人多托名称为枚乘、李陵、苏武、傅毅等人所作，经后人考证，完全不可信。从这些诗的思想内容及形式技巧来看，这批诗的作者当是很有些文化修养的，又是很懂得写诗的失意文人，但他们的名字在当日就不见著录于诗上，至为可惜。这么多同一类型的诗没有作者姓名，当不是偶然现象，其中的原因，一方面是作为诗人的独立人格还未被社会承认，人们普遍视这类文学家为"俳优"，一方面是当日只承认四言为正统诗，其他体裁的诗（楚歌除外）便不成为诗，故文人不便题名或羞于题名。挚虞讲五言诗是"俳谐倡乐多用之"，可见对五言诗鄙薄之甚，由此，对其作家当然也是鄙薄之甚，作品与作家都是难登大雅之堂的。挚虞认为，除四言外，均"非音之正"，挚虞的时代在曹丕之后，尚有如此之偏见，那么，东汉时的诗歌何种为正统，何种遭鄙薄，可想而知了。但是在曹魏时代，五言大盛，六言、七言亦出现了，曹操之作，尚有不少四言，但他的五言诗也写得很好，沈德潜《古诗源》卷五说："孟德诗犹是汉音，子桓以下，纯乎魏响。"② 诗体形式上的这种历史性过渡，也正是此，故曹丕、曹植及建安七子，就都是以创作五言诗为主了，《诗品》说："降及建安，曹公父子，笃好斯文（指五言），平原兄弟，郁为文栋，刘桢、王粲，为其羽翼，次有攀

---

① （南朝梁）萧统撰、（唐）六臣注《六臣注文选》，第578~579页。
② （清）沈德潜：《古诗源》，中华书局，1963，第103页。

龙托凤，自致于属车者，盖将百计。彬彬之盛，大备于时矣。"① 即讲的这种情况。时又有六言，孔融、曹丕、曹植均有所作。时又有五言，曹植有所作。时又有七言，曹丕、曹叡有所作，还有杂言等。这样，我国古典诗歌五言，七言之体式，至曹魏时代已大备。考其原因，当与曹魏时代认识到诗歌是一种审美对象供人欣赏和感受，认识到诗歌具有观赏性质分不开的，挚虞讲五言、六言，七言等为"俳谐倡乐用之""乐府用之"，即云这些体式的诗具有观赏性质，是一种审美对象以供人欣赏和感受的，这些诗正因为此而受封正统派的鄙薄，而曹魏时代则充分肯定观赏畦质是诗歌的本质属性之一，诗歌就是一种审美对象，所以，"俳谐倡乐用之"又有什么关系？正好为之。反过来说，曹魏时代大兴"俳谐倡乐用之"的诗体，也正说明其时对诗歌观赏性质的认识与肯定。

曹魏时代对诗歌观赏性质的认识与肯定，本是与对诗歌创作艺术性的追求相辅相成的，所谓"诗赋欲丽"，本身就含有追求诗歌创作艺术性、追求诗歌词采的意味在内。此前，传统观念对文采之丽是取批判态度的，如《韩非子·外储说左上》篇载墨家之言："今世之谈也，皆道辨说文辞之言，人主览其文而忘其用。墨子之说，传先王之道，论圣人之言以宣告人，若辨其辞，则恐人怀其文忘其直，以文害用也。"② 对于非文学作品的应用文章来说，此说虽然偏颇（因"文"不见得必"害用"），但基本上还可以算是正确的，因为这些应用文章本身的目的就是或要说明一个道理（如论说文），或要记录阐述一件事情（如史），没有文采虽逊色，但不是不可以的。以孔子为代表的儒家理论，对应用文章的实用目的与文采的关系的阐述较有代表性，《论语·宪问》载，"子曰：为命，裨谌草创之，世叔讨论之，行人子羽修饰之，东里子产润色之。"③《左传》"襄公二十五"载孔子说："言之无文，行之不远。"④ 就是说为了使应用文章更好地发挥作用，应使文章"文"，这就是"为命"为什么要"修饰之"，"润色之"的最好注脚。《周易·系辞下》言"其旨远，其词文"也是这个意思，要求以"文"

---

① 曹旭：《诗品集注》，上海古籍出版社，1994，第17页。
② 陈奇猷校注《韩非子集释》，上海人民出版社，第623页。
③ 《论语注疏》，《十三经注疏》，上海古籍出版社，1997，第2510页下。
④ 《春秋左传正义》，上海古籍出版社，1997，第1985页下。

来增进文章的实用性。正是在这个意义上，王充《论衡·佚文篇》说："天文人文，文岂徒调墨弄笔为美丽之观哉？载人之行，传人之名也。"① 随着生产力的发展，随着社会分工的出现，独立于物质生产劳动之外的文学艺术出现了，它的特殊目的就是为了给人们提供审美对象，满足人们对艺术和审美的需要。因此，文学艺术应该是"调墨弄笔为美丽之观"的东西，当然不仅仅只是如此，然后才能实现其认识作用、实践作用等，而应用文章首先应该是实用，然后才可追求"文""丽"，以求更好地实用，这就是应用文章之"丽"与"诗赋欲丽"的差别，虽然同是"丽"，却有孰先孰后孰主孰从的差别，文学与非文学的差别。至是，我们就知道曹丕的"诗赋欲丽"的观点是怎样促进着当时诗歌的发展，它使追求诗歌的艺术性，追求诗歌文采成为自觉，成为必然。因此，曹魏时代的诗歌出现了新的气象，沈约《宋书·谢灵运传论》说："至于建安，曹氏基命，二祖、陈王，咸蓄盛藻。"② 此实是当时诗歌的主要特征，沈约并认为，这是"相如巧为形似之言，班固长于情理之说"的转变，司马相如的"形似之言"是赋而不是诗，班固的诗"质木无文"，沈约的分析确是精当之极。《文心雕龙·乐府篇》又说，"魏之三祖，气爽才丽，宰割辞调，音靡节平"③，《诗品》也说曹植的诗"词采华茂"，这些都是曹魏时代诗歌的全新景象。前人还指出，曹魏时代的诗歌与前世的不同，此是一个转变点，王世贞《艺苑卮言》言，"汉乐府之变，自子建始"④，胡应麟《诗薮》言："子建《名都》、《白马》、《美女》诸篇，辞极赡丽。然句颇尚工，语多致饰，视东、西京乐府，天然古质，殊自不同。"⑤

## 三 曹魏时代的文学家地位

曹魏时代，文学家的地位有了显著的提高，而两汉时代的文学家的地位却并非如此。两汉时代堪称文学家的大都以辞赋见称，他们在朝廷中常

---

① （汉）王充：《论衡》，上海人民出版社，1974，第314页。
② 《宋书》，中华书局，1974，第1778页。
③ 詹锳：《文心雕龙义证》，上海古籍出版社，1989，第243页。
④ （明）王世贞：《艺苑卮言》。
⑤ （明）胡应麟：《诗薮》，上海古籍出版社，1979，第29页。

常感到有如俳优一类的地位，枚皋自言"为赋乃俳，见视如倡"①，扬雄自以为作赋"又颇似俳优淳于髡、优孟之徒"②，蔡邕自己也写过赋，但他十分看不起为赋者。曹魏时代文学家的地位是随文学地位的提高而提高的，曹丕《典论·论文》把"文章"的地位抬得极高，"盖文章，经国之大业，不朽之盛事，年寿有时而尽，荣乐止于其身，二者必至之常期，未若文章之无穷。是以古之作者，寄身于翰墨，见意于篇籍，不假良史之辞，不托飞驰之势，而声名自传于后"，认为文学家的名声可凭借作品而流芳百世。曹植《与杨德祖（修）书》言，如果不能"戮力上国，流惠下民，建永世之业，流金石之功"，就将"以翰墨为勋绩，辞赋为君子"，可见，曹植对文学及文学家的地位亦十分看重的，并俨然有以文学为业的思想。曹氏父子在当日十分重视网罗文学人才，曹植《与杨德祖书》言："昔仲宣（王粲）独步于汉南，孔璋（陈琳）鹰扬于河朔，伟长（徐干）擅名于青上，公干（刘桢）振藻于海隅，德琏（应玚）发迹于此魏，足下（指杨修）高视于上京。当此之时，人人自谓握灵蛇之珠，家家自谓抱荆山之玉。吾王于是设天网以该之，顿八纮以掩之，今悉集兹国矣。"③《文心雕龙·才略篇》称之为"崇文之盛世，招才之嘉会"④。其后，魏明帝青龙四年，"夏四月，置崇文观，征善属文者以充之"⑤。据上，可知这些人都是以文学之才（其中亦包括诗才）而在曹氏政权中获得地位的。

从文学家获得政治地位这一点，我们可以看到曹魏时代与前代不同的风尚。

第一，曹魏时代既认为诗歌是给人们提供审美对象的，又认为诗人以之"托身"可以"声名自传于后"，足为"君子"足为"勋绩"，可见与两汉时代养赋家，让他们提供审美对象，而又视之为"俳优"而鄙薄之的观念是何等的不同。这是与认为诗及其他文学活动是"经国之大业"，是具有认识作用、实践作用的认识分不开的。这样，曹魏时代视诗歌为一种供人

---

① 《汉书·贾邹枚路传》，第 2367 页。
② 《汉书·扬雄传》，第 3575 页。
③ 《三国志·曹植传》注引，第 558~559 页。
④ 詹锳：《文心雕龙义证》，上海古籍出版社，1989，第 1831 页。
⑤ 《三国志·鲍勋传》，第 107 页。

欣赏和感受的审美对象，诗歌具有观赏性质的认识，就与美感上的享乐主义区别开来了，车尔尼雪夫斯基在《俄国文学果戈理时期概观》里说："把文学局限在美感上的享乐主义，这就是把它的界限限制到荒唐的程度，而陷到了最狭窄的片面化和偏执里。"① 即批评认为文学仅仅只有观赏性质的观点及作法，而两汉之养赋家，正是皇帝夸奢淫逸之心的表现，仅仅是为了自己的声色享受。因此我们说，曹魏时代既认识到诗歌是一种审美对象，具有观赏性质，又认识到诗歌还具有实践性质，认识到诗歌所起的现实社会作用，这是全面把握诗歌本质的表现。

第二，班固在《汉书·艺文志》"诗赋略论"里说："传曰：'不歌而诵谓之赋，登高能赋可以为大夫。'言感物造耑，材知深美，可与图事，故可以为列大夫也。古者诸侯卿大夫交接邻国，以微言相感，当揖让之时，必称《诗》以谕其志，盖以别贤不肖而观盛衰焉。故孔子曰：'不学诗，无以言'也。"② 这是片面强调诗歌实用目的性的实践性质的观点，从班固所说可以看出，"可以为大夫"的原因是因为其人有诗歌之才，由其诗歌之才推知其有政治之才，而这种推知又是以诗歌之实用于政治的过程中发现的，"感物造耑，材知深美，可与图事"，搜罗招集并给予地位的目的是让他发挥政治之才，而不是继续发挥诗歌之才，搞诗歌创作。曹魏时代给予诗人、文学家地位，固然也有从其诗才观其政才的缘由，也有让其"图事"的目的，但也是让其发挥诗歌之才，进行诗歌创作。此外，上文所述曹魏时代诗人作诗"自娱"的事实，也是在诗人的地位得到社会公认以后才可能出现的观念。

## 四　原因追索

为什么在曹魏时代对诗歌的本质能有这样全面的认识呢？究其原因有三。

第一，通脱的政治理论观念。鲁迅先生在《魏晋风度及文章与药及酒之关系》中说，曹操"力倡通脱。通脱即随便之意。此种提倡影响到文坛，

---

① 伍蠡甫主编《西方文论选》下册，上海译文出版社，1979，第419页。
② 《汉书》，第1755~1756页。

便产生多量想说甚么便说甚么的文章。"① 此是刘师培所说的发挥和深刻化，刘师培曾说："建武以还，士民秉礼。迨及建安，渐尚通倪，倪则侈陈哀乐，通则渐藻玄思。"② 东汉末年，儒教呈衰微没落之势，曹操当权，政治上，文化上都取兼容并包的方针，如用人政策上，主张用"不仁不孝，而有治国用兵之术"的人，认为"有行之士，未必能进取，进取之士，未必能有行也。"当时，各种异端思想蜂起，傅玄《举清远疏》就说："近者魏武好法术，而天下贵刑名，魏文慕通达，而天下贱守节。其后纲维不摄，而虚无放诞之论盈于朝野，使天下无复清议。"③ 即指这种情况。在这异端思想之中，就有突破儒家"诗教"框框而力主"诗赋欲丽"的思想，这倒真是"想说甚么便说什么"了，诗歌在现实生活中确实呈现出一种观赏性质，确实是作为一种审美对象为人们所欣赏和感受的，以满足人们精神生活的某种需要的，于是，曹丕的时代便不顾传统思想的束缚，去"通脱"了。

其次，曹魏时代之前，"汉之灵帝，颇好俳词，下习其风，益尚华靡，虽迄魏初，其风未革"④，汉灵帝时代对辞赋这种文学式样的喜好，对华丽词藻的追求，任命委用文学家的习气，对曹魏时代文学——诗的观念的转变亦有一定的影响。《后汉书·蔡邕传》载："（灵）帝好学，自造《皇羲篇》五十章，因引诸生能为文赋者。本颇以经学相招，后诸为尺牍及工书鸟篆者，皆加引召，遂至数十人。侍中祭酒乐松、贾护，多引无行趣执之徒，并待制鸿都门下，熹陈方俗间里小事，帝甚悦之，待之不次之位。"⑤ 其时，把本应给予"经学"的地位，给予了"能为文赋者"，这也是提高了文学与文学家的地位。这些"能为文赋者""熹陈方俗间里小事"，想必或有多述人情世态、离别相思的"古诗"一类吧！其时，正统儒学文人蔡邕上《上封陈政要七事》，阳球奏《罢鸿都文学疏》，杨赐也有上书，对之表示不满，《文心雕龙·时序篇》言："降及灵帝，时好辞制，造《羲皇》之

---

① 鲁迅撰、吴中杰导读《魏晋风度及其他》，上海古籍出版社，2000，第187页。
② 刘师培：《中国中古文学史》，人民文学出版社，1959，第11页。
③ 《晋书·傅玄传》，中华书局，1974，第1317～1318页。
④ 刘师培：《中国中古文学史》，第11页。
⑤ 《后汉书》，第1991～1992页。

书，开鸿都之赋，而乐松之徒，招集浅陋，故杨赐号为'欢兜'，蔡邕比之'俳优'。"① 而至曹丕时代，随着"通脱"的政治理论的盛行，社会政治局面的安定，再加之最高统治阶级的提倡，对"熹陈方俗闾里小事"的文学、对"俳优"已取肯定的态度，文学家地位之提高得到了社会的承认。

第三，曹丕时代对诗歌观赏性质的认识，又是受到乐府论及其他文论总的影响而产生的。

赋是兴盛于汉代的一种文体，其时人们是把赋当作供人欣赏和感受的审美对象来看待的。《汉书·王褒传》载，汉宣帝对赋的性质提出自己的看法，他说："辞赋大者与古诗同义，小者辨丽可喜，辟如女工有绮縠，音乐有郑卫，今世俗犹皆以此虞（娱）说（悦）耳目，辞赋比之，尚有仁义风喻，鸟兽草木多闻之观，贤于倡优博弈远矣。"所谓赋"虞说耳目"，即指赋是一种审美对象。还载，汉宣帝时，"太子体不安，苦忽忽善忘，不乐，诏使褒等皆之太子宫虞（娱）侍太子，朝夕诵读奇文及所自造作。疾平复，乃归。太子喜褒所为《甘泉》及《洞箫颂》，令后宫贵人左右皆诵读之"。② 在这里，赋是一种审美对象供人欣赏和感受以满足人们某种精神生活的需要的，即所谓"虞（娱）侍太子"。

汉时对小说是一种审美对象，具有观赏性质，亦有认识。"说"字本具有悦怿与解说二义，这种文体本也具有悦怿与解说两种功用，诸子之说多解说，小说则是较为单方面发展了悦怿的结果，但是由于人们看到小说有这种性质，进而认为小说不合大道，班固《汉书·艺文志》"诸子略"说，"小说家者流，盖出于稗官，街谈巷语，道听途说者之所造也"③。

乐府诗的理论与实践及曹魏时代乐府诗的现状，对曹魏时代认识与肯定诗歌的观赏性质的关系极大。《荀子·乐论》曰"夫乐者，乐也"，讲到诗乐具有娱乐人的性质，后世的乐府理论对之有所继承，前文所引乐府有宴乐群臣之职，即是明证。诗乐具有娱乐人的性质，与先古祭祠娱神很有关系。汉王逸注《九歌》曰："《九歌》者，屈原之所作也。昔楚国南郢之

---

① 詹锳：《文心雕龙义证》，上海古籍出版社，1989，第1685页。
② 班固：《汉书》，中华书局，1962，第2829页。
③ 班固：《汉书》，中华书局，1962，第1745页。

邑，沅、湘之间，其俗信鬼而好祠。其祠，必作歌乐鼓舞以乐诸神。"① 应劭《风俗通义》"城阳景王祠"条下曰："自琅琊、青州六郡及渤海都邑、乡亭、聚落，皆为（汉朱虚侯刘章）立祠，造饰五二千石车，商人次第为之，立服带绶，备置官属，烹杀讴歌，纷籍连日。"②《毛诗序》曰："动天地，感鬼神，莫近于诗。"这些是讲民间的风俗及正统的诗，都有娱神一职，那么，从娱神到娱人，当不是万里之遥。西汉宫廷乐官有太乐、乐府二署，分掌雅乐、俗乐，雅乐主要是沿自周代的乐章，俗乐则主要是武帝以后所采集的各地风谣。《汉书·百官公卿表》："奉常（即太常），秦官，掌宗庙礼仪。"属官有太乐令丞。少府，"掌山海池泽之税，以给共养"③，属官有乐府令丞。《后汉书·百官志》曰：少府，"掌中服御诸物，衣服宝货珍膳之属。"④ 所以，刘永济先生《十四朝文学史略》引前人之说曰："二官判然不同。盖郊祀之乐，旧隶大乐。乐府所掌，不过供奉帝王之物，侪于衣服宝货珍膳之次而已。与武帝以俳优畜皋、朔之事，同出帝王夸侈荒淫之心。"⑤ 这就是乐府诗的性质与作用之一，即作为一种审美对象供人观赏。其后又有罢乐府之举，只留下从事郊祀宴飨的乐府人员，但民间喜爱乐府诗作为审美对象的风气却丝毫不减，《汉书·礼乐志》载："是时（成帝），郑声尤甚。黄门名倡丙强、景武之属富显于世，贵戚五侯定陵、富平外戚之家，淫佚过度，至与人主争女乐。哀帝自为定陶王时疾之，又性不好音，及即位，下诏曰：'……郑卫之声兴则淫辟之化流，而欲黎庶敦朴家给，犹浊其源而求其清流，岂不难哉？……其罢乐府官。郊祭乐及古兵法武乐，在经非郑卫之乐者，条奏，别属他官。'……然百姓渐渍日久，又不制雅乐有以相变，豪富吏民湛沔自若。"⑥ 至班固时，"郑卫之声"扩大到了"雅乐"之中，《汉书·礼乐志》载："今汉郊庙诗歌，未有祖宗之事。八音调均，又不协于钟律。而内有掖庭材人，外有上林乐府，皆以郑声施

---

① （宋）洪兴祖：《楚辞补注》，中华书局，1983，第55页。
② 吴树平：《风俗通义校释》，天津人民出版社，1980，第333页。
③ 《汉书》，第726、731页。
④ 《后汉书》，第3592页。
⑤ 刘永济：《十四朝文学史略》，黑龙江人民出版社，1984，第92页。
⑥ 《汉书》，第1072~1074页。

于朝廷。"① 与不承认赋有观赏性质一样,《汉书·艺文志》说:"自孝武立乐府而采歌谣,于是有代、赵之讴,秦、楚之风,皆感于哀乐,缘事而发,亦可以观风俗,知薄厚云。"② 就其重视民歌的源起及社会作用而言,班固的说法无疑是正确的,但乐府诗的本质属性还应包括其观赏性质,因此,班固对乐府诗本质的认识是不全面的。至曹丕时代,乐府诗更有发展,这一方面是由于其时不在民间采诗的缘故;另一方面亦证明其时文人乐府之盛。前文所引,曹丕认为乐府诗乐是一种审美对象供人欣赏感受的,当与乐府诗的这种历史分不开的,而其"诗赋欲丽",认为诗歌是一种审美对象,具观赏性质,亦与其对乐府诗乐的认识有极大的关系。曹魏时代,诗与乐府诗实在是很近的,除了有的风格上有差别外,其他已无大的差别。《晋书·乐志》云:"汉自东京大乱,绝无金石之乐,乐章亡缺,不可复知,及魏武平荆州,获汉雅乐郎河南杜夔,能识旧法,以为军谋祭酒,使创定雅乐。"③ 可见其时声调散亡的情况。本来乐府与诗最大的不同即入乐与否,现声调既已散亡,乐府诗离了乐,也就仅成了诗了。《宋书·乐志》引张华《表》曰:"二代三京,袭而不变,虽诗章词异,兴废随时,至其韵逗曲折,皆系于旧,有由然也。"④ 这是说明效之乐府与古不合的情形。因此,萧涤非先生说:"意者当时乐府之模拟,只求合于旧曲之韵逗曲折,不必如后世之按字填词",其时乐府诗"不受声调之桎梏"。此外,其时乐府诗已不受古题限制,如《薤露行》,本汉代民歌,曹操以咏汉事,曹植以咏建功之业(亦包括文学之业)的壮志。又有自出新题者,萧涤非先生说:"如曹植之《名都》、《白马》、《妾薄命》,阮瑀之《驾出郭北门行》等,并似因意命题,无所依榜。疑此类在今日皆未尝入乐,故无须乎袭用旧题以为曲牌之标志,而题之与义,遂得以悉相符合。"⑤ 这些乐府诗已经与一般诗歌完全没有两样了,这就是《晋书·乐志》所说:"三祖纷纶,咸工篇什。声歌虽有损益,爱玩在乎雕章。是以王粲等各造新诗,抽其藻思,吟咏神灵,赞

---

① 《汉书》,第1071页。
② 《汉书》,第1756页。
③ 《晋书》,第679页。
④ 《宋书》,第539页。
⑤ 萧涤非:《汉魏六朝乐府文学史》,人民文学出版社,1984,第126~127页。

扬来飨。"①

曹魏时代对诗歌是一种审美对象，诗歌具有观赏性质的认识，与两汉赋论、乐府论及其他文论的关系，从上文我们即可看出。但曹丕时代的观点与两汉的观点有一最大不同，即同是观赏性质，两汉人基本是否定的态度，而曹魏时代则是充分地肯定它，这说明曹魏时代对诗歌本质的认识是全面的，而且又是自觉地从整体把握诗歌本质的诸方面。

## 五　馀论

诗歌本具有情感性质、认识性质、实践性质及观赏性质，先秦两汉诗论，对前三者已有较深刻的认识与肯定，而曹魏时代对诗歌观赏性质的认识与肯定，使我国古代对诗歌本质的认识达到较全面的水平。诗歌在我国长期的封建社会中经久不衰，是历来被称之为"大道"的正统文学，那么，对诗歌本质的全面把握，必定产生对文学本质的全面把握。曹丕的时代稍后，南朝人们非但认识到文学与史学、哲学等有分工的不同，而且在实践上也实行了分家，宋文帝就在儒学、玄学、史学三馆之外，另立文学馆；文学作品在目录学中也与别的书籍分立，成专门一类，南齐王俭撰《七志》，始立"文翰"，梁阮孝绪撰《七录》，改称"文集"，包括诗赋的"文"与应用文及学术著作的"笔"的区分也成为人们探求的对象。而曹魏时代对诗歌本质的全面把握正是这些思潮与行动的基础与先导。此外，人们对诗歌作品艺术性自觉追求，也是在全面把握诗歌本质的基础上进行的，而不像以往那样是自发的、盲目的行动。拿南朝诗歌所注重的诗歌技巧及诗歌韵律来说，钟嵘《诗品》云："至若诗之为技，较尔可知，以类推之，殆均博弈。"② 公然把诗歌艺术性讲成是一种技艺。沈约《答陆厥书》中说，音韵宫商，"若斯之妙，而圣人不尚，何耶？此盖曲折声韵之巧，无当于训义，非圣哲玄言之所急也。是以子云譬之'雕虫篆刻'，云'壮夫不为'"③，公然认为音韵格律的发明推广是与诗歌观念跳出"诗教"的框框

---

① 《晋书》，第 676 页。
② 曹旭：《诗品集注》，上海古籍出版社，1994，第 66 页。
③ 《南史》，第 1195~1196 页。

而进入全面把握诗歌本质阶段分不开的。

  另外，我们还应看到，南朝片面强调文学的观赏性质，导致了文学上的享乐主义，《南史·陈后主本纪》载，陈后主"荒于酒色，不恤政事，左右嬖佞珥貂者五十人，妇人美貌丽服巧态以从者千余人。常使张贵妃、孔贵人等八人夹坐，江总、孔范等十人预宴，号曰'狎客'。先令八妇人襞采笺，制五言诗，十客一时继和，迟则罚酒。君臣酣宴，从夕达旦，以此为常"①。此即是车尔尼雪夫斯基所批判的文学上的享乐主义。而宫体诗，尤应批判。其他各种游戏诗，如数诗、人名诗、地名诗、卦名诗、建除诗等，也不应提倡。南朝片面推行文学的观赏性质，受到唐代人们的抵制与批判，但唐人并不否认文学的观赏性质而是在全面地正确地把握文学本质的基础上，又一次掀起我国古典诗歌的高潮。

---

① 《南史》，中华书局，1975，第306页。

# 第五章　曹魏军事战争诗作论

## 一　建安时期全方位地表现军事战争

建安时期的诗人感怀社会动乱与民生疾苦，把自己的命运与社会、民生结合起来，渴望在统一天下的战争中能够建功立业。正因为如此，建安时期有关军事战争的诗作，反映的社会面很广，诗歌中对社会动乱与民生疾苦的全力描摹，成为其诗歌书写军事活动的一种基础，因此可以说，其军事战争的诗作是全方位地表现了军事战争。

其一，叙写军事战争带来动乱与百姓遭遇。

汉代末期，多灾多难，军阀混战，民不聊生，生民百不遗一，皇甫谧《帝王经界纪》记载这种情况曰：

> 及灵帝遭黄巾，献帝即位而董卓兴乱，大焚宫庙，劫御西迁，京师萧条，豪杰并争，郭汜、李傕之属，残害又甚。是以兴平、建安之际，海内凶荒，天子奔流，白骨盈野。故陕津之难，以箕撮指，安邑之东，后裳不完，遂有寇戎，雄雌未定，割剥庶民，三十余年。及魏武皇帝克平天下，文帝受禅，人众之损，万有一存……①

建安作家用自己的笔，记载下现实动乱的场面，对人民的苦难深深同情，建安诗人亦用诗歌记载了这段历史的某些片断。

如蔡琰的诗作。蔡琰，字文姬，汉末著名文学家蔡邕之女，《后汉书》载，蔡文姬"博学有才辩，又妙于音律。适河东卫仲道。夫亡无子，归宁

---

① 《汉唐地理书钞》，中华书局影印本，1961，第123页。

于家。兴平（当为'初平'）中，天下丧乱，文姬为胡骑所获，没于南匈奴左贤王，在胡中十二年，生二子。曹操素与邕善，痛其无嗣，乃遣使者以金璧赎之，而重嫁于（董）祀"，"后感伤乱离，追怀悲愤，作诗二章"。① 这就是五言、骚体两首《悲愤诗》。五言《悲愤诗》是我国诗歌史上文人创作的第一首自传体五言长篇叙事诗，诗作分为三大部分，第一部分写董卓之乱给人民带来的苦难，诗云：

> 汉季失权柄，董卓乱天常。志欲图篡弑，先害诸贤良。逼迫迁旧邦，拥主以自强。海内兴义师，欲共讨不祥。卓众来东下，金甲耀日光。平土人脆弱，来兵皆胡羌。猎野围城邑，所向悉破亡。斩截无孑遗，尸骸相撑拒。马边悬男头，马后载妇女。长驱西入关，迥路险且阻。还顾邈冥冥，肝脾为烂腐。所略有万计，不得令屯聚。或有骨肉俱，欲言不敢语。失意几微间，辄言毙降虏。要当以亭刃，我曹不活汝。岂复惜性命，不堪其詈骂。或便加棰杖，毒痛参并下。旦则号泣行，夜则悲吟坐。欲死不能得，欲生无一可。彼苍者何辜，乃遭此厄祸。②

这是身处战争中的百姓对战争的书写，诗中所写董卓对百姓的野蛮屠杀与疯狂掠夺，均有史可证，据《三国志》："（董卓）尝遣军到阳城，时适二月社，民各在其社下，悉就断其男子头，驾其牛车，载其妇女财物，以所断头系车辕轴，连轸而还洛，云攻城大获，称万岁。入开阳城门，焚烧其头，以妇女与甲兵为婢妾。"③ 诗的第二部分写文姬流落匈奴后的情况；诗的第三部分写文姬归途与归后的遭遇，战后的情形令人印象尤为深刻：

> 既至家人尽，又复无中外。城郭为山林，庭宇生荆艾。白骨不知谁，从横莫覆盖。出门无人声，豺狼号且吠。茕茕对孤景，怛咤糜肝肺……

---

① 《后汉书》，第 2800~2801 页。
② 《后汉书·列女传》，第 2801~2803 页。
③ 《三国志》，第 174 页。

又有王粲书写战乱景象的《从军行》其五①，前半部分写道：

> 悠悠涉荒路，靡靡我心愁。四望无烟火，但见林与丘。城郭生榛棘，蹊径无所由。萑蒲竟广泽，葭苇夹长流。日夕凉风发，翩翩漂吾舟。寒蝉在树鸣，鹳鹄摩天游。客子多悲伤，泪下不可收。

但这样战乱破败景象的书写是要与下文曹操统治的和平安宁繁荣作为对比，即诗的后半部分：

> 朝入谯郡界，旷然消人忧。鸡鸣达四境，黍稷盈原畴。馆宅充廛里，女士满庄馗。自非贤圣国，谁能享斯休。诗人美乐土，虽客犹愿留。

这就表现出人民对和平生活的向往。和平生活的标志，一是"黍稷盈原畴"的农村景物，一是繁荣的都市，"馆宅充廛里，女士满庄馗"云云。

王粲《七哀诗》，其一也是书写战争中百姓苦难的名作，诗云：

> 西京乱无象，豺虎方遘患。复弃中国去，远身适荆蛮。亲戚对我悲，朋友相追攀。出门无所见，白骨蔽平原。路有饥妇人，抱子弃草间。顾闻号泣声，挥涕独不还。未知身死处，何能两相完。驱马弃之去，不忍听此言。南登霸陵岸，回首望长安。悟彼下泉人，喟然伤心肝。②

诗作既有大场面的动乱惨境叙述，又有"饥妇弃子"这样的典型图景；诗作把个人的遭遇与全社会的命运联系在一起，更增强诗歌的情感力量。

建安时期诗歌写到战乱给人民带来的苦难，读者最感触目惊心的就是

---

① （宋）郭茂倩：《乐府诗集》，中华书局，1979，第477页。
② （南朝梁）萧统撰、（唐）六臣注《六臣注文选》，第429页上。

"白骨"意象，前如蔡文姬五言《悲愤诗》"白骨不知谁，从横莫覆盖"，又如曹操《蒿里行》①：

> ……铠甲生虮虱，万姓以死亡。白骨露于野，千里无鸡鸣。生民百遗一，念之断人肠。

又如王粲《七哀诗》其一所云"出门无所见，白骨蔽平原"等。书写战乱，还往往写到城郭的被破坏，如王粲《从军行》其五写"四望无烟火，但见林与丘；城郭生榛棘，蹊径无所由"云云。又如蔡文姬写"城郭为山林"云云。正是由于对社会动乱与民生疾苦的书写，使建安时期的军事战争诗作有了坚实的基础与明确的指向。

其二，视军事活动为政治的组成部分。

战争是政治的继续，是政治的极端表现。建安时期，军阀混战，军事活动频繁，人民遭受深重苦难，曹操以武力及韬略平定北方，邺下文学集团的文人也大都跟随曹操征战南北，他们创作有大量军事题材的诗作，是建安文学一道亮丽的风景线。建安诗歌中，军事活动往往是作为政治的组成部分来歌咏的。比如曹操《薤露行》：

> 惟汉二十二世，所任诚不良。沐猴而冠带，知小而谋强。犹豫不敢断，因狩执君王。白虹为贯日，已亦先受殃。贼臣持国柄，杀主灭宇京。荡覆帝基业，宗庙以燔丧。播越西迁移，号泣而且行。瞻彼洛城郭，微子为哀伤。②

中平六年（189），大将军何进谋诛宦官，密招董卓进京，事泄，何进被宦官所杀，宦官又劫持少帝和陈留王奔小平津，后被董卓劫还，废少帝为弘农王，不久又将其杀死，立陈留王刘协为帝，即汉献帝，董卓遂窃取朝廷大权。于是关东兵马讨伐董卓，董卓焚烧洛阳，劫持献帝迁都长安。

---

① （宋）郭茂倩：《乐府诗集》，第398页。
② （宋）郭茂倩：《乐府诗集》，第396页。

诗作叙写的就是这个历史过程。曹操《蒿里行》：

> 关东有义士，兴兵讨群凶。初期会盟津，乃心在咸阳。军合力不齐，踌躇而雁行。势利使人争，嗣还自相戕。淮南弟称号，刻玺于北方……

作品的叙写继续《薤露行》而来，初平元年（190）春，函谷关以东诸军起兵讨伐董卓，推袁绍为盟主，在孟津会师，但诸路大军不能齐心协力，各怀私心，只有曹操出战失利，随后诸军争权夺利，互相残杀，把人民陷入战火之中。上述曹操两首诗作，把军事活动放在政治活动的大背景下来叙述，因此，其意义就不仅仅是揭示战争的危害，而是让人们思索战争祸害的原因。于是，历代读者、批评家也不仅仅把此作品视作战争诗，锺惺称此二诗："汉末实录，真诗史也。"① 方东树称："此用乐府题，叙汉末时事。所以然者，以所咏丧亡之哀，足当挽歌也。而《薤露》哀君，《蒿里》哀臣，亦有次第。"② 《薤露行》、《蒿里行》属《相和歌》的《相和曲》，崔豹《古今注》说："《薤露》送王公贵人，《蒿里》送士大夫庶人，使挽柩者歌之，亦谓之挽歌。"③ 曹操这两首诗，前者写汉王朝颠覆，后者写军阀争权夺利，酿成战乱。

曹操诗作给其子孙的军事战争书写定下基调，所谓"魏之三祖"的作品都在其书写中强调战争的意义。如曹丕五言《于黎阳作诗》两首，写为什么要忍受征途的艰难而从事军事活动，书写出战争的目的：

> 朝发邺城，夕宿韩陵。霖雨载（当为"载"）涂，舆人困穷。载驰载驱，沐雨栉风。舍我高殿，何为泥中？在昔周武，爰暨公旦。载主而征，救民涂炭。彼此一时，唯天所赞。我独何人，能不靖乱。
>
> 殷殷其雷，濛濛其雨。我徒我车，涉此艰阻。遵彼洹湄，言刈其楚。班之中路，涂潦是御。辚辚大车，载低载昂。嗷嗷仆夫，载仆载

---

① （明）锺惺：《古诗归》。
② （清）方东树：《昭昧詹言》，人民文学出版社，1961，第67页。
③ （宋）郭茂倩：《乐府诗集》，第396页。

僵。蒙途冒雨，沾衣濡裳。①

黎阳，古津渡名，在今河南浚县东南；邺城，曹操的根据地，在今河北；韩陵，韩陵山，在今河南安阳一带。洹，河名，在河南安阳。这是在汉延康元年（220）出征东吴时所作。又有曹叡《苦寒行》，写征途中看到祖父曹操的故垒军营，于是怀想其功德，颂扬其功德，并增强了对"吴蜀寇"的必胜信心。诗云：

悠悠发洛都，茾我征东行。征行弥二旬，屯吹龙陂城。（一解）顾观故垒处，皇祖之所营。故垒处，皇祖之所营。屋室若平昔，栋宇无邪倾。（二解）奈何我皇祖，潜德隐圣形。我皇祖，潜德隐圣形。虽没而不朽，书贵垂伐名。（三解）光光我皇祖，轩耀同其荣。我皇祖，轩耀同其荣。遗化布四海，八表以肃清。（四解）虽有吴蜀寇，春秋足耀兵。徒悲我皇祖，不永享百龄。赋诗以写怀，伏轼泪沾缨。②

诗作有的地方描摹得很具体，如"征行弥二旬""屋室若平昔，栋宇无邪倾"等，诗作是以抒怀见长，所谓"赋诗以写怀"。

与此相关的还有叙写对战争之事的恭敬职守，如繁钦《远戍劝戒诗》：

肃将王事，集此扬土。凡我同盟，既文既武。郁郁桓桓，有规有矩。务在和光。同尘共垢，各竟其心。为国蕃辅，琂琂衍衍，非法不语。可否相济，阙则云补。③

又如司马懿有《歌》，《晋书·宣帝本纪》载，景初二年（238），司马懿征讨辽东时过家乡河内温县，"见父老故旧，宴饮累日，帝叹息，怅然有

---

① （唐）欧阳询：《艺文类聚》，上海古籍出版社，1982，第1065页。
② （宋）郭茂倩：《乐府诗集》，第497页。
③ （唐）欧阳询：《艺文类聚》，第416页。

感，为歌曰"：

> 天地开辟，日月重光。遭遇际会，毕力遐方。将扫群秽，还过故乡。肃清万里，总齐八荒。告成归老，待罪舞阳。①

诗作前六句表达夺取战争胜利的政治意义，又有自谦，即"遭遇际会"之意。后二句称"待罪"，意谓不胜其职而将获罪，"舞阳"，即司马懿的封邑。从这首诗的创作背景，我们不禁想起刘邦创作《大风歌》的情形，但司马懿之作哪里有汉高祖的气魄。

又如毋丘俭《之辽东诗》：②

> 忧责重山岳，谁能为我檐。

史载，"青龙中，（魏明）帝图讨辽东，以俭有干策，徙为幽州刺史，加度辽将军，使持节，护乌丸校尉"，战不利，后，"帝遣太尉司马宣王统中军及俭等众数万讨渊，定辽东。俭以功进封安邑侯，食邑三千九百户"③。此诗即为毋丘俭担当讨公孙渊重任时的感怀。

又如阮籍《咏怀》八十二首，其三十一：

> 驾言发魏都，南向望吹台。箫歌有遗音，梁王安在哉？战士食糟糠，贤者处蒿莱。歌舞曲未终，秦兵已复来。夹林非我有，朱宫生尘埃。军败华阳下，身竟为土灰。④

诗中的"战士""秦兵""军败"都是有关战争的，但诗作是以战国时魏王荒淫、失政而导致军败、失地的史实来讽喻时政，战争并非诗作描摹的真正对象。但诗作表达出，战争是国家败亡的关键，战士是国家强大的

---

① 《晋书》，第10页。
② 逯钦立：《先秦汉魏晋南北朝诗》，中华书局，1983，第475页。
③ 《三国志·毋丘俭传》，第762页。
④ 陈伯君：《阮籍集校注》，中华书局，1987，第308页。

支撑。这是以战国魏亡之战的讽谏,是另一种对战争意义的思索。

其三,英雄主义的大力张扬。

建安军事战争诗歌留给文学史的辉煌,一是把军事战争与社会动乱、民生疾苦联系起来,歌吟军事战争活动是为了解除苦难、统一天下;二是以军事战争诗歌高扬英雄主义,曹植军事战争诗歌最大程度显示了英雄主义,如其《杂诗六首》其五写战争中的英雄壮志:

> 仆夫早严驾,吾将远行游。远游欲何之?吴国为我仇。将骋万里途,东路安足由。江介多悲风,淮泗驰急流。愿欲一轻济,惜哉无方舟。闲居非吾志,甘心赴国忧。①

应该注意到,这些对英雄主义的颂赞,实际上是理想主义的,诗人只是在叙说一种理想,这个理想要成为现实还须一定的条件。这是抒发征讨东吴的雄心壮志,可惜未能实现。

曹植又有《失题》,诗云:

> 皇考建世业,余从征四方。栉风而沐雨,万里蒙露霜。剑戟不离手,铠甲为衣裳。②

所谓"皇考建世业,余从征四方",即曹植《求自试表》云:"臣昔从先武皇帝,南极赤岸,东临沧海,西望玉门,北出玄塞。"③ 全诗是曹植自述其战斗经历。曹植又有《白马篇》等英雄主义歌吟,将在另处叙说。

其四,谣谚对将领的歌颂与讥讽。

对将领的讥讽,这是春秋战国传袭下来的一个传统主题,在建安时期战火连绵中,这个主题在吟咏军事战争诗歌亦有所表现。如《魏略》曰:"徐晃性严,驱使将士不得闲息。于时军中为之语曰":

---

① (南朝梁)萧统撰、(唐)李善等六臣注《六臣注文选》,第549页上。
② 赵幼文:《曹植集校注》,人民文学出版社,1984,第513页。
③ (南朝梁)萧统撰、(唐)李善等六臣注《六臣注文选》,第690页上。

不得饷，属徐晃。①

又有《魏略》曰："太祖欲广耳目，使卢洪、赵达主刺举，洪、达多所陷入，故于时军中为之语曰"：

不畏曹公，但畏卢洪，卢洪尚可，赵达杀我。②

这是讲军队中监察官员的厉害。

也有对将领的歌颂，如《吴录》："彭循，字子阳，毗陵人。建国（当为建兴之误）二年，海贼丁仪等万人据吴，太守秋君闻循勇，谋以守令。循与仪相见，陈说利害，应时散降。民歌之曰"：

时岁仓卒贼纵横，大戟强弩不可当，赖遇贤令彭子阳。③

这是讲不战而屈人之兵，歌颂彭循保持了地方的安宁。

建安时期的军事战争诗作的特点，在于不仅仅描摹书写实际进行的军事战争，而且多强调军事战争是政治的继续，多强调军事战争在更大范围内的意义，这是中古时期军事战争诗作的一个好传统；从另一方面讲，诗人们又多有平定战乱、统一天下以建功立业的雄心壮志，高亢的英雄主义也成为建安时期军事战争诗作的主旋律。

## 二 三国鼎立时观兵讲武诗歌的写作模式

观兵，或称阅武，意思是检阅部队并显示兵力，《史记·周本纪》："（武王）东观兵，至于盟津。"④ 这是说武王伐纣，在盟津会合诸侯检阅部队。《左传·襄公十一年》："诸侯会于北林，师于向，右还，次于琐，围

---

① （宋）李昉：《太平御览》卷七百五十七引。
② （宋）李昉：《太平御览》卷二百四十一引。
③ （宋）李昉：《太平御览》卷四百六十五引。
④ 《史记》，中华书局，1982，第120页。

郑，观兵于南门。"① 诸侯在郑的南门检阅部队。而所谓"观"，即检阅部队有示威的意味，《左传·宣公十二年》就称"观兵以威诸侯"②。《国语·周语上》："先王耀德不观兵。""三时务农，而一时讲武。"韦昭注："讲，习也。"③ 以德"王天下"就不会检阅部队并显示兵力"以威诸侯"。讲武，讲习武事，《礼记·月令》孟冬之月："天子乃命将帅讲武，习射御，角力。"④ 讲武应该有两方面的内容：一是宣讲武事，二是讲武时演习武事。宣讲武事、演习武事亦有检阅部队、显示兵力的程序。

文学作品中，最早表现观兵讲武是汉代田猎赋的书写演习武事；但汉代时观兵讲武的诗歌已经涌现，如《汉鼓吹曲辞》之《汉铙歌》有《上之回》，诗中有"游石关，望诸国，月支臣，匈奴服"⑤，那么，就是炫耀武力以助军威的。建安至三国鼎立时观兵讲武赋作以"耀武"为鹄的，而观兵讲武诗歌的写作模式为炫耀武力以建立新兴王朝；南北朝观兵讲武诗作强调"武德"并具有节日狂欢性意味。这样，中古时期观兵讲武诗的写作模式的演变就经历了一个从炫耀军威到高扬武德的过程。

三国鼎立时观兵讲武诗歌的写作模式，多重在炫耀武力，而目标指向是建立新兴王朝。如三国时曹操建有讲武城，在河南临漳漳河上，观兵讲武成为帝王专利，曹魏时已有纯粹的观兵之作，即检阅队伍的诗作，如王粲《从军诗》其四：

朝发邺都桥，暮济白马津。逍遥河堤上，左右望我军。连舫逾万艘，带甲千万人。率彼东南路，将定一举勋。筹策运帷幄，一由我圣君。恨我无时谋，譬诸具官臣。鞠躬中坚内，微画无所陈。许历为完士，一言犹败秦。我有素餐责，诚愧伐檀人。虽无铅刀用，庶几奋薄身。⑥

---

① 《春秋左传正义》，《十三经注疏》，上海古籍出版社，1997，第 1950 页中。
② 《春秋左传正义》，《十三经注疏》，第 1882 页下。
③ 胡文波校点《国语》，上海古籍出版社，2015，第 1、14 页。
④ 《礼记正义》，《十三经注疏》，上海古籍出版社，1997，第 1382 页中。
⑤ （宋）郭茂倩：《乐府诗集》，第 227 页。
⑥ （宋）郭茂倩：《乐府诗集》，第 476 页。

全篇写"我军"的雄壮气象，前半部分宣示国威军威，"左右望我军"，这是随同最高统帅检阅部队；接着诗人顺势颂扬"圣君"功德，一展自我效力之心与建功立业之愿。又如曹丕《广陵观兵》，又作《至广陵于马上作诗》，黄初六年（225）八月，魏文帝曹丕"遂以舟师自谯循涡入淮，从陆道幸徐。九月，筑东巡台。冬十月，行幸广陵故城，临江观兵，戎卒十馀万，旌旗数百里"。在长江边上举行了盛大的阅兵式，他意气奋发，在马上吟成此作。诗云：

> 观兵临江水，水流何汤汤。戈矛成山林，玄甲耀日光。猛将怀暴怒，胆气正纵横。谁云江水广？一苇可以航。不战屈敌虏，戢兵称贤良。古公宅岐邑，实始剪殷商。孟献营虎牢，郑人惧稽颡。充国务耕殖，先零自破亡。兴农淮泗间，筑室都徐方。量宜运权略，六军咸悦康。岂如《东山》诗，悠悠多忧伤。①

首八句书写"观兵"实景，首二句点明阅兵，"戈矛"四句写戈矛成林、兵甲耀光与猛将胆气，如此夸赞部队雄姿当然是炫耀武力，于是引出"谁云"二句写战争必胜。诗的第二部分，强调"不战屈敌虏，戢兵称贤良"，那么就要像周朝先祖古公亶父那样建设根据地，像晋国孟献子所提议加强国防而使郑国臣服，像汉代赵充国屯田耕作使先零降附，所以在前线的"淮泗""徐方""兴农""筑室"。末四句写到，有了如此的兵甲将士，有了如此的战略措施，伐吴战争定能顺利进行，标志就是"六军咸悦康"，不会像周公那样，战争胜利了，但将士们却唱着哀伤久役不返之歌。

曹丕其他一些作品也有观武、观兵、检阅队伍的意味，如《于黎阳作诗》其三是写出征时看到的部队威武的情况：

> 千骑随风靡，万骑正龙骧。金鼓震上下，干戚纷纵横。白旄若素霓，丹旗发朱光。追思太王德，胥宇识足臧。经历万岁林，行行到黎阳。②

---

① 《三国志·文帝纪》，第85页。
② （唐）欧阳询：《艺文类聚》，上海古籍出版社，1982，第1065页。

又如曹丕《饮马长城窟行》，诗云：

> 浮舟横大江，讨彼犯荆虏。武将齐贯甲，征人伐金鼓。长戟十万队，幽冀百石弩。发机若雷电，一发连四五。①

这是以部队的雄壮与武器的威力来宣示军威。又如曹丕《董逃行》亦是宣示军威，其云：

> 晨背大河南辕，跋涉遐路漫漫。师徒百万哗喧，戈矛若林成山，旌旗拂日蔽天。②

曹丕之子曹叡《善哉行》写出征时的情况：

> 我徂我征，伐彼蛮虏。练师简卒，爰正其旅。轻舟竟川，初鸿依浦。桓桓猛毅，如罴如虎。发炮若雷，吐气如雨。旍旍指麾，进退应矩。百马齐辔，御由造父。休休六军，咸同斯武。兼途星迈，亮兹行阻。行行日远，西背京许。游弗淹旬，遂届扬土。奔寇震惧，莫敢当御。权实竖子，备则亡虏。假气游魂，鱼鸟为伍。虎臣列将，怫郁充怒。淮泗肃清，奋扬微所。运德耀威，惟镇惟抚。反旆言归，旆入皇祖。③

诗的重点是宣示军威，结尾之处有新意，在既强调眼前是"运德耀威"，又叙说战争胜利"旆入皇祖"，继承祖业建立新王朝。曹叡另一首《善哉行》亦是宣示国威军威，但意味不浓，还有一股淡淡的思乡忧愁。曹叡《櫂歌行》，落笔在"伐罪以吊民，清我东南疆"④。魏高贵乡公曹髦以统治者的身份作诗，有两个残篇，或称"赫赫东伐，悠悠远征，泛舟万艘，

---

① （宋）郭茂倩：《乐府诗集》，中华书局，1982，第556页。
② 逯钦立：《先秦汉魏晋南北朝诗》，中华书局，1983，第399页。
③ （宋）郭茂倩：《乐府诗集》，中华书局，1982，第538页。
④ 逯钦立：《先秦汉魏晋南北朝诗》，中华书局，1983，第416页。

屯卫千营";或称"干戈随风靡,武骑齐雁行"①,也都是夸耀国军威的口吻。

《吴鼓吹曲》有《通荆门》,《乐府诗集》卷十八引《古今乐录》称:"言孙权与蜀交好齐盟,中有关羽自失之咎,戎蛮乐乱,生变作患,蜀疑其眩,吴恶其诈,乃大治兵,终复初好也。"诗云:

> 荆门限巫山,高峻与云连。蛮夷阻其险,历世怀不宾。汉王据蜀郡,崇好结和亲。乖微中情疑,谗夫乱其间。大皇赫斯怒,虎臣勇气震。荡涤幽薮,讨不恭。观兵扬炎耀,厉锋整封疆。整封疆,阐扬威武容。功赫戏,洪烈炳章。邈矣帝皇世,圣吴同厥风。荒裔望清化,化恢弘。煌煌大吴,延祚永未央。②

诗中称"观兵扬炎耀,厉锋整封疆",即在边境上检阅部队以炫耀武力,但诗作更重在炫耀朝廷声威。

### 三 纪功性军乐系统与《魏鼓吹曲》

《汉铙歌》为典型的纪功性军乐系统的开端,《汉铙歌》二十二曲,有四篇其辞亡,有题无辞,故一般称十八曲。《汉铙歌》虽说是军乐,但曲词内容庞杂,其中只有两首有涉战事。《战城南》叙战败之事,已见"苦难篇",诗中看不出记载的是哪次战争。

《汉铙歌》有《上之回》:

> 上之回所中,益夏将至,行将北。以承甘泉宫。寒暑德。游石关,望诸国。月支臣,匈奴服,令从百官疾驱驰,千秋万岁乐无极。③

回,即回中宫,在今陕西汧县,《汉书·武帝纪》载,天汉二年春,汉

---

① 逯钦立:《先秦汉魏晋南北朝诗》,中华书局,1983,第467页。
② (宋)郭茂倩:《乐府诗集》,中华书局,1982,第272~273页。
③ (宋)郭茂倩:《乐府诗集》,中华书局,1982,第227页。

武帝"行幸东海，还幸回中"；"夏将至"以下是相对"还幸回中"预测将要发生的事，《汉书·武帝纪》又载，天汉二年"夏五月贰师将军三万骑出酒泉，与右贤王战于天山，斩首虏万余级。又遣因杅将军出西河，骑都尉李陵将步兵五千人出居延北，与单于战，斩首虏万余级"①，这表明此次武帝回中之幸，是欲耀武以助汉军之威。诗作写武帝出征炫耀武力，诗中所叙是有历史记载的，从此诗可见书写纪实性战争之端倪。

鼓吹曲施于"建武扬威德，风劝战士"，"赐有功诸侯"②。《鼓吹曲辞》题解曰："汉有《朱鹭》等二十二曲，列于鼓吹，谓之铙歌。及魏受命，使缪袭改其十二曲……是时吴亦使韦昭改制十二曲……晋武帝受禅，命傅玄制二十二曲，而《玄云》《钓竿》之名不改旧汉。宋、齐并用汉曲。""并述功德受命以相代，大抵多言战阵之事。"③这些是说，宋、齐之前的历代纪功性军乐皆从《汉铙歌》而来，《汉铙歌》奠定纪功性军乐的基础，但梁以后有所改革。《汉书·艺文志·诗赋略》"歌诗"录有《汉兴以来兵所诛灭歌诗》十四篇，前人疑即汉鼓吹铙歌诸曲，这个意见应该是对的。

缪袭《魏鼓吹曲》十二首④，是魏受命后使缪袭造以代汉曲，展示出完全不同于《汉铙歌》的风貌，全部另起新题，其内容单一为咏吟武功来颂扬新生政权。

《楚之平》，总写曹操在什么情况下起兵以武力平定天下与建设礼乐纪纲的。诗云：

楚之平，义兵征。神武奋，金鼓鸣。迈武德，扬洪名。汉室微，社稷倾。皇道失，桓与灵。阉宦炽，群雄争。边、韩起，乱金城。中国扰，无纪经。赫武皇，起旗旌。麾天下，天下平。济九州，九州宁。创武功，武功成。越五帝，邈三王。兴礼乐，定纪纲。普日月，齐晖光。

---

① 班固：《汉书》，中华书局，1962，第203页。
② （宋）郭茂倩：《乐府诗集》引蔡邕《礼乐志》、崔豹《古今注》语，中华书局，1979，第223~224页。
③ （宋）郭茂倩：《乐府诗集》引，中华书局，1979，第223~224页。
④ （宋）郭茂倩：《乐府诗集》，中华书局，1982，第264~268页。以下并录《乐府诗集》引他书的解释。

《战荥阳》，诗云：

战荥阳，汴水陂。戎士愤怒，贯甲驰。阵未成，退徐荣。二万骑，堑垒平。戎马伤，六军惊，势不集，众几倾。白日没，时晦冥，顾中牟，心屏营。同盟疑，计无成，赖我武皇，万国宁。

写曹操与袁绍诸人盟会讨伐董卓之事，《三国志·武帝纪》称"遇（董）卓将徐荣，与战不利，士卒死伤甚多"，又称诸人相互猜疑等，这些诗中都写到了。

《获吕布》，《宋书·乐志》曰："言曹公东围临淮，生擒吕布也。"诗云：

获吕布，戮陈宫。芟夷鲸鲵，驱骋群雄。囊括天下，运掌中。

《克官渡》，写官渡之战曹操以少击多战胜袁绍。诗云：

克绍官渡，由白马。僵尸流血，被原野。贼众如犬羊，王师尚寡。沙塠傍，风飞扬。转战不利，士卒伤。今日不胜，后何望。土山地道，不可当。卒胜大捷，震冀方。屠城破邑，神武遂章。

《旧邦》，言祭奠"克官渡"时死亡的将士。诗云：

旧邦萧条，心伤悲。孤魂翩翩，当何依。游士恋故，涕如摧。兵起事大，令愿违。传求亲戚，在者谁。立庙置后，魂来归。

《定武功》，写曹操消灭袁绍平定邺城，《宋书·乐志》所谓"武功之定，始乎此也。"诗云：

定武功，济黄河。河水汤汤，旦暮有横流波。袁氏欲衰，兄弟寻干戈。决漳水，水流滂沱，嗟城中如流鱼，谁能复顾室家。计穷虑尽，求来连和。和不时，心中忧戚。贼众内溃，君臣奔北。拔邺城，奄有魏国。王业艰难，览观古今，可为长叹。

《屠柳城》，《宋书·乐志》称这是"言曹公越北塞，历白檀，破三郡乌桓于柳城也"。诗云：

屠柳城，功诚难。越度陇塞，路漫漫。北逾冈平，但闻悲风正酸。蹋顿授首，遂登白狼山。神武慹海外，永无北顾患。

《平南荆》，写平定荆州的战争。诗云：

南荆何辽辽，江汉浊不清。菁茅久不贡，王师赫南征。刘琮据襄阳，贼备屯樊城。六军庐新野，金鼓震天庭。刘子面缚至，武皇许其成。许与其成，抚其民。陶陶江汉间，普为大魏臣。大魏臣，向风思自新。思自新，齐功古人。在昔虞与唐，大魏得与均。多选忠义士，为喉唇。天下一定，万世无风尘。

《平关中》，写征马超之战。诗云：

平关中，路向潼。济浊水，立高墉。斗韩、马，离群凶。选骁骑，纵两翼，虏崩溃，级万亿。

后三曲《应帝期》《邕熙》《太和》为颂魏德，无战争纪实内容。

这类诗作最大的特点是对战争作概括性的全貌书写。《魏鼓吹曲》的概括书写战争全貌，以《克官渡》为最。"克绍官渡，由白马"二句述战争地点与首战矛头；"僵尸流血，被原野"二句述战争氛围，突出其残酷性；"贼众如犬羊，王师尚寡"二句述敌强我弱；"沙塠旁，风飞扬，转战不利，士卒伤"四句述战场景物下的作战不利；"今日不胜，后何望"二句述坚定信心；"土山地道，不可当"二句述对方的战术；"卒胜大捷，震冀方，屠城破邑，神武遂章"四句述战争结局与收获。这些记述是切合史实的，其他诸诗大致如此，虽未如此诗之详尽、全面，但每诗必点明战争过程和结局。

《魏鼓吹曲》在概括性地写战争全貌的同时，又多书写战略战术的运用。如《克官渡》述"土山地道"，指袁绍起土山射曹营，挖地道袭曹营，《定武功》写"决漳水，水流傍沱，嗟城中如流鱼，谁能复顾室家"的水攻及效果；《屠柳城》写"越度陇塞"的长途奔袭；《平关中》写"斗韩、马，离群凶"的反间计，又写"选骁骑，纵两翼"的两翼包抄，等。《魏鼓吹曲》中也有具体战争景象的描摹，如《战荥阳》的"戎士愤怒，贯甲驰"云云，但为数不多。

这类纪实性战争诗以概述战争全貌为主，这是由朝廷钦命以及歌颂朝廷的性质所决定的，这就决定了作品书写人物的重点是战争的指挥者、决策者，而不是战争的具体实行者，即手持兵器作战的兵士，这也决定了诗作注重的是描摹人物在战争中的精神活动，诸如动机、决策、行为、情感等。上述诸鼓吹曲，歌颂是其最突出的特点，是主线，这从以下几方面显现出来。

第一，鼓吹曲均以组诗的形式出现，从其整体结构来看，歌颂是其构思的主线。如《魏鼓吹曲》，起首《楚之平》为普遍性地颂扬武功，以下数首历述诸次战争，实际是铺叙曹操以胜仗奠定了皇朝的基础，最后落脚在后三曲对魏朝的歌颂上。

第二，从所歌咏的战事来说，大抵均以所咏对象的胜利而告终。魏在其创建过程中，既打过胜仗，也打过败仗，但在鼓吹曲中，未见有败仗的记载。有时，即便写到了败仗，最后仍言其胜，如《魏鼓吹曲》之《战荥阳》，虽也写到"戎马伤，六军惊，势不集，众几倾"的战争实况，但最后仍述"赖我武皇，万国宁"。且整个"鼓吹曲辞"中，写到如此战败景象的，也就仅此一首，魏以后不再有了。究其皆为颂诗的原因，就是因为鼓吹曲的创作都是一种官方行为、朝廷行为，这从上文所述诸作者都是应最高统治者之命而作即可看出，另外，鼓吹曲是作为凯歌传统来创作的，《乐府诗集》题解尽录前人之语，如《周礼·大司乐》曰："王师大献，则令奏恺乐。"《大司马》曰："师有功，则恺乐献于社。"郑康成曰："兵乐曰恺，献功之乐也。"《春秋》曰："晋文公败楚于城濮。"《左传》曰："振旅恺以入。"《司马法》曰:"得意则恺乐、恺歌以示喜也。"①

其歌咏颂扬领袖人物又有几个特点。

首先,这些诗作歌咏颂扬的是奠定皇朝基业的那些人物,而奠定皇朝基业的手段或现实行动则是战争,于是,刻画这些人物兴兵而战的主动性与思想动机,赋予这些人物兴兵而战的正义性与时代性,便成为诗作的首要任务。如《魏鼓吹曲》的第一首《楚之平》,把曹操置身于混乱动荡的局势之中,那时,"汉室微,社稷倾。皇道失,桓与灵。阉官炽,群雄争。边、韩起,乱金城,中国扰,无纪经";于是才有"赫武皇,起旗旌"、"创武功,武功成",这样,便把人物起兵发动战争的思想动机定位为平定天下。

其次,突出决策的正确性,与边塞诗突出人物的矫健身手与奋战行动不同,这些诗作在写某次具体战争时,常常突出其决策的正确性。如《魏鼓吹曲》,其《战荥阳》述败后"同盟疑,计无成",又述"赖我武皇,万国宁",此即述曹操的决策;《克官渡》在"转战不利"后继写"今日不胜,后何望",述曹操坚持至最后胜利的决策。

最后,书写所歌咏人物的情感,突出情感抒发。如《魏鼓吹曲》之《战荥阳》,写曹操战败时的"心屏营";《定武功》写曹操对敌方求和而"和不时,心中忧戚",写曹操"览观古今,可为长叹";《屠柳城》称主人公"但闻悲风正酸"。情感抒发最为突出的是《旧邦》,所述之事为"曹公胜袁绍于官渡,还谯收藏死亡士卒也",这是以主人公的口吻抒发哀思之情。纪实性战争诗突出的是歌功颂德,时常流露一派雍容华贵的情调,而边塞诗则往往突出一种悲壮的情调。

## 四 诗意化、浪漫化的从军生活叙写

其一,《巴渝舞》,魏时为《俞儿舞》,王粲有《魏俞儿舞歌》,《宋书·乐志》曰:"魏《俞儿舞歌》四篇,魏国初建所用,使王粲改创其辞,为《矛俞》《弩俞》《安台》《行辞新福歌》曲,行辞以述魏德。后于太祖

---

① (宋)郭茂倩:《乐府诗集》,第223页。

庙并作之。黄初二年,《昭武舞》,及晋,又改曰《宣武舞》。"①

王粲《魏俞儿舞歌》,共四曲。诗云:

汉初建国家,匡九州。蛮荆震服,五刃三革休。安不忘备武乐修。宴我宾师,敬用御天,永乐无忧。子孙受百福,常与松乔游。烝庶德,莫不咸欢柔。(其一《矛俞新福歌》)

材官选士,剑弩错陈。应桴蹈节,俯仰若神。绥我武烈,笃我淳仁。自东自西,莫不来宾。(其二《弩俞新福歌》)

武功既定,庶士咸绥。乐陈我广庭,式宴宾与师。昭文德,宣武威,平九有,抚民黎。荷天宠,延寿尸,千载莫我违。(其三《安台新福歌》)

神武用师士素厉,仁恩广覆,猛节横逝。自古立功,莫我弘大。桓桓征四国,爰及海裔。汉国保长庆,垂祚延万世。(其四《行辞新福歌》)②

《矛俞》《弩俞》二曲恐是以"矛""弩"为道具的,《弩俞新福歌》中说"材官选士,剑弩错陈。应桴蹈节,俯仰若神",即是持剑弩起舞的动作书写,这是把武功艺术化了,这种艺术化被诗歌描述出来,人们可以通过诗歌来欣赏舞蹈,欣赏武功。但总的来说,这四首歌中对舞蹈动作的书写不多。

其二,朝廷的吟咏狩猎之作,主题是"申文武之教",显示狩猎的礼制意义,狩猎人物是群体形象;而文人游猎诗,主题往往强调狩猎的游乐意味,强调个体的武功、武艺。朝廷的吟咏狩猎之作,写狩猎有如部队操练,而文人游猎诗之作则是把狩猎当游猎来写,突出其中的"游",主题的不同导致了写法的不同。曹植有《名都篇》,诗作前半部分云:

名都多妖女,京洛出少年。宝剑直千金,被服丽且鲜。斗鸡东郊道,走马长楸间。驰骋未能半,双兔过我前。揽弓捷鸣镝,长驱上南

---

① (宋)郭茂倩:《乐府诗集》解题引,第 768 页。
② (宋)郭茂倩:《乐府诗集》,第 768 页。

山。左挽因右发,一纵两禽连。馀巧未及展,仰手接飞鸢。观者咸称善,众工归我妍。①

诗中描摹的"名都少年",完全是一个具有高超武艺的形象,诗中对他的行为刻画,也完全是出色的武功,但这武功又完全是以射杀猎物表现出来的。由此可见,武功,不以战事来表现,就以游猎来表现。这位主人公,是曹植按照自己的形象来塑造的。《名都篇》把武功展示放在真实场景中,诗中写到真实的打猎场景,且从"观者咸称善,众工归我妍"来看,还是有观众的,这又确实是武艺表演了。曹植真是把武功提升到"艺"的层次来描摹的,那骑射、射御本就是"六艺"中的两项呢。

当这些武功表演被诗歌记载下来,我们在欣赏诗歌的同时也欣赏着武功表演。进而,诗人们直接把现实生活的武功写进诗歌,如曹植诗中对武功的书写,很有点艺术表演的意味。其《白马篇》② 中写有"幽并游侠儿"的武功,一称"白马饰金羁,连翩西北驰",二称"控弦破左的,右发摧月支,仰手接飞猱,俯身散马蹄",此二者合而称之即"骑射"。曹植所叙,像不像身着戎装、手持弓箭、铿锵起舞的舞蹈艺术表演?而实际上这就是一种武艺表演,是在校场上的表演。曹植对英雄武功的描绘,在对武功书写上,完成从武力崇尚到艺术表演的历程,为后世书写军事、战争诗歌提供了一个良好的样本,即突出将军、英雄的武功,把他们的武功作为艺术表演来刻画。

其三,在魏末,有一些诗作将军旅生活做了诗意化的描摹,这就是嵇康的《四言赠兄秀才入军诗》十八章③。嵇喜,字公穆,举秀才。此十八章多为设想秀才的"入军"生活,有时候还以秀才的口吻吟咏。

此组诗中完完全全描摹军旅生活的篇幅不多,有的只是以"嗟我征迈"(其三)、"嗟我独征"(其四)与"载我轻车"(其十)、"轻车迅迈"(其十二)提及军旅生活,就全篇来说描摹军旅生活的是其九:

---

① (宋)郭茂倩:《乐府诗集》,第 912 页。
② (宋)郭茂倩:《乐府诗集》,第 914~915 页。
③ 逯钦立:《先秦汉魏晋南北朝诗》,中华书局,1983,第 482~484 页。

> 良马既闲，丽服有晖。左揽繁弱，右接忘归。风驰电逝，蹑景追飞。凌厉中原，顾盼生姿。

"繁弱"，古之良弓，"忘归"，古之良箭。诗歌主人公跨矫捷的战马，披潇洒的战袍，弯弓搭箭，凌厉驰飞。这里所表现的，对诗歌主人公而言是沉浸在飒爽英姿的从军习武生活中，对阅读者而言是欣赏从军习武者的飒爽英姿；或者说，这是魏晋风度在从军者身上的体现，诗作要表现的是人物的风度，只不过这种风度特定在从军者身上。当然，如此诗意化、浪漫化的军旅生活、飒爽英姿的从军习武生活，只能产生于具有压倒性优势的军事力量的背景下，这是充满胜利的自信的表现。当然，如此诗意化、浪漫化的军旅生活，可能并未经过残酷、激烈的战争洗礼。

嵇康《四言赠兄秀才入军诗》十八章的诗意化、浪漫化的军旅生活书写还不仅于此，其更多地表现在诗作在"从军"的名义下对从军者军事习武活动以外的生活的描写上。从事件上来说，诗作书写主人公的游历生活，如其一：

> 鸳鸯于飞，肃肃其羽。朝游高原，夕宿兰渚。邕邕和鸣，顾眄俦侣。俛仰慷慨，优游容与。

主人公更期望与俦侣一同投入这样的军旅生涯，此诗的"顾眄俦侣"，其二的"啸侣命俦"、其十的"携我好仇"都有如此意味。诗作把"入军"的野外活动写得如此"优游容与"，这当然是游历生活而不是征途生活了。组诗中这样的书写真不少，但时有一些"独行"的苦闷，如其三：

> 泳彼长川，言息其浒。陟彼高冈，言刈其楚。嗟我征迈，独行踽踽。仰彼凯风，涕泣如雨。

从精神上来说，诗作书写主人公的"怡志养神"，如其十七：

> 琴诗自乐，远游可珍。含道独往，弃智遗身。寂乎无累，何求于

人。长寄灵岳，怡志养神。

这可视为"从军"者对精神境界的追求，这种追求与时代的玄学思潮兴起是一致的。

上述诗中描摹的人物所从事的事件活动与所具有的精神活动，单独来看都可以说与"入军"无关，但诗人既然把它们归于"入军"的题目之中，也就是说诗人是把它们与"入军"联系起来的，是把它们视为"入军"生活的一部分。也有同时书写事件与精神两方面的，如其十四：

> 息徒兰圃，秣马华山。流磻平皋，垂纶长川。目送归鸿，手挥五弦。俯仰自得，游心太玄。嘉彼钓叟，得鱼忘筌。郢人逝矣，谁与尽言。

飒爽英姿的从军习武生活与"从军"的名义下从军者非军事习武活动的生活，此二者的相结合就构成嵇康《四言赠兄秀才入军诗》十八章对军旅生活诗意化、浪漫化的书写。

## 五 对现实战争及从军的看法

魏末，还有一类反思战争生活的诗作，这种反思，既不同于建安时期憧憬于战争之中建功立业，也不同于对从军生活做诗意化的描摹，而是直接触及将士的行为是否合乎本职工作的要求；且由于时代的不同，有的诗作则重新审视从军生活对个人的意义。北朝时，亦有书写现实战争的从军生活的诗作，以下一并述之。

应璩，字休琏，建安七子之一应瑒之弟，主要活动在魏文帝、明帝、齐王年间，其作品亦有涉及战争、战场者。如残篇：

> 放戈释甲胄，乘轩入紫微。从容侍帷幄，光辅日月晖。[1]

---

[1] 逯钦立：《先秦汉魏晋南北朝诗》，中华书局，1983，第473页。

这是说由武功得到高位，名实相符。又如：

> 郡国贪慕将，驰骋习弓戟。虽妙未更事，难用应卒迫。①

这是说其武功名不副实，如此武功是上不得战场的。

又有阮籍，其《咏怀》八十二首，并非诗人一时所作，而是诗人平生诗作的总题。诗人阮籍生活在魏晋易代之际，统治集团内部斗争尖锐复杂，于是诗人纵酒谈玄、不问世事以避祸。诗人尽管在行动上佯狂放诞，但内心却十分痛苦，《晋书》本传载，阮籍"时率意独驾，不由径路，车迹所穷，辄恸哭而返"②，他把内心这种无由发泄的痛苦与愤懑都以隐约曲折的形式在诗歌中表达出来，这就是《咏怀》八十二首，这是一个丰富而又复杂的总体，真实地表现了诗人一生的复杂的思想感情，也真实地表现了社会生活的各个方面，此中就有关于军事、战争、战场诸方面的作品。其《咏怀》三十九抒发效命战场垂声后世：

> 壮士何忼慨，志欲威八荒。驱车远行役，受命念自忘。良弓挟乌号，明甲有精光。临难不顾生，身死魂飞扬。岂为全躯士，效命争疆场。忠为百世荣，义使令名彰。垂声谢后世，气节故有常。③

这是颂扬壮士效命战场以赴国难，赢得忠义令名垂声后世。战争爆发意味着国家危急时刻到来，战场成为壮士以效命表现忠义气节的场所。

《咏怀》六十一抒发走上疆场令人悔恨。但是，如果壮士以效命表现忠义气节的愿望不能实现的话，习武与走上疆场便会成为一件令人悔恨的事，诗云：

> 少年学击刺，妙伎过曲成。英风截云霓，超世发奇声。挥剑临沙漠，饮马九野坰。旗帜何翩翩，但闻金鼓鸣。军旅令人悲，烈烈有哀

---

① 逯钦立：《先秦汉魏晋南北朝诗》，中华书局，1983，第473页。
② 《晋书》，第1361页。
③ 陈伯君：《阮籍集校注》，中华书局，1987，第321页。

情。念我平常时,悔恨从此生。①

这是一位有高超武艺的少年,他也曾效命战场,但诗作的情感抒发最后落脚到"军旅令人悲,烈烈有哀情",于是"悔恨从此生"。原因是什么?诗作没有说,如果根据《咏怀》其三十九"壮士何慷慨"来看,其原因应该是这位武艺高超的少年既未能立功,又未能立名吧!

---

① 陈伯君:《阮籍集校注》,中华书局,1987,第365页。

# 第六章　曹魏几大诗作系列
——边地、英雄、闺怨、从军、长城

建安五言诗的兴盛,是从拟乐府创作起步的。建安诗人的乐府之作,为晋南北朝诗人作出榜样,诗人们多有仿依之作,于是,诸多诗题构成系列,诗人们寻求在仿依中有所创新。以下叙述建安诗人以其创作构成的几大系列诗作,以示其开创之功。

## 一　边地与"苦寒""苦热"系列

边地本是有罪者流放之地,《史记·大宛列传》:"赦囚徒材官,益发恶少年及边骑,岁余而出敦煌者六万人。"① 《后汉书·安帝纪》载,有"诸袄言它过坐徙边者"②,《后汉书·蔡邕传》载,蔡邕就因得罪朝廷而"与家属髡钳徙朔方"③。有的将士亦是因罪才被贬谪去戍边屯田的,《后汉书·明帝纪》载:"诏三公募郡国中都官死罪系囚,减罪一等,勿笞,诣度辽将军营,屯朔方、五原之边县。"④《后汉书·班超传》称:"塞外吏士,本非孝子顺孙,皆以罪过徙补边屯。"⑤

边地又饱受战乱之苦,汉王符《潜夫论》有关于边地遭受战乱时情况的描写。其《救边篇》曰:"往者羌虏背叛,始自凉、并,延及司隶,东祸赵、魏,西钞蜀、汉,五州残破,六郡削迹,周回千里,野无孑遗,寇钞祸害,昼夜不止,百姓灭没,日月焦尽。"这是说边地少数民族与朝廷对立

---

① 《史记》,第3176页。
② 《后汉书》,第215页。
③ 《后汉书》,第2002页。
④ 《后汉书》,第111页。
⑤ 《后汉书》,第1586页。

甚或交战时百姓的困境。又载，边地官兵"然皆不肯专心坚守，而反强驱劫其民，捐弃仓库，背城邑走"，这是说边地官兵的扰民、害民、弃民。其《实边篇》进一步抨击边地官兵道："又放散钱谷，殚尽府库，乃复从民假贷，强夺财货。千万之家，削身无余，万民匮竭，因随以死亡者，皆吏所饿杀也。其为酷痛，甚于逢虏。寇钞贼虏，忽然而过，未必死伤。至吏所搜索剽夺，游（当为'旋'）踵涂地，或覆宗灭族，绝无种类；或孤妇女，为人奴婢，远见贩卖，至令不能自活者，不可胜数也。"而边地官兵又强迫边民内迁，"太守令长，畏恶军事，皆以素非此土之人，痛不著身，祸不及我家，故争郡县以内迁。至遣吏兵，发民禾稼，发彻屋室，夷其营壁，破其生业，强劫驱掠，与其内入，捐弃羸弱，使死其处。当此之时，万民怨痛，泣血叫号，诚愁鬼神而感天心。然小民谨劣，不能自达阙廷，依官吏家，迫将威严，不敢有挚。民既夺土失业，又遭蝗、旱饥匮，逐道东走，流离分散，幽、冀、兖、豫，荆、扬、蜀、汉，饥饿死亡，复失太半。边地遂以丘荒，至今无人。原祸所起，皆吏过尔。"① 于是，边地人民又多有从军之苦，左延年《从军行》诗云：

苦哉边地人，一岁三从军。三子到敦煌，二子诣陇西，五子远斗去，五妇皆怀身。②

边地如此情况，历代统治阶级都十分关注，平定边境、安定边民是朝廷最重要的事情之一。《后汉书·和帝纪》："幽、并、凉州户口率少，边役众剧，束脩良吏，进仕路狭。"③ 这从边人多逃亡出境可见，《汉书·匈奴传下》汉元帝时郎中侯应说，"往者从军多没不还者，子孙贫困，一旦亡出，从其亲戚"；"又边人奴婢愁苦，欲亡者多，曰'闻匈奴中乐，无奈候望急何！'然时有亡出塞者"④。当战争爆发则军粮不足，《史记·平准书》："匈

---

① （汉）王符著、（清）汪继培笺、彭铎校正《潜夫论笺》，中华书局，1979，第257~259、280~282页。
② （宋）郭茂倩编《乐府诗集》，第475页。
③ 《后汉书》，第189页。
④ 《汉书》，第3804页。

奴数侵盗北边，屯戍者多，边粟不足给食当食者。"① 《盐铁论·击之》："往者县官未事（当为"擊"）胡、越之时，边城四面受敌，北边尤被其苦。"② 这是说边城屡受侵犯不得安宁。一有战争，边地人心波动，因此，历代统治者对安定边境十分重视，《史记·匈奴列传》曰朝廷政策："北州已定，愿寝兵休士卒养马，除前事，复故约，以安边民。"③ 西汉晁错《复言募民徙塞下疏》称，为了抗击匈奴入侵，必须移民实边，屯戍边塞，"使民乐其处而有长居之心"，确保"制边县以备敌"④。

边地又自有其习俗、风物，谓之"边俗"，《后汉书·陈龟传》："桓帝以龟世谙边俗，拜为度辽将军。"⑤ 边地的音乐、歌曲称为"边曲"，边地往往是少数民族居住的地方，称其为"殊类"，如《世说新语·赏誉》载："张天锡世雄凉州，以力弱诣京师，虽远方殊类，亦边人之桀也。"⑥。或称为边夷，《晋书·滕脩传》："（滕）脩在南积年，为边夷所附。"⑦

边地又是落后地区，《三国志·吴志·周鲂传》载：周鲂自谦："远在边隅，江汜分绝，恩泽教化，未蒙抚及。"⑧ 边地又有为非作歹、伺机闹事者，《魏书·广阳王深传》："边竖构逆，以成纷梗，其所由来，非一朝也。"⑨《北齐书·高慎传》："安州民恃其边险，不宾王化。"⑩ 于是称边地为"边荒"。

《焦氏易林》中《随之节》：

　　交川合浦，远湿难处。水土不同，思吾皇祖。⑪

---

① 《史记》，第1419页。
② 马非百：《盐铁论简注》，中华书局，1984，第309页。
③ 《史记》，第2896页。
④ 《汉书》，第2288~2289页。
⑤ 《后汉书》，第1692页。
⑥ 余嘉锡：《世说新语笺疏》，上海古籍出版社，1993，第494页。
⑦ 《晋书》，第1553页。
⑧ 《三国志》，第1387页。
⑨ 《魏书》，第429页。
⑩ 《北齐书》，第293页。
⑪ 尚秉和：《焦氏易林注》，光明日报出版社，2006，第178页。

边地不是炎热就是寒冷，中土人民对边地景物有惊异之感，从而刻意描摹，这种情形在汉代就有，如马援的《武溪深》。《古今注》称此诗是马援南征时所作，马援的门生爰寄生善吹笛，马援作歌以和之，题名曰《武溪深》，其歌曰：

滔滔武溪一何深，鸟飞不度，兽不敢临。嗟哉武溪兮多毒淫。①

据《后汉书·马援传》载，建武二十四年（48），马援将十二郡募士及弛刑四万余人征五溪，第二年，敌乘高守隘，马援船不能上，天气又热甚，士卒多患疫死，马援亦感染患病，部队困在那里，诗当作于此时。马援诗作不言战争情形，而描摹边地景物以表现战争的艰难，可见那时对边地的关注的意味。所谓"武溪"，当为"五溪"，即雄溪、樠溪、酉溪、沅溪、辰溪。

边地引起建安文人诗歌的关注，曹操《步出夏门行》写的是北征三郡乌丸时的所见所闻与体验，且不说其中"观沧海""冬十月"已是描摹异地景物，而"土不同"的题目与首句"乡土不同"就已是点明边地的奇异，诗作对边地的气候景物、百姓习俗尤其关注：

乡土不同，河朔隆寒。流澌浮漂，舟船行难。锥不入地，蘴藾深奥。水竭不流，冰坚可蹈。士隐者贫，勇侠轻非。心常叹怨，戚戚多悲。幸甚至哉，歌以咏志。②

诗中多有对边地的气候的描写，又写其风俗，所谓"士隐者贫，勇侠轻非"，于是诗人为之"叹怨""多悲"，但没有述及普通百姓的生活。

曹植有如同其父的作品，其《泰山梁甫行》，关注边海之"异气"，更关注边海人民的生活状况，诗云：

八方各异气，千里殊风雨。剧哉边海民，寄身于草野。妻子像禽

---

① （宋）郭茂倩：《乐府诗集》，第1048页。
② （宋）郭茂倩：《乐府诗集》，第545页。

兽，行止依林阻。柴门何萧条，狐兔翔我宇。①

首二句概括八方各地有自己的风俗习惯；次二句强调边海人民生活得很艰苦；末四句具体描写边海人民生活艰苦的样貌。

王粲《七哀》其三则书写自身在边城的经历：

> 边城使心悲，昔吾亲更之。冰雪截肌肤，风飘无止期，百里不见人，草木谁当迟，登城望亭燧，翩翩飞戍旗，行者不顾反，出门与家辞。子弟多俘虏，哭泣无已时。天下尽乐土，何为久留兹。蓼虫不知辛，去来勿与咨。②

首二句点明"昔吾亲更之"的"边城"，情感基调是"悲"。以下具体描述是怎样"使心悲"的，一是冰雪风霜，二是荒凉边塞渺无人烟，百姓逃亡，三是多为战争俘虏。异地异景吸引诗人眼光的是一片凄苦，引出的是哀悯边民之情。

魏代感受边地的乐府诗有"苦寒""苦热"系列。曹操《土不同》关注边地的首要点是气候，历代诗人对边地气候尤为关注，于是有"苦寒""苦热"的系列之作。

《三国志·武帝纪》载：建安十年冬十月，"公还邺。初，袁绍以甥高干领并州牧，公之拔邺，干降，遂以为刺史。干闻公讨乌丸，乃以州叛，执上党太守，举兵守壶关口。遣乐进、李典击之。干还守壶关城。十一年春正月，公征干……公围壶关三月，拔之"③。曹操有《苦寒行》叙写出征途中的严寒苦辛，诗云：

> 北上太行山，艰哉何巍巍。羊肠坂诘屈，车轮为之摧。树木何萧瑟，北风声正悲。熊罴对我蹲，虎豹夹路啼。谿谷少人民，雪落何霏

---

① （宋）郭茂倩：《乐府诗集》，第608页。
② 逯钦立：《先秦汉魏晋南北朝诗》，中华书局，1983，第366页。
③ 《三国志》，第27~28页。

霏。延颈长叹息,远行多所怀。我心何怫郁,思欲一东归。水深桥梁绝,中路正徘徊。迷惑失故路,薄暮无宿栖。行行日已远,人马同时饥。担囊行取薪,斧冰持作糜。悲彼《东山》诗,悠悠使我哀。①

此诗有纪实意味,诗中描摹的也应该是实景。《盐铁论·备胡》载汉代出征戍边的士卒思家的情况:"今山东之戎马甲士戍边郡者,绝殊辽远,身在胡、越,心怀老母。老母垂泣,室妇悲恨,推其饥渴,念其寒苦。"以下引《诗经·小雅·采薇》后称,这是"圣人怜其如此,闵其久去父母妻子,暴露中野,居寒苦之地",所以作此诗。② 由此可见《诗经》的出征思家类作品给汉代人留下深刻的印象。曹操《苦寒行》"悲彼《东山》诗,悠悠使我哀"直接点明是继承《诗经》之作,而以"苦寒"命篇,表明是对边地的深切感受。

魏明帝《苦寒行》③,则弘扬皇祖之威德。曹叡以乃祖曹操自豪,诗中写行军途中"顾观故垒处,皇祖之所营",于是盛赞"潜德隐圣形""虽没而不朽",决心继承皇祖而扫平"吴蜀寇",诗末以悲伤怀念乃祖结尾。诗作写到出征,但没有写到"苦寒",《苦寒行》还未形成其风格系统。此后有苦寒行系列,属清调曲,《乐府诗集》题解曰:"《乐府解题》曰:'晋乐奏魏武帝《北上篇》,备言冰雪溪谷之苦。其后或谓之《北上行》,盖因武帝辞而拟之也。'"④

相对"苦寒",又有"苦热"系列作品,为曹植开创。苦热行系列,属杂曲歌辞,《乐府诗集》有题解曰:"魏曹植《苦热行》曰:'行游到日南,经历交趾乡。苦热但曝露,越夷水中藏。'《乐府解题》曰:'《苦热行》备言流金烁石、火山炎海之艰难也。'"若鲍照云:"赤阪横西阻,火山赫南威。"言南方瘴疠之地,尽节征伐,而赏之太薄也。'"⑤ 曹植《苦热行》全诗今已不存,人们是以鲍照诗作为榜样来创作《苦热行》的。曹植诗中

---

① (宋)郭茂倩:《乐府诗集》,第496页。
② 马非百:《盐铁论简注》,中华书局,1984,第291页。
③ (宋)郭茂倩:《乐府诗集》,第497页。
④ (宋)郭茂倩:《乐府诗集》,第496页。
⑤ (宋)郭茂倩:《乐府诗集》,第937页。

所说"日南""交趾"该是今广西南部、越南北部,可以说是边地,而"苦热但曝露,越夷水中藏"也该是边地的景象。

现存完整的《苦热行》是刘宋鲍照之作,都是围绕"苦热"来展开边地的奇异风光景物。诗的主题就是以环境凄苦述说朝廷的赏赐之薄,西域的火山之地与南方的瘴疠之地,鲍照都不曾去过,他完全凭史书的记载,如《汉书》、曹植《苦热行》的诗作与自己的想象描摹出这"热"景,所以这些风光景物虽奇异触目却不光怪陆离,但有凄苦之意。庾信《苦热行》,应该是借边地"苦热"写现实生活之"苦热",实际上他是以典故写"苦热"。梁简文帝《苦热行》是直接写现实生活之"苦热"。又有任昉、何逊之作,也是梁简文帝的写法。另刘孝威、王筠《苦暑诗》,庾肩吾《奉和武帝苦旱》,都是写实而非写边地,此处不述。上述"苦寒""苦热"乃至"苦暑""苦旱"作品,诗人在体验边地生活的同时,更在追求对奇异景象的摹写,追求对边地奇异景象的体验,这些奇异景象,或是传闻,或是夸张,或以险怪狰狞出之,或以好奇探险出之,总之,是对建安诗人的承袭并有所发展。

## 二 曹植《白马篇》及原型

建安时对个体的崇尚与对英雄的崇尚。天下大乱的建安年间是一个崇尚英雄的时代。东汉后期,宦官、外戚交相干政,互相倾轧,政治黑暗、朝廷腐败,天下大乱。如此形势给了群雄平定天下、建功立业的机会,当日以英雄评议人物,汤用彤《读〈人物志〉》曰:"创大业则尚英雄。英雄者,汉魏间月旦人物所有名目之一也。天下大乱,拨乱反正则需英雄。汉末豪俊并起,群欲平定天下,均以英雄自许,故王粲著有《汉末英雄记》。当时四方鼎沸,亟须定乱,故曹操曰:'方今收英雄时也。'夫拨乱端仗英雄,故许子将目曹操曰:'君清平之奸贼,乱世之英雄也。'"[①] 魏时刘劭有《人物志》,就是汉魏人物品鉴结果,其有"英雄"一章,称"聪明秀出谓之英,胆力过人谓之雄",称"必聪能谋始,明能见机,胆能决之,然后可以为英,张良是也。气力过人,勇能行之,智足断事,然后可以为雄,韩

---

① 《汤用彤学术论文集》,中华书局,1983,第 200 页。

信是也。体分不同，以多为目，故英雄异名。然皆偏至之材，人臣之任也。故英可以为相，雄可以为将。若一人之身兼有英雄，则能长世，高祖、项羽是也。"①

在汉末人物中，曹操最为英雄，《后汉书·党锢传》载李瓒称"时将乱矣，天下英雄无过曹操"②；曹操还有英雄相，《世说新语·容止》载曹操"将见匈奴使，自以形陋，不足雄远国，使崔季圭代，帝自捉刀立床头。既毕，令间谍问曰：'魏王何如？'匈奴使答曰：'魏王雅望非常，然床头捉刀人，此乃英雄也。'"③ 曹操有英雄相，连匈奴人都看得出。曹操有武艺，又喜兵法，且十分崇尚个人的作用，其《让县自明本志令》中称说自己："设使国家无有孤，不知当几人称帝，几人称王。"④ 后来继承曹操事业的曹丕，也是一个有武艺的人，他"善骑射，好击剑"⑤，其《典论·自叙》称："余时年五岁，上以世方扰乱，教余学射，六岁而知射，又教余骑马，八岁而能骑射矣……夫文武之道，各随时而用，生于中平之季，长于戎旅之间，是以少好弓马，于今不衰；逐禽辄十里，驰射常百步。"《典论·自叙》又称当有人称赏他"善左右射，此实难能"时，他回答说："执事未睹夫项发口纵，俯马蹄而仰月支也。"⑥ 很为自己善射自豪。

为了战争的需要，曹操多选拔侠士作为武将来率领部队冲锋陷阵。曹操《求逸才令》也说要访求"果勇不顾，临阵力战"之人。⑦《三国志·魏书·二李臧文吕许典二庞阎传》载，许褚"长八尺余，腰大十围，容貌雄毅，勇力绝人"，其归曹操时，"诸从褚侠客，皆以为虎士"；"褚所将为虎士者从征伐，太祖以为皆壮士也，同日拜为将，其后以功为将军封侯者数十人，都尉、校尉百余人，皆剑客也"。又载典韦，"形貌魁梧，旅（膂）力过人，有志节任侠"；军中为之语曰："帐下壮士有典君，提一双戟八十

---

① 王玫评注《人物志》，红旗出版社，1996，第113~114页。
② 《后汉书》，第2197页。
③ 刘义庆著，刘孝标注，余嘉锡笺疏《世说新语笺疏》，上海古籍出版社，1993，第605页。
④ 《曹操集》，中华书局，1959，第42页。
⑤ 《三国志·魏书·文帝纪》引《魏书》，第57页。
⑥ 《三国志》，第89页。
⑦ 《三国志》，第49页。

斤。"①《魏书》载：夏侯渊为将，"赴急疾，常出敌之不意，故军中为之语曰：'典军校尉夏侯渊，三日五百，六日一千。'"②

于是有曹植的《白马篇》，诗云：

> 白马饰金羁，连翩西北驰。借问谁家子？幽并游侠儿。少小去乡邑，扬声沙漠垂。宿昔秉良弓，楛矢何参差。控弦破左的，右发摧月支，仰手接飞猱，俯身散马蹄。狡捷过猴猿，勇剽若豹螭。边城多警急，胡虏数迁移。羽檄从北来，厉马登高堤。长驱蹈匈奴，左顾陵鲜卑。弃身锋刃端，性命安可怀。父母且不顾，何言子与妻。名在壮士籍，不得中顾私。捐躯赴国难，视死忽如归。③

建安时代对英雄的崇尚直接影响到曹植《白马篇》对少年英雄的塑造，而赋予其"游侠儿"的身份，使这位少年英雄理所当然以个体形象出现。诗的前半部分点明"游侠儿"品行特征，首六句写"游侠儿"这样的人具有"少小去乡邑，扬声沙漠垂"的身份；"宿昔"以下八句写少年英雄"游侠儿"的武艺高强，这是通过其精湛的射术表现出来的，诗中用"破""摧""接""散"四个动词来描写射中目标这一行为动作，给读者留下深刻的印象。诗的后半部分写"游侠儿"的具体行动，"边城"以下八句写这个"游侠儿"行动所蕴涵的精神境界。"父母且不顾"等六句，以其自身口吻写侠士的精神境界，他有着"捐躯赴国难，视死忽如归"的报国信念，于是奔赴边塞、勇上战场，其英雄主义不是仅仅要表现个人的一种能力，而且还是有着更深广的蕴涵。这种以个人的能力——高超武艺来实现报国壮志的"游侠儿"，在文学作品的出现是曹植的首创，在以前的文学作品中是不曾出现过的。

对比之下，足见建安时代对英雄的崇尚，这包括两方面，一是崇尚个体、二是崇尚"力"，即武艺、武功。生活中有武艺高超的将士，现实社会

---

① 《三国志》，第542~544页。
② 《三国志·夏侯渊传》引，第270页。
③ （宋）郭茂倩编《乐府诗集》，第914~915页。

又需要这样武艺高超的将士，且建安时代文学事业的发展又有能力创造出吟咏人物形象的作品。那么，塑造武艺高超的将士之类的人物形象的重任将落在哪个文学家的肩上，而他又是如何去塑造这样的人物形象？

这个人就是曹植。他在诗中熔铸了自己的报国理想，他一生追求的是"戮力上国，流惠下民，建永世之业，流金石之功"①；他自小有"南极赤岸，东临沧海，西望玉门，北出玄塞"的军旅生涯，他的雄心就是西灭"违命之蜀"，东灭"不臣之吴"，"混同宇内，以致太和"②。而曹植自己，"生乎乱，长乎军"③，曹植自称其经历：

> 皇考建世业，余从征四方。栉风而沐雨，万里蒙露霜。剑戟不离手，铠甲为衣裳。④

其《杂诗》其五写战争中的英雄主义壮志：

> 仆夫早严驾，吾行将远游。远游欲何之？吴国为我仇。将骋万里途，东路安足由。江介多悲风，淮泗驰急流。愿欲一轻济，惜哉无方舟。闲居非吾志，甘心赴国忧。⑤

但应该注意到，这些对英雄主义的颂赞，实际上是理想主义的，诗人只是在叙说一种理想，这个理想要成为现实还须一定的条件。当然这样的少年英雄，也应该是曹植的愿望与理想。朱乾《乐府正义》称《白马篇》说："此寓意于幽并游侠，实自况也……篇中所云捐躯赴难、视死如归，亦子建素志，非泛述矣。"⑥《白马篇》当然可视作曹植在虚构性的乐府诗中塑造自我形象的努力，虽然曹植并没有"幽并游侠儿"的武艺与征战匈奴的经历，但他要表达愿望与理想。

---

① 《与杨德祖书》，《三国志·曹植传》注引，第 559 页。
② 《求自试表》，《三国志·曹植传》，第 566~567 页。
③ 《陈审举表》，《三国志·曹植传》，第 573 页。
④ 《先秦汉魏晋南北朝诗》，第 562 页。
⑤ 《先秦汉魏晋南北朝诗》，第 457 页。
⑥ （清）朱乾：《乐府正义》，乾隆五十四年（1789）秬香堂刻本，第 18 页 B 面~19 页 A 面。

这里的问题是，曹植为什么要把少年英雄定位为"游侠儿"形象？

我们先来看汉末时代如何看待"游侠"。《三国志·魏书·武帝纪》称曹操"少机警，有权数，而任侠放荡"①；《世说新语·假谲》称"魏武少时，尝与袁绍好为游侠"，引孙盛《杂语》，称曹操"少好侠，放荡不修行业"②；《三国志·魏书·袁绍传》引《英雄记》称袁绍"又好游侠"③。如此看来，"游侠"已不是韩非"侠以武犯禁"的意味，而是国家栋梁之才、或是最高统治者早期生活中的某一方面，这当然应该是优秀的性格、气质、品德。因此，曹丕《大墙上蒿行》亦写"带我宝剑""恣意遨游"的侠士。④

《白马篇》中的"游侠儿"，身怀绝技，又是一个个体英雄，这都是与传统意味的"游侠儿"一致之处。但是，这位"游侠儿"的见义勇为、舍己助人，此时已不是针对某个别人，而是针对"边城多警急，胡虏数迁移"的国家紧急情况，于是，他要做的是"捐躯赴国难，视死忽如归"。这应该是其与传统意味的"游侠儿"不一致之处，是其特殊之处，是传统意味的"游侠儿"见义勇为、舍己助人的升华，侠文化至此有了一个升华。这个升华的实现是赋予"游侠儿"从军的经历，从军使"游侠儿"由个人性的武艺施展到参与集体的战斗投入，从军使"游侠儿"的武艺施展有了更广阔的范围。"游侠儿"从为人到为国的升华，这是曹植的创造。《白马篇》中"游侠儿"之称，难说没有曹操"好为游侠"的影响；少年英雄骑射技艺之精，难说没有曹操"才武绝人"、曹丕"善骑射，好击剑"的影子，而曹丕自称善射"俯马蹄而仰月支"，曹植诗中用语与其如出一辙。

游侠是个人性的施展武艺，而从军是集体性的投入战斗，曹植《白马篇》把从军与游侠结合起来了；曹植在诗中叙写个体英雄，是建安时代张扬个性、突出个人的表现；曹植刻画英雄时对武艺、武功作了艺术化、表演化叙写，是审美化地对待生活。曹植把其书写的个体英雄命名为"游侠

---

① 《三国志》，第 2 页。
② （南朝宋）刘义庆著，（南朝梁）刘孝标注，余嘉锡笺疏《世说新语笺疏》，上海古籍出版社，1993，第 851 页。
③ 《三国志》，第 188 页。
④ 《先秦汉魏晋南北朝诗》，第 397 页。

儿",赋予其捐躯报国的品质,提升了"游侠儿"的地位,又把"游侠儿"纯粹的个人性施展武艺变换成集体性战斗中的施展武艺,改变了汉代侠文化的发展方向;而英雄以个体形式存在,其武功艺术化地表现,这些又是日后侠文化在文学中的表现。

《白马篇》中的少年英雄"游侠儿"的原型应该是曹彰。曹彰是曹植同母兄,《三国志·魏书·任城陈萧王传》载:曹彰"少善射御,膂力过人,手格猛兽,不避险阻。数从征伐,志意慷慨。太祖尝抑之曰:'汝不念读书慕圣道,而好乘汗马击剑,此一夫之用,何足贵也!'课彰读《诗》、《书》,彰谓左右曰:'丈夫一为卫、霍,将十万骑驰沙漠,驱戎狄,立功建号耳,何能作博士邪?'"他自称"好为将",并称"为将"在个人方面要做到"披坚执锐,临难不顾,为士卒先;赏必行,罚必信"。听听他的言辞,与司马迁对"侠"的评价何其相似。在与反叛的代郡乌丸作战中,曹彰"身自搏战,射胡骑,应弦而倒者前后相属"①。这些战斗经历,与诗中"幽并游侠儿"是一致的。再说,曹彰与曹植关系最好,《魏略》载,曹操病重时,召曹彰,曹彰至,曹操已卒,曹彰对曹植说:"先王召我者,欲立汝也。"②并问先王玺绶所在,他是想在立皇位上助曹植一臂之力。魏文帝黄初四年,曹彰在与曹植等同朝京师时不幸去世,《世说新语·尤悔》称是被曹丕毒死的。

《白马篇》形成传统,由英雄转向侠士的边塞征战书写。《乐府诗集》有《白马篇》系列,属《杂曲歌辞》,其题解曰:"白马者,见乘白马而为此曲。言人当立功立事,尽力为国,不可念私也。《乐府解题》曰:'鲍照云:"白马骍角弓。"沈约云:"白马紫金鞍。"皆言边塞征战之事。'"③ 这些写法都是依曹植而来,但各有侧重点。其一,如刘宋袁淑、鲍照的《白马篇》关注侠士身份、侠士意气;梁人沈约《白马篇》写侠士的报恩品格也是歌吟侠士意气。其二,以边塞战争与立功写侠士的风流倜傥,如齐孔稚珪《白马篇》等。其三,侠士品德的综合性书写,如梁人王僧孺、徐悱、隋人王胄、辛德源、隋炀帝杨广的《白马篇》等。上述诸作,侠士的特征

---

① 《三国志》,第555页。
② 《三国志》,第557页。
③ (宋)郭茂倩编《乐府诗集》,第914页。

都要有所点缀，要写侠士豪放意气，要写侠士知恩图报，这是《白马篇》的根本之处。但上述的豪放意气、知恩图报又要有落脚处，这就是《白马篇》所突出的个人武艺以立功边塞的特点。

### 三 曹丕《燕歌行》与"闺怨"传统

战争，就朝廷而言就是出征、作战、凯旋，或者失败、亡国。有战争就有上前线，而就军队将士及其家人而言，出征、作战就是离别，离别后就有不尽的相思与牵挂，或者出征的离别就是永诀，当然也会有团聚。出征、作战与离别、相思、团聚是战争的两个方面，此二者彼此对应，此二者在中古诗作中都有书写。

《文选》收有旧题《李少卿与苏武诗》三首与旧题《苏武诗》四首，是较早的有"闺怨"意味的诗作。所谓"闺怨"题材，应该是写丈夫出征而闺中妇人的哀怨。江淹《杂体诗三十首》的《李都尉陵从军》把离别而使闺中妇人哀怨的缘由定位在"从军"，诗云：

> 樽酒送征人，踟蹰在亲宴。日暮浮云滋，握手泪如霰。悠悠清川水，嘉鲂得所荐。而我在万里，结友不相见。袖中有短书，愿寄双飞燕。①

诗作的题目与内容把从军与离别、相思等"闺怨"结合在一起。《乐府诗集》载《燕歌行》系列，《乐府解题》曰："晋乐奏魏文帝'秋风''别日'二曲，言时序迁换，行役不归，妇人怨旷无所诉也。《广题》曰：'燕，地名也，言良人从役於燕，而为此曲。'"② 因"行役不归"而"妇人怨旷"，就是"闺怨"。

曹丕《燕歌行》其一云：

> 秋风萧瑟天气凉，草木摇落露为霜，群燕辞归鹄南翔。念君客游

---

① （南朝梁）萧统撰、（唐）李善等六臣注《六臣注文选》，第588~589页。
② （宋）郭茂倩编《乐府诗集》，第469页。

多思肠,慊慊思归恋故乡,君何淹留寄他方。贱妾茕茕守空房,忧来思君不敢忘,不觉泪下沾衣裳。援琴鸣弦发清商,短歌微吟不能长,明月皎皎照我床。星汉西流夜未央,牵牛织女遥相望,尔独何辜限河梁?①

诗作是写女子在秋夜思念远方的丈夫,全诗十五句,可分为五个层次,每层次三句。"秋风"三句写秋景,一幅秋景图。"秋"的时间意味是一年将尽,也是各种飞禽辞归回乡之时;而"秋"的情感基调就是悲,宋玉《九辩》中所谓"悲哉秋之为气也,萧瑟兮草木摇落而变衰";"秋"的时间意味与情感基调构成女子思念的背景。"念君"三句写丈夫,你在外地也思恋家乡,那么为什么还要淹留他方不即刻回家呢?从对方着眼写自己的哀怨。"贱妾"三句直写女子自己的哀伤情形,泪水涟涟落实到"忧来思君不敢忘"。"援琴"三句写女子欲以弹琴解忧而不得,说的是忧伤之深。末三句以牛郎织女的神话故事作比来表达自己的情感,有质问,又有疑惑。如此五部分相互配合,清代王夫之《古诗评选》称之为"倾情、倾度、倾色、倾声"。全诗情致委婉、缠绵含蓄,完全是女子心理的刻画,可称得上为思念交响曲。

曹丕《燕歌行》其二云:

别日何易会日难,山川悠远路漫漫,郁陶思君未敢言。寄书浮云往不还,涕零雨面毁形颜,谁能怀忧独不叹。耿耿伏枕不能眠,披衣出户步东西,展诗清歌聊自宽。乐往哀来摧心肝,悲风清厉秋气寒,罗帷徐动经秦轩。仰戴星月观云间,飞鸟晨鸣声可怜,留连顾怀不自存。②

此作的意思与上一首基本相同,反复描写女子的思念,虽说也是五个层次,但不及上一首来得丰富曲折、跌宕起伏;其光辉完全被上一首所遮

---

① (宋)郭茂倩编《乐府诗集》,第469页。
② (宋)郭茂倩编《乐府诗集》,第469页。

蔽，有了"秋风萧瑟天气凉"这一首，谁还会再来关注这"别日何易会日难"呢！

冯班《钝吟杂录》曰："魏文帝作《燕歌行》，以七字断句，七言歌行之滥觞也。沿至于梁元帝，有《燕歌行集》，其书不传，今可见者，犹有三数篇。于时南北诗集，卢思道有《从军行》，江总持有《杂曲文》，皆纯七言，似唐人歌行之体矣。"[1] 曹丕《燕歌行》二首成为闺怨之祖，朱乾《乐府正义》曰："《燕歌行》与《齐讴行》、《吴趋行》、《会吟行》俱以各地声音为主。后世声音失传，于是但赋土风。而燕自汉末魏初辽东西为慕容所居，地远势偏，征戍不绝，故为此者往往作离别之辞，与《齐讴行》有自不同，庾信所谓'燕歌远别，悲不自胜'者也。"[2]《燕歌行》"言良人从役于燕而为此曲""往往作离别之辞"，重在描摹女子"怨旷无所诉"心理，"闺怨"传统得以确立。晋宋《燕歌行》系列，模拟多创新少，都继承曹丕而来，

魏明帝曹叡《燕歌行》为思妇之词，重在体会游子漂泊，诗云：

白日晼晼忽西倾，霜露惨凄涂阶庭。秋草卷叶摧枝茎，翩翩飞蓬常独征，有似游子不安宁。[3]

此作的新颖之处，一是在时间意味上，把背景设置在一年将尽又一日将尽，思妇在日头西下的特定时间思念丈夫，直接以"霜露惨凄"叙述当前季节，一语双关，"惨凄"之状，既是景物的，又是人心的；二是以"秋草卷叶摧枝茎"铺垫，引出"飞蓬常独征"这一秋季特有的景象来比拟游子漂泊"不安宁"。思妇在一年将尽又一日将尽之时，为"游子"那种"飞蓬常独征"的漂泊而感到痛苦，这是从对面着笔写思念，显示出自己思念的无私性。

这一类型，晋宋又有陆机、谢灵运、谢惠连之作，写景抒情如出一辙。以后《燕歌行》经历了从"秋风萧瑟"到"初春丽日"，如萧绎组织的一

---

[1] 丁福保辑录《清诗话》，上海古籍出版社，1963，第41页。
[2] （清）朱乾：《乐府正义》，乾隆五十四年（1789）秬香堂刻本。
[3] （宋）郭茂倩编《乐府诗集》，第470页。

次集体文学创作活动,其间文学家们唱和《燕歌行》。这次活动,由王褒首倡,众人和之,唱和诸文士中应还有萧子显,不闻他是否在萧绎府中任职的经历,但从诗作的语气口吻,应该也是此次唱和之作。此数人的《燕歌行》,虽说抒情指向仍是刻画描摹思妇心理,也合乎原作的基本意向,但其创作模式,已与曹丕系列的作品有明显的不同,表面上看,就是把思妇"怨旷"的背景从"秋风萧瑟"改变成为"初春丽日",把内地的旖旎风光与边塞凄寒对立起来;实际上则有尽情摹写旖旎风光中美妙女子的渴望;梁代如此翻唱《燕歌行》,显示出宫体盛行时的格调。

从上述作品可知,《燕歌行》系列可分为两大发展阶段,一是模拟曹丕的陆机、谢灵运、谢惠连之作,亦步亦趋,似乎是模拟、学习的功课,只是改变一下意象而已;另一就是以宫体诗翻新吟唱的《燕歌行》作品,非常重视对女性行为活动的描写,对女性心理的揣摩与描摹也更深入细化,且诗作都用浓彩重笔描摹人物、景物,或者说,用华艳的笔调写华艳的女性。

### 四 以颂美起步的王粲《从军行》

《诗经》中就有"从军"之作,此即《秦风·无衣》,《诗序》曰:"《无衣》,刺用兵也。秦人刺其君好攻战,亟用兵,而不与民同欲焉。"诗云:

岂曰无衣?与子同袍。王于兴师,修我戈矛。与子同仇!
岂曰无衣?与子同泽。王于兴师,修我矛戟。与子偕作!
岂曰无衣?与子同裳。王于兴师,修我甲兵。与子偕行!①

《诗序》说法不确。陈子展《诗经直解》曰:"三章一意,总谓国中勇士,慷慨从军,同心协力,杀敌致果耳。此盖秦人善战之军歌。"② 这首诗似乎是从军将士的整队合唱,唱着慷慨之歌走上战场,这样的从军慷慨之歌是否形成了传统?

---

① 《毛诗正义》,《十三经注疏》,上海古籍出版社,1997年影印本,第373~374页。
② 陈子展:《诗经直解》,复旦大学出版社,1983,第399页。

王粲有《从军诗》五首,《文选》诗载录为王粲《从军行》,入军戎类。王粲《从军行》共五首,《三国志·魏书·武帝纪》裴松之注称其中有王粲书写随曹操西征张鲁时所作,《文选》李善注称其中有王粲书写随曹操征孙权时的所见所闻。《魏志》《六臣注文选》又并称是"以美其事"。据诗义看,"以美其事"是确实的,但"五首非一时一地之作"①。第一首,诗云:

从军有苦乐,但闻所从谁。所从神且武,焉得久劳师。相公征关右,赫怒震天威。一举灭獯虏,再举服羌夷。西收边城地,忽若俯拾遗。陈赏越丘山,酒肉逾川坻。军中多饶沃,人马皆溢肥。徒行兼乘还,空出有余资。拓地三千里,往返速若飞。歌舞入邺城,所愿获无违。昼日处大朝,日暮薄言归。外参时明政,内不废家私。禽兽惮为牺,良苗实已挥。窃慕负鼎翁,愿厉朽钝姿,不能效沮溺,相随把锄犁。熟览夫子诗,信知所言非。②

诗作总括式的写出战争的胜利局势,也点出"从军"有"劳师"之苦。诗写"相公征关右""灭獯虏""服羌夷""西收边城地",最后"歌舞入邺城";又称"窃慕负鼎翁,愿厉朽钝姿,不能效沮溺,相随把锄犁",表达追随"相公征关右"以建功立业的雄心。当然也尽情歌颂了战争的领导者。

第二首云:

凉风厉秋节,司典告详刑。我君顺时发,桓桓东南征。泛舟盖长川,陈卒被隰埛。征夫怀亲戚,谁能无恋情。拊衿倚舟樯,眷眷思邺城。哀彼东山人,喟然感鹤鸣。日月不安处,人谁获恒宁。昔人从公旦,一徂辄三龄。今我神武师,暂往必速平。弃余亲睦恩,输力竭忠贞。惧无一夫用,报我素餐诚。夙夜自恲性,思逝若抽萦。将秉先登羽,岂敢听金声。③

---

① 逯钦立语,见《先秦汉魏晋南北朝诗》,中华书局,1983,第361页。
② (宋)郭茂倩编《乐府诗集》,第475~476页。
③ (宋)郭茂倩编《乐府诗集》,第476页。

此篇叙说思乡之情,以勇立战功及早返乡来解决出征思乡的问题。

第三首云:

> 从军征遐路,讨彼东南夷。方舟顺广川,薄暮未安坻。白日半西山,桑梓有余晖。蟋蟀夹岸鸣,孤鸟翩翩飞。征夫心多怀,恻怆令吾悲。下船登高防,草露沾我衣。回身赴床寝,此愁当告谁?身服干戈事,岂得念所私。即戎有授命,兹理不可违。

全篇以人物感受述出"征夫心多怀,恻怆令吾悲",但最后又说"岂得念所思",尽管有悲,仍表示"即戎有授命,兹理不可违"。

第四首云:

> 朝发邺都桥,暮济白马津。逍遥河堤上,左右望我军。连舫逾万艘,带甲千万人。率彼东南路,将定一举勋。筹策运帷幄,一由我圣君。恨我无时谋,譬诸具官臣。鞠躬中坚内,微画无所陈。许历为完士,一言犹败秦。我有素餐责,诚愧伐檀人。虽无铅刀用,庶几奋薄身。

全篇写"我军"的雄壮气象,有宣示国威军威之义,于是诗人表示自己的效力之心。

第五首,全篇先述"悠悠涉荒路"时所见所闻,于是"客子多悲伤,泪下不可收",回应起首的"靡靡我心忧"。再述"朝入谯郡界"的所见所闻,曹操根据地里一派和平美好的景象,这是诗人对曹操以战争平定北方的赞美。王粲末二句说"诗人信乐土,虽客犹愿留",王粲原有《登楼赋》,书写滞留荆州时的思乡之情,所谓"虽信美而非吾土兮,曾何足以少留"①,而在此诗中,不再有这样的想法,他要一心一意为曹操贡献自己的力量了。

总括而言,王粲《从军行》有四方面的内容:一是宣示国威军威,二是书写战争的胜利局势,三是建功立业的渴望,四是出征之苦与征夫怀乡

---

① 《六臣注文选》,第208页上。

恋情。前三者有时会和后者发生矛盾，但诗人认为，只要前三者能够实现，那么出征之苦与征夫怀乡恋情就不算什么了，这就是"从军有苦乐，但问所从谁"的所谓"从军"之乐。而前三者中，国威军威与战争胜利则是与建功立业紧密联系在一起的，也就是说，个人命运是与国威军威、战争胜利紧密联系在一起的。

左延年《从军行》有两首，一是以乐观心情叙说英雄主义：

从军何等乐，一驱乘双驳。鞍马照人目，龙骧自动作。①

似乎是残片，诗中只写到从军时服饰装备的光耀照人以及威风，这种英雄主义似乎太注重于外在的荣耀。另一是写边地人民从军离家之苦，前已述。从军之事，有乐有苦，勇士驰驱为乐，家人分离是苦。以后的"从军"诗作，遵循这一传统。

《乐府诗集》有《从军行》系列，属《相和歌辞》，都是写从军边塞。但是，《从军行》系列是承继左延年的作品而来，并非完全接受王粲的影响，王粲的作品只是泛泛而称"一举灭獯虏，再举服羌夷"，实际上作品中写的是曹操扫平割据军阀、平定北方的战争；或许王粲作品表面上的"一举灭獯虏，再举服羌夷"构成了传统，《从军行》系列的"从军"定位于边塞战争，书写从军之艰苦情状，抒发从军之悲苦情怀，这样写来目的很明确，即以从军之艰苦情状与悲苦情怀可以更好地表现战争胜利的来之不易，衬托在边塞建功立业的来之不易。《从军行》在南北朝后期往往要引入女性描写，表现从军行为对女性生活的影响。

北朝《从军行》发展趋势有一点值得注意，那时的诗作往往写得气魄宏大，尤其是卢思道之作，仍旧是概括化地书写从军行为，但在描摹上更宏观，更全面。

## 五 《饮马长城窟行》系列

乐府古题有专为吟咏边地事件风物的作品，如《饮马长城窟行》系列。

---

① 逯钦立：《先秦汉魏晋南北朝诗》，中华书局，1983，第411页。

《乐府诗集·相和歌辞》有《饮马长城窟行》系列，其题解曰："一曰《饮马行》。长城，秦所筑以备胡者。其下有泉窟，可以饮马。古辞云：'青青河畔草，绵绵思远道。'言征戍之客，至于长城而饮其马，妇人思念其勤劳，故作是曲也。郦道元《水经注》曰：'始皇二十四年，使太子扶苏与蒙恬筑长城，起自临洮，至于碣石。东暨辽海，西并阴山，凡万余里。民怨劳苦，故杨泉《物理论》曰："秦筑长城，死者相属。"民歌曰："生男慎勿举，生女哺用脯。不见长城下，尸骸相支拄。"其冤痛如此。今白道南谷口有长城，自城北出有高坂，傍有土穴出泉，挹之不穷。歌录云："饮马长城窟"，信非虚言也。'《乐府解题》曰：'古词，伤良人游荡不归，或云蔡邕之辞。若魏陈琳辞云："饮马长城窟，水寒伤马骨。"则言秦人苦长城之役也。'《广题》曰：'长城南有溪坂，上有土窟，窟中泉流。汉时将士征塞北，皆饮马此水也。按赵武灵王既袭胡服，自代并阴山下至高阙为塞，山下有长城，武灵王之所筑也。其山中断，望之若双阙，所谓高阙者焉。'《古今乐录》曰：'王僧虔《技录》云："《饮马行》，今不歌。"'"① 诗作主要是书写人民在建筑长城时遭受到的苦难。

《饮马长城窟行》有两大传统，一是古辞《相和歌辞》瑟调曲载《饮马长城窟行》古辞：

> 青青河畔草，绵绵思远道。远道不可思，宿昔梦见之。梦见在我傍，忽觉在他乡。他乡各异县，展转不相见。枯桑知天风，海水知天寒。入门各自媚，谁肯相为言。客从远方来，遗我双鲤鱼。呼儿烹鲤鱼，中有尺素书。长跪读素书，书中竟何如？上言加餐饭，下言长相忆。②

旧传的古辞无"饮马长城窟行"的内容，可能是用了《饮马长城窟行》的曲调，再说诗中亦有远行的内容，故为《饮马长城窟行》。后有傅玄之作"青青河边草，悠悠万里道"的写远行。

---

① （宋）郭茂倩编《乐府诗集》，第555~556页。
② 郭茂倩编《乐府诗集》，第556页。

另一传统就是"饮马长城窟",以饮马与边地景物贯穿全篇。陈琳《饮马长城窟行》:

饮马长城窟,水寒伤马骨。往谓长城吏:"慎莫稽留太原卒!""官作自有程,举筑谐汝声。""男儿宁当格斗死,何能怫郁筑长城。"长城何连连,连连三千里。边城多健少,内舍多寡妇。作书与内舍:"便嫁莫留住。善事新姑嫜,时时念我故夫子。"报书往边地:"君今出语一何鄙!""身在祸难中,何为稽留他家子。生男慎莫举,生女哺用脯。君独不见长城下,死人骸骨相撑拄!""结发行事君,慊慊心意关。明知边地苦,贱妾何能久自全。"①

郦道元《水经注》说:"余至长城,其下往往有泉窟,可饮马,古诗《饮马长城窟行》信不虚也。"② 诗作的第一层次,首句着题,次句渲染遍地苦寒,于是有以下役卒与长城吏的对话,役卒既有"慎莫稽留太原卒"的请求,又有"男儿宁当格斗死"的豪气。诗作的第二层次,先以"边城多健少,内舍多寡妇"的对比概括修长城的后果;然后是丈夫与妻子第一次书信往来,留下一个悬念:为什么丈夫要妻子"便嫁莫留住"而让妻子斥为"君今出语一何鄙"诗作的第三层次,以丈夫与妻子第二次书信往来解答悬念:丈夫就是因为"筑长城""死人骸骨相撑拄"而这样说,接着妻子以死相许。全诗以对话展开情节,既有广阔的大场面,又有具体细腻的描写,目的就是揭示"三千里"外的"边城""筑长城"带给人民的苦难。陈琳之作直接摹写秦始皇在边地"筑长城"那一段历史,故称其作更像《饮马长城窟行》的本辞。

《乐府诗集》的《饮马长城窟行》系列作品③,依陈琳之作而来,陆机之作首写"驱马陟阴山,山高马不前,往问阴山侯,劲虏在燕然",保留"马"的意象并以问答展开全篇的本色,其中写边地"仰凭积雪岩,俯涉坚冰川"犹为动人。其他南北朝诗人的《饮马长城窟行》都写边地景物,如

---

① 郭茂倩编《乐府诗集》,第556~557页。
② (南朝梁)萧统撰、(唐)李善注《文选》引,中华书局,1977,第389页下。
③ (宋)郭茂倩编《乐府诗集》,中华书局,1979,第557~559页。

沈约之作写"旌幕卷烟雨,徒御犯冰埃",王褒之作写"雪深无复道,冰合不生波",张正见之作写"伤冰敛冻足,畏冷急寒声",且都有"马"的意象,而北朝诗人尚法师之作专写"马":

  长城征马度,横行且劳群。入冰穿冻水,饮浪聚流文。澄鞍如渍月,照影若流云。别有长松气,自解逐将军。

  北方景物清壮,乘马的形象豪放,诗末以赞赏出之,与南朝所作的悲壮凄切自然不同。陈后主与隋炀帝这两位最高统治者的《饮马长城窟行》与他人之作特点不同。陈后主之作以艳丽宫体出之,隋炀帝作《饮马长城窟行》,题下有"示从征群臣",即希望乐府诗作在事件中发挥现实作用,要以诗作鼓舞士气。诗的核心是"千乘万骑动,饮马长城窟""饮至告言旋,功归清庙前",诗的气魄是很大的。

# 第七章　曹丕与文体学

## 一　曹丕与《典论》

曹丕自称"少诵诗、论，及长而备历五经、四部，《史》、《汉》诸子百家之言，靡不毕览"①，爱好撰作，史称其"好文学，以著述为务，自所勒成垂百篇"②，其《燕歌行》在七言诗发展史上有重要地位。

子书的著述立言为士人"三不朽"之举，曹丕对同时代文人、"建安七子"之一的徐干所作《中论》就多有盛赞，其《典论·论文》③曰：

> 伟长独怀文抱质，恬淡寡欲，有箕山之志，可谓彬彬君子者矣。著《中论》二十篇，成一家之言，辞义典雅，足传于后，此子为不朽矣。

曹丕对著述立言有极高评价，其《与王朗书》自称：

> 生有七尺之形，死唯一棺之土，唯立德扬名，可以不朽，其次莫如著篇籍。疫疠数起，士人彫落，余独何人，能全其寿？④

曹丕精心撰作的《典论》就是其"成一家之言"的子书著作，他非常

---

① 《典论·自叙》，《三国志·魏书·文帝纪》注引，第90页。
② 《三国志·魏书·文帝纪》，第88页。
③ 本章所录《典论·论文》文字，全见于（南朝梁）萧统撰、（唐）李善注《文选》，中华书局，1977，第720~721页，以下不再出注。
④ 《三国志·魏书·文帝纪》注引《魏书》，第88页。

看重这部书，曾"以素书所著《典论》及诗、赋饷孙权，又以纸写一通与张昭"①。卞兰《赞述太子表》有"窃见所作《典论》"云云②，知道此书作于曹丕为太子时；且《典论》中提及孔融等已逝，孔融逝于建安十三年（208），知道此书作于建安中后期。

《典论》一书一开始就有很好的流传，魏明帝太和四年（230）二月戊子，"诏太傅三公：以文帝《典论》刻石，立于庙门之外"③，《水经注》载："魏文帝又刊《典论》六碑，附于其次。"④此在太学。《洛阳伽蓝记》卷三载："魏文帝作《典论》六碑，至太和十七年，犹有四存。"⑤此为后魏孝文帝太和十七年（493）。《隋书·经籍志》著录为五卷，《宋史》以后不复著录，全书大概在宋代亡佚了。清严可均辑其佚文入《全三国文》卷八。《典论》有《论文》一篇，《文选》有录，应该是完整的篇章，此文专门"论文"，涉及"文"的许多文体，此处以文体论的观点来审视之。

## 二 怎样进行作家评论——问题的提出

建安十三年的赤壁之战，奠定了天下三分的局面，社会基本安定下来。北方的文人都聚集在曹操手下，而其文学活动，实际上都是在曹丕、曹植领导下展开的。当时邺下文人集聚，文学创作兴盛，以建官属而形成的诸王文学集团，主要是五官中郎将曹丕文学集团和曹植文学集团，但曹丕的太子身份，又决定了他是邺下文学活动的实际领导者，是曹魏文学集团的实际领袖。曹丕自称与文人"游处，行则连舆，止则接席，何曾须臾相失！每至觞酌流行，丝竹并奏，酒酣耳热，仰而赋诗"；又称收集逝世的徐干、陈琳、应玚、刘桢诸人的文章，"撰其遗文，都为一集"⑥，孔融被其父曹操所杀，而曹丕亦收集其遗文，"魏文帝深好融文辞，每叹曰：'杨、班俦

---

① 胡冲：《吴历》，《三国志·魏书·文帝纪》注引，第89页。
② （唐）欧阳询：《艺文类聚》，上海古籍出版社，1982，第299页。
③ 《三国志·魏书·明帝纪》，第97页。
④ （北魏）郦道元著，王国维校，袁英光、刘寅生整理《水经注校》，上海人民出版社，1984，第550页。
⑤ （北齐）杨衒之撰，范祥雍校注《洛阳伽蓝记校注》，上海古籍出版社，1978，第146页。
⑥ （魏）曹丕：《与吴质书》，《三国志·魏书·王粲传》注引，第608页。

也.'募天下有上融文章者,辄赏以帛"。① 作为文学集团的领袖,除组织文学活动外,其重要的职责之一就是协调文学集团中各位成员的关系,而评价文学集团中各位成员的文学成就,又是其协调文学集团中各种关系的基础。曹魏文学集团中著名文学家很多,如建安七子就是佼佼者,对他们的才华有所评品,是作为文学集团的领袖的职责。

曹丕《典论·论文》,题名"论文",却以"论文人"起首,一开始讲"文人相轻,自古而然":

> 文人相轻,自古而然。傅毅之于班固,伯仲之间耳,而固小之,与弟超书曰:武仲以能属文,为兰台令史,下笔不能自休。

赵翼《陔馀丛考》"文人相轻"条:

> 班固论扬雄曰:"凡人贵远贱近,亲见扬子云,禄位容貌,不足动人,故轻其书。"王充《论衡》亦云:"画工好画古人,不肯图近世之士者,尊古而卑今也。贵鹄贱鸡,鹄远而鸡近也。扬子云作《法言》,张伯松不肯观,以同时也。使子云在伯松前,伯松必以为金匮矣。"刘勰《文心雕龙》云:"韩非《储说》始出,相如《子虚赋》初成,秦皇、汉武恨不同时。既同时矣,则韩囚而马轻,岂非同时则贱哉!"此皆以同时见轻,固世情之所不免,然犹非彼此相忌而相轧也。刘勰又云:"班固、傅毅文在伯仲,而固嗤毅谓下笔不能自休。及陈思论才,亦深排孔璋,故魏文称文人相轻,非虚谈也。"则此习自古已然。②

自古以来,"文人相轻"已成陋习,而且,"文人相轻"不仅仅是文学史上的问题,《典论·论文》称当今文坛亦难免"文人相轻":

---

① 《后汉书·孔融传》,第 2279 页。
② (清)赵翼著,栾保群、吕宗力校点《陔馀丛考》卷四十,河北人民出版社,2007,第 828 页。

今之文人，鲁国孔融文举，广陵陈琳孔璋，山阳王粲仲宣，北海徐干伟长，陈留阮瑀元瑜，汝南应玚德琏，东平刘桢公干，斯七子者，于学无所遗，于辞无所假，咸以自骋骥騄于千里，仰齐足而并驰，以此相服，亦良难矣。

曹植《与杨德祖书》也这样说过：

昔仲宣独步于汉南，孔璋鹰扬于河朔，伟长擅名于青土，公干振藻于海隅，德琏发迹于此魏，足下高视于上京。当此之时，人人自谓握灵蛇之珠，家家自谓抱荆山之玉。①

《典论·论文》认为"文人相轻"是出于以下的原因：

夫人善于自见，而文非一体，鲜能备善，是以各以所长，相轻所短。里语曰：家有弊帚，享之千金。斯不自见之患也。

曹丕抓住这个各时代共同关心的问题进行批判性的分析，认为这是因为"文非一体，鲜能备善，是以各以所长，相轻所短"。作家们各有擅长的文体，但"文非一体"，当"各以所长，相轻所短"进行文学批评时，文学批评走入了误区。因此，解决问题的关键在分文体进行作家评论。于是可知，文体在世人观念中已经有着相当的地位。

## 三 "文本同而末异"与文体特性

"诗赋欲丽"是曹丕在《典论·论文》中提出的，曹丕把"诗赋"同列于一科之中，意味着"诗"取得了与"赋'同等的地位。此处的"诗"并非特指《诗经》，而是指一种文体，正如同"奏、议、书、论、铭、诔、赋"都是文体一样。而曹丕所意味的"诗"是什么呢？就今存曹丕的诗歌作品来看，有乐府诗二十二首，四言诗二首，五言诗十四首，六言诗三首

---

① 赵幼文校注《曹植集校注》，人民文学出版社，1984，第153页。

（内含一首带"兮"字的）。其中最大量的是乐府诗与五言诗，后者是汉末兴起的一种新兴文体。

而就文章体裁而言，各文体又有各自的风格，此即文体之"体"与风格之"体"的结合，《典论·论文》提出：

> 盖文章者，经国之大业，不朽之盛事。夫文本同而末异。盖奏议宜雅，书论宜理，铭诔尚实，诗赋欲丽。此四科不同，故能之者偏也，唯通才能备其体。

首先，这段话具有文体分类学上的意义，这就是人们经常所说的曹丕把文章分为四体八科。当然，这是曹丕的举例而言，并不是说曹丕认为天下文章就只有这四体八科。而所谓"雅""理""实""丽"就应该是各种文体所特定的风格；前人多个别性地论述各种文体所特定的风格，曹丕的论证也是继承了前人的观点。但曹丕做法的创始意义在于，如此综合性论证各种文体所特定的风格，前人是不曾有过的。曹丕《典论·论文》把文体学的问题综合在一起论证，说明文体的问题是可以综合在一起论证的，综合在一起论证的就是文体学的研究，曹丕开始有了这样的意识。

虽然曹丕说"盖奏议宜雅，书论宜理，铭诔尚实，诗赋欲丽"，指出各种文体各有风格，但有一个前提，即这是"文本同"下的"末异"。因此，"雅、理、实、丽"在一定的情况下，也应该是适合于其他文体。如"实"，曹丕《典论·论文》提出"铭诔尚实"，就是强调文体写作的"尚实"，曹丕在其他地方还有如此论述，如卞兰献赋赞述太子德美，曹丕回复说：

> 赋者，言事类之所附也。颂者，美盛德之形容也。故作者不虚其辞，受者必当其实，（下）兰此赋，岂吾实哉？昔吾丘寿王一陈宝鼎，何武等徒以歌颂，犹受金帛之赐。（下）兰事虽不谅，义足嘉也。今赐牛一头。①

---

① 《三国志·魏书·卞后传》注引《魏略》，中华书局，1982，第158页。

曹丕称文体写作的"尚实"有作者读者两方面,所谓"作者不虚其辞,受者必当其实";又称确有"徒以歌颂"的情况,因此这里是有的放矢。又如"丽",本是扬雄"诗人之赋丽以则,辞人之赋丽以淫"之"丽"①,曹丕既用于"诗赋之丽",又用于其他文体,其尝云:

> 上西征,余守谯,繁钦从。时薛访车子能喉啭,与笳同音,钦《笺》还与余而盛叹之。虽过其实,而其文甚丽。②

对《笺》之"丽"甚为夸赞。

## 四 文章价值与文体

当曹丕提出"盖文章者,经国之大业,不朽之盛事"时,他接着又说"夫文本同而末异","文本同"的意义,是就文章的整体的价值而言,即"经国之大业,不朽之盛事"。这就是曹丕对文章价值的看法,此中又可看出他以何种文体为重。

其一,曹丕"论文"是先"笔"后"文"。隋人《文笔式》称"制作之道,唯笔与文","文"有诗、赋、铭、颂、箴、赞、吊、诔,"笔"有诏、策、移、檄、章、奏、书、启,"即而言之,韵者为文,非韵者为笔"③。曹丕以"笔"之"奏议、书论"居前,以"文"之"铭诔、诗赋"居后。联系到曹操"唯才是举,吾得而用之"的政策④,甚至说到"若文俗之吏,高才异质,或堪为将守;负污辱之名,见笑之行,或不仁不孝而有治国用兵之术。其各举所知,勿有所遗"⑤,曹操真正要用的是文士的"政事"才能,如王粲入魏,"时旧仪废弛,兴造制度,(王)粲恒典之","太

---

① (汉) 扬雄:《扬子法言》,上海古籍出版社,1989,第6页上。
② (魏) 繁钦:《与魏文帝笺》李善注引文帝《集序》,(南朝梁) 萧统撰、(唐) 李善注《文选》,中华书局,1977,第564页下。
③ 〔日〕弘法大师撰,王利器校注《文章秘府论校注》西卷引,中国社会科学出版社,第474页。据王利器考证,《文笔式》出于隋人,见该书第475页。
④ (魏) 曹操:《曹操集·求贤令》,中华书局,1959,第41页。
⑤ (魏) 曹操:《曹操集·举贤勿拘品行令》,第49页。

祖并以琳、瑀为司空军谋祭酒，管记室，军国书檄，多琳、瑀所作也"①，等。那么，以"经国之大业，不朽之盛事"来衡量"文章"，曹丕先"政事"之"笔"而后"文"，是自然而然的，故郭英德说"曹丕尤重前者，因此先'笔'后'文'，体现了传统的文体观"，称在汉末魏初，人们"持'笔'重于'文'的观念"②。

其二，曹丕盛赞"子书"，论述文体时以"子书"在先，"文章"在后。当曹丕讲"盖文章经国之大业，不朽之盛事。年寿有时而尽，荣乐止乎其身，二者必至之常期，未若文章之无穷"时，后面接着说孔融等已逝世，"唯（徐）干著论，成一家言"。那么，"文章之无穷"中，"著论"是排在第一位的。

曹植也有相同的说法，其《与杨德祖书》：

> 辞赋小道，固未足以揄扬大义，彰示来世也。昔杨子云先朝执戟之臣耳，犹称壮夫不为也。吾虽德薄，位为蕃侯。犹庶几戮力上国，流惠下民，建永世之业，留金石之功岂徒以翰墨为勋绩，辞赋为君子哉！若吾志未果，吾道不行，则将采庶官之实录，辩时俗之得失，定仁义之衷，成一家之言。③

将"辞赋"与其称当"戮力上国，流惠下民"的理想不能实现时，也不是就从事"辞赋小道"，而是要"采庶官之实录，辩时俗之得失，定仁义之衷，成一家之言"的撰作史书、子书，由些可见，在曹植这里，也是子书为先。

因此，曹丕"书论宜理"是在"子书"崇尚的背景下发出的，且建安作家也多有"书论"的实践，曹植称"高谈虚论，问彼道原"④。

其三，曹丕认为"文""笔"或有缺陷，子书是没有缺陷的。曹丕曰：

---

① 《三国志·魏书·王卫二刘傅传》，第798、600页。
② 郭英德：《中国古代文体学论稿》，北京大学出版社，2005，第80~81页。
③ 赵幼文校注《又与吴质书》，《曹植集校注》，人民文学出版社，1984，第154页。
④ 赵幼文校注《曹植集校注》，人民文学出版社，1984，第544页。

> 而伟长独怀文抱质，恬淡寡欲，有箕山之志，可谓彬彬君子矣。著《中论》二十馀篇，成一家之业，辞义典雅，足传于后，此子为不朽矣。德琏常斐然有述作意，才学足以著书，美志不遂，良可痛惜。间历观诸子之文，对之拔泪，既痛逝者，行自念也。孔璋章表殊健，微为繁富。公干有逸气，但未遒耳，至其五言诗，妙绝当时。元瑜书记翩翩，致足乐也。仲宣独自善于辞赋，惜其体弱，不足起其文，至于所善，古人无以远过也。①

其中对"诸子之文"虽然多有夸赞，但也指出不足，唯独对徐干（伟长）所著子书《中论》赞赏不绝，既称"可谓彬彬君子矣"，又称"此子为不朽矣"；还对应场未能实现子书撰作的"美志"而"痛惜"不已。当然，曹丕的时代对子书也是有要求的，如桓范《世要论》就有《序作》一篇，专论"著作书论"，详见下文所论。

## 五 曹丕以"文体"评论作家

曹丕所谓"义非一体，鲜能备善"的意味，即称每个作家各有擅长的文体。《典论·论文》曰：

> 王粲长于辞赋，徐干时有齐气，然粲之匹也。如粲之《初征》《登楼》《槐赋》《征思》，干之《玄猿》《漏卮》《圆扇》《橘赋》，虽张蔡不过也。然于他文，未能称是。琳、瑀之章、表、书、记，今之隽也。应玚和而不壮，刘桢壮而不密，孔融体气高妙，有过人者，然不能持论，理不胜词，以至乎杂以嘲戏，及其所善，杨班俦也。

我们抽出其中分文章体裁评价作者的言论来进行分析：其一，王粲与徐干在辞赋创作上可有一比，然"徐干时有齐气，然粲之匹也"的语气，可知徐干稍逊于王粲。王粲与徐干在辞赋上的成就，可以与张衡、蔡邕并列。但此二人除了辞赋，"他文，未能称是"。其二，陈琳、阮瑀的"章、

---

① （南朝梁）萧统撰、（唐）李善注《文选》，第591页下~592页上。

表、书、记，今之隽也"。其三，孔融"不能持论，理不胜词，以至乎杂以嘲戏，及其所善，杨班俦也"。这样的言论又见《又与吴质书》所称，除了夸赞徐干（伟长）的子书撰作外，还指出建安文人各自在文章体裁上的成就与不足，诸如："孔璋章表殊健，微为繁富。公干有逸气，但未遒耳，至其五言诗，妙绝当时。元瑜书记翩翩，致足乐也。仲宣独自善于辞赋，惜其体弱，不足起其文，至于所善，古人无以远过也。"① 当其先说长处再指出不足时，我们注意到都是指向具体文体的。

人物品评本来就讲求分类，如《论语·先进》载：

> 德行：颜渊、闵子骞、冉伯牛、仲弓。言语：宰我、子贡。政事：冉有、季路。文学：子游、子夏。②

孔学四门，即孔子门生的四大类。东汉人物品评尤甚，《后汉书·许劭传》载：

> 初，劭与靖俱有高名，好共核论乡党人物，每月辄更其品题，故汝南俗有"月旦评"焉。③

当"月旦评"遇到"不能定先后"的问题时，那怎么办？《世说新语·品藻》载：

> 汝南陈仲举，颍川李元礼二人，共论其功德，不能定先后。蔡伯喈评之曰："陈仲举强于犯上，李元礼严于摄下，犯上难，摄下易。"仲举遂在"三君"之下，元礼居"八俊"之上。④

---

① 《三国志·魏书·王粲传》，第602页。
② 《论语注疏》，《十三经注疏》，上海古籍出版社，1997，第2498页中。
③ 《后汉书》，第2235页。
④ （南朝宋）刘义庆撰、（南朝梁）刘孝标注、余嘉锡笺疏《世说新语笺疏》，上海古籍出版社，1993，第498页。

当"论其功德，不能定先后"时，就分"犯上""摄下"两大类来品评，于是得出结论。与曹丕同时代刘劭《人物志》，其《流业第三》分"人流之业十有二焉。有清节家，有法家，有术家，有国体，有器能，有藏否，有伎俩，有智意，有文章，有儒学，有口辨，有雄杰"①，也是强调人物各有专长。

而就人物在文章方面的品评，本也多关注前代作家擅长何种文体，如"平原君谓公孙龙曰：公无复与孔子高辩事也。其理胜于辞，公辞胜于理。"② 这是就"辩事"这一文体而言。《汉书》载，人皆称东方朔"不能持论"③，称东方朔、枚皋"不根持论"④，这是就"论"这一文体而言。

曹丕《典论》佚文：

> 或问：屈原、相如之赋孰愈。曰：优游案衍，屈原之尚也；穷侈极妙，相如之长也。然原据托譬喻，其意周旋，绰有馀度矣。长卿、子云，意未能及已。⑤

屈原与司马相如、扬雄的比较，也是同文体"赋"的相比。

## 六　曹丕以"气"论作家

以下我们抽绎曹丕以"气"论作家的言论，如《典论·论文》：

> 徐干时有齐气。（李善注："言齐俗文体舒缓，而徐干亦有斯累。"）
>
> 孔融体气高妙，有过人者。

---

① （魏）刘邵著，（凉）刘昞原注，王玫评注《人物志》，红旗出版社，1997，第48页。
② 《孔丛子》，（南朝梁）萧统撰，（唐）李善注《文选》引，中华书局，1977，第720页下。虽说《孔丛子》有魏晋人所作之说，但其论前人，应有所本。
③ 《汉书·东方朔传》，中华书局，1962，第2873页。
④ 《汉书·严助传》，中华书局，1962，第2775页。
⑤ （唐）徐坚：《北堂书钞》卷一百，中国书店，1989，第380页下。

徐干为北海人，北海属齐故地，汉代时人们普遍认为齐地风气舒缓，如《汉书·地理志》称："初，太公治齐，修道术，尊贤智，赏有功，故至今其土多好经术，矜功名，舒缓阔达而足智。"① 又曾引齐诗相证："故《齐诗》曰：'子之营兮，遭我乎峱之间兮。'又曰：'俟我于著乎而。'此亦其舒缓之体也。"② 王充《论衡·率性》总结各地风气曰："齐舒缓，秦慢易，楚促急，燕戆投。"③ 曹丕以"齐俗文体舒缓"说明徐干"亦有斯累"。"孔融体气高妙"，"体气"也是气的意思，《论衡·无形》"体气与形骸相抱"④，"形骸"为外，称"体气"则更强调其内在性。《文心雕龙·风骨》引刘桢称"孔氏卓卓，信含异气；笔墨之性，殆不可胜"⑤，就是指孔融文章之气势强劲。曹丕《与吴质书》载：

公干有逸气，但未遒耳。
（王粲）体弱，不足起其文。（李善注："气弱，谓之体弱也。"）⑥

"逸气"，指奔放流利，但容易平滑，故曹丕称刘桢的文章虽奔放流利但不够遒劲有力。"体弱"之"体"，也是指"气"，曹丕称王粲文章"气弱"，所以不能壮大有力。

曹丕评赏诸人文章风格的关键词是"气"，"气"又因人不同。我们知道，曹丕是分文体来进行文章评价、作家评价的，因此，曹丕前称诸人文章风格的不同之"气"，以及称"应玚和而不壮，刘桢壮而不密"时，也是在称说文体风格的不同，即文体风格当然也应该与"气"有关。曹丕又说：

文以气为主，气之清浊有体，不可力强而致。譬诸音乐，曲度虽均，节奏同检，至于引气不齐，巧拙有素，虽在父兄，不能以移子弟。

---

① 《汉书》，第1661页。
② 《汉书》，第1659页。
③ （汉）王充：《论衡》，上海人民出版社，1974，第27页。
④ （汉）王充：《论衡》，1974，第21页。
⑤ （南朝梁）刘勰撰，詹锳义证《文心雕龙义证》，上海古籍出版社，1989，第1059~1060页。
⑥ （南朝梁）萧统撰，（唐）李善注《文选》，中华书局，1977，第591页下。

他把文章风格的不同、文体风格的不同与"气"联系起来,此处的"气",综合而言就是所谓"文气"。

曹丕的最大功绩是用"气"论文,提出"文以气为主",用"气"评述作家。

在曹丕之前,"气"的学说源远流长。

"气"有哲学之"气",《孟子·公孙丑上》载,人问孟子长处是什么,孟子回答说:"我知言,我善养吾浩然之气。"人又问什么是"浩然之气",孟子回答说:"难言也。其为气也,至大至刚,以直养而无害,则塞于天地之间。其为气也,配义与道。"① 所谓"我善养吾浩然之气",每人有每人之"气"。

"气"有人之"气",指人的元气,生命力。《管子·心术下》:"气者,身之充也。"②《墨子·辞过》:"古之民未知为饮食时,素食而分处,故圣人作,诲男耕稼树艺,以为民食,其为食也,足以增气充虚,强体适腹而已矣。"③ "气"有宇宙之"气",形成宇宙万物的最根本的物质实体。《易·系辞上》:"精气为物,游魂为变。"孔颖达疏:"精气为物者,谓阴阳精灵之气。"④《左传·昭公二十五年》:"民有好恶喜怒哀乐,生于六气(阴阳风雨晦明)。"⑤汉王充《论衡·自然》:"天地合气,万物自生。犹夫妇合气,子自生矣。"⑥汉王符《潜夫论·本训》:"和气生人。""麟龙鸾凤,蛰蟹蛣蝗,莫不气之所为也。"⑦ "气"有地理之"气",《汉书·地理志》所谓"凡民函五常之性,而其刚柔缓急,音声不同,系水土之风气"。又载:"(齐国)其士多好经术,矜功名,舒缓阔达而足智。"又载:"故《齐诗》曰:'子之营兮,遭我乎嶩之间兮。'又曰:'俟我于著乎而。'此亦其舒缓之体也。"⑧ 把土地之气与诗歌之体联系在一起。

---

① 《孟子注疏》,《十三经注疏》,上海古籍出版社,1997,第 2685 页下。
② (先秦)管仲撰,(唐)房玄龄注,(明)刘绩补注《管子》,上海古籍出版社,2015,第 270 页。
③ (清)孙诒让注《墨子间诂》,上海书店,1986,第 20 页。
④ 《周易正义》,《十三经注疏》,上海古籍出版社,1997,第 77 页下。
⑤ 《春秋左传正义》,《十三经注疏》,上海古籍出版社,1997,第 2108 页下。
⑥ (汉)王充:《论衡》,上海人民出版社,1974,第 277 页。
⑦ (汉)王符著,(清)汪继培笺,彭铎校正《潜夫论笺》,中华书局,1979,第 365 页、368 页。
⑧ 《汉书·地理志》,第 1640、1661、1659 页。

汉末三国时期多有以"气"来称述人的气质、才干,如蔡邕称"申屠蟠禀气玄妙,性敏心通"①,蔡邕《童幼胡根碑》称胡根"应气淑灵,实有令仪,而气如莹"②。曹丕也有"周成王体上圣之休气"③之论。

又有语气之"气",这是"言"的外在表达态度,《晏子春秋·外篇上十一》:"寡人夜者闻西方有男子哭者,声甚哀,气甚悲,是奚为者也?寡人哀之。"④

又如《荀子·非相》称:

> 谈说之术,矜庄以莅之,端诚以处之,坚强以持之,分别以喻之,譬称以明之,欣驩、芬薌以送之,宝之、珍之、贵之、神之,如是则说常无不受。虽不说人,人莫不贵。⑤

此中讲"谈说之术""譬称""分别"是讲"言"的内容逻辑,而"矜庄"、"端诚"、"坚强"、"欣驩"、"芬薌"以及"送之、宝之、珍之、贵之、神之"都是讲"言"在运用时的表达状况,即语气之"气"。《孟子·公孙丑上》载孟子自称"诐辞知其所蔽,淫辞知其所陷,邪辞知其所离,遁辞知其所穷";⑥《易·系辞下》所载:

> 将叛者其辞惭,中心疑者其辞枝,吉人之辞寡,躁人之辞多,诬善之人其辞游,失其守者其辞屈。⑦

则强调"言"的表达状况,这就是人的内在"气"对语言表达的内在逻辑的影响。王运熙、杨明指出"还有以'气'形容言辞的",其举例如:《论语·泰伯》"出辞气,斯远鄙倍矣";《三国志·吴书·张顾诸葛步传》

---

① 《后汉书·申屠蟠传》,中华书局,1965,第1751页。
② (汉)蔡邕著,邓安生编《蔡邕集编年校注》上,河北教育出版社,1999,第132页。
③ (魏)曹丕:《周成汉昭论》,《艺文类聚》卷十二,上海古籍出版社,1982,第233页。
④ 陈涛:《晏子春秋译注》,天津古籍出版社,1996,第337页。
⑤ (清)王先谦:《荀子集解》,诸子集成本,中华书局,1988,第54~55页。
⑥ 杨伯峻译注《孟子译注》,中华书局,1960,第62页。
⑦ 《周易正义》,《十三经注疏》,上海古籍出版社,1997,第91页中。

载周昭称张承"每升朝堂，循礼而动，辞气謇謇，罔不惟忠"，载张昭"每朝见，辞气壮厉，义形于色"；《三国志·魏书·臧洪传》载臧洪盟誓"辞气慷慨，涕泣横下，闻其言者，虽卒伍厮养，莫不激扬，人思致节。"崔瑗《河间相张平子碑》称张衡"声气芬芳"，孔融《荐祢衡表》称祢衡"飞辩骋辞，溢气坌涌"。得出结论云："用'气'形容言辞，与用'气'形容文章，可以说是相当接近的。"① 这是对本文溯源文气说的启发。又如司马彪《九州春秋》称孔融："高谈教令，盈溢官曹，辞气温雅，可玩而诵。"②《吴历》曰："晃入，口谏曰：'太子仁明，显闻四海。今三方鼎峙，实不宜摇动太子，以生众心。愿陛下少垂圣虑，老臣虽死，犹生之年。'叩头流血，辞气不挠。"③ "辞气"成为人们对"口出以为言"时必定要十分注意的问题。这与文章的"气"最为接近。

《礼记·乐记》："子赣见师乙而问焉，曰：'赐闻声歌各有宜也，如赐者，宜何歌也？'师乙曰：'乙贱工也，何足以问所宜？请诵其所闻，而吾子自执焉。爰者宜歌《商》。温良而能断者宜歌《齐》。夫歌者，直己而陈德也。动己而天地应焉，四时和焉，星辰理焉，万物育焉。故商者，五帝之遗声也。宽而静，柔而正者宜歌《颂》。广大而静，疏远而信者宜歌《大雅》。恭俭而好礼者，宜歌《小雅》，正直而静，廉而谦者宜歌《风》。'"郑玄注："声歌各有宜，气顺性也。"④《商》《齐》《颂》《大雅》《小雅》《风》各为歌体，如果进一步视其为诗体的话，那么，这就是最早的文体与"气"的关系的论述。

曹丕同时代及稍后，以"气"论人亦甚，如韦仲将云：

> 仲宣伤于肥戆，休伯都无格检，元瑜病于体弱，孔璋实自粗疏，文蔚性颇忿鸷……⑤

这些，都是曹丕以"气"论人的影响。

---

① 王运熙、杨明：《魏晋南北朝文学批评史》，上海古籍出版社，1989，第29~30页。
② 《三国志》，第371页。
③ 《三国志》，第1370页。
④ 《礼记正义》，《十三经注疏》，上海古籍出版社，1997，第1545页中。
⑤ 《三国志》，第608页。

# 第八章 《文质论》《人物志》《世要论》文体论

在曹丕的时代稍前或稍后,讨论人才的著作如《文质论》《人物志》讨论时代紧要问题的著作如《世要论》,其中时有涉及文体论述的部分。以下对这些著作中涉及文体的内容简要述之。

## 一 《文质论》

魏时,阮瑀、应场曾以客主、正反方式讨论"文质"问题。阮瑀(165?—212),字元瑜,陈留尉氏(今河南开封)人,建安七子之一。年轻时曾拜蔡邕为师。因得名师指点,文章闻名于时,当时军国书檄文字,多为阮瑀与陈琳所拟。应场(?—217),字德琏,东汉南顿县(今项城)人,建安七子之一。应场初被曹操任命为丞相掾属,后转为平原侯庶子,后为曹丕五官中郎将文学,掌校典籍、侍奉文章。客主,指辩论中问难与答辩的双方,或称辩论中的正方、反方。魏晋时论辩的规则,即要就某一论辩题目的客主、正反双方都获胜,才能算作胜利;且正反还要进行数番的论辩。如《世说新语·文学》

> 何晏为吏部尚书,有位望,时谈客盈坐,王弼未弱冠,往见之。晏闻弼名,因条向者胜理,语弼曰:"此理仆以为极,可得复难不?"弼便作难,一坐人便以为屈,于是弼自为客主数番,皆一坐所不及。①

---

① (南朝宋)刘义庆撰,(南朝梁)刘孝标注,余嘉锡笺疏《世说新语笺疏》,上海古籍出版社,1993,第195~196页。

晋皇甫谧《〈三都赋〉序》称：

> 二国之士，各沐浴所闻，家自以为我土乐，人自以为我民良，皆非通方之论也。作者又因客主之辞，正之以魏都，折之以王道，其物土所出，可得披图而校。①

这是说设客主之词展开赋的情节，如果从文体发展来追溯，可见"客主"的用法风气产生于"设论"。

阮瑀、应场以客主、正反方式讨论"文质"问题，各自有《文质论》②。两人所论"文质"，与孔子所说"文质彬彬，然后君子"一样，都是指人的修养，"质"是指人的内在品性、本色，"文"是指人的外在文采、修饰。双方都用能否言辞来打比方，阮瑀《文质论》中既称"言多方者，中难处也"，又称"少言辞者，政不烦也"，"安刘氏者周勃，正嫡位者周勃，大臣木强，不至华言"，以此论证"质"重于"文"。但其中"孝文上林苑欲拜啬夫，释之前谏，意崇敦朴"，说到汉代抑压能说会道者的一件史事，《史记·张释之传》载：

> （张）释之从行，登虎圈。上问上林尉诸禽兽簿，十馀问，尉左右视，尽不能对。虎圈啬夫从旁代尉对上所问禽兽簿甚悉，欲以观其能口对响应无穷者。文帝曰："吏不当若是邪？尉无赖！"乃诏释之拜啬夫为上林令。释之久之前曰："陛下以绛侯周勃何如人也？"上曰："长者也。"又复问："东阳侯张相如何如人也？"上复曰："长者。"释之曰："夫绛侯、东阳侯称为长者，此两人言事曾不能出口，岂斅此啬夫谍谍利口捷给哉！且秦以任刀笔之吏，吏争以亟疾苛察相高，然其敝徒文具耳，无恻隐之实。以故不闻其过，陵迟而至于二世，天下土崩。今陛下以啬夫口辩而超迁之，臣恐天下随风靡靡，争为口辩而无其实。且下之化上疾于景响，举错不可不审也。"文帝曰："善。"乃止不拜

---

① （南朝梁）萧统撰，（唐）李善注《文选》，中华书局，1977，第642页上。
② （唐）欧阳询：《艺文类聚》，上海古籍出版社，1982，第411~412页。

啬夫。"①

这是对"谍谍利口捷"的批判，所谓"徒文具耳，无恻隐之实"。

应场《文质论》则称"否泰易趋，道无攸一，二政代序，有文有质"，强调"文质"不可偏废。其称"质者端一玄静，俭啬潜化利用"，虽然很重要，在"承清泰，御平业，循轨量，守成法"过程中有着重要作用，但是"至乎应天顺民，拨乱夷世，摛藻奋权，赫奕丕烈，纪禅协律，礼仪焕别，览坟丘于皇代，建不刊之洪制，显宣尼之典教，探微言之所弊"，"文"则更不可或缺。他还以"且少言辞者，孟僖所以不能答郊劳也"与"夫谏则无义以陈，问则服汗沾濡，岂若陈平敏对，叔孙据书，言辨国典，辞定皇居"，于是称"然后知质者之不足，文者之有馀"。

无论何种文体，其运用都会涉及"文质"问题，因此，阮瑀、应场《文质论》的文体学意义，就在于此；而文体最终在实际运用中如何发挥作用，也在于"文质"二者的相呼相应。

进一步说，阮瑀、应场《文质论》，又都涉及文学接受的问题。尤其是阮瑀《文质论》，提出"文"在接受上的弊端：

> 故言多方者，中难处也；术饶津者，要难求也；意弘博者，情难足也；性明察者，下难事也：通士以四奇高人，必有四难之忌。

这是讲"言多方"则难以说中其要点；"术饶津"则难以掌握其要求，"意弘博"则难以充分理解其情感，"性明察"则下属难以与其相处。于是阮瑀又提出"质"在接受上的有利之处：

> 且少言辞者，政不烦也；寡知见者，物不扰也；专一道者，思不散也；混蒙蔑者，民不备也：质士以四短违人，必有四安之报。

这是说"少言辞"则政策简单容易接受；"混蒙蔑"则接受者不容易起

---

① 《史记》，中华书局，1982，第 2752 页。

疑心,这是就表达者而言。而"寡知见""专一道"则是就接受者而言,他们思想单一容易接受统治者的号令或宣传。这些思想如果运用到文学上,都是有利于文学的表达与接受的。

## 二 《人物志》论人物的"内藏之器"

稍晚于曹丕的刘劭(180—242),字孔才,邯郸人。建安年间就开始为宦,早期曾为管理地方户赋的计吏,后因学识渊博而升任秘书郎,并得到荀彧的赏识。入魏后任尚书郎、散骑侍郎、陈留太守,赐爵关内侯。他做官很有成绩,史载其多次提出中肯的建议,文才也很出色,史称"该览学籍,文质周洽"①。曹叡曾叫他写《许都赋》与《洛都赋》,又有《赵都赋》,史称"三都赋",受世人推崇。刘劭参与编撰《皇览》《新律》,著《律略论》。曾受诏作都官考课,有七十二条。所著《人物志》是中国一部辨析、评论人物的专著,约成书于曹魏明帝统治时期(227~239)。

《人物志》系统品鉴人物的才性,一是分辨人物才性的类型,其《流业》曰:

> 盖人流之业十有二焉。有清节家,有法家,有术家,有国体,有器能,有藏否,有伎俩,有智意,有文章,有儒学,有口辨,有雄杰。②

其中的"文章、儒学、口辨"等就是与文学才性有关的。《流业》又给出各类人物才性是从何种职务发展而来的,这显然是继承了《汉书·艺文志》辨章学术、考镜源流的做法,只是用在人物品鉴上,如其云:

> 清节之德,师氏之任也。法家之材,司寇之任也。术家之材,三孤之任也,三材纯备,三公之任也。三材而微,冢宰之任也。臧否之材,师氏之佐也。智意之材,冢宰之佐也。伎俩之材,司空之任也。

---

① 《三国志》,第629页。
② (魏)刘邵撰,(凉)刘昞注,王玫评注《人物志》,红旗出版社,1997,第48页。

儒学之材，安民之任也。文章之材，国史之任也。辩给之材，行人之任也。骁雄之材，将帅之任也。①

《四库全书总目》称此书"论辨人才"的方法是"以外见之符，验内藏之器"②，如"清节之德"之类即"内藏之器"，而"师氏之任"之类即"外见之符"。古代称各授其职、各司其职为"分职"。《尚书·周官》："六卿分职，各率其属，以倡九牧，阜成兆民。"③ 称各授其职才能实施对人民的管理。《管子·明法解》："明主者，有术数而不可欺也，审于法禁而不可犯也；察于分职而不可乱也，故群臣不敢行其私。"④ 称各司其职才能实施对官员的管理。

进一步讲，所谓"验内藏之器"，实际上就是以"气"论人。值得一说的是，《人物志》以辨证的方法指出人物"内藏之器"的两面效应，所谓有正必有反、有利必有弊、有得必有失，其《体别》云：

是故厉直刚毅，材在矫正，失在激讦。柔顺安恕，每在宽容，失在少决。雄悍杰健，任在胆烈，失在多忌。精良畏慎，善在恭谨，失在多疑。强楷坚劲，用在桢干，失在专固。论辨理绎，能在释结，失在流宕。普博周给，弘在覆裕，失在溷浊。清介廉洁，节在俭固，失在拘局。休动磊落，业在攀跻，失在疏越。沉静机密，精在玄微，失在迟缓。朴露径尽，质在中诚，失在不微。多智韬情，权在谲略，失在依违。⑤

这些说法的文体学的意义，就是把曹丕所说作家擅长的文体以及运用文体时的利弊、长短，诸如"应玚和而不壮，刘桢壮而不密，孔融体气高妙，有过人者，然不能持论，理不胜辞"之类⑥，从才性理论上给予支持。

---

① （魏）刘邵撰，（凉）刘昞注，王玫评注《人物志》，第50~51页。
② （清）永瑢等撰《四库全书总目》，中华书局，1965，第1009页。
③ 《尚书正义》，《十三经注疏》，上海古籍出版社，第235页中。
④ 《管子》，浙江人民出版社，1987，卷二十一，第12页。
⑤ （魏）刘邵撰，（凉）刘昞注，王玫评注《人物志》，第37页。
⑥ 《三国志》，第602页。

## 三 《世要论》

曹魏时的文体论，除曹丕外，以桓范《世要论》为著。桓范（？—249年），字元则，沛国（治今安徽濉溪）人，有文才，善丹青。建安末入丞相府，延康元年（220）为羽林左监。明帝时曾任中领军、尚书、征虏将军、东中郎将、兖州刺史等。正始（240~249）年间任大司农，为曹爽谋划，号称"智囊"。司马懿起兵讨伐曹爽时，桓范劝曹爽挟魏帝到许昌，曹爽不听。曹爽被司马懿所杀，桓范亦被诛。"以有文学，与王象典集《皇览》"，"尝抄撮《汉书》中诸杂事，自以意斟酌之，名曰《世要论》"[1]。《隋志》著录《世要论》十二卷，梁有二十卷，后来丢失。《世要论》有各种名称，严可均说：

> 谨案：《隋志·法家》，《世要论》十二卷，魏大司农桓范撰，梁有二十卷，亡。《新唐志》与《隋》同，《旧唐志》作《代要论》十卷，各书徵引，或称《政要论》，或称《桓范新书》，或称《桓范世论》，或称《桓公世论》，或称《桓子》，或称《魏桓范》，或称《桓范论》，或称《桓范要集》。互证之，知是一书，宋时不著录。《群书治要》载有《政要论》十四篇，据各书征引，补改阙讹，定为一卷。[2]

《世要论》中的文体论有《序作》《赞象》《铭诔》三篇[3]，世人多称扬其文体论对曹丕《典论·论文》的继承，但更值得注意的是，桓范在论文体更强调文体撰作的"尚实"。

《赞像》是对"赞像"文体的论述。赞，助。赞像，即对人物画像的赞辞，人物画像的说明词，帮助人们对人物画像的理解。汉宫廷中盛行画像，如"甘露三年（前50），单于始入朝。上思股肱之美，乃图画其人于麒麟

---

[1] 《三国志·魏书·曹爽传》注引《魏略》，第290页。
[2] （清）严可均：《全上古三代秦汉三国六朝文》，中华书局，1958，第1258页下。
[3] 此三文文字录自《群书治要》卷四十七《政要论》下，四部丛刊景日本本。以下此三文文字，不再出注。

阁,法其形貌,署其官爵、姓名","皆有功德,是以表而扬之"①。东汉还有制度,规定在郡府听事厅壁上图画主管官员的画像,附以赞语,并注明其任职期间的功过得失,汉末应劭《汉官》即载:

> 郡府听事壁诸尹画赞,肇自建武(光武帝),迄于阳嘉(顺帝),注其清浊进退,所谓不隐过,不虚誉,甚得述事之实。②

灵帝时阳球"奏罢鸿都文学",曰:

> 臣闻图象之设,以昭劝戒,欲令人君动鉴得失。未闻竖子小人,诈作文颂,而可妄窃天官,垂象图素者也。③

从那时就要求"画赞"的"得叙事之实",而到"尚实"时代,自然更加崇尚。

在《赞象》篇中,桓范先述其功能作用,所谓"夫赞象之所作,所以昭述勋德,思咏政惠,此盖《诗·颂》之末流矣";古时能够图像者,必定是做出一些事情的人,在《赞象》篇中,桓范既取"赞"的"助",又突出"赞"的赞美、赞扬之义,所以这样说。而称其"宜由上而兴,非专下而作也",这是"尚实"的基础,如果是"专下而作","尚实"就没有什么保障了。又云:"实有勋绩,惠利加于百姓,遗爱留于民庶,宜请于国,当录于史官,载于竹帛,上章君将之德,下宣臣吏之忠。若言不足纪,事不足述,虚而为盈,亡而为有,此圣人之所疾,庶几之所耻也。"这就真正说到"尚实"了,是从正反两方面讲的。正面讲,如果"赞象"所述为实,那么就把这篇"赞象"载入史册;反面讲,如果"赞象"所述为不实,那么就是"耻"之所在。

铭,古代常刻于碑版或器物,或以称功德,或用以自警;诔,古代列述死者德行,表示哀悼并以之定谥之文,多用于上对下。此处"铭诔"连

---

① 《汉书》,第 2468~2469 页。
② 《后汉书·郡国志》"河南尹"注引,第 3389 页。
③ 《后汉书·酷吏列传》,第 2499 页。

用,即纪念死者之文。在《铭诔》篇中,桓范主要是批判"铭诔"文体中不实的现象:

> 夫渝世富贵,乘时要世,爵以赂至,官以贿成。视常侍黄门宾客假其势,以致公卿牧守所在宰莅,无清惠之政而有饕餮之害,为臣无忠诚之行而有奸欺之罪,背正向邪,附上罔下,此乃绳墨之所加,流放之所弃。而门生故吏,合集财货,刊石纪功,称述勋德,高邈伊周,下陵管、晏,远追豹产,近逾黄邵,势重者称美,财富者文丽。后人相踵,称以为义,外若赞善,内为已发,上下相效,竞以为荣,其流之弊,乃至于此,欺曜当时,疑误后世,罪莫大焉!

称"铭诔"文体中的不实,或因为权势,或因为财富,所谓"势重者称美,财富者文丽",造成的后果就是"欺曜当时,疑误后世"。并总结其原因,称"赏生以爵禄,荣死以诔谥"本是"人主权柄",但"汉世不禁"私人造作,他还是主张由朝廷来规定某些文体是否可以私人制作;否则,"私称与王命争流,臣子与君上俱用",造成"善恶无章,得失无效"的情况,"岂不误哉"!汉代确实有所谓"势重者称美,财富者文丽"的情况,汉末蔡邕就这样说过:

> 吾为人作铭,未尝不有惭容,唯为郭有道碑颂无愧耳。①

显然,桓范作《铭诔》篇就是要配合了曹魏时的"尚实"时风,史载:

> 汉以后,天下送死奢靡,多作石室石兽碑铭等物。建安十年,魏武帝以天下雕弊,下令不得厚葬,又禁立碑。魏高贵乡公甘露二年,大将军参军太原王伦卒,伦兄俊作《表德论》,以述伦遗美,云"祇畏王典,不得为铭,乃撰录行事,就刊于墓之阴云尔"。②

---

① 《世说新语·德行》"郭林宗"条引《续汉书》,(南朝宋)刘义庆撰,(南朝梁)刘孝标注,余嘉锡笺疏《世说新语笺疏》,上海古籍出版社,1993,第4页。
② 《宋书·礼志》,第407页。

曹魏"下令不得厚葬,又禁立碑",就是"汉世不禁"而本朝禁,曹氏禁碑,学界多有研究,其中多为政治原因,但也鉴于"铭诔"类作品的失实。

序作,指著作书论,即一般所说的子书。《序作》云:

> 夫著作书论者,乃欲阐弘大道,述明圣教,推演事义,尽极情类,记是贬非,以为法式。

这是讲著作书论的实用性,旨在为政治服务,当时人称徐干《中论》也是"阐弘大义,敷散道教"①,语出一辙。《序作》又云:

> 当时可行,后世可修。且古者富贵而名贱废灭,不可胜记,唯篇论倜傥之人,为不朽耳。夫奋名于百代之前,而流誉于千载之后,以其览之者益,闻之者有觉故也。

这里强调"不朽"既在于"览之者益,闻之者有觉",更在于"当时可行,后世可修",把实用性扩大至从今天到将来。以下是对某些著作书论的批评:

> 夫著作书论者,乃欲阐弘大道,述明圣教,推演事义,尽极情类,记是贬非,以为法式。当时可行,後世可修。且古者富贵而名贱废灭,不可胜记,唯篇、论倜傥之人,为不朽耳。夫奋名于百代之前,而流誉于千载之後,以其览之者益,闻之者有觉故也。岂徒转相放效,名作书论,浮辞谈说,而无损益哉?而世俗之人,不解作体,而务泛溢之言,不存有益之义,非也。故作者不尚其辞丽,而贵其存道也;不好其巧慧,而恶其伤义也。故夫小辩破道,狂简之徒,斐然成文,皆圣人之所疾矣。

---

① 《中论序》,(魏)徐干《中论》,《四部丛刊》影明嘉靖青州刊本。

轻一点是"浮辞谈说""泛溢之言",重一点则是"伤义""破道"。其还具体提出要求,所谓"不尚其辞丽"与"不好其巧慧"。

桓范《世要论》与"尚实"世风有紧密关系,这从书名"世要"就可看出:"世要",即世上的要事。《群书治要》所录《世要论》共十四篇,计:《为君难》《臣不易》《政务》《节欲》《详刑》《兵要》《辨能》《尊嫡》《谏争》《决壅》等,最后才是《赞象》《铭诔》《序作》三篇。可见并非专论文体。但把"序作""赞象""铭诔"这些文体作为世上的要事,可见当时人们认识到某些文体在社会上的作用;也可以看出桓范论文体从使用出发的本意。

所以有"自以意斟酌之"的意味。历来文体论研究者,一般多就文体研究文体,当人们崇尚刘勰"原始以表末,释名以章义,选文以定篇,敷理以举统"的文体论原则时,则应该更为关注文体论所体现的时代风气。今存桓范《世要论》,有三篇文体论,追求文体的共性。

### 四 以文体评论作家

三国时期,以文体评论作家是一种风气;倒过来说,评论、比较作家一般是在同一文体内进行的。如曹植多批评人物,其《与杨德祖书》云:

> 以孔璋之才,不闲于辞赋,而多自谓能与司马长卿同风。譬画虎不成,反为狗也。前书嘲之,反作论盛道仆赞其文。夫钟期不失听,于今称之。吾亦不能妄叹者,畏后世之嗤余也。①

陈琳之才,即曹丕所谓"章表书记,今之俊也";但其赋,虽陈琳"自谓能与司马长卿同风",但赋只能与赋比较,不能以"章表书记,今之俊也"而论。又,吴质《答魏太子笺》:

> 陈徐刘应,才学所著,诚如来命。惜其不遂,可为痛切。凡此数子,于雍容侍从,实其人也。若乃边境有虞,群下鼎沸,军书辐至,

---

① 赵幼文校注《曹植集校注》,人民文学出版社,1984,第153页。

羽檄交驰，于彼诸贤，非其任也。往者孝武之世，文章为盛，若东方朔、枚皋之徒，不能持论，即阮、陈之俦也。其唯严助、寿王，与闻政事。然皆不慎其身，善谋于国，卒以败亡，臣窃耻之。至于司马长卿称疾避事，以著书为务，则徐生庶几焉。①

吴质认为，"雍容侍从"的文学之才与"边境有虞，群下鼎沸，军书辐至，羽檄交驰"的政事之才是有区别的；而文学之才与政事之才的区别又表现在"文章"之才与"不能持论"两大类文体的区别，只有"持论"才能"与闻政事"；于是，作家评论就具体落实到擅长何种文体上。

《三国志·吴书·王楼贺韦华传》载薛莹评同时代的东吴作家：

> 王蕃器量绰异，弘博多通；楼玄清白节操，才理条畅；贺邵厉志高洁，机理清要；韦曜笃学好古，博见群籍，有记述之才。胡冲以为玄、邵、蕃一时清妙，略无优劣。必不得已，玄宜在先，邵当次之。华覈文赋之才，有过于曜，而典诰不及也。予观覈数献良规，期于自尽，庶几忠臣矣。然此数子，处无妄之世而有名位，强死其理，得免为幸耳。②

其评论作家，一是论其体质品性，所谓"器量绰异""清白节操""厉志高洁""笃学好古"等。二是论其才华与文章特点，所谓"弘博多通""才理条畅""机理清要""博见群籍"等，而称"记述之才""文赋之才""典诰"之才等，评论是在以擅长何种文体的比较中进行的。

## 五 论赋的文体特点

魏时已多有以文采、风格评论作家，如曹植《前录自序》先称：

> 故君子之作也，俨乎若高山，勃乎若浮云，质素也如秋蓬，摛藻

---

① （南朝梁）萧统撰，（唐）李善注《文选》，第566页。下同。
② 《三国志》，第1470页。

也如春葩，氾乎洋洋，光乎皜皜，与《雅》《颂》争流可也。

这些都是讲文采，以自然界景物作比，夸赞文学作品应该有如此的壮丽艳美，如此方可比肩经典。以下又称：

余少而好赋，其所尚也，雅好慷慨，所著繁多，虽触类而作，然芜秽者众，故删定别撰，为前录七十八篇。①

所"删定"的"芜秽者"，即文采较差者；这是把讲究文采落实到自己的作品上。《魏志》记载这样一件事：

明帝诏曹植曰："吾既薄才，至于赋诔，特不闲。从儿陵上还，哀怀未散，作儿诔，为田家公语耳。"答曰："奉诏，并见圣思所作故平原公主诔，文义相扶，章章殊兴，句句感切，哀动圣明，痛贯天地。楚王臣彪等闻臣为读，莫不挥涕。②

明帝自谦，用"田家公语"称自己的作品，而曹植则用"文义相扶"称赏其作品。

除了从整体上成说作品的文采外，魏时对文体的诸个方面都有所叙说，以下先述赋。曹植《与杨德祖书》：

今往仆少小所著词赋一通相与。夫街谈巷说，必有可采，击辕之歌，有应风雅，匹夫之思，未易轻弃也。辞赋小道，固未足以揄扬大义，彰示来世也。昔扬子云，先朝执戟之臣耳，犹称"壮夫不为"也；吾虽薄德，位为藩侯，犹庶几戮力上国，流惠下民，建永世之业，流金石之功，岂徒以翰墨为勋绩，辞颂为君子哉？③

---

① 赵幼文校注《曹植集校注》，人民文学出版社，1984，第434页。
② （宋）李昉等：《太平御览》五百九十六，中华书局，1960，第2684页。
③ （南朝梁）萧统撰，（唐）李善注《文选》，第594页上。

曹植所说"辞赋小道",是在与"戮力上国,流惠下民,建永世之业,流金石之功"比较下得出的结论,所以曹植又说"岂徒以翰墨为勋绩,辞颂为君子哉"。就此,就不能说曹植轻视辞赋、轻视文学;因为他这样说是有前提条件的。杨修的答书,《文选》题名为《答临淄侯笺》,其云:

> 今之赋颂,古诗之流,不更孔公,风雅无别耳。修家子云,老不晓事,强著一书,悔其少作。若此,仲山、周旦之徒,则皆有愆乎!①

以"赋颂"称之为"古诗之流"、方之于"风雅",这是以文体自身的特点来确定该文体的价值。

嵇康《琴赋序》论述音乐赋,其先称音乐的作用:

> 余少好音声,长而玩之。以为物有盛衰,而此无变;滋味有厌,而此不倦。可以导养神气,宣和情志。处穷独而不闷者,莫近于音声也。是故复之而不足,则吟咏以肆志;吟咏之不足,则寄言以广意。

其称音乐具有持久不衰的生命力,既能够修身养性,又能够令人"肆志""广意";于是,既突出自己对其的喜爱,又为音乐赋的地位张本,为前人及自己都创作音乐赋寻找出充分的理由。此序又云:

> 然八音之器,歌舞之象,历世才士,并为之赋颂。其体制风流,莫不相袭。称其材干,则以危苦为上;赋其声音,则以悲哀为主;美其感化,则以垂涕为贵。丽则丽矣,然未尽其理也。众器之中,琴德最优。故缀叙所怀,以为之赋。②

这里叙说音乐赋的"体制风流",一是历来"相袭"者,二是不足者即"未尽其理",言下之意就是自己要在音乐赋"理"的阐述上有所发展。这

---

① (南朝梁)萧统撰,(唐)李善注《文选》,中华书局,1977,第564页。
② (南朝梁)萧统撰,(唐)李善注《文选》,中华书局,1977,第255页上。

是魏时对某种类型的赋作的说明,表明对"赋"的文体学研究,已经从其本体的"古诗之流"等,发展到对其类型的探讨。

三国时,人们对"赋"这一文体的认识,涉及面还比较广,如强调赋的实用,《三国志·吴书·胡综传》载:

> 黄武八年夏,黄龙见夏口,于是(孙)权称尊号,因瑞改元。又作黄龙大牙,常在中军,诸军进退,视其所向,命(胡)综作赋曰。①

"黄龙大牙",指旗竿上饰以黄龙、象牙的大旗,多为主帅标志旗,亦为仪仗用旗。孙权命胡综作《黄龙大牙赋》,就是要树立自己朝廷以及自己的权威。

三国时也有把赋作为娱乐、调笑的工具的例子,如《(诸葛)恪别传》载:

> 权尝飨蜀使费祎,先逆敕群臣:"使至,伏食勿起。"祎至,权为辍食,而群下不起。祎啁之曰:"凤皇来翔,骐驎吐哺,驴骡无知,伏食如故。"恪答曰:"爰植梧桐,以待凤皇,有何燕雀,自称来翔?何不弹射,使还故乡!"祎停食饼,索笔作《麦赋》,恪亦请笔作《磨赋》,咸称善焉。②

人们觉得,赋的写作可以成为以文坛争胜来展示外交争胜的工具。

从以上所述,可见时人对赋的多方面作用、功能是有认识的。

## 六 论诗的文体特点

魏时,诗、赋的地位是很高的,《晋书·羊祜传》载,"时高贵乡公好属文,在位者多献诗、赋"③。"诗赋"是"属文"的代表。

《三国志·武帝纪》裴松之注称,曹操征张鲁,"是行也,侍中王粲作

---

① 《三国志》,第1414页。
② 《三国志·吴书·诸葛恪传》裴松之注引,第1430页。
③ 《三国志》,第1014页。

五言诗以美其事曰：'从军有苦乐，但问所从谁。所从神且武，安得久劳师？相公征关右，赫怒振天威，一举灭獯虏，再举服羌夷，西收边地贼，忽若俯拾遗。陈赏越山岳，酒肉逾川坻，军中多饶饫，人马皆溢肥，徒行兼乘还，空出有馀资。拓土三千里，往反速如飞，歌舞入邺城，所愿获无违。'"①以诗"美"当代人物、当代事迹。

《三国志·三少帝纪》：

> 五月辛未，帝（高贵乡公）幸辟雍，会命群臣赋诗。侍中和迪、尚书陈骞等作诗稽留，有司奏免官，诏曰："吾以暗昧，爱好文雅，广延诗赋，以知得失，而乃尔纷纭，良用反仄。其原迪等。主者宜敕自今以后，群臣皆当玩习古义，修明经典，称朕意焉。"②

以诗"以知得失"，不过这样说也就是"玩习古义，修明经典"而已。

《汉晋春秋》载，甘露四年春正月，有黄龙二，见宁陵县界井中，"咸以为吉祥。帝（高贵乡公）曰：'龙者，君德也。上不在天，下不在田，而数屈于井，非嘉兆也。'仍作《潜龙之诗》以自讽，司马文王见而恶之。"③这是以诗"自讽"。

《文章叙录》载，"曹爽秉政，多违法度，（应）璩为诗以讽焉。其言虽颇谐合，多切时要，世共传之"；又载，应璩其子应贞，"正始中，夏侯玄盛有名势，贞尝在玄坐作五言诗，玄嘉玩之"④。又载，杜挚"字德鲁。初上笳赋，署司徒军谋吏。后举孝廉，除郎中，转补校书。挚与毌丘俭乡里相亲，故为诗与俭，求仙人药一丸，欲以感切俭求助也"⑤。《世语》载，文帝崩，吴质"思慕作诗"⑥。注引《魏氏春秋》载，嵇康"遭吕安事在狱，为诗自责"云⑦。诗可以"讽"、诗可以"嘉玩"、诗可以用以

---

① 《三国志》，第47页。
② 《三国志》，第139页。
③ 《三国志·三少帝纪》注引，第143页。
④ 《三国志·魏书·王粲传》注引，第604页。
⑤ 《三国志·魏书·王粲传》注引，第622页。
⑥ 《三国志·魏书·王粲传》注引，第610页。
⑦ （晋）陈寿：《三国志》，中华书局，第606页。

"求"、诗可以"自责"、诗可以"思慕",诗这种文体,在世人眼中,可说是无所不能。

### 七　论其他文体

曹植《七启序》:"昔枚乘作《七发》,傅毅作《七激》,张衡作《七辩》,崔骃作《七依》,辞各美丽。余有慕之焉,遂作《七启》。并命王粲作焉。"① 其论"七体"为"辞各美丽"。

邯郸淳《受命述》论及多种文体:

> 臣闻雅、颂作于盛德,典、谟兴于茂功,德盛功茂,传、序弗忘,是故竹帛以载之,金石以声之,垂诸来世,万载弥光。陛下以圣德应期,龙飞在位,其有天下也,恭己以受天子之籍,无为而四海顺风。若乃天地显应,休徵祥瑞,以表圣德者,不可胜载,铄乎焕显,真神明之所以祚,命世之令主也。凡自能言之类,莫不讴叹于野,执笔之徒,咸竭文思,献诗上颂。臣抱疾伏蓐,作书一篇,欲谓之颂,则不能雍容盛懿,列伸元妙;欲谓之赋,又不能敷演洪烈,光扬缉熙,故思竭愚,称《受命述》。②

首言"雅、颂作于盛德,典、谟兴于茂功",就把所要重点阐述的"雅、颂"与"典、谟"并列在一起,都是"垂诸来世,万载弥光"的文体。接着讲自己所作,虽然撰作目的等同于"颂、赋",但在颂的"雍容盛懿,列伸元妙",赋的"敷演洪烈,光扬缉熙"诸方面还差一点。这样,就说出颂、赋的特点及规定性;也说出了"述"这一文体的特点,即遵循、继承,如《书·五子之歌》:"五子咸怨,述大禹之戒以作歌。"孔传:"述,循也。"或者为阐述前人成说,《论语·述而》:"述而不作。"皇侃疏:"述者,传于旧章也。"而《受命述》之"述",遵循、继承前人之成说,则应该是颂、赋之类。

---

① 赵幼文校注《曹植集校注》,人民文学出版社,1984,第6页。
② (唐)欧阳询:《艺文类聚》卷十,上海古籍出版社,1982,第196~197页。

当时还讨论各种文体的价值,所谓"何者为美"的问题。《三国志·吴书·阚泽传》载:

（孙）权尝问:"书、传、篇、赋,何者为美?"（阚）泽欲讽喻以明治乱,因对贾谊《过秦论》最善,权览读焉。[1]

文体"何者为美",对之以"《过秦论》最善",可见在文体上,"美""善"为一的。

---

[1] 《三国志》,中华书局,1982,第1249页。

# 第九章　曹丕、曹植论批评家

批评家是文学批评活动的主体，他凭什么认为自己就是批评家而有权评论批判别人的作品呢？也就是说，他对作为批评家的自我身份究竟是怎样认识的，他有没有身份的自觉，这对文学批评活动是否自觉、是否独立具有至关重要的意义。也可以这样说，批评家对自我身份及其所从事的活动的认识越准确，批评家对自我身份所应担负的责任认识越清楚，批评家对自我身份及其所从事的活动与其他文学活动——如文学创作与文学鉴赏——辨析得越明晰，其文学批评的自觉性与独立的程度也就越高。此处的论述专指魏晋南北朝至唐代，这个时期，传统文论已经成熟并蓬勃发展，批评家对自我身份的认识也已比较全面。

## 一　摆脱作家身份而进入批评家身份

许多作家往往也从事一些文学批评活动，但如果以作家身份来进行文学批评，一定会产生某些弊病，曹丕《典论·论文》[1]，把它称作"文人相轻"现象：

> 文人相轻，自古而然。傅毅之于班固，伯仲之间耳，而固小之，与弟超书曰："武仲以能属文为兰台令史，下笔不能自休。"夫人善于自见，而文非一体，鲜能备善，是以各以所长，相轻所短。里语曰："家有弊帚，享之千金。"斯不自见之患也……闇于自见，谓己为贤。

---

[1] （南朝梁）萧统撰、（唐）李善等六臣注《六臣注文选》，中华书局，1987，第966~968页。下同。

此中所说的"文人相轻",有狭义与广义两方面的意味。从狭义来说,作家以自己所擅长的体裁的作品来比较他人所不擅长体裁的作品,即"各以所长,相轻所短";从广义来说,作家认为自己在创作上各方面都优于他人,即"闇于自见,谓己为贤"。曹丕所指出的人们在进行文学批评时所产生的谬误与偏差,一是从批评方法上来说的,一是从进行文学批评的人们及其所具有的心理来说的。至于批评方法,只要把创作体裁分类,同类体裁之间进行比较就行了,问题似乎很简单,但是,由于作家所具有的身份及其"闇于自见,谓己为贤"的心理所产生的问题则比较难于解决。对此,曹丕《典论·论文》也说:

(建安)七子者,于学无所遗,于辞无所假,咸以自骋骥騄于千里,仰齐足而并驰,以此相服,亦良难矣。

其实,这种"难"就难在这些人是以文学创作者的身份来从事文学批评的,他们在进行批评时经常处在一种既评述他人的作品,又要评述自己的作品的境地,处于一种要将自己与同时代的作家进行比较的境地。对此,曹丕提出了自己的处理意见:

盖君子审己以度人,故能免于斯累而作论文。

所谓"审己",意义是比较广泛的,但大体上不出仔细查核自己的才力与慎重地审察自己的作品二义,曹丕希望以之来避免"闇于自见,谓己为贤"的偏差。当然,上述这些只是曹丕的理论表述,曹丕也是当时著名的作家,创作出许多优秀的作品,在具体的批评实践中,他在批评同时代的作家作品时是如何处理这些作品与他自己作品的比较关系的呢?从《典论·论文》及曹丕的其他批评文字(如《与吴质书》)中我们可以看到曹丕极其潇洒地不评述自己的作品,不把自己的文学创作与其他人作任何比较,当然,这样就无论如何不存在什么"谓己为贤"的问题了。曹丕让自己具有一种超脱的身份,超脱于作家之间相互争较高下之外,这种超脱就意味着自己要超脱作家的身份而以批评家的身份来进行文学批评,这就是在肯定批评家要有一种独立身份。自曹丕以后的魏晋南北朝批评家在进行文学批评时,一般都不将自己的创作列为批评对象的,亦即表示要超脱作家身份而以批评家身份来进行文学批评。

## 二 批评家自诩的是理论水平

批评家自诩的是自己的理论水平,而不是创作水平,比如作《文赋》的陆机,他是一个作家,也是一个批评家,他在《文赋序》中介绍自己的撰著原则说:

> 余每观才士之所作,窃有以得其用心。夫其放言遣辞,良多变矣。妍蚩好恶,可得而言。每自属文,尤见其情,恒患意不称物,文不逮意。盖非知之难,能之难也。故作《文赋》,以述先士之盛藻,因论作文之利害所由,他日殆可谓曲尽其妙。至于操斧伐柯,虽取则不远,若夫随手之变,良难以辞逮。盖所能言者,具于此云尔。①

《文赋》要解决的主要问题是"意不称物"和"文不逮意",陆机自称可以把这个"作文之利害所由"谈得"曲尽其妙"。此中,他只是说从自己的创作中更深地体会到"意不称物"和"文不逮意"的问题,而不是说在自己的创作中解决了"意不称物"和"文不逮意"的问题。他强调是从总结概括"先士之盛藻"来解决这些理论问题的。

曹植《与杨德祖书》中说:

> 盖有南威之容,乃可以论于淑媛;有龙渊之利,乃可以议于断割。刘季绪才不能逮于作者,而好诋诃文章,掎摭利病。昔田巴毁五帝、罪三王、訾五霸于稷下,一旦而服千人,鲁连一说,使终身杜口。刘生之辩,未若田氏;今之仲连,求之不难,可无叹息乎?②

曹植认为要有高出对方的才华才可以进行批评,显然,此处的"才"

---

① (南朝梁)萧统撰、(唐)李善等六臣注《六臣注文选》,中华书局,1987,第309~316页。
② 赵幼文校注《曹植集校注》,人民文学出版社,1984,第153~155页。下同。

是特指创作才能。曹植对以评判者面目出现居高临下臧否作家的批评家流露出天生的敌意，认为他们不负责任专以诋毁、贬抑作家为能事。曹植当然十分不满意这些批评家的信口雌黄，所以他要以作家之所长来反诘这些人，要他们先具备了作家所具有的创作才能再来评判别人！从作家的角度讲，曹植的话有一定的道理，但从批评家讲，他们自诩的是理论水平，他们认为具有理论水平就可以从事批评工作了。

当然，批评家有较高的创作才能是有益于批评的实施的，批评家也认识到这一点，作为批评家的钟嵘在评价其他批评家时，也认为批评家的创作才能具有相当水平有益于批评的实施，如《诗品》卷中论曹丕说：

> 其源出于李陵，颇有仲宣之体则。所计百所篇，率皆鄙直如偶语。惟"西北有浮云"十余首，殊美赡可玩，始见其工矣。不然，何以铨衡群彦，对扬厥弟者邪？[1]

他认为曹丕"铨衡群彦，对扬厥弟"之类的文学批评，其自信应该源于其自身的创作成就。

## 三 批评家对批评特性的认识

对批评特性的认识，就是分清批评与鉴赏，不能以鉴赏代批评。当批评家明确认识到自己的批评家身份，他也就明确地认识到，当自己面对作品实施的是文学批评，而批评自有批评的规律与要求。

曹植在《与杨德祖书》中曾提出某种对待作品的态度：

> 人各有好尚：兰茞荪蕙之芳，众人所好，而海畔有逐臭之夫；咸池六茎之发，众人所共乐，而墨翟有非之之论，岂可同哉？

如果这仅仅是个人对作品的鉴赏，那么，这完全是无可非议的，鉴赏确实具有如此的个人性、直观性的特点，但以个人"好尚"来进行文学批

---

[1] 曹旭：《诗品集注》，上海古籍出版社，1994，第202页。

评则不可。为刘勰在《文心雕龙·知音》中曾提出正确的文学批评应该持有怎么样的态度及要摒弃哪些不正确的态度：

> 夫篇章杂沓，质文交加，知多偏好，人莫圆该。慷慨者逆声而击节，酝藉者见密而高蹈，浮慧者观绮而跃心，爱奇者闻诡而惊听。会己则嗟讽，异我则沮弃，各执一隅之解，欲拟万端之变。所谓"东向而望，不见西墙"也。凡操千曲而后晓声，观千剑而后识器；故圆照之象，务先博观。阅乔岳以形培塿，酌沧波以喻畎浍，无私于轻重，不偏于憎爱，然后能平理若衡，照辞如镜矣。①

刘勰在这里区分了两种不同的对待作品的态度。一是少数与大量的区分，有的人只阅读少数作品便进入批评，"各执一隅之解，欲拟万端之变"，这是刘勰所反对的；他主张"操千曲而后晓声，观千剑而后识器"，即要大量阅读作品，这是批评家所要进行的第一步工作。二是主观与客观的区分，有些人对待作品强调个人的爱好，于是，"会己则嗟讽，异我则沮弃"，而正确的文学批评应该是客观的，即"无私于轻重，不偏于憎爱"，应该"平理若衡，照辞如镜"的。三是情感参与与理性观照的区分，有的人直接把个人感情投射到自己阅读的作品中去，于是或"击节"或"高蹈"或"跃心"或"惊听"，但对批评家来说，要对作品做全面的理性分析，要尽量避免陷入情感冲动之中，因为不超脱个人情感就不能对作品做出公允的评价。对鉴赏者来说，多读作品当然可以提高自己的鉴赏能力，但只读少数作品也可以进入鉴赏；其次，鉴赏作品"会己则嗟讽，异我则沮弃"似乎是理所当然的；另外，鉴赏作品时有情感参与，正是鉴赏的特点，也是作者对读者的期望所在。就此我们可以说，刘勰在此强调的是批评家要确认自己的身份，不可以一个普通读者（鉴赏者）的身份来批评作品。

### 四　对批评家职业责任与职业道德的要求

批评家们确认了自我身份，便会自觉地思考自己的社会责任，他们把

---

① 詹锳：《文心雕龙义证》，上海古籍出版社，1989，第1847~1852页。

自己所从事的文学批评事业定位在较高层次上,他们认为自己的文学批评或对国家社会人生或对创作或对批评自身都是有益的,是时代所不可缺少的,这也是树立自信心的必要条件。

有一类批评家认为自己所从事的文学批评事业是"成一家之言"的一部分,这些批评家是把自己的文学批评论述归类于自己对整个社会、人生的看法的著作之中,即所谓"子书"。如曹丕的《论文》是其《典论》的一个部分,曹丕《与王朗书》曾这样评述其撰著:

> 生有七尺之形,死唯一棺之土,唯立德扬名,可以不朽;其次莫如著篇籍。疫疠数起,士人凋落,余独何人,能全其寿。①

曹丕把包括文学批评在内的论述著作都当作可以使人"不朽"的事业来对待的。

在对自我身份确认的同时,批评家对批评这一活动的职业自身责任问题也有了思考。曹植《与杨德祖书》记载了这样一件事:

> 然此数子,犹复不能飞骞绝迹,一举千里也。以孔璋(陈琳)之才,不闲于辞赋,而多自谓能与司马长卿同风,譬画虎不成反为狗者也。前有书嘲之,反作论盛道仆赞其文。夫钟期不失听,于今称之;吾亦不能妄叹者,畏后世之嗤余也。

曹植所说对某人某文的赞赏与否,尚称不得为纯粹的批评,但他所引证的钟子期对伯牙的正确赞赏一直被人们视为批评的典范,批评家切不可利用自己进行文学批评的便利就随意褒贬,这样会引起后人嗤笑的,即"不能妄叹者,畏后世之嗤余也",这种情况应引起批评家深深的警惕。但世上又确实有"妄叹者",后世批评家对之有所抨击,如刘勰《文心雕龙·熔裁》载:

---

① 《三国志》引《魏书》,第88页。

> 至如士衡（陆机）才优，而缀辞尤繁；士龙（陆云）思劣，而雅好清省。及云之论机，亟恨其多，而称"清新相接，不以为病"，盖崇友于耳。①

陆机为文"缀辞尤繁"，其弟陆云也不讳言，而且，陆云论文又最赞赏"清省"，但照顾到兄弟关系，又利用自己进行文学批评的便利条件，便说其兄为文虽繁，但"清新相接"而"不以为病"，且"人不厌其多也"（陆云《与兄平原书》）。这种利用职业之便的"妄叹"自然被后世所嗤笑，这种对职业自身没有责任心的做法，被后世批评家引以为戒。

批评家的批评对象是作家及其作品，作为批评对象的作家期望批评家的批评能使自己的创作水平提高，作为作家的曹植在《与杨德祖书》中发表了这样的意见：

> 世人著述，不能无病。仆常好人讥弹其文，有不善应时改定。昔丁敬礼尝作小文，使仆润饰之，仆自以为才不过若人，辞不为也。敬礼谓仆："卿何所疑难。文之佳恶，吾自得之，后世谁相知定吾文者邪？"吾常叹此达言，以为美谈。

曹植自视甚高，他"常好人讥弹其文"，他当然不会认为那些"讥弹其文"的人在整体上就比自己高明，但他承认那些"讥弹其文"的人在某一点比自己高明，所以他请求别人给自己的作品提意见进而动手修改，使自己的作品在某一局部上提高质量；丁敬礼的话，同样是这个意思。这里是说，作家期望批评的目的是修改作品、提高质量。曹植所说的"讥弹"还不是真正意义的批评，但这里透露出一个信息，作家对文学批评的看法。

作为一个批评家，是否可以利用自己的职业自傲自恃，高居于一切文学创作者之上？是否有权利骂倒一切？这种作风，首先引起作家的不满，如前引刘季绪"好诋诃文章，掎摭利病"，作为作家的曹植就反诘他没有作家的创作才能就别开口讲话，还期望有人来驳斥他，巴不得使之"终身杜

---

① 詹锳：《文心雕龙义证》，上海古籍出版社，1989，第1203页。

口"。后世批评家又把"历诋群才""竞于诋诃"列为批评的忌戒,这也是讲求批评的职业自身责任的表现。刘勰《文心雕龙·程器》称:"韦诞所评,又历诋群才。"① 韦诞"历诋群才",见鱼豢曰:"仲将(韦诞)云:仲宣(王粲)伤于肥戆,休伯(繁钦)都无格检,元瑜(阮瑀)病于体弱,孔璋(陈琳)实自粗疏,文蔚(路粹)性颇忿鸷。"② 他对后人所注目的作家一一诋诃,无一句好话。刘勰对这种号称批评却利用职业之便骂倒一切的做法十分不满,特标出以示忌戒。《文心雕龙·奏启》又称:

> 是以世人为文,竞于诋诃,吹毛取瑕,次骨为戾,复似善骂,多失折衷。若能辟礼门以悬规,标义路以植矩,然后逾垣者折肱,捷径者灭趾,何必躁言丑句,诟病为切哉!③

这里本指"奏"中的情况,但从中也可看出作为批评家的刘勰对有人利用批评这一职业便利而"历诋群才"的不满。刘勰提出,解决的方法是树立规矩与标准,而不必"躁言丑句,垢病为切",这或许更适合于文学批评。

## 五 对批评事业的反思

这是传统文论注重反思的表现,正是在反思中,传统文论批判地继承着前代遗产,又有所创新,使自己不断完善,不断前进。

批评家从事批评工作,在长期的批评实践中掌握了批评的误区是什么,掌握了什么是错误的批评。一方面,他们要求自己在批评工作中尽可能地避免这些误区或错误;另一方面,他们指出批评的误区或错误的批评以提醒人们,也是提醒自己。

曹丕《典论·论文》指出批评的误区或错误的批评:(1)"贵远贱近,向声背实";(2)"闇于自见,谓己为贤""文人相轻,自古而然""各以所长,相轻所短"。刘勰对批评的误区或错误的批评有较为全面的总结与概

---

① 詹锳:《文心雕龙义证》,第1869页。
② 《三国志》引,中华书局,1982,第604页。
③ 詹锳:《文心雕龙义证》,第870页。

括，《文心雕龙》中专论鉴赏与批评的是《知音》篇，仅此一篇就有明确指出的"贵古贱今""崇己抑人""信伪迷真"三者，还有以鉴赏代批评、执一隅拟万端、"深废浅售"；还有散见于其他各篇的论文学批评的忌戒，如忌理论迁就创作（《熔裁》篇）、忌以最高统治者的意见为准（《诔碑》篇）、忌"竟于谄诃"（《程器》《奏启》篇）、忌因身份经历影响客观评价（《才略》篇）、忌"雷同一响"（《才略》《程器》《序志》篇）、忌人情因素（《熔裁》篇）、忌"徒张虚论"（《颂赞》篇）、忌未思而随意（《乐府》篇）、忌遗漏（《书记》篇）、忌苟异（《定势》《序志》篇）等，此不一一赘述。

批评家明确了自己的身份，明确了自己的社会职责与职业道德，他们感到，自己也是以心灵投入此项工作。

时代在呼唤具有独立意义的批评家出现。他们如果有着较高的创作水平，自然使他们有坚实的依据来进行批评，但要求他们超脱于创作而以地位独立的批评家的面目出现。如果他们并不擅长创作，但具有文学批评的理性思维，则要求社会给他们批评的权利，而不是禁止他们进行文学批评，这在某种程度上就实现了他们的独立身份。批评家独立身份的内涵在于其自身素质，他们实施批评的底气足不足就在于其自身素质怎么样。

魏晋南北朝隋唐时期，有的作家偏颇地认为，批评家应该比作家更有创作水平，否则免开尊口。而批评家则开始认识到，有创作才能的作家只有超脱自己的作家身份才能正确地进行批评，批评家们以自己的理论水平自诩，他们或者就是偏具批评才能的人。批评家日益清醒地认识到自己的批评家的独立身份，于是，他们就要求自己不是以一个读者身份鉴赏式地对待作品，而是要有理性、自觉地进入批评状态；同时，批评家认识到自己有着批评家独特的社会责任与职业责任。上述表明，魏晋南北朝隋唐时期，批评家成熟了。

# 第十章　建安诗人对乐府民歌的改制
## 　　　　　与曹植的贡献

### 一　汉乐府民歌的特点

汉代，乐府民歌兴旺发展并达到顶峰，这是一种迥然不同于"诗三百"与骚体诗的诗歌体裁。乐府民歌的特点是多方面的，其中有两点比较重要，对后代的影响也最为持久，这就是多吟咏他人与重在叙事，当然，这只是大体说来。就重在叙事而言，虽说乐府民歌叙事的作品与抒情的作品都有，但优秀之作，大都是叙事的，如《妇病行》《东门行》《孤儿行》《陌上桑》等，皆继续一个或几个生活片段或现实事件。正因为叙事性的作品是乐府民歌的菁华所在，故后世人们都以此为汉乐府的特点，所谓"乐府之异于诗者，往往叙事"①，即是此意。王运熙先生也说："汉俗曲却以叙事诗为主，这也是汉乐府的菁萃所在。"② 就吟咏他人而言，乐府民歌的第三人称居多，这当然是吟咏他人之作。但也有第一人称之作，如"鼓吹曲辞"的《思悲翁》《上邪》、"杂曲歌辞"的《伤歌行》等。第二人称之作虽少，但也有，如"相和歌词"的《箜篌行》："公无渡河，公竟渡河。堕河而死，将奈公何。"③ 但是，乐府民歌本是采诗官从民间采集而来，"孝武立乐府而采风谣"④，所以诗的作者就难以确定。这样，在采诗者与读者看来，第一人称与第二人称的诗作也具有吟咏他人的意味。况且，当后人拟作乐府诗

---

① 《师友诗传录》张实居语，《清诗话》上册，上海古籍出版社，1978，第132页。
② 王运熙、王国安：《汉魏六朝乐府诗》，上海古籍出版社，1986，第48页。
③ 《古诗纪》卷十六。
④ 《汉书·艺文志》，中华书局，1962，第1756页。

时,传统上要依乐府古题的题旨与本事来创作。《唐子西文录》载强幼安语:"古乐府命题皆有主意,后之文人用乐府为题者,直当代其人而措词,如《公无渡河》,须作妻止其夫之词。"① 因此,从意味上讲,乐府民歌的传统就是吟咏他人之事,这从汉代文人的乐府之作也可以看出来,比如辛延年《羽林郎》、宋子侯《董娇娆》,就既是叙事之作,又是吟咏他人的。

两汉文人多注重辞赋,到了建安时代,风气一变,文人也多作乐府诗,一时间云兴霞蔚。开创建安文学风气的曹操,其创作就全是乐府诗,史称他"登高必赋,及造新诗,被之管弦,皆成乐章"②。曹丕的集子里,乐府诗超出一半,曹植的诗,乐府诗也有一半左右。建安七子如王粲、陈琳、阮瑀,也都作有乐府诗。建安诗人创作的乐府诗,虽也有重在抒情而很少叙事意味的,但本文着重论述建安诗人是如何从前述重在叙事与吟咏他人这两大特点对乐府民歌进行改制的,此二者既是建安诗人在改制乐府民歌时坚守的基础,又是他们改制乐府民歌的对象。他们创作出来的乐府诗仍保持有重在叙事与吟咏他人的特点,但特点本身的意味却不同了。

我们先来看一下建安诗人完全继承重在叙事与吟咏他人原有意味的作品。比如陈琳《饮马长城窟行》,全诗以对话的形式,写秦代筑长城给人民带来的苦难。陈琳的做法完全是乐府民歌式的,据郭茂倩《乐府诗集》称《饮马长城窟行》:"一曰《饮马行》。长城,秦所筑以备胡者。其下有泉窟,可以饮马。古辞云:'青青河畔草,绵绵思远道。'言征戍之客,至于长城而饮其马,妇人思念其勤劳,故作是曲也。"③《乐府解题》称陈琳此作"则言秦人苦长城之役也"④,完全是繁衍古题古事,从中看不出建安的时代特点;亦完全是吟咏他人,从中看不出陈琳的身影。所以有人怀疑这《饮马长城窟行》本是民歌,可能不是陈琳所作,虽说尚无可靠的证据,但也事出有因。固然可以说,这是"假借秦代筑长城的事,深刻揭露了当时繁重的徭役给人民带来的痛苦与灾难"⑤,但毕竟与直接反映现实隔了一层。

---

① (清)何文焕:《历代诗话》,中华书局,1981,第443页。
② 《三国志·武帝纪》注引《魏书》,第54页。
③ (宋)郭茂倩编《乐府诗集》,第555页。
④ (宋)郭茂倩编《乐府诗集》引,第555页。
⑤ 游国恩等:《中国文学史》,人民文学出版社,1963,第214页。

但汉乐府在创作之时，完全是"感于哀乐，缘事而发"①，有着强烈的现实性，但文人拟作时，如果只是拟其事而不见自己与当代社会的色彩，这样的乐府诗是担当不起反映时代精神的主要任务的。

## 二 建安诗人对乐府民歌的改制

建安诗人并不甘心自己的乐府诗创作只是叙述古事、吟咏他人，这样就势不可免地展开了他们对乐府民歌的改制，他们在以下诸方面逐步做出了创新的努力。

第一，在重于叙述他人之事的同时赋予诗歌强烈的个人感情色彩，这方面以曹操的创作最具特色。其《薤露行》叙述：何进谋杀宦官而召董卓，宦官杀何进并劫少帝和陈留王，董卓迎还，废少帝，立陈留王为献帝，关东讨董武装兴起，董卓焚烧洛阳，挟持献帝西迁长安。诗中充满情感的抒发，有对何进的斥责——"沐猴而冠带，知小而谋强。犹豫不敢断"等；有对广大人民苦难的叙写——"号泣而且行"；又有诗人自我心情的描摹——"瞻彼洛城郭，微子为哀伤"，说自己望洛阳而慨叹，正如微子见殷墟而悲伤。其《蒿里行》，写兴兵讨伐董卓的关东诸侯互争权力而造成丧乱的时事，笔力凝聚在"生民百遗一，念之断人肠"这样的对自我内心世界的揭示上，此类诗的抒情特点，是从个人的角度出发而关注广大的社会。

第二，重于叙述包括诗人自身在内的群体人物之事，并赋予诗歌强烈的个人感情色彩，这类诗有曹操《苦寒行》、王粲《从军征》五首与《七哀》其三等。在《苦寒行》中，诗人叙述了自己与大军一起出征高干途中北越太行山的情形，看到山路陡峭、气候恶劣、战士艰苦，诗人情不自禁地以第一人称口吻深吟道："我心何怫郁，思欲一东归"、"悲彼东山诗，悠悠令人哀"。《从军征》五首，笔墨一方面叙述自己部队的战争历程与战况战绩，方面又抒发征夫离别亲人之痛及对曹操所指挥战争的歌颂，表明诗人追随曹操建功立业的慷慨之志。《七哀》其三，写边城的荒凉与战争给人民带来的痛苦："行者不顾返，出门与家辞，子弟多俘虏，哭泣无已时"；诗中又以"边城使人悲，昔吾亲更之"，既点明自己的参与，又抒发情感。

---

① 《汉书·艺文志》，中华书局，1962，第1756页。

因此，此类诗抒情的对象，是融社会动乱中的广大人民与个人自身为一体的。

在上述两类诗中，诗人直接出面抒发真挚深沉的情感，于是加深了诗中所述汉末实事对于诗人自身及广大人民的意味。也就是说，强烈的个人感情色彩丰富了叙事的意味，可见诗人并不只是忠实地反映了社会动乱与民生疾苦，更是为了抒发自身在这种情况下的感情，并表达自己的志向。从上述两类诗中，我们又可以发现其叙事方法比起乐府民歌来有很大的不同，即诗歌不注重具体入微地描摹以人物冲突为核心的戏剧化情节，而是大笔墨地概括事件。比如，《蒿里行》中叙述袁术称帝与袁绍谋立刘虞之事，只用"淮南弟称号，刻玺于北方"两句便阐述殆尽；又比如《从军征》中叙述战争历程，也只是"一举灭獯虏，再举服羌夷；西收边地贼，忽若俯拾遗"短短几句。由此就产生一个问题：这样概括性大笔墨的叙事方式，是否创作既重于叙事又具有强烈个人感情色彩的乐府诗所所必须运用的呢？换句话说，为了增进诗歌的抒情意味，只能这样概括性大笔墨叙事吗？很显然，如此概括性大笔墨叙事，使诗人难以插进对自我经历的叙写，因此削弱了对诗人自我的表现。

第三，诗人不仅仅是诗中事件的叙述者，而且还以个人身份成为诗中事件的介入者。阮瑀《驾出北郭门行》，叙写了一位孤儿自诉后母对他的虐待，这个自诉由诗人发问引起的，整个事件是具体生动的、富有细节的，可以指定为某一次的。诗末尾两句是诗人听了孤儿自诉后劝诫世人之语，是诗人的情感参与。诗人作为作品中的人物参与事件，一是增加了读者眼中事件的真实度，二是诗人也容易就自身所参与的事件发表感想。但是在《驾出北郭门行》中，诗人的形象并不丰满，因为诗中并未提供诗人参与事件的必要性，诗人只是外在地参与了事件，诗人与事件的关系是游离的，其意味甚至不如上述第二类诗作中群体形象中的自我。怎样才能吟咏出真正具有艺术形象意味的诗人自我呢？王粲《七哀》其一的意味稍深厚一些，诗中先概括描述"西京乱无象，豺虎方遘患"及自己的背井离乡，然后描绘出长安乱离中的一个特写镜头——饥妇弃子。诗人并不是这件惨事的直接承受者，而是目睹者，诗人最后也只是"驱马弃之去"而已。但诗人把这幅惨景与自己的背井离乡、告别家人联系起来，因此，饥妇弃子的事件对王粲的意味就大大强烈于后母虐子对阮瑀的意味。尽管如此,与《驾出北郭门行》一样,诗人与诗中典型事件的关系仍然是游离的,这说明了什么?这表现出诗人还囿于乐府诗吟咏他人的成规,虽然保持了乐府民歌叙事时的生动、富有情节性,但这只是自我的耳闻目睹,而不是发生在自我身上的事。

### 三 曹植对新型艺术形象的塑造

上述三类文人乐府诗,在重于叙事的基础上,或加强个体的情感抒发,或叙写包容有诗人自身的群体人物之事,或强调诗人的自我参与,都透露出一个强烈的愿望:诗人要真正参与诗中所叙的事件,诗人要塑造自身的形象。五言诗出现了蔡文姬《悲愤诗》那样的长篇叙事作品,诗人叙述自身不幸的遭遇,展现了东汉末年广阔的社会面貌,乐府诗为什么不能出现以诗人自身为主要艺术形象的叙事性作品呢?当然,并不是每一个诗人都具有蔡文姬那样曲折丰富惊心动魄的经历,因此带有虚构性的吟咏他人之事的乐府民歌的作法应该给乐府诗的叙事带来很大的便利,可叙述出来的又是他人之事而非诗人自身的,怎么办呢?整个问题就在于:怎样改进在传统是吟咏他人之事的乐府诗里表现诗人自我的方式;怎样叙写出带有强烈自我意识的自我之事,同时又具有虚构性的他人之事的全部丰富曲折。曹植在这方面做出了巨大的贡献,他在乐府诗中创造出一种似我非我、非我似我的新型诗歌艺术形象,由此起叙事方式也有了很大的改进,这就是我们以下要论述的建安诗人对乐府民歌进行改制的第四方面。

我们先来看《白马篇》:

> 白马饰金羁,连翩西北驰。借问谁家子,幽并游侠儿。少小去乡邑,扬声沙漠垂。宿昔秉良弓,楛矢何参差。控弦破左的,右发摧月支。仰手接飞猱,俯身散马蹄。狡捷过猴猿,勇剽若豹螭。边城多警急,胡虏数迁移。羽檄从北来,厉马登高堤。右驱蹈匈奴,左顾凌鲜卑。寄身锋刃端,性命安可怀?父母且不顾,何言子与妻!名编壮士

籍，不得中顾私，捐躯赴国难，视死忽如归。①

郭茂倩《乐府诗集》称此篇："言人当立功立事，尽力为国，不可念私也。"② 确实，此诗的重点是写人，以人物自身的行为与思想来刻画人物形象，诗中写游侠儿的武艺高强是着力描摹他超人的射术，写游侠儿的尽力为国是着力描摹他赴敌边城的举动，最后进入游侠儿精神境界的刻画。与曹操《苦寒行》、王粲《从军征》与《七哀》其三叙写群体人物的行为遭遇相比，此诗是对一个具体英雄的赞颂。与阮瑀《驾出北郭门行》、王粲《七哀》其一相比，此诗不重某一具体事件的情节，而是全面地概括地显示人物的本领与行为；不是摹写某次某时某一特殊行动，而是重在刻画人物某一跨度较大阶段内的经常性的行为。这些说明，是个体人物形象的整体引起了诗人的注意，而不是个体人物形象的某一特殊行动引起了诗人的注意。这样，在叙事方法上也不同于乐府民歌传统的对个别事件的叙述。

那么，这个人物与曹植有什么关系呢？从诗中称他为"幽并游侠儿"，且是征战匈奴来看，曹植当然不是此种出身与经历。可是，从三国时代对天下统一的要求，从曹植本人"甘心赴国忧"③、"国仇亮不塞，甘心思丧元"④，及"生乎乱，长乎军"⑤，"从先武皇帝南极赤岸，东临沧海，西望玉门，北出玄塞"的经历来看⑥，这个游侠儿又分明是曹植的自我写照。朱乾《乐府正义》就说："此寓意于幽并游侠，实自况也。……篇中所云捐躯赴难、视死如归，亦子建素志，非泛述矣。"⑦ 这可视作曹植在乐府诗中塑造自我形象的努力，是对乐府民歌吟咏他人的革新。

《名都篇》⑧，是曹植另一首乐府诗，诗的基本叙述结构层次与《白马篇》相仿。先以射兔打猎描摹"少年"武艺的高强，再以宴会表现"少年"

---

① （宋）郭茂倩编《乐府诗集》，第914~915页。
② （宋）郭茂倩编《乐府诗集》，第914页。
③ 《杂诗》"仆夫早严驾"，赵幼文：《曹植集校注》，人民文学出版社，1984，第380页。
④ 《杂诗》"飞观百馀尺"，赵幼文：《曹植集校注》，第65页。
⑤ 《陈审举表》，赵幼文：《曹植集校注》，第445页。
⑥ 《求自试表》，赵幼文：《曹植集校注》，第370页。
⑦ （清）朱乾：《乐府正义》，乾隆五十四年（1789）柜香堂刻本，第18页B面~19页A面。
⑧ （宋）郭茂倩编《乐府诗集》，第912页。

的英雄豪气，最后写"光景不可攀"，而这样的打猎宴会却日复一日，显示了主人公壮志不伸的精神世界。假如打猎宴会只是某一次具体的事件，那就起不到展现主人公心情苦闷的作用，因为诗中主人公的苦闷正是由于经常性的打猎宴会，时光流淌引起的。

这首诗显然也是以人物为中心的，吴淇《六朝选诗定论》说："凡人作名都诗，必搜求名都一切物事，杂错以炫博。而子建只单单推出一少年作个标子，以例其余。……于名都中只出得一少年，于少年中只出得两件事：一曰驰骋，一曰饮宴。"① 这个"少年"形象中，也有曹植的身影。当年，曹丕、曹植兄弟生活在邺城，周围又有一群文人学士，他们优游不迫，"昔日游处，行则连舆，止则接席，何曾须臾相失。每至觞酌流行，丝竹并奏，酒酣耳热，仰而赋诗"②。但他们也希望建功立业，曹植努力追求的就是"戮力上国，流惠下民，建永世之业，留金石之功"③。也有这种理想未能实现的苦闷，所以谢灵运才称曹植"不及世事，但美遨游，然颇有忧生之嗟"④。我们再来看诗中的"少年"，他既有"一纵两禽连"、"仰手接飞鸢"的本领，又有"鸣俦啸匹侣"的豪气；他又为如此虚度时日而遗憾，故称"白日西南驰，光景不可攀"。或评此诗说："子建自负其才，思树勋业，而为文帝所忌，抑郁不得伸，故感慨赋此。"⑤ 这首诗表达了曹植以乐府诗塑造自身形象的努力。

《美女篇》是曹植着力刻画人物形象的又一佳作，诗中的美女盛年不嫁，曹植也是正当盛年而不被曹丕、曹叡所用。刘履《选诗补注》解释此诗意旨说："子建志在辅君匡济，策功垂名，乃不克遂，虽授爵封，而其心犹为不仕，故托处女以寓怨慕之情焉。"⑥ 美女的身世与曹植的经历当然有求夫婿不得与谋抱负不成的区别，可他们的伤哀怨慕的精神实质是相通的，都是有才质之美、品德之贞而不得施展，但我们只能说美女形象中有曹植的自我形象，而不能说美女就是曹植。

---

① （清）吴淇撰，汪俊、黄进德点校《六朝选诗定论》，广陵书社，2009，第126页。
② （魏）曹丕：《与吴质书》，萧统编，李善注《文选》，中华书局，1977，第591页下。
③ （魏）曹植：《与杨德祖书》，萧统编，李善注《文选》，中华书局，1977，第594页上。
④ （南朝宋）谢灵运：《拟魏太子邺中集诗序》，李善注《文选》，中华书局，1977，第439页下。
⑤ （清）张玉穀著，许逸民点校《古诗赏析》，上海古籍出版社，2000，第209页。
⑥ （元）刘履：《选诗补注》，明嘉靖四年（1525）序刻本，第29页。

前人多指出,《美女篇》脱胎于《陌上桑》,但两者在叙述上有根本的不同。《陌上桑》对美女容貌的刻画主要是为太守的无礼行为作铺垫,然后着力于叙述某次一个太守妄图霸占罗敷女而遭到拒绝与嘲弄的故事。《美女篇》中美女盛年不嫁并不是哪一次的遭遇,而是贯串于美女盛年这一时间阶段的总体遭遇;也就是说,《美女篇》中对美女行为身世的描述,并不像《陌上桑》那样限于某一地某一时的某一次。

曹植又有写弃妇的《浮萍篇》与《种葛篇》,诗人被哥哥与侄子冷落闲置,身份也类似弃妇,自身也有弃妇的心理,所以说诗的主人公也可以认作诗人自身。《门有万里客行》写奔走漂泊的苦楚,曹植因封地经常改换,也有此漂泊之苦。《吁嗟篇》写"转蓬"之苦,其中也有诗人自身的影子。

经以上分析,我们可以看出曹植在塑造人物形象上对乐府民歌的改制了。其一,叙事不重在精心设计与描述故事情节和细节,而重在概括地勾勒人物身世行为;不重在摹写某时某地某次某一特殊事件,而重在刻画人物一生或某个跨度较大的时间内的经常性的行为。这样,乐府民歌中的叙事成分依然存在,但那种客观展开的戏剧化情节悄然隐退,人物既是结构的主线,又是主旨的体现。当发生在诗中主人公身上的事件失去了特殊性与偶然性后,这些事件自然而然就具有了普遍意义,或者说这些事件离读者更近了;进而,诗中的主人公也将丧失其个别性,会有更多的读者感到发生在诗歌主人公身上的事也可能较多地发生在自己身上。其二,把自我与诗中主人公结合起来,使诗中主人公既是现实生活中独立的一员,又是诗人的自我写照。诗歌主人公具有了双重身份,对诗人来说,他似己而非己,非己又似己,既是客体,同时又是主体。这样,一方面仍保持了乐府民歌吟咏他人的本色,另一方面,诗歌又具有强烈的诗人自我意味,深化了乐府诗的内涵。进一步讲,在乐府诗中创造出似己非己、非己似己的主人公,又使诗人摆脱了自我经历的局限,而尽可能地以自我体验为基础扩大叙写范围,使主人公的经历更曲折复杂,其内心世界更丰富动人。这也是另一方面的深化乐府诗的内涵,加强了乐府诗抒情的力度,拓展了乐府诗反映生活的深度和广度。曹植的乐府诗仍然保持了乐府民歌叙事与吟咏他人的传统,但传统的内涵已有了相当大的改变;他对乐府民歌的改制,达到了时代艺术的高峰。

## 四　对乐府民歌音乐性、心理刻画诸方面的改制

总括前述建安诗人对乐府民歌的改制，我们看到，诗歌的描摹对象、诗歌的主人公是关键性问题。随着这一关键性问题的改制逐步实现，对乐府民歌古题与音乐性、语言、刻划诸方面的改制也展开了。

先谈对对乐府民歌古题与音乐性的改制。建安诗人以乐府诗写时事并抒发个人情怀，起初还是依古题进行的。但是，依古题而写时事，事可以不同，却还大致保持情感抒发方式的相似。乐府古题的字面意义就是一种情感意义的规定。比如《薤露行》《蒿里行》，一是王公贵人出殡时的歌，一是士大夫庶人出殡时的歌，曹操用之叙时事，也含有其原本的痛悼之意，并且，《薤露行》以哀君为主，《蒿里行》则哀臣民。方东树《昭昧詹言》说："所以然者，以所咏丧亡之哀，足当挽歌也。而《薤露》哀君，《蒿里》哀臣，亦有次第。"① 因此，运用古题创作新诗，在叙事与抒发情感上必定受到某种束缚，而摆脱束缚的最好办法就是自创新题。《七哀》已有这个意味，这是新生之乐、新起之题。吴兢《乐府古题要解》就说"《七哀》起于汉末"②；从题目上来看，《七哀》也是主情的，吕向说，"七哀"义为"痛而哀，义而哀，感而哀，怨而哀，耳目闻见而哀，口叹而哀，鼻酸而哀"③。王粲用这新生之乐、新起之题来叙写"耳目闻见"之事与抒发自我之情，该是有意识的。

曹植在运用新题上迈的步子最大，前述《白马篇》《名都篇》《美女篇》《浮萍篇》《种葛篇》《门有万里客行》等，都是他自撰的新题。在自撰新题的同时，他还极力摆脱音乐性，刘勰《文心雕龙·乐府》就说："子建、士衡，咸有佳篇，并无诏伶人，故事谢丝管。"④ 前述《白马篇》等，就被怀疑是不入乐的。从入乐到不入乐，也是有个过程的，曹植先是谈到他人以增损字句来适合原乐曲的曲调，《文心雕龙·乐府》称："陈思称左

---

① （清）方东树著，汪绍楹点校《昭昧詹言》，人民文学出版社，1961，第67页。
② （唐）吴兢：《乐府古题要解》，丁福保：《历代诗话续编》本，中华书局，1983，第59页。
③ （南朝梁）萧统撰，（唐）六臣注《六臣注文选》，中华书局，1987，第428页下。
④ （南朝梁）刘勰撰，詹锳义证《文心雕龙义证》上海古籍出版社，1989，第259~260页。

延年闲于增损古辞，多者则宜减之，明贵约也。"① 如果造作的新诗也要去迁就乐曲，那么会损害内容的表达，倒不如自创新题且不入乐，以便自由自在地叙事抒情。

其次谈对乐府民歌语言的改制。人所尽知，汉乐府民歌的语言质朴自然，所谓"矢口成言，绝无文饰，故浑朴真至，独擅古今"②。曹植诗歌的语言工整华丽，钟嵘《诗品》称之为"词彩华茂"③，其乐府诗的语言与乐府民歌的质朴自然相比，更有很大不同。《诗薮·内编》卷二这样说："子建《名都》《白马》《美女》诸篇，辞极赡丽，然句颇尚工，语多致饰。视东西京乐府天然古质，殊自不同。"④ 曹植乐府诗语言的"赡丽""致饰"，除了其他原因外，与前述其乐府诗的意旨有很大关系。当乐府民歌重在叙述某一特殊事件时，注重的是忠实地记载；而在描摹人物经常性的行为时，则可以较大规模地时常运用铺叙的手法。乐府民歌本身也可以说明问题，如《陌上桑》中描写人物，写罗敷女的器物服饰，写各类观者的种种表现与盛夸夫婿等，都是诸项铺排的。因此，《陌上桑》的语言风格就不同于一般乐府民歌的质朴。曹植的乐府诗多以塑造人物形象为鹄的，那就更喜用铺排的手法，由之也增加了诗歌的华美与流丽。《白马篇》中写"游侠儿"的射箭本领："控弦破左的，右发摧月支。仰手接飞猱，俯身散马蹄。"左右上下射箭的方向一一写到，射中目标的同一动作用"破、摧、接、散"不同的词语来表达。《吁嗟篇》写漂泊："东西经七陌，南北越九阡。卒遇回风起，吹我入云间。自谓终天路，忽然下沉渊。惊飚接我出，故归彼中田。当南而更北，谓东而反西。宕宕当何依，忽亡而复存。飘飘周八泽，连翩历五山。流转无恒处，谁知吾苦艰？"⑤ 如此"转蓬"，哪些地方没有去过呢？不是某一次漂泊而是一生的漂泊，给诗人提供了肆扬笔力铺排叙事的机会。《美女篇》则铺叙了各色人物的情态："容华耀朝日，谁不希令颜。媒氏何所营？玉帛不时安。佳人慕高义，求贤良独难。众人何嗷嗷，安知

---

① （南朝梁）刘勰撰，詹锳义证《文心雕龙义证》上海古籍出版社，1989，第257页。
② （明）胡应麟：《诗薮·内编》卷六，上海古籍出版社，1979，第105~106页。
③ （南朝梁）钟嵘撰，曹旭集注《诗品集注》，上海古籍出版社，1994，第97页。
④ （明）胡应麟：《诗薮·内编》卷二，上海古籍出版社，1979，第29页。
⑤ （宋）郭茂倩编《乐府诗集》，中华书局，1979，第499~500页。

彼所观。"① 他人的企羡、媒氏的失职、佳人的苦衷、众人的短见，一一毕现，由此丰富了美女形象的意味。叶燮《原诗》称赞说："《美女篇》意致幽眇，含蓄隽永，音节韵度，皆有天然姿态，层层摇曳而出，使人不可仿佛端倪，固是空千古绝作。"② 所谓"层层摇曳而出"，正显示出铺叙在此处的魅力。

最后谈对乐府民歌心理刻画方法的改制。乐府民歌多注重摹写特殊事件、注重故事情节，因此，它又善于以情节中的人物自身行动与语言来展示他们的内心活动和精神世界。《妇病行》中，病妇的惨淡心理是由她的临终嘱托表现出来的。《东门行》中，男主人公铤而走险的心理活动，是通过他本已愤而出走"不顾归"，但又进入家门，摸摸米缸，看看衣架，才毅然出门这样一些行动来表现的。曹植的乐府并不注意情节效果而以刻画人物为宗旨，因此，他的笔触经常直接伸向人物内心来展示人物心理，王世懋《艺圃撷余》说："古诗，两汉以来，曹子建出而始为宏肆，多生情态，此一变也。"③ 如《白马篇》写"游侠儿"为国献身的壮志："弃身锋刃端，性命安可怀？父母且不顾，何言子与妻？名编壮士籍，不得中顾私。捐躯赴国难，视死忽如归。"则运用层层深入，反复揭示的方法来刻画人物心理。无论是各方面环绕，还是层层深入反复揭示，诗人都是把人物心灵直接展示给人们，增加了诗歌的抒情性与感染力，与乐府民歌相比，别是一番滋味。

乐府之变是建安诗人的普遍愿望与普遍努力，曹植的改制，使乐府的叙事向刻画人物形象转化，并且在叙事方法、题目与音乐性、语言、心理描写诸方面都有很大的创新。曹植以其天才资质与艰苦探索，创造出一种完全新型的乐府诗，从而在诗歌发展史上做出了卓越的贡献。

---

① （宋）郭茂倩编《乐府诗集》，第 912~913 页。
② 丁福保辑《清诗话》，上海古籍出版社，1978，第 602 页。
③ （清）何文焕辑《历代诗话》，中华书局，1980，第 774 页。

# 第十一章　何晏：玄言诗之辩

魏正始（240~249）年间，玄学兴起，其代表人物是何晏、王弼，《晋书·王衍传》称：

> 魏正始中，何晏、王弼祖述老庄，立论以为："天地万物皆以无为本。无也者，开物成象，无往不存者也。阴阳恃以化生，万物恃以成形，贤者恃以成德，不肖恃以免身。故无之为用，无爵而贵矣。"①

王弼纯粹是个理论家，没有文学作品传世，何晏，有赋、诗传世。自西晋末年至东晋末年，玄言诗风行百年，这种诗歌类型的基本特征，即以玄学思想方法来体悟玄理；那么，何晏这个玄学开创人物的诗作，是否已有这些方面的尝试？

## 一　正始时期有无玄言诗

刘勰《文心雕龙》认为正始已有具备玄言诗因素的诗作出现，其《明诗》篇称：

> 及正始明道，诗杂仙心，何晏之徒，率多浮浅。②

此处直指何晏诗作有玄学色彩。其《时序》篇则称：

---

① 《晋书》，第 1236 页。
② （南朝梁）刘勰撰，詹锳义证《文心雕龙义证》，上海古籍出版社，1989，第。

> 于时正始馀风，篇体轻澹，而嵇、阮、应、缪，并驰文路矣。①

则指出正始时期诗作确有玄风。《文心雕龙》的《明诗》《时序》都明确肯定"江左"（东晋）时期玄言诗盛行风靡，因此称正始时期"诗杂仙心"，对其玄学色彩说的并不十分明确。

钟嵘《诗品》也认为东晋的玄言诗占统治地位，所谓"于时篇什，理过其辞，淡乎寡味，爰及江表，微波尚传、孙绰、許詢、桓、庾諸公诗，皆平典似《道德论》。建安风力尽矣。"②未提及正始诗作有玄风，论何晏诗作时称：

> 平叔"鸿鹄"之篇，风规见矣。③

后世多承续其说，许文雨说：

> 何晏《拟古诗》首句，即"鸿鹄比翼游"，故以称篇。其诗云："常恐失网罗，忧祸一旦并！"盖有讽时自规之意。陈祚明《评选》云："非不自知，而不自克，悲哉！"④

许学夷《诗源辨体》卷四曰：

> 何晏五言二篇，托物兴寄，体制犹存。⑤

他们都不以玄风评价其诗。那么何晏诗的具体情况到底如何呢？

## 二 何晏诗作的一般性分析

《世说新语·规箴》载，何晏、邓飏令管辂作卦，云："不知位至三公

---

① （南朝梁）刘勰撰，詹锳义证《文心雕龙义证》，上海古籍出版社，1989，第。
② 曹旭：《诗品集注》，上海古籍出版社，1994，第24页。
③ 曹旭：《诗品集注》，第222页。
④ 许文雨：《钟嵘诗品讲疏》，成都古籍书店彩印，1983，第73页。
⑤ 许学夷：《诗源辨体》，中华书局，1987，第86页。

不?"管辂称引古义,深以戒之,何晏曰:"知几其神乎!古人以为难。交疏吐诚,今人以为难。今君一面尽二难之道,可谓'明德惟馨'。《诗》不云乎:'中心藏之,何日忘之!'"《规箴》篇注引《名士传》曰:

> 是时曹爽辅政,识者虑有危机。(何)晏有重名,与魏姻戚,内虽怀忧,无复退也。著五言诗以言志曰:"鸿鹄比翼游,群飞戏太清。常畏大网罗,忧祸一旦并。岂若集五湖,从流唼浮萍。永宁旷中怀,何为怵惕惊。"盖因(管)辂言,惧而赋诗。①

这才有何晏的此诗,一般称此诗题为"言志"。《诗纪》载此题名为"拟古",可能是认为前人作过有关"鸿鹄"的诗而何晏拟之。不管是"言志"还是"拟古",此处拈出何晏的前辈有关鸿鹄之作,在比较中探求其异同。

一为刘邦之作,其云:

> 鸿鹄高飞,一举千里,羽翮已就,横绝四海。横绝四海,当可奈何!虽有矰缴,尚安所施。

《史记·留侯世家》录此诗时都称刘邦对戚夫人说:"吾为若楚歌。"②故有题此为"楚歌",亦有根据内容题此诗为"鸿鹄"。刘邦诗作称高飞可以避矰缴,而何晏之作则称高飞之中仍"常畏大网罗",结果不同,意义指向是相同的,都是避祸保身问题。

又有《古诗》"步出城东门",诗云:

> 步出城东门,遥望江南路。前日风雪中,故人从此去。我欲渡河水,河水深无梁。愿为双黄鹄,高飞还故乡。③

---

① (南朝宋)刘义庆撰,(南朝梁)刘孝标注,余嘉锡笺疏《世说新语笺疏》,上海古籍出版社,1993,第553页。
② 《史记》,第2047页。
③ 逯钦立:《先秦汉魏晋南北朝诗》,中华书局,1983,第336页。

此诗认为"高飞"可以"还故乡",可以避祸;而何晏诗认为"戏太清"难以避祸,只有改变鸿鹄高飞的本性去像凡禽一般"顺流唼浮萍",方能"逍遥放志意"。

又有应玚《侍五官中郎将建章台集诗》的前半部分:

> 朝雁鸣云中,音响一何哀。问子游何乡,戢翼正徘徊。言我寒门来,将就衡阳栖。往春翔此土,今冬客南淮。远行蒙霜雪,毛羽日摧颓。常恐伤肌骨,身陨沉黄泥。①

诗作以下写"欲因云雨会,濯羽陵高梯",称颂曹丕的礼敬提携。《艺文类聚》卷九十一引此部分题名为《应玚诗》,入鸟部雁类。此部分诗作以为雁鸣云中,蒙霜冒雪,伤肌陨身是必不可免的;保全自身的可能在什么地方,即如何避祸的问题。从上述三诗来看,如果以"拟古"而论,何晏之作借拟刘邦之作以述己意最为贴近。

何晏的另一首诗云:

> 转蓬去其根,流飘从风移。芒芒四海涂,悠悠焉可弥。愿为浮萍草,托身寄清池。且以乐今日,其后非所知。②

此诗《诗纪》亦题名为"拟古",与何晏上一首的意旨相同,也称只有改变"转蓬"为"浮萍草",才能"托身",才能"乐今日"。写转蓬的作品,曹植有两首,一为《杂诗》其二,诗云:

> 转蓬离本根,飘飘随长风。何意回飙举,吹我入云中。高高上无极,天路安可穷。类此游客子,捐躯从远戎。毛褐不掩形,薇藿常不充。去去莫复道,沉忧令人老。③

---

① 逯钦立:《先秦汉魏晋南北朝诗》,中华书局,1983,第383页。
② 逯钦立:《先秦汉魏晋南北朝诗》,第468页。
③ 逯钦立:《先秦汉魏晋南北朝诗》,第456页。

曹诗叙述转蓬命运，而何晏诗提出了改变命运的方法，即"愿为浮萍草"则可"且以乐今日"。曹植又有《吁嗟篇》，先写其"流转无恒处"，而后一部分则写道：

> 愿为中林草，秋随野火燔。靡灭岂不痛，愿与根荄连。①

尽管提出改变命运的方法但最后仍免不了"靡灭"，只不过"靡灭"之后"根荄连"罢了，没有"乐今日"的指向。但何晏诗的"乐今日"也是暂时的，紧接一句就是"其后非所知"。何晏之作与曹植《吁嗟篇》的意旨、写法最为相近。

之所以大致认同何晏的两首为"拟古"，是指其与前人之作题材相同，但我们又有意无意地看到了何晏之作与前人之作的不同，据上述分析，这些不同表现在：其一，改变命运的方法在于改变处境或改变本性；其二，诗歌的指向是期望达到"逍遥""乐今日"等令人满足的境界，而这两点，是否玄言诗所特有的呢？

## 三 何晏诗作的玄学性分析

"鸿鹄"一篇中，何晏以为与其"群飞戏太清"而"忧祸一旦并"，倒不如"从流唼浮萍"而"逍遥放志意"。这从玄学意味上如何中解释呢？有人以玄学家对《庄子·逍遥游》中的一个故事的阐释来说此诗的玄学意蕴。故事曰：北冥之鲲，化而为鹏，"怒而飞，其翼若垂天之云。是鸟也，海运则将徙于南冥"，"鹏之徙于南冥也，水击三千里，抟扶摇而上者九万里"，这与该诗中"戏太清"的鸿鹄有相同意味。又有蜩与学鸠笑之曰："我决起而飞，抢榆枋，时则不至而控于地而已矣，奚以之九万里而南为？"②这与该诗中"从流唼浮萍"有相同意味。玄学家如何看待鹏与蜩、学鸠的差别呢？

何晏以庄子"齐万物"的观点来看待它们，那么，"从流唼浮萍"与

---

① 逯钦立：《先秦汉魏晋南北朝诗》，中华书局，1983，第423页。
② （清）郭庆藩：《庄子集释》，中华书局，1961，第2、9页。

"群飞戏太清"就是一样的:"群飞戏太清"是一种逍遥的境界,而此处何晏肯定"从流唼浮萍"也是一种逍遥境界。何晏此作实际上开启了玄学向秀、郭象一派的对《庄子》解释,向、郭注《庄子·齐物论》"天地与我并生,而万物与我为一"曰:

> 无小无大,无寿无夭,是以蟪蛄不羡大椿而欣然自得,斥鷃不贵天池而荣愿以足。①

因此它们都达到"欣然自得""荣愿以足"的"逍遥"境地。《世说新语·文学》注引向秀、郭象《逍遥义》曰:

> 夫大鹏之上九万,尺鷃之起榆枋,大小虽差,各任其性。苟当其分,逍遥一也。然物之芸芸,同资有待,然后逍遥耳。唯圣人与物冥而循大变,为能无待而常通,岂独自通而已。又从有待者不失其所待,不失,则同于大通矣。②

诗作称只要达到"逍遥放志意",不是"群飞戏太清"而是"从流唼浮萍",也是可以的;这就是所谓"大小虽差,各任其性;苟当其分,逍遥一也"③。诗作以玄学思想叙说了自己的处世思想,这就是追求一种逍遥的境界,追求淡泊中和、自在超越。

我认为还可以进一步来阐述。向秀、郭象的"各任其性",是从各种事物来说,意即鸿鹄与蜩、学鸠虽然"大小虽差",但只要"各任其性,苟当其分,逍遥一也",而何晏诗中,只是鸿鹄一物,其"群飞戏太清"可视为"任其性",其"从流唼浮萍"也可视为"任其性",那么,到底怎样才是真正的"任其性"呢?我认为,何晏此诗仍是说出了其"天地万物皆以无为本"的思想。王弼《周易·泰卦》注曰:

---

① (清)郭庆藩:《庄子集释》,中华书局,1961,第81页。
② 余嘉锡笺疏《世说新语笺疏》,上海古籍出版社,1993,第220页。
③ 此处引孙明对何晏《言志》的分析,《汉魏六朝诗鉴赏辞典》,上海辞书出版社,第292~294页。

处天地之将闭，平路之将陂，时将大变，世将大革，而居不失其正，动不失其应，艰而能贞，不失其义，故'无咎'也。①

他指出处于危险时刻的应变态度与方法，这个态度与方法就是"无为"，何晏《无名论》曰：

为民所誉，即有名者也；无誉，无名者也。若夫圣人，名无名，誉无誉。……夫道者，惟无所有者也。②

用到这首诗上，就是丢开"群飞戏太清"之名，鸿鹄之名就是有所作为，"燕雀安知鸿鹄之志哉"，如果追求到"无名"，那么，避祸是很自然的。鸿鹄还是鸿鹄，它从"有名"至"无名"，也就是从危险到安全，所谓"居不失其正，动不失其应，艰而能贞，不失其义，故'无咎'也"。

何晏的"转蓬"一首，则说明"同资有待，然后逍遥耳"的道理。转蓬与浮萍，都是无根之物，但浮萍"托身寄清池"，它有所依凭，"有待"，故可"乐今日"；而转蓬，无托身之处，"芒芒四海涂，悠悠焉可弥"，其不能做到"有待"，那也就达不到逍遥的境界。诗作的末尾，也是指向逍遥自在、淡泊中和的境界，这既是玄学家的理想，也是正宗玄言诗的指向。

### 四　何晏诗作与玄言诗的差异

但何晏的这两首诗还不是标准的玄言诗。其一，玄言诗追求的是自始至终的宅心玄远，由宅心玄远出发而最终达到逍遥自在、淡泊中和境界的。"鸿鹄"一首，由鸿鹄"常畏大网罗"后才转向"集五湖"、"从流唼浮萍"，追求"逍遥放志意"的境界；"转蓬"一首，是由体会到"芒芒四海涂，悠悠焉可弥"才进而抒发"愿为浮萍草"的愿望的。而彻底的玄学家应该一开始就追求逍遥自在、淡泊中和境界的，当已处于危险之中才想到有如此追求，那已经晚了。因此，典型的玄言诗也是自起始就追求逍遥自在、淡泊中和的。

---

① 楼宇烈：《王弼集校释》，中华书局，1980，第277页。
② 《列子·仲尼篇》注引，杨伯峻《列子集释》，中华书局，1979，第121页。

另外，何晏诗对是否能永久达到逍遥自在、淡泊中和境界是有怀疑的，这就是"转蓬"一篇末尾所称"且以乐今日，其后非所知"所表现的。

何晏诗作之所以做不到彻底的宅心玄远，这是与其时对某些玄学问题没有彻底认识有关。有情、无情及忘情问题，是魏晋玄学讨论的重要问题，何晏的认识并非是彻底的玄学认识。《三国志·钟会传》注引何劭《王弼传》记载了当日的争论：

> 何晏以为圣人无喜怒哀乐，其论甚精，钟会等述之。（王）弼与不同，以为圣人茂于人者神明也，同于人者五情也。神明茂，故能体冲和以通无；五情同，故不能无哀乐以应物。然则圣人之情，应物而无累于物者也。今以其无累，便谓不复应物，失之多矣。①

这里的关键问题在于是否为物所累，"应物而无累于物"，精神就可超然物外，就可以做到身处人情世故中而宅心玄远，以理化情；不然，就只好追求远离世俗人情世故，这也就是上述何晏二诗在表达对逍遥自在、淡泊中和的追求时，强调一定要避开"群飞戏太清""芒芒四海涂"的环境。其实，彻底的玄言家与真正的玄言诗认为，只要宅心玄远，无论在什么环境都可以"应物而无累于物"。

其二，作为玄言诗，仅叙说玄理、体悟玄理还是不够的，以玄学思想方法来体悟玄理才是更重要的。汤用彤《言意之辨》对当日玄学思想方法有这样的论述：

> 夫玄学者，谓玄远之学。学贵玄远，则略于具体事物而究心抽象原理。论天道则不拘于构成质料，而进探本体存在。论人事则轻忽有形之粗迹，而专期神理之妙用。②

这个玄学思想方法，具体来讲就是王弼在《周易略例·明象章》中提出

---

① 《三国志》，第795页。
② 汤用彤：《言意之辨》语，《汤用彤学术论文集》，中华书局，1983，第214页。

的"得象忘言""得意忘象"①，或统称为"得意忘言"。遵循这个思想方法，玄言诗以玄远脱略具体的方式阐述体悟玄理，这就是玄言诗多理语的原因。当玄言诗以感性形象入手体悟玄理时，要将感性形象概括化、主观化，脱略其具体生活内容，使其具有一种象征意义。虽然何晏之诗已经注意到这一点，诗中尽量脱略具体事件，但未彻底做到这一点，其"鸿鹄""转蓬"具有较多的具体生存场景，诗作又是以咏物的方式，这种方式不能不使诗作有较多的具体景物，因此，难以令人"略于具体事物而究心抽象原理"。难怪一些人不把它视作玄言诗，而称之"风规见矣"，称之"托物兴寄"。

何晏诗作尚未能彻底的以玄学思想方法来体悟玄理，与何晏本人的生活经历亦有关系，何晏是汉魏之间名理学向言意之辨的玄学过渡间的人物。干宝《晋纪总论》中有"谈者以虚薄为辩而贱名俭"之称②，其实，魏初的清谈不主虚薄而主循名责实，如其时何晏一党的曹羲，其《至公论》就称："谈论者以当实为清。"③晋时傅咸《上书陈选举》也说：

> 正始中，任何晏以选举，内外之众职各得其才，粲然之美于斯可观。④

看来何晏是一个尚实的人。而从他的这二首诗看，多述说具体、客观的景物与事件，也是情有可原的。

与正宗意义的玄言诗相比，何晏诗作确实不是那么成熟，但是从文学史的意义上讲，何晏的尝试则具有开创玄言诗的功绩，本文论述的也就是何晏是如何开创玄言诗的。咏物与言志是汉末魏初在社会流行的诗歌类型，咏物者如蔡邕《翠鸟》、繁钦《咏蕙》与《生茨》，以及曹植《鰕䱇篇》、《吁嗟篇》等，言志者如郦炎《见志》二首、仲长统《述志》二首等，何晏把此二者结合起来，在此中引入玄学思想，指向玄学意趣，为日后玄言诗形式上的定型与大规模兴起奠定了基础。⑤

---

① 楼宇烈：《王弼集校释》，中华书局，1980，第609页。
② （南朝梁）萧统撰、（唐）李善注《文选》，中华书局，1977，第692页下。
③ （唐）欧阳询：《艺文类聚》，上海古籍出版社，1982，第402页。
④ 《晋书·傅咸传》，第1328页。
⑤ 本文对玄学理解及玄学理论的引用，多依汤用彤《魏晋玄学论稿》的论述，见《汤用彤学术论文集》，中华书局，1983。

# 第十二章　应璩《百一诗》与形名学

应璩，字休琏，建安七子之一应玚之弟，主要活动在魏文帝、明帝、齐王年间，其作品最为人们所推重的是《百一诗》。据《文选》李善注引王俭《今书七志》，《百一诗》，"《应璩集》谓之新诗"①。刘勰《文心雕龙》有三处提到应璩，其中有两次提及《百一诗》：

《明诗》：若乃应璩《百一》，独立不惧，辞谲义贞，亦魏之遗直也。②
《才略》：休琏风情，则《百一》标其志。③

《文选》诗百一类共收诗一首，此即应璩《百一诗》一首。一首何为一类？据推想，一是应璩所作《百一诗》数量较大，甚或有称为"百数十篇"、"百三十篇"的说法。二是后人多有继作，先是应璩之子应贞为《百一诗》作注，《隋书·经籍志四》总集类载"应贞注应璩《百一诗》八卷"，又载："《百一诗》二卷，晋蜀郡太守李彪撰。"④《魏书·李寿传》载：

---

① （南朝梁）萧统撰、（唐）六臣注《六臣注文选》，中华书局，1987，第398～399页。以下李善等六臣注《百一诗》，均见于此。
② （南朝梁）梁刘勰撰，詹锳义证《文心雕龙义证》，上册，上海古籍出版社，1989，第199页。
③ （南朝梁）梁刘勰撰，詹锳义证《文心雕龙义证》，下册，上海古籍出版社，1989，第1805页。
④ 《隋书》，卷三十五，第四册，第1084页。

其臣龚壮作诗七首，托言应璩以讽寿。寿报曰："省诗知意。若今人所作，贤哲之话言；古人所作，死鬼之常辞耳。"①

《资治通鉴》卷九十六"晋纪十六"则称是"其臣杜袭"作诗七首，不知孰是。齐梁时何逊现存有《聊作百一诗》一首。既然有如此数量的"百一"之作，"百一"为一类也是可以的。

## 一 "百一"之题的含义

"百一"之题的含义是什么？众说纷纭。历代的解说可分从内容着眼与从形式着眼两种。从内容来说，又可分三种说法。一是称当权者或百虑有一失，《文选》李善注曰：

> 据《百一诗序》云："时谓曹爽曰：'公今闻周公巍巍之称，安知百虑有一失乎？'""百一"之名，盖兴于此也。

二是从诗歌吟咏者的角度取意的，称作诗者期望作品百分有补于其一，《文选》吕向注曰：

> 意者以为百分有一补于时政。

葛立方《韵语阳秋》卷四也说：所谓"百一"者，"庶几百分有一补于爽也。而爽卒不悟，以及于祸"②。

三是兼顾吟咏者与吟咏对象的说法，称士有百行始终如一。王楙《野客丛书》卷十一引《乐府广题》云：

> 百者数之终，一者数之始。士有百行，始终如一，故云"百一"。③

---

① 《魏书》，卷九十六，第六册，第2112页。
② （清）何文焕辑《历代诗话》，中华书局，2004，第513页。下同。
③ （宋）王楙撰，王文锦点校《野客丛书》，中华书局，1987，第312页。

葛立方《韵语阳秋》卷四斥之为"穿凿之说,何足论哉"。

从形式来说有两种说法。一是称应璩之作五言诗有百一篇,故称"百一",《文选》李善注称:

> 张方贤《楚国先贤传》曰:"汝南应休琏作百一篇诗,讥切时事,遍以示在事者,咸皆怪愕。或以为应焚弃之,何晏独无怪也。"然方贤之意,以有百一篇,故曰"百一"。

还有旁证,陶弘景《肘后百一方序》说:

> 辄更采集补阙,凡一百一首,以朱书甄别,为《肘后百一方》……昔应璩为《百一诗》,以箴规心行;今予撰此,盖欲卫辅我躬。①

他也是这样认为"百一"的含义并以之命名自己的著作的。但事实上似乎不是如此,《文选》李善注引李充《翰林论》称"应休琏五言诗,百数十篇",又引孙盛《晋阳秋》称"应休琏作五言诗,百三十篇",故据此称"不得以一百一篇而称'百一'也"。

另一种说法是以每篇的字数而言,《文选》李善注引王俭《今书七志》说:

> 《应璩集》谓之《新诗》,以百言为一篇,或谓之《百一诗》。

但这种说法许多人不同意,李善引了上文后就说:"然以字名诗,义无所取。"葛立方《韵语阳秋》卷四说:"然璩诗每篇字数各不同,第不过一百字尔。"吴景旭《历代诗话》卷二十也指出:

> 何逊《拟百一体》,其诗一百十字。今郭所载五篇刊在《古诗纪》

---

① (南朝梁)陶弘景撰,王京州校注《陶弘景集校注》,上海古籍出版社,2009,第117~118页。

中，不过四十字，何曾论字数乎？①

我认为或许"百一"是"以百言明一意"之意，即或以百言述说一意，或是以百篇述说一意，后者是从前者衍申而来。与应璩同时代的刘劭有《人物志》，其"材理第四"论及"辩有理胜，有辞胜"时说：

> 善喻者，以一言明数事；不善喻者，百言不明一意，则不听也。②

刘劭不会自傲夸口自己"以一言明数事"，但也不认为自己拙到"百言不明一意"，于是自谦自己以百言明一意。此处"百"是概指，"一"是确指，"百"涵括内容与形式两方面，既是从各方面来述说一意，又是以众言、众篇来述说一意。

## 二 历代所述《百一诗》的宗旨

《百一诗》的宗旨，前人之说虽多，但所归大致有二：一是风规治道补阙时政，如《文选》吕向注称"补于时政"，《韵语阳秋》称"庶几百分有一补于（曹）爽也"，又有较详细的说法，《三国志·魏书·应璩传》裴松之注引《文章叙录》：

> 曹爽秉政，多违法度，璩为诗以讽焉。其言虽颇谐和，多切时要，世共传之。③

《文选》李善注引孙盛《晋阳秋》：

> 应璩作五言诗百三十篇，言时事颇有补益，世多传之。

---

① （清）吴景旭：《历代诗话》，中华书局，1958，第305页。
② （魏）刘劭著，（凉）刘昞注，王玫评注《人物志》，红旗出版社，1996，第64页。
③ 《三国志》，卷二十一，第三册，第604页。

又有《文选》李善注引李充《翰林论》：

> 应休琏五言诗百数十篇，以风规治道，盖有诗人之旨焉。

二是品鉴士行、箴规人心，如《乐府广题》称《百一诗》的得名即"士有百行，始终如一"，《肘后百一方序》称"箴规人心"等。

此二者结合起来看，前人所认为的《百一诗》的主旨，即是以对士行的品鉴来有补于时政。这样的认识，是否符合《百一诗》的实际呢？首先，从当时的时代风气看，具备这样的可能性。"士行"问题确是当日时事之一，从汉末到魏晋，对"士行"的衡量品鉴有了变化，把才能看得在道德之上，衡量品鉴"士行"从道德伦理转为才能性情，曹丕又制定了"九品中正制"的量材授官制度，又有刘劭《人物志》专论人物品鉴。再从具体的创作背景来说，《文章叙录》称《百一诗》是讽"曹爽秉政，多违法度"的，而《百一诗》确也"多切时要"。曹爽"多违法度"之一，即在人材的品鉴与选拔上，《三国志·魏书·曹爽传》载：

> （曹爽）弟（曹）羲为中领军，（曹）训武卫将军，曹彦散骑常侍侍讲，其余诸弟，皆以列侯侍从，出入禁闼，贵宠莫盛焉。南阳何晏、邓飏、李胜、沛国丁谧、东平毕轨咸有声名，进趣于时，明帝以其浮华，皆抑黜之；及爽秉政，乃复进叙，任为腹心。①

曹爽任用明帝"抑黜"的"浮华"人物，可视为"违法度"，应璩作诗讽其品鉴选拔人才，也是有根据的。

当然，更重要的是看《百一诗》的具体情况。

我们先来看一下《百一诗》今存的情况。应璩《百一诗》已散佚人部，散佚的原因，除了一般意义的文献失落外，估计还有其诗本身的讽谏性质，此即《楚国先贤传》所载，应璩诗成，"通以示在事者，咸皆怪愕，或以为应焚弃之"，当时就有人禁其流传。今存完整者，《文选》载

---

① 《三国志》，卷二十一，第三册，第604页。

一首,题名为"百一",葛立方《韵语阳秋》卷四称郭茂倩《杂题诗》载《百一篇》五篇,今已不见;各书所引应璩之作,其题名为"百一"的只两三首,其它或题"杂诗"、或题"新诗"、或直接题为"应璩诗"、或"应璩新论"与"应璩新语",亦有有具体题名的,此即《苕溪渔隐丛话》卷四十一所载,其引了两首《三叟词》,并称"吴兢《古乐府》及《艺文类聚》所载,语皆不完"①。意谓自己从潘子真《诗话》所引应该完整些,但也只有一首完整的。现今逯钦立《先秦汉魏晋南北朝诗》搜辑最全,逯钦立称:

> 然考各书多引应氏新诗,此新诗即百一诗也。而他书所引杂诗亦往往又名新诗,则《诗纪》所载杂诗实亦原出百一。依次今将各书所引逸篇,悉编在此题下。②

此处所论应璩之诗,即依逯书,亦包括《三叟词》这样有具体诗名的作品,因为这《三叟词》在别的书所引时称"新诗"。

讨论一组诗的宗旨及内容,当然应该从诗作实际出发,但从各书辑得的《百一诗》有三十五首,其中仅《文选》所录与题名《三叟》者为完整者,其他均不完整。此处探讨《百一诗》的宗旨与内容,首先是考察其完整者,其次是考察不完整者,这些诗之所以不完整,是因为类书是以自己的宗旨来引用它们的,也就是说与其原作的宗旨与内容可能会有出入,不可绝对地把逸篇逸句的内容视为原作的内容,只有把这些内容与完整诗篇结合起来考察,再佐以前人的论述,他们或许是确实见过原作的,三者结合,才能得出接近于真相的结论。

## 三 《百一诗》与名实问题

《百一诗》的内容,据李善注所引,《文章叙录》称之"为诗以讽","多切时要";《翰林论》称之"以风规治道,盖有诗人之旨焉";《晋阳秋》

---

① (宋)胡仔:《苕溪渔隐丛话》,人民文学出版社,1962,第280页。
② 逯钦立:《先秦汉魏晋南北朝诗》,以下所录《百一诗》,均见于此。

称之"言时事颇有补益";《楚国先贤传》称之"讥切时事"。但葛立方《韵语阳秋》卷四曾发出这样的疑问:

> 及观《文选》所载璩《百一篇》,略不及时事何邪?又观郭茂倩《杂体诗》,载《百一诗》五篇,皆璩所作……第四篇似有讽谏。①

此固然有散佚的因素,故《百一诗》完整之篇少见"讥切时事"者;但也由于《百一诗》的内容本来又多有针对包括自己在内的整个"士"阶层抒情言志,如《文选》所录《百一诗》之"下流不可处"这首即是。可以依社会的批评与人心的规箴来分析《百一诗》的内容②。但依名实问题来分析《百一诗》,更有意味。

现在看来《文选》所录的那首《百一诗》:

> 下流不可处,君子慎厥初。名高不宿著,易用受侵诬。前者隳官去,有人适我闾。田家无所有,酌醴焚枯鱼。问我何功德,三入承明庐。所占于此土,是谓仁智居。文章不经国,筐篚无尺书。用等称才学,往往见叹誉。避席跪自陈,贱子实空虚。宋人遇周客,惭愧靡所如。

全诗的重点是名实是否相称。应璩初为侍郎,又为常侍,再为侍中,"三入"句即指此事,当时对散骑常侍及侍中的人选要求很高,《三国志·魏书·杜恕传》裴注引《魏略》云:"黄初中……散骑皆以高才英儒充其选。"③《三国志·魏书·明帝纪》载太和二年六月诏曰:"其高选博士,才任侍中、常侍者,申敕郡国,贡士以经学为先。"④诗中问者以为,应璩有何功德,可以为侍郎、为常侍、为侍中的"三入承明庐"。问者又以其无经

---

① (清)何文焕辑《历代诗话》,中华书局,2004,第513页。
② 张伯伟:《应璩诗论略》,《中州学刊》1987年版5期。其称:"作为一个谏官,他把对社会的批评(从政治、军事到官吏选拔)和人心的规箴(从师友选择到死生大事)作为诗歌表达的重要内容。"本文依之并稍有增补。
③ 《三国志》,卷十六,第二册,第506页。
④ 《三国志》,卷三,第一册,第94页。

国济世的文章、不曾奉"尺书"出使的功绩,称其"才学"何以可"见叹誉",批评他是名不符实。于是诗人应答,承认自己的空虚无能。但我们应注意开首四句,他之所以如此自谦,是他悟到了"名高不宿著,易用受侵诬"即名高易损的道理,这首诗是仿东方朔《答客难》、扬雄《解嘲》、班固《答宾戏》的"解嘲"之作,如此解嘲,恰恰是要证明,自己是名符其实的。汤用彤《读〈人物志〉》称《人物志》书中大义其一为"品人物则由形所显观心所蕴",由此观之,从诗中人物的自谦(形)可知其"心"。诗人的这种自谦在《人物志》中亦有所指谓,《人物志》的《八观》主要讨论才能鉴定的方法和途径,其第一观就是"观其夺救,以明间杂"①,即看人才的相争与相济,以辩其是否反复变化而没有恒性,其提倡的是"谦":

人情皆欲求胜,故悦人之谦。谦所以之下。下有推与之意,是故人无贤愚,接之以谦,则无不色怿。是所谓以谦下之,则悦。②

"以谦下之",即以自谦而甘居人下,诗中自称的"我"不正是这样的吗?《人物志》还专门有《释争》一章,其首言:"盖善以不伐为大,贤以自矜为损。"

又称:"《老子》曰:'夫惟不争,故天下莫能与之争。'是故君子以争途不可由也。"最后总结出:"由此论之,则不伐也,伐之者。不争者,争之也。让敌者,胜之地。下众者,上之也。"③ 用这些来评论诗中主人公,不是很合适吗?

我们再来看《百一诗》另一首完整者:

昔有行道人,陌上见三叟。年各百余岁,相与锄禾莠。住车问三叟:"何以得此寿?"上叟前致辞:"室内姬貌丑。"中叟前置辞:"量腹节所受。"下叟前致辞:"夜卧不覆首。"要哉三叟言,所以得长久。

---

① (魏)刘劭著,(凉)刘昞注,王玫评注《人物志》,红旗出版社,1996,第121页。
② (魏)刘劭著,(凉)刘昞注,王玫评注《人物志》,第131页。
③ (魏)刘劭著,(凉)刘昞注,王玫评注《人物志》,第190~197页。

汤用彤《读〈人物志〉》谓《人物志》书中大义其三曰"验之行为以正其名目。去名生于形须符其实。察人者须依其形实以检其名目"①。此诗即述说此义，三叟之"名目"即"寿"，"寿"在此处之义是显见的，即"年各百余岁"，年长为寿，活得"长久"。但怎样的行为才使其"寿"呢？即如何"验之行为以正其名目"呢？这就是三叟的答辞，一是因为"室中妪貌丑"而情欲有节、守气保元；二是因为"量腹节所受"，饮食有度，适可而止；三是"夜卧不覆首"，气脉畅通，休息养生。诗中以三叟之行为表明其"寿"不为虚至。《人物志·效难》称要通过"五视"来观察人，即：

  故必待居止，然后识之。故居，视其所安；达，视其所举；富，视其所与；穷，视其所为；贫，视其所取，然后乃能知贤否。②

其实，此即《人物志》自序中引孔子的人物之察：

  又曰察其所安，观其所由，以知居止之行。③

这是化用《论语·为政》中的话。

应璩还有一首《三叟词》，有的书亦题名"新诗"，诗云：

  少壮面目泽，长大色丑粗。丑粗人所恶，拔白自洗苏。平生发完全，变化似浮屠。醉酒巾帻落，秃顶赤如壶。

这是所谓"品人物则由形所显示观心所蕴"了。

又有一诗云：

  贫子语穷儿，无钱可把撮。耕自不得粟，采彼北山葛。箪瓢恒日在，无用相呵喝。

---

① 汤用彤：《汤用彤学术论文集》，中华书局，1983，第198页。
② （魏）刘劭著，（凉）刘昞注，王玫评注《人物志》，红旗出版社，1996，第181页。
③ （魏）刘劭著，（凉）刘昞注，王玫评注《人物志》，第11页。

这是《人物志》所谓"贫,视其所取"之义。

"由形所显观心所蕴"、"验之行为以正其名目",实际都是讲名实相符,《百一诗》中述说此义之作还有一些。如:

> 散骑常师友,朝夕进规献。侍中主喉舌,万机无不乱。尚书统庶事,宣人乘法宪。彤管驿纳言,貂珰表武弁。出入承明庐,车服一何焕。三寺齐荣秩,百僚所瞻愿。

这是说散骑、侍中、尚书要各尽其职,各守其分,君王任用百官就是要他们负起责来;"彤管"是尚书用具,"貂珰"是侍中装饰。名实相符,做好分内之事。这就是《人物志·流业》所称"主道得而臣道序,官不易方,而太平用成"①。又如:

> 汉末桓帝时,郎有马子侯。自谓识音律,请客鸣笙竽。为作陌上桑,反言凤将雏。左右伪称善,亦复自摇头。

批评"自谓识音律"的马子侯不懂音律,以行为验之,名不符实。又如:

> 郡国贪慕将,驰骋习弓戟,虽妙未更事,难用应卒促。

称这位将军只会耍弄花枪,看起来不错,但未经过实战锻炼难以上阵应敌。此二例就是《人物志·材能》所称的"量能授官,不可不审也"②。其实,早在《荀子·君道》对此就有论述:

> 论德而定次,量能而授官,皆使人载其事而各得其所宜。③

---

① (魏)刘劭著,(凉)刘昞注,王玫评注:《人物志》,红旗出版社,1996,第51页。
② (魏)刘劭著,(凉)刘昞注,王玫评注:《人物志》,第87页。
③ 章诗同:《荀子简注》,上海人民出版社,1974,第129页。

还有一首亦是指名不符实的，诗云：

  司隶鹰扬吏，爪牙旋攫空，折翅跌毛羽，宛颈还入笼。世人指为武，谁复励严冬。

此诗的关键在一"徒"字，空有其名而无用。又有一诗：

  田野何纷纷，城郭何落落。埋葬嫁娶家，皆是商旅客。丧侧食不饱，酒肉纷狼籍。

守丧之时当该节制饮食，而此处现象却是"酒肉纷狼籍"，诗作抨击这些人的名不符实，恬不知耻。

又有称扬名实相符的，诗云：

  放戈释甲胄，乘轩入紫微。从容侍帷幄，光辅日月辉。

称其释武从文，名符其实。又一诗云：

  丈夫要雄戟，更来宿紫庭。今者宅四海，谁复有不并。

又有一诗：

  京师何缤纷，车马相奔起。借问乃尔为，将欲要其仕。孝廉经述通，谁能应此举。

称只有"经述通"才能"要其仕"。

《百一诗》中还有的直指当时的选举制度，品鉴人物本来就是为选举之用。如：

> 子弟可不慎，慎在选师友。师友必良德，中才可进诱。

称选好师友，子弟的中才可培养为高材。又如：

> 百郡立中正，九州置都士。州间与郡县，希疏如马齿。生不相识面，何缘别义理。

指州郡的选举人才的官员，连人才的面都不曾相识，哪里能知其臧否。《百一诗》中还有的述如何观察人才，如：

> 人才不能备，各有偏短长。稽可小人中，便辟必知芒。

《人物志》将人材总体上分为三类：兼德、兼材、偏材。这里首二句是讲世上偏材居多。后二句讲如何鉴识人才，谓如同写字时运笔，锋芒必有所露，这便是其才能所在。

又有叙写对奇尤人物察举之难的，如：

> 细微可不慎，堤溃自蚁穴。滕理早从事，安复劳针石。哲人睹未形，愚夫暗明白。
> 曲突不见宾，焦烂为上客。思愿献良规，江海倘不逆。狂言虽寡善，犹有如鸡跖。鸡跖食不已，齐王为肥泽。

谁为"哲人"？诗人自许"思愿献良规"，多为如此"良规"之言当是应璩作为散骑常侍、侍中身份的应尽之责，《初学记》卷十二"侍中"条引《齐职仪》载：

> （魏侍中）与散骑侍郎对挟帝。侍中居左，常侍居右。备切问近时，拾遗补阙也。[1]

---

[1] （唐）徐坚：《初学记》，卷十二，第二册，中华书局，1962，第280页。

《人物志·七缪》篇谈到观察人物常常会产生两方面的失误：

> 失缪之由，恒在二尤。二尤之生，与物异列。故尤妙之人，含精于内，外无饰姿。①

诗中举了几个对"尤妙之人"的失察的例子，一是能识得病之初"病在腠理"的扁鹊，二是"睹未形"的"哲人"，三是劝邻人曲突徙薪的淳于髡，四是进献不中听的"狂言"之人。诗似乎未完，还该有个结尾，对失察之误与察人之难有个总结，汤用彤论刘劭《人物志》之"书中大义"其五为"察人物常失于奇尤"②，这首诗是具体体现。

## 四　人物品鉴与叙说玄理

逯钦立《先秦汉魏晋南北朝诗》总共录应璩《百一诗》完篇与断篇共三十五首，其中有一首可分为二，又有一首乃后人伪托，仍是三十五首。此中四句以上者二十五首，三句者一首，一句者二首，二句者七首。为了全面说明问题，我们把《百一诗》所有有关人物品鉴的诗作都做了分析，共十五篇，以上我们所论有品鉴人物意味者全为四句以上，均为篇幅较长者，包括那两首完整之作，从数量上看，具有人物品鉴意味的诗作占了《百一诗》的大部分。

综上所论，《百一诗》确是以人物品鉴为鹄的的创作，其宗旨是此，其手法即实际运用亦如此。前引《人物志》"以百言明一事"的说法来论述《百一诗》的"百一"之意；后又以《人物志》的人物品鉴理论来论述《百一诗》以人物品鉴为鹄的的创作，都是强调《人物志》与《百一诗》之间的联系。《人物志》，三国时魏刘劭所作。刘劭，字孔才，广平邯郸人，大约生于汉灵帝初年，卒于曹魏正始年间。魏文帝黄初年间为尚书郎、散骑常侍；明帝即位，出为陈留太守；景初中，受诏为都官；正始中，执经讲学，赐爵关内侯，卒后追赠光禄勋。刘劭《人物志》是一部系统品鉴人

---

① （魏）刘劭著，（凉）刘昞注，王玫评注《人物志》，第163页。
② 汤用彤：《汤用彤学术论文集》，中华书局，1983，第199页。

物才性的理论著作，应璩《百一诗》则以诗歌的形式来述说人物品鉴，同时代的两个人都以人物品鉴为自己的论述对象，这说明，形名之学在魏初兴起，并已深入人心。

形名之学自名家而来，《汉书·艺文志》"诸子略"论名家说：

> 名家者流，盖出于礼官。古者名位不同，礼亦异数。①

名学为研究名位名分之理。《隋书·经籍志》论名家说：

> 名者，所以正百物，叙尊卑，列贵贱，各控名而责实，无相僭滥者也。②

"控名而责实"已是形名之义。《隋书·经籍志》所录《尹文子》为汉末形名学流行之时伪托之书，其中曰：

> 名以检形，形以定名；名以定事，事以检名。察其所以然，则形名之与事物无所隐其理矣。③

检形定名为名家的中心理论，所以汤用彤《读〈人物志〉》称"故名家之学，称为形名学（亦作刑名学）"④。

汉代取士大致为地方察举与公府征辟二者，人物品鉴极为重要，陈寅恪认为，人伦识鉴作为一种专门之学，是从东汉郭泰开始的⑤，其贡献在于摈弃传统观人术的卜相成分，开始对人的才性高下、善恶与否进行评论⑥，

---

① 《汉书》，卷三十，第六册，第 1737 页。
② 《隋书》，卷三十四，第四册，第 1004 页。
③ 厉时熙注《尹文子简注》，上海人民出版社，1977，第 4 页。
④ 汤用彤：《汤用彤学术论文集》，中华书局，1983，第 202 页。
⑤ 参见陈寅恪《逍遥游向郭义及支遁义探源》，载《金明馆丛稿二编》，上海古籍出版社，1980，第 84 页。
⑥ 余英时：《汉晋之际士之新自觉与新思潮》，《士与中国文化》第六章，上海人民出版社，1987，第 318 页。

名实问题成为人们关注的重点，汉末崔寔、仲长统、王符、徐干、刘廙等都对之发表过意见①。刘劭《人物志》即汉代品鉴风气与接受新时代正始道家风气的产物。魏武好法术，重典制，精刑律，名家究心于政治人伦、朝廷实事，仍是汉时清议风气，正始以后道家影响渐著，《人物志》已有道家之旨；而"谈论既久，由具体人事以至抽象玄理，乃学问演进之必然趋势"，《人物志》亦"已是取代汉代识鉴之事而总论其理则也"②。可谓时代风气已由汉末清议向魏晋清谈过渡。应璩《百一诗》正是此过渡时期的产物，其议论实事只是其出发点，概括理论以至说理述论，是其宗旨，题名的"百一"，无论其意味为何，但体现说理则是肯定的。张伯伟称《百一诗》（下流不可处）说，其"'理语'远远盖过'景语'、'情语'"③，祝振玉称《百一诗》（其有行道人）说，其开世训格言诗的先河④。汤用彤《言意之辩》说："玄学系统之建立，有赖于言意之辩。但详溯其源，则言意之辩实亦起于汉魏间之名学。名理之学源于评论人物。"一来人物品鉴的才性问题就是正始玄学的重要话题；二来人物识鉴讲究名实相符，讲究由外形得其神理，故汤用彤又说："圣人识鉴要在瞻外形而得其神理，视之而会于无形，听之而闻于无音，然后评量人物，百无一失。此自'存乎其人，不可力为'；可以意会，不能言宣（此谓言不尽意）。故言意之辩盖起于识鉴"、"于是名学之原则逐变而为玄学家首要之方法"⑤。《百一诗》"品人物则由形所显观心所蕴""验之行为以正其名目"及"察人物常失于奇尤"，因此可以说，《百一诗》已经是在论证玄理，只不过其论证玄理是以具体实事的叙说来进行，但其精神强调的则是言意之辩。其实，这表明《百一诗》已具玄言诗的要素，叙说玄理已是其主要的宗旨。当然也可以说《百一诗》亦是玄言诗，只不过其形态大不同于以后的玄言诗，它是以人事来叙说玄理，而正统的玄言诗则是以自然景物来体悟玄理或直接叙说玄理。《百一诗》的文学史意义在于，述说玄言的诗在起始阶段的形态是多种多样的，

---

① 汤用彤：《读〈人物志〉》，《汤用彤学术论文集》，中华书局，1983年5月第一版，第203页。
② 汤用彤：《读〈人物志〉》，《汤用彤学术论文集》，第205页。
③ 《汉魏六朝诗鉴赏辞典》，上海辞书出版社，1992年9月第一版，第296页。
④ 《汉魏六朝诗鉴赏辞典》，第298页。
⑤ 汤用彤：《言意之辩》，《汤用彤学术论文集》，第215页。

在日后的进程中,人们日益选择了有意识地以玄学思想方法来体悟玄理这种形态,使之成为玄言诗的正格。

## 五 《百一诗》的艺术特点

钟嵘《诗品》列应璩诗为中品,称:

> 祖袭魏文。善为古语,指事殷勤,雅意深笃,得诗人激刺之旨。至于"济济今日所",华靡可讽味焉。①

从今存《百一诗》来看,以"善为古语,指事殷勤"二语来概括《百一诗》的艺术特点最为恰切。

所谓"善为古语",即是诗中喜用古代流传下来的格言警句,如百一类所录《下流不可处》一首,"下流不可处",用《论语·子张》"君子恶居下流,天下之恶皆归焉"语;"君子慎厥初"用《尚书·蔡仲之命》"慎厥初慎厥终"语;"所占于此土,是谓仁智居",用《论语·雍也》"知者乐水,仁者乐山"语;"文章不经国"用曹丕《典论·论文》"文章者,经国之大业,不朽之盛事"语;"筐篚无尺书",用《新序》"筐篚之橐简书"语;"宋人遇周客,惭愧靡所如",用《阚子》语。② 又如《细微可不慎》一首,亦多用格言警语,"堤溃自蚁穴"出自《韩非子·喻老篇》及《淮南子·人间》,"腠理早从事"出自《素问·举痛论》;"曲突不见宾,燋烂为上客"出自《汉书·霍光传》;"鸡跖食不已,齐王为肥泽"出自《吕氏春秋·用众篇》及《淮南子·说山》。③

所谓"指事"即阐明事理、叙述事物;"殷勤"指急切、频繁。"指事殷勤"即指诗作因事而发,尽切世事,或指斥时政,或规讽人心,前述《百一诗》内容中批评政策法令繁复、指斥社会风气奢靡或慨叹贫贱、述说

---

① (南朝梁)钟嵘著,曹旭集注《诗品集注》,上海古籍出版社,1994,第231页。
② 此节所引见六臣注。(南朝梁)萧统撰、(唐)六臣注《六臣注文选》,中华书局,1987,第399页。
③ 此节所引见张伯伟《应璩诗论略》,《中州学刊》1987年版5期。

压抑焦虑等,都是其表现。《南齐书·文学传论》也直称应璩诗作为"应璩指事"①。

《百一诗》的第三个特点即质实直率,《诗品》称应璩"祖袭"曹丕,而《诗品》又称曹丕之作"鄙直如俚语",即质实直率得像对面聚首议论。《百一诗》阐明事理急切直率,引用古语也全切合诗作主题,不似某些讽谏诗追求《毛诗序》所说"主文而谲谏"。②《南齐书·文学传论》称:

> 或全借古语,用申今情,崎岖牵引,直为偶说。唯睹事例,顿失清采。此则傅咸五经,应璩指事,虽不全似,可以类从。③

即是此义。

---

① 《南齐书》,卷五十二,第三册,第908页。
② (汉)毛亨传,(汉)郑玄注,(唐)孔颖达疏《毛诗正义》,《十三经注疏》,上海古籍出版社,1997,第271页。
③ 《南齐书》,卷五十二,第三册,第908页。

# 第十三章　阮籍诗风与玄学思想方法

## 一　阮籍《咏怀》的概括性写法

阮籍有《咏怀》八十二首①，陈沆《诗比兴笺》录阮籍《咏怀》三十八首，分为三篇：上篇十二首"皆悼宗国将亡"；中篇十首"皆刺权奸，以戒后世也"；下篇十六首"述己志也，或忧时，或自励焉"②。陈沆所分之三实际上只有对己对人二者，一为针对自我人生而咏怀，二为针对社会现象而咏怀，或二者兼而有之。这样两分更切合阮籍《咏怀》诗作的咏怀内容。

《六臣注文选》载颜延之注阮籍《咏怀》十七首曰：

说者阮籍在晋文代，常虑祸患，故发此咏耳。

李善在其作者名下注曰：

咏怀者，谓人情怀。籍于魏末晋文之代，常虑祸患及己，故有此诗。多刺时人无故旧之情，逐势利而已。观其体趣，实谓幽深，非夫作者，不能探测之。

李善又在《咏怀》其一《夜中不能寐》下注曰：

---

① 陈伯君：《阮籍集校注》，中华书局，1987，第207~405页。此处所录阮籍《咏怀》八十二首，均见于此，顺序亦以其所录为准。
② （清）陈沆：《诗比兴笺》，上海古籍出版社，1981，第40、45、48页。

嗣宗身仕乱朝，常恐罹谤遇祸，因兹发咏，故每有忧生之嗟。虽志在刺讥，而文多隐避，百代之下，难以情测。

他们认为，阮籍《咏怀》诗作一要抒发自己的情感，二要全身避祸，所以才有如此的"幽深"而"不能探测之"，才有如此的"隐避"而"难以情测"。阮籍的时代名士横遭杀戮，《晋书·阮籍传》载，"魏晋之际，天下多故，名士少有全者"，日常生活中的阮籍全凭"发言玄远，口不臧否人物"①，才得以保全自身。但阮籍又要对时局发表看法，又要抒发内心的愤懑、感慨，于是，脱略具体实在趋向概括便成为阮籍自觉自愿采用的最好的作诗方式了。读者可以感受到诗中之意，可以感受到诗中之意与现实的联系，但又不能确切地指明这种联系到底是什么，这都是因为诗作已脱略具体实在而趋向概括了。

《咏怀》八十二首最突出的特点是其叙写具体实在而又显得概括化，这种概括化最明显地体现在其一"夜中不能寐"：

夜中不能寐，起坐弹鸣琴。薄帷鉴明月，清风吹我衿。孤鸿号外野，翔鸟鸣北林。徘徊将何见，忧思独伤心。

诗中的自然景物描摹初看起来似是实在的、可靠的，待至"孤鸿"二句，便渐可看出这是一种概括化之景，是一种寓意，而非亲历；自然景物的如此概括化描摹，其意味在于指出触目惊心的景象是普遍存在着的，而非某些单独的存在。诗中的情感抒发自"夜中不能寐"至"忧思独伤心"，虽然"伤心"可说是具体的，但到底是为了什么事而伤心却始终未点明，这样"伤心"又成了概括化的；如此写来是要强调忧思伤心是无论怎样都存在的，并非某一事的，也并非是某一时某一地才有的。这首诗是《咏怀》八十二首的总发端，确实可以用这首诗叙写了具体实在而又脱略具体实在、趋向概括来总述《咏怀》诗作。具体来说，其概括手法又可以分为两种，以下依次叙之。

一是具体事件与概括写对举。《咏怀》其二"二妃游江滨"，先具体实

---

① 《晋书》，卷四十九，第1360~1361页。下同。

在地叙述周时郑交甫与江妃二女之事，然后便概括化吟咏情好不渝的现象。《咏怀》其四"昔日繁华子"先叙述具体实在的"安陵与龙阳"之事，再概括化吟咏"比翼共朝翔"的情好相得。《咏怀》其十三"登高临四野"中"李公""苏子"之事与"求仁自得仁"的概括写意对举。《咏怀》其六"昔闻东陵瓜"，由邵平种瓜引出"膏火自煎熬，多财为患害，布衣可终身，宠禄岂足赖"的概括性说理抒情。《咏怀》其九"步出上东门"，先述"采薇士"实在之人，再概括化地叙述"良辰在何许""凄怆伤我心"。《咏怀》其十一"湛湛长江水"，既具体叙述了战国三楚秀士宋玉（前298？~前222？）、庄辛（生卒年不详）之事，又有概括化地显现诗人对时局的焦虑与慨叹。

上述诸诗，诗中都叙述了具体实在的事件，又有概括化地抒情说理，其意味就在于把诗中所述的具体实在事件普遍化，脱略其具体实在性，而视之为某种普遍存在的社会现象加以阐述。诗人的努力与才华就表现在既描摹具体事件，又不让读者受其具体实在性的拘束，而是引导读者放开眼界去领受其概括化了的普遍意义。

上述具体事件与概括写意对举，又与白居易"卒章显其志"的作法不同①，一来因为阮籍诗作中的概括写意所占篇幅大多与具体事件所占篇幅相当，甚或有稍多，是一种概括化的抒情说理，并非仅仅是点出主旨而已；二来诗中的概括化抒情说理，又大多由具体物象或自然景象再辅以说理、抒情而成。再以《咏怀》其二"二妃游江滨"为例示之：

二妃游江滨，逍遥顺风翔。② 交甫怀环佩，婉娈有芬芳。猗靡情欢爱，千载不相忘。倾城迷下蔡，容好结中肠。感激生忧思，萱草树兰房。膏沐为谁施，其雨怨朝阳。如何金石交，一旦更离伤。

前六句是郑交甫与江妃二女之具体事件，后十句是从各方面阐述情好不渝的现象，或引典，或比兴，或直述。

二是以概括笔法显示具体。我们先来看《咏怀》中对具体景物的摹写。

---

① （唐）白居易撰，谢思炜校注《白居易诗集校注》，中华书局，2006，第267页。
② 遥，本作"道"，依逯钦立《先秦汉魏晋南北朝诗》改。

《咏怀》其三"嘉树下成蹊"中繁时"东园桃与李"与衰时"秋风吹飞藿"的对举即是一种自然景物的概括；《咏怀》其四"天马出西北"中"清露"与"凝霜"对举显然也不是实在之景而是概括；《咏怀》其十三"登高临四野"所见"松柏翳冈岑，飞鸟鸣相过"的丘墓景象也是概括化的。最为突出的是《咏怀》其十四"开秋兆凉气"，全篇虽多具体自然景物的描摹，如"蟋蟀鸣床帷""微风吹罗袂，明月耀清晖""晨鸡鸣高树"等，但这些景物乃诗人组合起来的，是诗人意向中的，是为了表达"感物怀殷忧，悄悄令心悲"而概括出来的。《咏怀》其十六"徘徊蓬池上"、《咏怀》其七"炎暑惟兹夏"、《咏怀》其八"灼灼西颓日"、《咏怀》其十七"独坐空堂上"、《咏怀》其十"北里多奇舞"都是多叙述自然景物，但这些并非是实在之景，是概括而成用来表意的，之所以这样说，是因为诗中的自然景物大致是各自独立的，是不能组合在一幅画面里的，或季节不同，或视角有异，但把它们总括起来却能够表现一个总的意义。

此类型中还有一些特殊的例子，即以概括笔法写人生经历，如《咏怀》其五"平生少年时"与《咏怀》其十五"昔年十四五"，可谓句句是具体叙事，但实际上是一句概括了一段事件或经历，总起来则是概括出一生经历。

《文选》所录《咏怀》只十七首，我把这十七首分为两类，或具体事件与概括写意对举，或以概括笔法显示具体，或都具有，可知所谓概括化，即诗作不把描述具体实在的人、事、物、景当作自己的宗旨，而是重在把具体实在的人、事、物、景视作一种带有普遍性的社会现象与人生经历来抒发情感，于是就得运用概括化手法。因此可以说，这十七首也可说是整个八十二首的代表，是当之无愧的。

## 二 阮籍《咏怀》与玄学

阮籍的时代玄学兴盛，据《世说新语·文学》注引刘宋檀道鸾《续晋阳秋》载，"正始中，王弼、何晏好《庄》、《老》玄胜之谈，而世遂贵焉"[①]。玄学本来就崇尚学贵玄远，略于具体实在事物而着重抽象原理，要

---

① （南朝宋）刘义庆撰，（南朝梁）刘孝标注，余嘉锡笺疏《世说新语笺疏》，中华书局，2007，第310页。

把具体实在事物概括成人生社会的普遍现象来阐述的。[①] 阮籍又本是当日的玄学人物，《晋书·裴秀传附裴頠传》称阮籍"口谈浮虚"[②]，即是大讲玄理；现存阮集中有《通易论》《通老论》《达庄论》，都是当日的玄学文字，当时《易》《庄》《老》就称为"三玄"；《晋书·阮籍传》称阮籍"当其得意，忽忘形骸"[③]，这是指阮籍对玄学有心领神会的理解。玄学人物运用脱略具体实在趋向概括的方法来作诗，这是毫不奇怪的。玄学，作为一种社会思潮，必定会对当时文化生活诸方面产生影响，其中也有对诗歌的影响，在诗歌中的表现之一，即是用玄学"言不尽意""得意忘言，得意忘象"的思想方法来写诗，阮籍是用这种新的思想方法写诗的代表。玄学是对人生与社会的思考，诗歌也是对人生与社会的思考，玄学一步步发展，有赖于玄学思想方法，而把玄学思想引进诗歌，也为诗歌发展开辟了一个新的天地，正因为如此，阮籍诗歌具有一种鲜明的独特性。

当时王弼为了更方便地利用《周易》来发挥自己的思想，首先提出这种思想方法，当它作为社会上普遍的一种思想方法时，"言"即语言，"意"即意思、意义，而"象"本是《周易》的卦象，作为一般思想方法的"象"即是具体事物。这种思想方法要求，"言、意、象"之间不是一对一的关系，起码，"言"所创造的"象"比"言"本身的内涵大，"象"所创造的"意"比"象"本身的内涵大，因此，当其被运用到诗歌创作中去的时候，作家笔下的"象"不可如"言"那样具体固定，否则得不到"象"，"意"又不可如"象"那样具体固定，否则得不到"意"。诗歌本来既以形象来抒发感情，这种思想方法在诗歌创作中的运用，深化了塑造形象的方法。第一，要求诗歌创作不只是塑造形象，还要突出更深更广的"意"，在这里，"意"包括情与理在内；钟嵘《诗品》称阮籍的诗"言在耳目之内，情寄八荒之表"[④]，即是此义，因此，就要求诗歌更大程度的咏怀抒情。第二，既然"象"比"言"大，"意"比"象"大，那么对"言"来说，"象"就有一种模糊性，不具体性，而对"意"来说，"象"又该是明晰

---

① 参汤用彤《言意之辨》，收入《魏晋玄学论稿》，上海古籍出版社，2005，第19~37页。
② 《晋书》，卷三十五，第1044页。
③ 《晋书》，卷四十九，第1359页。
④ 曹旭：《诗品集注》，上海古籍出版社，第123页。

的，具体的。只有把握住"象"的这种特征，才能追求"意"。因此，就要求诗歌精心选择具有这种模糊又明晰的特征"象"。《诗品》称阮籍诗歌"厥旨渊放，百代之下，难以情测"①，即是后人对阮籍诗歌"象"的模糊性的一种反响。而《文选》注又称阮籍诗歌"志在刺讥"②，即是对阮籍诗歌"象"的明晰性的认识。

### 三 阮诗运用玄学思想方法

把事物看作是一个整体来把握，以追求"得意"，这也是玄学思想方法的一个原则。就当时的人物品评来说，《世说新语》的《赏誉篇》、《品藻篇》、《容止篇》，多载魏晋时代品评人物的言论。《容止篇》所载，多用比喻来形容人的容貌与举止，如："时人目夏侯太初朗朗如日月之入怀，李安国颓唐如玉山之将崩"③。《品藻篇》多品评人物的政治才能，多用概括性的语言，如："司马文王问武陔：'陈伯玄何如其父司空？'陔曰：'通雅博畅，能以天下声教为己任者，不如也。明练简至，立功立事，过之。'"④ 值得注意的是《赏誉篇》对人物的"赏誉"，是对人物的容貌、品行、才能等一种全面的把握，如："世目李元礼：'谡谡如劲松下风'"，"王戎目山巨源：'如璞玉浑金，人皆钦其宝，莫知名其器。'"⑤ 这些"赏誉"，都是通过一种具体的"象"，这种"象"并不引导人们去追求某人有形的容貌或事迹，而是引导人们去追寻无形的精神品质，显然，这是对人物的整体把握，人们"赏誉"人物，并不追求这些具体可靠的"象"到底是比拟人的什么，因此，本该是具体可靠的"象"，被人理解时就具有一种灵活性与不确定性，"得意"之后，"象"就不那么重要了。

阮籍的主要诗歌作品是五言《咏怀》八十二首。《咏怀》其一，是阮籍对其运用玄学思想方法写诗的一个说明。"不能寐"，心中已有所感，"起坐

---

① 曹旭：《诗品集注》，上海古籍出版社，第123页。
② （南朝梁）萧统撰，（唐）李善注《文选》，中华书局，1977，第322~326页。下同。
③ （南朝宋）刘义庆撰，（南朝梁）刘孝标注，余嘉锡笺疏《世说新语笺疏》，中华书局，1993，第607页。
④ （南朝宋）刘义庆撰，（南朝梁）刘孝标注，余嘉锡笺疏《世说新语笺疏》，第504页。
⑤ （南朝宋）刘义庆撰，（南朝梁）刘孝标注，余嘉锡笺疏《世说新语笺疏》，第415、423页。

弹鸣琴",心中之感或不愿言或不敢言,只有"鸣琴"而已,这种情况当是"言不尽意"的,只能以"象"表之,以下"明月""清风""孤鸿""翔鸟"等都是"象",但这些"象"并不表明作者为什么有感而不言,最终只有"忧思",只有"伤心",而诗至此,意已得矣。方东树《昭昧詹言》说:"此是八十一首发端,不过总言所以咏怀不能已于言之故,而情意融会,含蓄不尽,意会无穷。"① 所谓"咏怀不能已于言",即指"言不尽意",所谓"总言"是指对《咏怀》这个整体的说明。方东树是力图在总体上把握阮籍诗歌的,而阮籍具体的每一首诗,本身也是一个整体,也应该从整体上把握,这样才能既不局促于"言",也不局促于"象",而追求到"得意"的目标。

阮诗运用玄学思想方法的三大标志。作为"象",本身都应该有具体可靠性,但在阮籍诗歌中,"象"的具体可靠性又与当时具体可靠的现实生活中正在进行的事很有一段距离,这是阮籍诗歌运用"言不尽意""得象忘言,得意忘象"思想方法的第一个标志。

《文选》注《咏怀》说,"虽志在刺讥,而文多隐避,百代之下,难以情情测",历代注阮籍《咏怀》者颇多,但对诗中之"象"究竟是哪一个社会历史史实,各自"情测",争议颇大,各人都引史证之,似各成理。如其十一:

> 湛湛长江水,上有枫树林。皋兰被径路,青骊逝骎骎。远望令人悲,春气感我心。三楚多秀士,朝云进荒淫。朱华振芬芳,高蔡相追寻。一为黄雀哀,涕下谁能禁。

刘履《选诗补注》认为,此是魏齐王曹芳因荒淫无度被司马师所废之事;何焯、蒋师煜认为,此是魏明帝与曹爽之事,后来陈沆等从这种说法。② 之所以会把诗中的同一个"象"说成是不同的社会历史史实,这说明这两种社会历史在某些方面有一致的地方,其实,这种一致是由作者表现

---

① (清)方东树:《昭昧詹言》,人民文学出版社,1961,第83页。
② 参见(魏)阮籍撰、陈伯君校注《阮籍集校注》引,中华书局,1987,第253~255页。

在作品中的"意"所透露的。陈祚明《采菽堂古诗选》言:"此伤国无人焉,不能为君防患于未然,至祸已成而不可救药也。"① 这就是作者在诗中最终要点出的"意"。这就是"言不尽意""得象忘言,得意忘象"的手法。"象"并未描述具体的社会历史史实,也与之有一定的距离,这即是"象"的模糊性。"象"尽可以让人们去猜测其本事为何,因为作者本人也没有去追求具体可靠的历史史实之"象",作者认为"象"本身并不那么重要,重要的是"意"的明确,"意"的明确也正是"象"的明晰所在,作者正是以"意"的明确来表达自己内心的感受抒发情感,这个目的作者是达到了。如果我们用阮籍创作《咏怀》时所用的"言不尽意""得象忘言,得意忘象"的思想方法去读《咏怀》,那么,我们就不会硬要去猜测诗中的"象"到底是指哪一个具体的社会史实,而是去充分领略与感受《咏怀》之意。如果硬要抹杀诗中的"象"与具体史实的距离,这样去理解阮籍诗歌,就会出现种种误差,正如沈德潜《古诗源》所言,阮诗"令读者莫求归趣,此其为阮公之诗也,必求时事以实之,则凿矣"。这样就会失去《咏怀》追求"意"的宗旨,失去对《咏怀》"意"理解。

《咏怀》诗中所提供的"象"是具体可靠的,但诗人又往往不被"象"所指的具体可靠所拘,层层深入地追求"象"的变化与进化,进而追求"意"的深化,这是阮籍运用"言不尽意""得象忘言,得意忘象"玄学思想方法进行诗歌创作的第二个标志。咏怀其六:

> 昔闻东陵瓜,近在青门外。连畛距阡陌,子母相钩带。五色曜朝日,嘉宾四面会。膏火自煎熬,多财为患害。布衣可终身,宠禄岂足赖。

此用秦亡后秦东陵侯邵平种瓜以得安享大年之"象",表达在动荡时局中全身颐性养寿之"意"。《文选》李善注引沈约说:"当东陵侯侯服之时,多财爵贵,及种瓜青门,匹夫耳。实由善于其事,故以味美见称。连畛距陌,五色相照,非为周身赡己,乃亦坐致嘉宾。夫得固易失,荣难久恃,

---

① (清)陈祚明撰,李金松点校《采菽堂古诗选》,上海古籍出版社,2008,第241页。

膏以明自煎，人以财兴累，布衣可以终身，岂宠禄之足赖哉！"① 诗确有此"意"，但仅从邵平的角度得出此"意"还是不够的，我们还应该看到瓜的遭遇。《述异记》曰："吴桓王时，会稽生五色瓜。今吴中有五色瓜，岁充贡赋。"②《庄子·人世间》曰："山木自寇也，膏火自煎也。桂可食，故伐之；漆可用，故割之。"③ 邵平以种瓜保寿，并能以瓜色美味香招致嘉宾，瓜却以己之色美味香招致身亡，多么强烈而有趣的对比。邵平以种瓜保寿的作法，从玄学"贵无"角度来讲，还是不彻底的，以己所种的瓜的色美味香"坐致嘉宾"，还是邀求"宠禄"的表现，但这样就不会有祸吗？而瓜以己之色美味香招至身亡的"象"，又进一步暗示出"可终身"的布衣，只有"贵无"才行。诗人为强调"得意"，把本是浑然一体的邵平种瓜之"象"拆开，追求更深入一层的"象"，也就得到了更深刻更丰富的"意"。又如《咏怀》其五，"平生少年时，轻薄好弦歌。西游咸阳中，赵李相经过"，这是"象"，这个具体可靠的"象"可自然而然地得出"意"：一为失时——"白日忽蹉跎"，大好时光在这种游乐生活中荒度了；二为失材——"黄金百镒尽"，钱财在奢侈生活中失去了。但此诗末二句又言："北临大行道，失路将如何？"这个"意"并不能由上述具体可靠的"象"直接得出，而是由失时、失财二义之下的进一步深化，失时、失财尚且如此，那么失路呢？这才是作者真正的"意"之所趋。又如《咏怀》其八，首六句："灼灼西馈日，余光照我衣。回风吹四壁，寒鸟相因依。周周尚衔羽，蛩蛩亦念饥"。一片衰飒之景，这是"象"。有人见衰景而不勇退，"如何当路子，磬折忘所归"，由此得出"岂为夸誉名，惟悴使心悲"之"意"。至此诗本可结束，但诗人未停留在此"象"得此"意"的阶段，诗人更进一层，从以上寒鸟的"象"又推衍出"宁与燕雀翔，不随黄鹄飞。黄鹄游四海，中路将安归"的"象"，表明之所以有上文衰飒之景出现，是因为安身立命之出处就没有正确选择，由此否定了前面所指斥的见衰景而勇退的"意"，指出问题不于勇退，而在于应该怎样做人，走什么样的道路。

---

① （南朝梁）萧统撰，（唐）李善注《文选》，卷二十三，中册，中华书局，1977，第324页下。
② （宋）李昉：《太平广记》，卷四百一十一，中华书局，1961，第3343页。
③ （清）郭庆藩：《庄子集释》，中华书局，1961，第186页。

作为"象"的具体可靠性表现在一事一指,就事论事,阮籍运用"言不尽意""得象忘言,得意忘象"的玄学思想方法进行诗歌创作时,他就可以不就"象"论"象",而把具体的一事一指的"象"抽象成、概括成万事一指,玄学本来就是学贵玄远,略于具体事物而着重抽象原理的,这是第三个标志。《咏怀》二十九:

> 昔余游大梁,登于黄华颠。共一宅玄冥,高台造青天。幽荒邈悠悠,凄怆怀所怜。所怜者谁子?明察应自然。应龙沉冀州,妖女不得眠。肆侈陵世俗,岂云永厥年。

诗一开始点出共一之台,对之表示凄怆与怜悯;但诗至此一转,"所怜者谁子?明察应自然",明言并不是对某一人一事而凄怆、怜悯,而是对社会中不"明察""应自然"的现象的凄怆与怜悯,此即是超出具体之"象"而作的概括与升华。"应龙"两句,是在前文的概括与升华的基础上的"象",言世上之事必有相应,此已有"意"出。末二句,又把前两句具体的"象"概括为一种普遍的社会现象,不论何人,只要"肆侈陵世俗",那么"永厥年"之想是永远办不到的。诗为追求"得意",两次概括与升华具体的"象",使之成为具有普遍社会意义的"意",力争使"意"在成为某种普遍意义的社会现象中得之。又如《咏怀》其十三,诗中言墓室之景与李斯、苏秦之举,指出他们"怨毒常苦多",末句言"求仁自得仁,岂复叹咨嗟",人皆有死,要凭自己的努力与努力方向的正确来追求毫无"咨嗟"之叹的境界,前面关于李斯、苏秦的具体的"象"是后面的抽象概括的基础。又如《咏怀》其十六,眼见得一片衰杀之景而抒情,"羁旅无俦匹,仰无哀伤",有哀伤个人一己之"意",但最后又言:"小人计其功,君子道其常。岂惜终憔悴,咏言著斯章"。方东树《昭昧詹言》说,"此诗盖同渊明《述酒》,非惜一人之憔悴也"[①],讲出了此诗是从具体之"象"升华到概括之"意"的。《咏怀》其二十七亦是如此,前九句一片繁盛景象之,第十句"朝阳忽蹉跎",一笔全煞盛景,末二句,"盛衰有须臾,离别将如何",感

---

① (清)方东树:《昭昧詹言》,人民文学出版社,1961,第88页。

慨不尽,具体的繁盛之"象"是为了得出"离别"了盛行又怎么样之"意",诗中是把"盛衰须臾"当做人生社会的普遍现象来阐述的,并不单言己之由盛而衰。

### 四 诗歌对抒发深层情感的追求

从以上的分析来看,阮籍运用"言不尽意""得象忘言,得意忘象"的思想方法进行诗歌创作时,要求本该是具体可靠的"象"在对应现实生活时又不那么具体可靠,这样才有可能超出象外来"得意",这样才有可能使"意"不被具体可靠的"象"所拘而更深更大,这样才有可能在"得意"的同时忘却具体可靠的"象",纯粹沉浸在情感抒发之中。阮籍之前,中国诗歌的传统方法之一是"比","比"是《诗经》"六义"之一,郑玄注《周礼·春官》引郑众说:"比者,比方于物也。"① "以彼物比此物也"②。颜延之《五君咏》称阮籍诗歌"寓辞类托讽"③,他看出阮籍诗歌与比喻"托讽"有一定关系,但又不同,只是"类"而已。其实,阮籍用以进行诗歌创作的"言不尽意""得象忘言,得意忘象"的玄学思想方法,与"比"有着本质的区别,其关键在于,"比"的比辞与喻辞是一对一的关系,这个关系是明确的,"象"与"意"之间的关系有一个被省略掉的中间环节,有一个跳跃,这个跳跃就是诗中具体可靠的"象"应跳跃到蕴涵具有普遍社会意义的"象","意"是由后一个"象"得出的,当领略到后一个"象"时,"意"也就十分清楚了,前一个具体可靠的"象"也就可忘,但前一个具体可靠的"象"又是必不可少,这是整个诗歌的基础。由此看来,这个中间环节又是比较"虚"的,正因为其"虚",《咏怀》诗中,"意"常常是一种明显的表达,当然,这里的"意"亦包括浓烈的情感。人们往往掌握不好那个跳跃的中间环节,往往不理解阮籍《咏怀》诗时,一是解诗过虚,硬要把诗的"象"与史实落实,显得穿凿附会,这样,"意"就失去了存在基础而有所局限;一是解诗过实,拘泥诗中之"象"而不敢越雷池一步,感到"象"与"意"缺少联系,感到"意"无可捉摸。运用玄学思想

---

① 《周礼注疏》,《十三经注疏》,上海古籍出版社,1997,第796页上。
② (宋)朱熹:《诗集传》,上海古籍出版社,1980,第4页。
③ (南朝梁)萧统撰,(唐)李善注《文选》,中华书局,1977,第303页上。

方法进行诗歌创作，与"比"的不同还在于，"比"是由此物到彼物，此两者都还停留在"象"的阶段，而"言不尽意""得象忘言，得意忘象"则是由"象"到"意"，其中有一个升华，着重突出的是"意"，追求的是"意"。

《文心雕龙·通变篇》说："夫设文之体有常，变文之数无方"，"通变无方，数必酌于新声；故能骋无穷之路，饮不竭之源"①，阮籍创造性地运用玄学方法进行诗歌创作，开辟出一条新路，丰富了我国的诗歌创作的表现方法，这又有其自身的条件。阮籍也是当时的玄学人物，《晋书·裴頠传》说："何晏、阮籍素有高名于世，口谈浮虚，不遵礼法"②，所谓"口谈浮虚"即是大讲玄理。《晋诸公赞》说："自魏太常夏侯玄、步兵校尉阮籍等，皆著《道德》论。"③《道德论》即解释与推衍《老子》，《老子》又称《道德经》。现存的阮集中有《通易论》《通老论》《达庄论》，都是当时的玄学文字。《晋书·阮籍传》说，阮籍"当其得意，忽忘形骸"，他对玄学思想方法是心领神会的。阮籍又是一个内心情感十分丰富的人，《晋书·阮籍传》载，别人家的女子死了，他"径往哭之，尽哀而还"；又载，他"时率意独驾，不由径路，车迹所穷，辄恸哭而反"，"尽哀""恸哭"都是指他尽兴地抒发情感。《文心雕龙·才略篇》称，"嵇康师心以遣论，阮籍使气以命诗"④，刘师培说这是"互言见意"⑤，作诗"师心""使气"，即是要在诗中充分抒发情感，而"言不尽意""得象忘言，得意忘象"的思想方法，就是要最大程度地追求"意"抒发表述，所以，阮籍的诗就命名为《咏怀》，《文选》李善注说："咏怀者，谓人情怀"，沈德潜《古诗源》说阮籍诗歌"兴寄无端，和、愉、哀、怨，杂集于中"⑥。

阮籍的时代，又是一个名士横遭迫害杀戮的时代，《晋书·阮籍传》称，"魏晋之际，天下多故，名士少有全者"，阮籍全凭"发言玄远，口不臧否人物"，得以全身远祸。但阮籍又是内心情感十分丰富的人，他要抒发

---

① 詹锳：《文心雕龙义证》，上海古籍出版社，1989，第 1079~1081 页。
② 《晋书》，第 1044 页。
③ 《世说新语·文学》注引，余嘉锡《世说新语笺疏》，中华书局，1993，第 201 页。
④ 詹锳：《文心雕龙义证》，上海古籍出版社，1989，第 1807 页。
⑤ 刘师培：《中国中古文学史》，人民文学出版社，1959，第 44 页。
⑥ （清）沈德潜：《古诗源》，中华书局，1963，第 136 页。

情感，他运用"言不尽意""得象忘言，得意忘象"的思想方法写诗，巧妙地利用了"象"既模糊又明晰的特性来写诗，"象"本不与现实生活成一对一的关系，阮籍由此可全身远祸；但"象"又具有普遍意义，由"象"至"意"，阮籍抒发了情感，表达自己与社会的对抗。

阮籍以后，玄学还在继续发展，东晋出现玄言诗，玄言诗对"言不尽意""得象忘言，得意忘象"的思想方法取极端态度，只求"得意"，不求有"象"，取消了"象"在诗歌中的地位，故玄言诗"理过其辞，淡乎寡味，皆平典似《道德论》"。但阮籍运用"言不尽意""得象忘言，得意忘象"的思想方法进行诗歌创作的正确道路也在继续发展，经钟嵘《诗品》所称"文已尽而意有余"的阶段，由晚唐司空徒在诗歌理论上正式予以肯定，并总结阐发，其《诗品·雄浑》称"超以象外，得其环中"，其《与极浦谈诗书》要求追求"象外之象"[①]，使之成为诗歌创作的一个重要手法，为后代理论家所继承、阐发，也为后代的诗人所实践、遵循，阮籍的开创之功实不可没。

## 五 诗作题名为"咏怀"与阮籍的典范意义

汉时文人诗作大抵有一个事件背景，诗在社会上流传，诗的事件背景也在社会上流传，二者不可分，从某种意义上说，诗的事件背景也成为诗的组成部分了，或者说，诗只是事件的组成部分。汉末出现了以《古诗十九首》为代表的无名氏文人五言诗，这些诗作都是没有题目的。可以这样来理解，这些诗作之所以无题，就是因为其抒发的情感并不是由某一特定人物或某一具体事件引起的，它们大都是针对某种社会现象、针对某一反复出现的现象、针对人生、针对社会而抒发的情感，当时不能以某一有具体含义的题目来限定它，只好就这样没有题目了，它们从根本上来说是纯粹抒发情怀的，是不含具体事件意味的。

魏时出现了以"杂诗"命名的诗作，这些诗作不似当时其他诗作可以从题目上看出是因什么具体事实而作，诗人认为不是为某具体之事而作，是为抒发内心情感而作，李善注《文选》诗杂诗类说：

---

① 郭绍虞：《诗品集解续诗品注》，人民文学出版社，1963，第3、52页。

> 杂者，不拘流例，遇物即言，故云杂也。①

所谓"不拘流例，遇物即言"，也即指超脱具体事件而重在抒发情感。那么又为什么不以东汉诗人一样以"言志"一类的题目出之呢？所谓"言志"谓正统的情怀；二是要述说自己具体实在的处境，傅毅《迪志》、郦炎《见志》、仲长统《述志》以及曹植《矫志》，无不如此。而"杂诗"抒发情感则无上述意义。

"咏怀"是阮籍首创，诗称"咏怀"，就是表明诗作并非咏某些事件，而只是为了吟咏情怀。与"杂诗"相比，《咏怀》之作的自我抒情感更强了，其吟咏自我人生时，当然用的是第一人称自我吟咏的口吻，而在吟咏社会人事时，诗人也不用第三人称的口吻，还是用第一人称自我咏怀的口吻出之，以自我对这些社会人事表达看法的形式出之。而杂诗则有所不同，如曹植《杂诗》六首中，《杂诗》其二"转蓬离本根"、《杂诗》其三"西北有织妇"、《杂诗》其四"南国有佳人"是代游子、织妇、佳人立言，以他们的口吻出之，而不是以自我咏怀的口吻对这些社会人事表达看法②。另外，《咏怀》并不对具体的社会人事发表看法，而是对一种社会现象表达看法，而"杂诗"虽然也有对社会现象表达看法的，但也有就具体人、具体事进行论述的作品。如曹植《杂诗》六首中，前述其二、其三、其四即是就具体社会人事发表看法，尚未脱略具体化的某个人的遭遇，而《咏怀》则做到了这一点。

《咏怀》诗作的出现，诗人以吟咏情怀为题来吟咏情怀，这已表明诗人自觉地要求内心情怀的抒发不受任何具体实在事件的束缚，想说什么就说什么；而脱略具体实在趋向概括，则是诗人从诗歌创作手法上要求内心情怀的抒发不受任何具体的、单个的事件的束缚，要就整个人生、整个社会抒发情怀。阮籍是这样想的，也是这样做的，他也做到了。

---

① （南朝梁）萧统撰，（唐）李善注《文选》，中华书局，1977，第415页上。
② （南朝梁）萧统编，（唐）李善等注《六臣注文选》，中华书局，1987，第548~549页。

# 第十四章 嵇康四言诗的清峻玄远与自然景物

## 一 "峻切"是嵇康五言诗的风格

钟嵘《诗品》评价嵇康诗歌说：

> 颇似魏文，过为峻切，讦直露才，伤渊雅之致。然托谕清远，良有鉴裁，亦未失高流矣。①

其中最令人注目的是"峻切"二字，因为这个词语概括了嵇康诗歌的风格。何谓"峻切"？峻，原意是高峭，与其他词相连时，或用其原意，或解为严刻。切，或解为急迫，或解为严厉。如《论语·子张》："切问而近思。"皇侃《疏》："切，犹急也。"② 如今犹有"切切"一词表示急迫与紧要。而《汉书·霍光传》中"切让王莽"之"切"，则解为严厉，颜师古曰："切，深也；让，责也。"③ 那么，"峻切"一般可理解为严刻急切。钟嵘在"过为峻切"之后又称"讦直露才"，"讦直"即是揭发别人的过错毫不徇情，"露才"即直率地表现自己的一切，这同样有严刻急迫的意思，所以，钟嵘又称之为"伤渊雅之致"，这当然是可以理解的。

但我们应该知道，钟嵘是以"峻切"来评价嵇康的五言诗的。《诗品》本来就是专评五言诗的，其序言就曾说："嵘今所录，止乎五言。"④ 其序言

---

① 曹旭：《诗品集注》，上海古籍出版社，1994，第210页。
② （清）程树德：《论语集释》，中华书局，1990，第1311页。
③ 《汉书》，第2933页。
④ 曹旭：《诗品集注》，第。

末尾部分的举例说明哪些诗是"五言之警策者",也举"叔夜'双鸾'"。这是指嵇康的一首五言诗,其首句为"双鸾匿景曜",诗题或为《五言赠秀才》,或称《古意》。诗云:

> 双鸾匿景曜,戢翼太山崖。抗首漱朝露,晞阳振羽仪。长鸣戏云中,时下息兰池。自谓绝尘埃,终始永不亏。何意世多艰,虞人来我维。云网塞四区,高罗正参差。奋迅势不便,六翮无所施。隐姿就长缨,卒为时所羁。单雄翩独逝,哀吟伤生离。徘徊恋侣,慷慨高山陂。鸟尽良弓藏,谋极身必危。吉凶虽在己,世路多险巇。安得反初服,抱玉宝六奇。逍遥游太清,携手长相随。①

诗中写"双鸾"飞翔云中,"何意世多艰"云云,辞语激烈,情感怨愤,称之"峻切",自然是不错的。末四句,所谓"托谕清远"也是恰如其分。就嵇康的其他五言诗来说,大致如此,如其《述志诗》其一云:

> 潜龙育神躯,濯鳞戏兰池。延颈慕大庭,寝足俟皇羲。庆云未垂景,盘桓朝阳陂。悠悠非吾匹,畴肯应俗宜。殊类难遍周,鄙议纷流离。轗轲丁悔吝,雅志不得施。耕耨感宁越,马席激张仪。逝将离群侣,杖策追洪崖。焦朋振六翮,罗者安所羁。浮游太清中,更求新相知。比翼翔云汉,饮露餐琼枝。多念世间人,凤驾咸驱驰。冲静得自然,荣华安足为。②

陈祚明《采菽堂古诗选》卷八称:

> 超旷沉郁,俯视六合,特愤世之辞,一往太尽,都无含蕴婉转。③

所谓"愤世之辞"即"殊类难遍周,鄙议纷流离。轗轲丁悔吝,雅志

---

① 逯钦立:《先秦汉魏晋南北朝诗》,中华书局,1983,第486页。
② 逯钦立:《先秦汉魏晋南北朝诗》,第488页。
③ (清)陈祚明:《采菽堂古诗选》,上海古籍出版社,2008,第231页。

不得施。耕耨感宁越，马席激张仪"云云。而末两句"冲静得自然，荣华安足为"，则又显得"托谕清远"。

这种"峻切"的诗风可以从嵇康的为人上找到充分的依据。如嵇康的同时代人孙登曾当面称嵇康"性烈"①，称他不能免祸于世，日后果然如此。《世说新语·简傲》载，当日权贵钟会造访嵇康，嵇康使气不理睬他，待他走时又以"何所闻而来？何所见而去"②相讥讽，干宝《晋书》亦称嵇康"矜才而上人"③。嵇康《与山巨源绝交书》中亦自称："无万石之慎，而有好尽之累"，"刚肠疾恶，轻肆直言，遇事便发"④。其性格之"峻切"，于此一一可见。

## 二  嵇康以四言诗著称

但嵇康性格还有另一面，《晋书·嵇康传》⑤称他"恬静寡欲，含垢匿瑕，宽简有大量"，"常修养性服食之事，弹琴咏诗，自足于怀"，他并非总是"峻切"的；又载王戎"自言与（嵇）康居山阳二十年，未尝见其喜愠之色"。《世说新语》注引《嵇康别传》称其"性含垢藏瑕，爱恶不争于怀，喜怒不寄于颜。所知王濬冲在襄城，面数百，未尝见其疾声朱颜，此亦方中之美范，人伦之胜业也"⑥。从这些记载来看，嵇康完全是一副清静淡泊、心平气宁的样子。嵇康一生虽不曾做到完全的淡泊、平静、宽简大量、喜怒不形于色，但他确实是向这些方面努力的，其自称"阮嗣宗口不论人过，吾每师之，而未能及"⑦，正体现了他"性烈"与"淡泊"的矛盾，在这种矛盾中，显然"性烈"的本性在起决定作用。总的说来，嵇康就是压抑自己"刚肠疾恶，轻肆直言，遇事便发"之类"峻切""性烈"的本性，其人生追求是"托谕清远"，但是在实践中他又无法控制自己。

---

① 《三国志》，第606页。
② 余嘉锡：《世说新语笺疏》，上海古籍出版社，1993，第766页。
③ 《文选·思旧赋》李善注引，见（梁）萧统编，（唐）李善注《文选》，中华书局，1977，第229页下。
④ （南朝梁）萧统编，（唐）李善注《文选》，第602页。
⑤ 《晋书》，第1369~1374页。下同。
⑥ （南朝宋）刘义庆撰，（南朝梁）刘孝标注，余嘉锡笺疏《世说新语笺疏》，第18页。
⑦ （梁）萧统编，（唐）李善注《文选》，第602页上。

这就是嵇康四言诗所表现出来的性情。人们一般认为，嵇康的四言诗与其五言诗截然不同，其四言诗要比五言诗出色，王夫之《古诗评选》卷二即称："（嵇）中散五言颓唐不成音理，而四言居胜。"① 其原因就在于嵇康的四言诗更多的与其宽简大量、淡泊平静的志趣相互映发。

我们先来看其《四言赠兄秀才入军诗》十八章②，所抒怀抱情感大致可分为三个方面。一是写在大自然美景中人物的情思，切"赠兄秀才入军"之题，则多有征迈、独行、送别、思念之类情怀。这类诗中，描摹自然景物是一致的，但诗中主人公有两种情况。第一是代其兄立言，设想他在自然景物中的情形，如其三：

> 泳彼长川，言息其浒，陟彼高冈，言刈其楚。嗟我征迈，独行踽踽，仰彼凯风，涕泣如雨。

与《四言赠兄秀才入军诗》第四章之格调用语十分相近，有如叠章形式，王夫子《古诗评选》卷二即称："二章似可节其一，然欲事安详，故不得不尔，非强学三百篇也。"③ 陈祚明《采菽堂古诗选》也把此二章合在一起评论，称为"二章语凄切，无有浅深"④。诗中的"我"是"我其兄"的意思，这是袭用《诗经·卷耳》的写法。《卷耳》以对面着笔的写法，写思妇设想自己丈夫在外的行为情思，诗中有六处"我"字，皆指丈夫，如崔述《读风偶识》即说：

> 窃谓此六"我"字，仍当指行人而言，但非我其臣，乃我其夫耳。我其臣则不可，我其夫则可，尊之也，亲之也。《春秋》经传，于本国皆我之，'齐师伐我'，'我张吾三军，而被吾甲兵'是也。⑤

---

① （清）王夫之撰，张国星校点《古诗评选》，文化艺术出版社，1997，第83页。
② 逯钦立：《先秦汉魏晋南北朝诗》，中华书局，1983，第482~484页。
③ （清）王夫之撰，张国星校点《古诗评选》，第84页。
④ （清）陈祚明：《采菽堂古诗选》，上海古籍出版社，2008，第294、223页。
⑤ （清）崔述：《读风偶识》，《崔东壁遗书》，上海古籍出版社，1983，第524页上。

又有其九"良马既闲"设想其兄在军中情况;其十"携我好仇",刘履《选诗补注》称:"此诗盖叔夜于秀才从戎后所寄,故首述其军中骁勇之情及盘游于田之乐也。"① 诗中主人公的第二种情况是写自己处在自然景物中的活动与情思,如其五:

穆穆惠风,扇彼轻尘,奕奕素波,转此游鳞。伊我之劳,有怀佳人,寤言永思,实锺所亲。

其六"所亲安在"继续接着抒情。其八"我友焉之"、其十一"凌高远眄"、其十二"轻车迅迈"、其十三"浩浩洪流"、其十四"息徒兰圃"、其十五"闲夜肃清"、其十六"乘风高游",大抵是"叔夜自叙其与秀才别后之情,言见洪流尚萦带而相近,绿林且荣耀而悦人,鱼龙亦共聚而游,山鸟有群飞之乐,是览物兴怀,思得同趣之人,相与游娱,以忘晨夕"。②

二为表现飞鸟生活的,这些诗被统摄在"赠兄秀才入军"的诗题下,可看作是通篇作比。如其一:

鸳鸯于飞,肃肃其羽,朝游高原,夕宿兰渚。邕邕和鸣,顾眄俦侣,俯仰慷慨,优游容与。

其二与之有如叠章,陈祚明《采菽堂古诗选》称:

二章先叙同居之欢,下乃渐入言别,章法宽转。唯言同居极乐,乃觉离别悲也。③

此二章以鸳鸯同飞同宿作比写兄弟情怀;也是以飞鸟的自由自在的生

---

① (元)刘履:《选诗补注》,《风雅翼》,(清)纪昀等编《四库全书》,上海古籍出版社,1987,第 1370~45 页上。
② (元)刘履:《选诗补注》,《风雅翼》,(清)纪昀等编《四库全书》,第 1370~45 页下~46 页上。
③ (清)陈祚明:《采菽堂古诗选》,上海古籍出版社,2008,第 222 页。

活比拟自己对自由自在生活的向往。

三为叙说哲理。如其十七：

> 琴诗自乐，远游可珍，含道独往，弃智遗身。寂乎无累，何求于人，长寄灵岳，怡志养神。

这首诗是把叙说哲理的基石安放在"琴诗自乐，远游可珍"的山水生活之上的。又有其十八写"流俗难悟，逐物不还，至人远鉴，归之自然"云云，这是嵇康所有四言诗中唯一的一首纯粹说理的作品，可算为特例。统在大诗题下，这些诗的说理也可看作是向其兄吐露心曲。

嵇康《四言诗》十一首①，其内容与《四言赠兄秀才入军诗》大致是相应的，这当然是在《四言赠兄秀才入军诗》脱略去其题目所规定的具体内容的前提下才可以这么说。其二"婉彼鸳鸯，戢翼而游"与其八"抄抄翔鸾，舒翼太清"，写飞鸟的自由自在的生活，其他都是写自己在自然美景中行动与情思，只不过抛脱了"赠兄"的具体内容而显得更加逍遥自得。如其一：

> 淡淡流水，沦胥而逝，泛泛柏舟，载浮载滞。微啸清风，鼓枻容裔，放棹投竿，优游卒岁。

你看主人公乘舟漫游水上，迟速随意，时而鼓枻，时而投竿，在自然美景中他心中充满了喜悦之情，不禁迎着清风微啸抒情，他愿意永远这样生活着。《四言诗》中，有的在写自然美景的同时，又阐述了一些哲理，如其三：

> 藻汜兰池，和声激朗，操缦清商，游心大象。倾昧修身，惠音遗响，钟期不存，我志谁赏。

总结上述诸四言诗，假如是超脱诗题所规定的具体内容，那么，嵇康

---

① 逯钦立：《先秦汉魏晋南北朝诗》，中华书局，1983，第484~485页。

四言诗的内容基本可概括为两方面：一是写自然景物，飞鸟的自由自在，突出的也是自然景物。二是写哲理，写我面对自然所生发的人生感悟。最值得注意的是，叙写自然景物的诗作，往往是单纯地叙写自然景物，而叙说哲理的诗作，则往往是与自然景物的叙写相融在一起的。

### 三　清峻玄远：嵇康四言诗的风格定位

这些四言诗的风格，与"峻切"之风相比，显然是异色异彩的。就诗中的自然景物而言，一边是双鸾在"云网塞四区""高罗正参差"中挣扎，一边是如《四言赠兄诗》其十五所叙的"闲夜肃清，朗月照轩，微风动袿，组帐高褰"，连鸳鸯也"优游容与"。就诗中抒发的情感来说，一边是对险恶时世的揭露与控诉，一边是对恬淡境界的赞美与向往。"峻切"诗风突出的是与现实社会生活的贴近，而这些四言诗强调的是对现实社会生活的超越。

因此，其四言诗不是峻刻促迫，而是高尚清新，黄庭坚称嵇康诗"豪壮清丽，无一点尘俗气"①，显然是指这些四言诗。早在南朝齐时，刘勰《文心雕龙·明诗》就评价嵇康诗歌为"清峻"②。邵长蘅称《四言赠兄秀才入军诗》"清思峻骨"，"自有一种生新之致"③，这也可看作是嵇康这些四言诗的确评；邵长蘅又说："刘舍人目为清峻，信矣。""清"为清爽淡雅的格调，此正如方廷珪所说：

读叔夜诗，能消去胸中一切宿物，由天资高妙，故出口如脱，在魏晋间，另是一种手笔。④

"峻"为高峻耸峭，与"清"结合在一起，则是说其诗在清爽淡雅中还含有一种凛然不可干犯的意味，于是，"清"则愈清，则冷清、生新、

---

① 《书嵇叔夜诗与侄榠棣》，刘琳、李勇先、王蓉贵校点《黄庭坚全集》，四川大学出版社，2001，第3册，第1562页。
② 詹锳：《文心雕龙义证》，上海古籍出版社，1989，第199页。
③ 《文选评》，转引自戴明扬《嵇康集校注》，人民文学出版社，1962，第11页。
④ 《文选集评》引，转引自戴明扬《嵇康集校注》，人民文学出版社，1962，第19页。

超迈。

但"清峻"仍不足以全面概括嵇康四言诗的特点,这些四言诗还具有意趣高远、情思悠然的特点。如王士禛评嵇康诗"目送归鸿,手挥五弦"二句为"妙在象外"①,即指这些诗句意味悠长而含蓄不尽。又如王夫之《古诗评选》称《四言赠兄秀才入军诗》其十七为"含情之妙,山远天高"②,也是此意。又如陈祚明《采菽堂古诗选》称:《四言赠兄秀才入军诗》其十五为"别绪缠绵,言情深至,如此结,颇悠然有余致,不应复须下文"③,也十分看重"悠然有余致"这一点。又如其十四:

息徒兰圃,秣马华山,流磻平皋,垂纶长川。目送归鸿,手挥五弦,俯仰自得,游心太玄。嘉彼钓叟,得鱼忘筌,郢人逝矣,谁与尽言?

诗中自然景物如兰圃、华山、平皋、长川、归鸿等,都给人一种恬淡安谧、宁静玄远的印象;人物活动如休憩、秣马、弋射、垂钓、远望、挥弦等,都给人一种随意悠闲、潇洒自得的感觉;如此的景物与如此的活动,主人公实际上对"太玄"这样一种极其虚静神妙的境界有了更深层的体悟。但这体悟或已"得意忘言"而无可言说,或无知音可与尽言,反正是体悟到了但不曾有某种尽兴的表达,那么这种体悟到的东西只好让读者来默默地体悟,于是给人一种玄妙悠远的感觉,余音袅袅,含蓄不尽。

## 四 清峻玄远给予玄言诗的启发

嵇康等"竹林名士",本来就有寄身山水表述自己理想的作法,《向秀别传》称:他们"或率尔相携,观原野,极游浪之势,亦不计远近,或经日乃归"④。《晋书·嵇康传》曾这样记载他在山林中的自我感觉与别人的反映:

---

① (清)王士禛:《古夫于亭杂录》,1988,中华书局,第30页。
② (清)王夫之:《古诗评选》,文化艺术出版社,1997,第86页。
③ (清)陈祚明:《采菽堂古诗选》,上海古籍出版社,2008,第225页。
④ (宋)李昉等:《太平御览》四百九引,中华书局,1960,第1888页上。

> （嵇）康尝采药，游山泽，会其得意，忽焉忘反。时有樵苏者遇之，咸谓为神。

这里所说的"得意"，即说自然景物与心中的理念情思相契合。稍后于嵇康的晋人李充曾作《吊嵇中散文》，文中述说了嵇康是如何由于自然景物的感发而情思连翩的：

> 寄欣孤松，取乐竹林，尚想蒙庄，聊与抽簪。味孙豨之浊醪，鸣七弦之清琴，慕至人之玄旨，味千载之徽音。凌晨风而长啸，托归流而永吟，乃自足于丘壑，孰有愠乎陆沉。①

此中的"寄欣""取乐"云云都是说醉心于自然景物并由之触发了自己的情思，所以凌风长啸，依水长吟。

嵇康四言诗的写景又可说是"即事叙景"，以自己的所感之情——静谧、逍遥、自得——来组织景物形象。这实际上是嵇康为抒情而自己创造出来的自然景物，这些景物没有特定的时间和特定的地点，也没有特定的比拟对象，这些景物的本身不具有特殊性，因此，其本身不具有相对应的特定含义，它们只是普遍地存在于大自然中。嵇康或许并不让人们对这些景物创造出一种氛围，让人们深深地沉浸在其中，进而让人们遐思远想而感受某种超脱。如前述《四言赠兄诗》其五：

> 肃肃泠风，分生江湄，却背华林，俯溯丹坻。含阳吐英，履霜不衰，嗟我殊观，百卉具腓。心之忧矣，孰识玄机？

美好的景物让人联想到去认识"玄机"，而如何去推绎"玄机"又是诗人所不愿陈述的，诗人之心是玄远、超脱的，他只是创造出这样一种气氛让人遐思远想，而产生一种清峻玄远的效果。

总括来说，让人遐思远想去感受着某种超脱，这就是嵇康在这些四言

---

① （宋）李昉等：《太平御览》五百九十六引，中华书局，1960，第2686页。

诗中描摹自然景物的终根目的与全部作用。这也就是日后玄言诗的典型写法：不在乎自然景物自身有什么意味，而注重自然景物对情感的启发，使人去联想、推绎；进而又把这种联想与推绎引身某种玄远、超脱。

嵇康四言诗以诗的形式述说哲理，自然也以散文的形式阐说哲学不同，这些四言诗具有简炼的特点，自然不可能全面阐说哲理，或只是点到而已，或只是情感化的表达。嵇康只是把哲理的要谛介绍给读者，其论证过程与推演还要靠读者自己去体会或发挥。如《四言诗》其十（羽化华岳）最后两句"齐物养生，与道逍遥"，其中的"齐物""养生""逍遥"诸语，在《庄子》中都是属于专章论述的问题，而在诗中只是如此提及而已。

嵇康这些四言诗所述哲理，多为玄学之理。嵇康本是当时的玄学人物，《晋书·嵇康传》称他"长好《庄》、《老》"，他在玄学理论上也是很有造诣的。正始玄学的核心理论是"贵无"，"无者诚万物之所资"[12]，玄学要求以"贵无"寻求出宇宙人生、令人遐思冥想的，须知那是一个人人探求玄理的时代啊！

但是，嵇康四言诗述说哲理时表现出来的清峻玄远并不在于理论本身的令人遐思冥想。嵇康诗中叙述出来某些哲理，诗中并不胶着于这些哲理。而一般的哲理诗则是始于哲理且终于哲理，如傅咸作有《孝经诗》《左传诗》等，大都阐述礼教。这些诗所述是对现实生活某些内容作出的判断，是对人们行为的具体要求与规定，没有超脱，当然也不会有不尽的含义。嵇康的四言诗则并不胶着于这些哲理，而是启发人们穿透哲理而去获得某种玄远，达到某种超脱。我们在前面说过，纯粹述说哲理并不是嵇康四言诗主流，仅仅只有《四言赠兄诗》其十八这样一首，而把哲理与自然景物结合在一起相互启发，则是其四言诗阐述哲理的特殊点。我们来看以下这首诗，《四言诗》其十一：

> 微风清扇，云气四除，皎皎亮月，丽于高隅。兴命公子，携手同车，龙骥翼翼，扬镳踟蹰。肃肃宵征，造我友庐，光灯吐辉，华幔长舒。鸾觞酌醴，神鼎烹鱼，弦超子野，叹过绵驹。流咏太素，俯赞玄虚，孰克英贤，与尔剖符。

一方面叙写自然美景及人在自然美景中的种种活动；另一方面则不对这些自然美景及人在自然美景中的活动作具体对应式的、感发性的咏叹与说理，而是一下子跳至对时光流逝的慨叹、对宇宙天地的咏赞。如此的慨叹咏赞，则令人超越诗的前半部所述的具体自然景物，让人们感到这些自然景物更加清峻玄远。嵇康四言诗所述哲理大都是有这样的特点，如《四言赠兄诗》其七中的"人生寿促，天地长久"；其十四的"俯仰自得，游心太玄，嘉彼钓叟，得鱼忘筌"；其十七的"含道独往，弃智遗身，寂乎无累，何求于人"；《四言诗》其三中的"游心大象，倾昧修身"；其四中的"猗与庄老，栖迟永年"；其五中的"心之忧矣，孰识玄机"；其十中的"齐物养生，与道逍遥，等等。这些哲理并不存在具体事物的背景，也不是针对具体事件而言，而是由自然景物的感兴而生，这些哲理反过来又引发人们对自然景物作更深一层的假思远想，于是，诗歌更令人感到玄远悠妙，意味无穷。这就是嵇康四言诗中的叙说哲理，是由自然景物引发出来的一种玄思遐想，而哲理本身反过来又引发人们对自然景物作深一层的联想、推绎。

　　清峻玄远是玄言诗兴盛时期的典型风格的要素之一，从嵇康诗作可知，这种典型风格在玄学兴起时已经有人给它奠定了基础。嵇康为了使其诗歌达到清峻玄远的效果，一是自创景物境界让人去体悟清峻玄远，二是叙说哲理以引发诗作就自然景物的清峻玄远作进一步的体悟，哲理与自然景物的相互配合、相互启发以构成清峻玄远，对玄言诗风格的形成起了榜样作用。

## 五　全面把握嵇康诗歌风格

　　嵇康五言诗与四言诗相比，显示出异色异彩的风格，如就诗中的自然景物而言，一者是《五言赠秀才入军诗》的双鸾在"云网塞四区""高罗正参差"中挣扎，一边是《四言赠兄秀才入军诗》其十五中"闲夜肃清，朗月照轩，微风动袿，组帐高褰"，连鸳鸯也"优游容与"。就诗中抒发的情感来说，一边是对险恶时世的揭露与控诉，一边是对恬淡境界的赞美与向往。五言的"峻切"诗风突出的是与现实社会生活的贴近，而这些四言诗强调的是对现实社会生活的超越。这就是嵇康，五言诗与四言诗分别表现出其诗歌风格的两个方面，单说其五言诗或单说其四言诗是不能完整把握嵇康的,即单靠《诗品》所叙不能完整把握嵇康诗歌。

嵇康是死于非命的,在这生命的最后时刻,他的诗歌是怎么样的呢?嵇康临刑前作《幽愤诗》,诗云:

> 嗟余薄祜,少遭不造。哀茕靡识,越在襁褓。母兄鞠育,有慈无威。恃爱肆姐,不训不师。爰及冠带,凭宠自放。抗心希古,任其所尚。托好老庄,贱物贵身。志在守朴,养素全真。曰余不敏,好善闇人。子玉之败,屡增惟尘。大人含弘,藏垢怀耻。民之多僻,政不由己。惟此褊心,显明臧否。感悟思愆,怛若创痏。欲寡其过,谤议沸腾。性不伤物,频致怨憎。昔惭柳惠,今愧孙登。内负宿心,外恧良朋。仰慕严郑,乐道闲居。与世无营,神气晏如。咨予不淑,婴累多虞。匪降自天,实由顽疏。理弊患结,卒致囹圄。对答鄙讯,絷此幽阻。实耻讼冤,时不我与。虽曰义直,神辱志沮。澡身沧浪,岂云能补。嗈嗈鸣雁,奋翼北游。顺时而动,得意忘忧。嗟我愤叹,曾莫能俦。事与愿违,遘兹淹留。穷达有命,亦又何求。古人有言,善莫近名。奉时恭默,咎悔不生。万石周慎,安亲保荣。世务纷纭,祗搅予情。安乐必诫,乃终利贞。煌煌灵芝,一年三秀。予独何为,有志不就。惩难思复,心焉内疚。庶勖将来,无馨无臭。采薇山阿,散发岩岫。永啸长吟,颐性养寿。①

诗中"欲寡其过,谤议沸腾,性不伤物,频致怨憎"云云,又称"嗟我愤叹,曾莫能俦",激愤地申诉自己的无辜与控诉时代的黑暗。沈德潜称此诗"通篇直直叙去,自怨自艾",称之"悔恨之词切矣"②。这样的诗当然是属于"峻切"之列的,但是诗中亦有"庶勖将来,无馨无臭。采薇山阿,散发岩岫。永啸长吟,颐性养寿"之类的淡泊之语。《幽愤诗》用的四言形式,而诗作风格则完全呈现出另一种气象,与五言如出一辙。此处,在嵇康笔下,四言与五言的艺术风格就混为一体了。

---

① (南朝梁)萧统编,(唐)李善注《文选》,中华书局,1977,第327~328页。
② (清)沈德潜:《古诗源》,中华书局,1963,第144页。

# 第十五章　论"竹林七贤"的文化精神

自东晋"竹林七贤"盛名大起，历代人们赋予"竹林七贤"太多的意味，以至近乎于"仙"。本文回归"竹林七贤"生活的那个时代，恢复"竹林七贤"在那个时代的作为普通人的面目，力图一窥原生态的"竹林七贤"是怎样的；进而分析"竹林七贤"的所作所为所想蕴含着怎样的魅力，致使"竹林七贤"成为历代知识分子的楷模，这就是"竹林七贤"的文化精神。

## 一　"竹林"本有多重意味

佛教有竹林精舍之称，为古代印度最初的寺院，在中印度迦兰陀村。本迦兰陀的竹林，迦兰陀归佛后，即以竹园奉佛立精舍，为如来说法的场所。陈寅恪认为"竹林七贤"的命名即是假托佛教而为。[1] 多有人不同意陈寅恪之说。其实，"竹林"的意味是比较丰富、多样化的，有些意味我们是清楚的，有些意味我们至今并不清楚的，如董仲舒《春秋繁露》有《竹林》篇，但人们已不明作为篇名的"竹林"是什么意思，楼大防《跋》所谓"又窃疑《竹林》、《玉杯》等名与其书不相关"[2]。而程大昌云：

> 牛亨问崔豹："冕旒以繁露者何？"答曰："缀玉而下垂如繁露也。"则繁露也者，古冕之旒似露而垂。是其所从，假以名书也。以杜、乐所引，推想其书，皆句用一物以发己意，有垂旒凝露之象焉。则《玉

---

[1] 《寒柳堂集》，上海古籍出版社，1980，第161页；《金明馆丛稿初编》，上海古籍出版社，1980，第181页。

[2] 《诸子百家丛书》之《春秋繁露》所录《四明楼大防跋》，上海古籍出版社，1989，第101页。

杯》、《竹林》同为托物，又可想见也。汉魏间人所为文有名"连珠"者，其联贯物象以大己意，略与杜、乐所引同，如曰"物胜权则衡殆，形过镜则影穷"者，是其凡最也。以连珠而方古体，其殆繁露之自出欤？其名其体，皆契合无殊矣。①

但"竹林"到底是怎么托物的，有什么喻意，已不能知。《春秋繁露义证》有所猜测：

《竹林》第三，篇名未详。司马相如《上林赋》"览观《春秋》之林"，《文选》注如淳曰："《春秋》义理繁茂，故托之于林薮也"，似足备一说。②

又，"竹林"自有其神秘之处，与上天仙界有关，《穆天子传》载：

天子西征休于玄池之上，乃奏广乐，三日而终，是曰乐池，乃树之竹，是曰竹林。③

张渊《观象赋》：

其列星之表，五车之间，乃有咸池、鸿沼、玉井、天渊、建树、百果、竹林在焉。（列宿之外谓之表。咸池三星在天潢东，鸿沼二十三星在须女北，玉井四星在参左足下，天渊十星在龟星东南，建树、百果星在胃南，竹林二十五星在园西南。）④

而就现实来说，"竹林"或为承接甘露之所，《雍州记》载：

---

① 《诸子百家丛书》之《春秋繁露》所录《新安程大昌泰之书秘书省繁露书后》，上海古籍出版社，1989，第100页。
② （清）苏舆撰，锺哲点校《春秋繁露义证》，中华书局，1992，第46页。
③ （唐）欧阳询：《艺文类聚》，上海古籍出版社，1982，卷89，第551页。
④ 《魏书》，中华书局，1974，卷91《列传术艺第七十九》，第1949页。

高斋,其泥色,甚鲜净,故此名焉。南平世子恪临州,有甘露降此斋前竹林。①

所谓"有甘露降此斋前竹林"说明了时人的一种信念。又,《世说新语·任诞》载:

王子猷尝暂寄人空宅住,便令种竹。或问:"暂住何烦尔?"王啸咏良久,直指竹曰:"何可一日无此君?"②

现实生活只要有竹,便有境界了,竹在当时士人心中的地位自不待言,况乃"竹林"。

实实在在说起人们生活中的"竹林",在汉代人的赋中,"竹林"本就多为近郊景观的意味,扬雄《校猎赋》:

秋秋跄跄,入西园,切神光;望平乐,径竹林,蹂蕙圃,践兰唐。③

这是上林苑中的。班固《西都赋》:

其阳则崇山隐天,幽林穹谷,陆海珍藏,蓝田美玉,商、洛缘其隈,鄠、杜滨其足,源泉灌注,陂池交属,竹林果园,芳草甘木,郊野之富,号曰近蜀。④

《西京杂记》曰:

贾佩兰云:"在宫时,八月四日出雕房北户竹林下围棋,胜者终年

---

① (宋)李昉等:《太平御览》,中华书局,1960年影印本,卷185,第897页。
② 余嘉锡笺疏《世说新语笺疏》,上海古籍出版社,1993,第759页。
③ 《汉书》,卷八87上,第3546页。
④ (南朝梁)萧统编、(唐)李善注《文选》,中华书局,1977年影印胡克家刻本,卷1,第24页。

有福，负者终年疾病。"①

而"七贤"的"竹林"，《述征记》载：

> 山阳县城东北二十里，魏中散大夫嵇康园宅，今悉为田墟，而父老犹谓嵇公竹林地，以时有遗竹也。②

那么，"竹林"就是嵇康园宅之地，而非隐士隐居的荒郊僻野。③ 晋代以后，"竹林"也多是园宅之地，如《晋书·张方传》：

> （张）方遂悉引兵入殿迎帝，帝见兵至，避之于竹林中，军人引帝出，方于马上稽首曰："胡贼纵逸，宿卫单少，陛下今日幸臣垒，臣当捍御寇难，致死无二。"于是军人便乱入宫阁，争割流苏武帐而为马帴。④

又如《宋书·符瑞中》载：

> 孝建二年三月戊午，甘露降丹阳秣陵尚书谢庄园竹林，庄以闻。⑤

《北齐书·杨愔传》载：

> 宅内有茂竹，遂为愔于林边别葺一室，命独处其中，常以铜盘具盛馔以饭之。因以督厉诸子曰："汝辈但如遵彦谨慎，自得竹林别室、

---

① （宋）李昉等：《太平御览》，中华书局，1960年影印本，卷24，第115页。
② （唐）欧阳询：《艺文类聚》，上海古籍出版社，1982，卷64，第1144页。
③ 隐士是要隐居在荒郊僻野的，如淮南小山《招隐士》叙写山水景物的险恶，招隐士们归来；左思《招隐诗》亦云："杖策招隐士，荒涂横古今。岩穴无结构，丘中有鸣琴。"（萧统编、李善注《文选》，中华书局，1977年影印胡克家刻本，卷22，第309页）
④ 《晋书》，卷60，第1645页。
⑤ 《宋书》，卷28，第821页。

铜盘重肉之食。"①

如果我们把喻意、神秘、天界、高雅、士人生活等方面联系起来，那么，"竹林之游"的意味自有令人遐想之处。另外，晋傅玄《山鸡赋》曰：

> 惟南州之令鸟，兼坤离而体珍，被黄中之正色，敷文象以饰身，翳景山之竹林，超游集乎水滨，鉴中流以顾影，睎云表之清尘。②

那么，傅玄写作《山鸡赋》时，"竹林"还是令鸟所集之处。

## 二 "竹林七贤"代表玄学的一个阶段

东汉末年，儒教呈没落之势，鱼豢《典略·儒宗传序》称：

> 从初平之元至建安之末，天下分崩，人怀苟且，纲纪既衰，儒道尤甚。③

至三国分立，曹魏主导中原文化，也不以儒教为然，"魏武好法术，而天下贵刑名；魏文慕通达，而天下贱守节"④。正始年间，一种新的哲学思潮形成了，这就是以老庄哲学为核心融会儒家思想的玄学。"玄"，取《老子》首章"玄之又玄，众妙之门"之意，以"玄"来统摄世界，当时把《周易》《老子》《庄子》称为"三玄"。王弼创立了一整套玄学理论，何晏则以其权势地位来推广玄学，玄学"贵无"，《晋书·王衍传》载：

> 魏正始中，何晏、王弼等述《老》《庄》，立论以为："天地万物皆以无为本，无也者，开物成务，无往而不存者也。阴阳恃以化生，万

---

① 《北齐书》，卷34，第453页。
② （唐）欧阳询：《艺文类聚》，上海古籍出版社，1982，卷91，第1587页。
③ 《全三国文》卷43，严可均《全上古三代秦汉三国六朝文》，中华书局影印本，1958，第1297页。
④ 《晋书》，卷47，第1317~1318页。

物恃以成形,贤者恃以成德,不肖恃以免身,故无之为用,无爵而贵矣。"①

其后,玄学进入"竹林七贤"时期,由"有无本末"出发探讨"名教"与"自然"的关系。"名教"指人们的所为,具体的说就是人为的等级名分和教化;"自然"指宇宙本体、世界本源或宇宙万物本来的样子。②

嵇康从正面论证"越名教而任自然",其曰:

> 夫气静神虚者,心不存于矜尚;体亮心达者,情不系于所欲。矜尚不存乎心,故能越名教而任自然;情不系于所欲,故能审贵贱而通物情。③

其主张的关键不在于要人们从形式上超出名教对人的束缚,而是要从自己心底里面摆脱名教对人的束缚。而其"越名教而任自然"的一种途径就是及时行乐,向秀曰:

> 夫人受形于造化,与万物并存,有生之最灵者也……有生则有情,称情则自然。若绝而外之,则与无生同,何贵于有生哉!且夫嗜欲,好荣恶辱,好逸恶劳,皆生于自然。夫天地之大德曰生,圣人之大宝曰位。崇高莫大于富贵,然富贵,天地之情也……曰生之为乐,以恩爱相接,天理人伦,燕惋娱心,荣华悦志。服飨滋味,以宣五情;纳御声色,以达性气。此天理之自然,人之所宜,三王所不易也。④

阮籍则批判那些礼法之士、名教之士,其《咏怀诗》六十七:

---

① 《晋书》,卷43,第1236页。
② 此处所论"越名教而任自然",多参考任继愈《中国哲学史》(人民出版社,1966年)及李建中、高华平《玄学与魏晋社会》(河北人民出版社,2003年),特此致谢。
③ 《释私论》,戴明扬《嵇康集校注》,人民文学出版社,1962,卷6,第234页。
④ (魏)向秀:《难养生论》,戴明扬校注《嵇康集校注》,卷4,第162~167页。

> 洪生资制度，被服正有常。尊卑设次序，事物齐纪纲。容饰整颜色，磬折执主璋。堂上置玄酒，室中盛稻粱。外厉贞素谈，户内灭芬芳。放口从衷出，复说道义方。委曲周旋仪，姿态愁我肠。①

当然，礼法之士也抨击他们，《晋书·阮咸传》载：

> （阮）咸任达不拘，与叔父籍为竹林之游，当世礼法者讥其所为。②

嵇康所认定的理想社会是崇尚自然的"无为"政治：

> 古之王者，承天理物，必崇简易之教，御无为之治。君静于上，臣顺于下，玄化潜通，天人交泰。枯槁之类，浸育灵液，六合之内，沐浴鸿流，荡涤尘垢；群生安逸，自求多福，默然从道，怀忠抱义，而不觉其所以然也。③

阮籍向往的理想社会也是一种"自然"：

> 故至人无宅，天地为客；至人无主，天地为所；至人无事，天地为故。无是非之别，无善恶之异，故天下被其泽而万物所以炽也。④

在理想人格问题上，魏晋玄学认为理想人格就是"中和"，嵇康称"以大和为至乐"，"以恬澹为至味"。⑤嵇康诗作把"任自然"大力张扬为在山水之间的活动，其《酒会诗七首》曰：

> 淡淡流水，沦胥而逝，泛泛柏舟，载浮载滞。微啸清风，鼓楫容

---

① 陈伯君：《阮籍集校注》，中华书局，1987，第377页。
② 《晋书》，卷49，第1362页。
③ （魏）嵇康：《声无哀乐论》，戴明扬：《嵇康集校注》，人民文学出版社，1962，卷5，第221~222页。
④ （魏）阮籍：《大人先生传》，陈伯君：《阮籍集校注》，中华书局，1987，第173页。
⑤ 戴明扬：《嵇康集校注》，《答难养生论》，人民文学出版社，1962，卷4，第190页。

裔，放棹投竿，优游卒岁。①

你看主人公乘舟漫游水上，迟速随意，时而鼓楫，时而投竿，在自然美景中他心中充满了喜悦之情，不禁迎清风微啸抒情，他愿意永远这样生活着。其诗在写自然美景的同时，又写一些哲理，如《酒会诗七首》其四：

流咏兰池，和声激朗，操缦清商，游心大象。倾昧修身，惠音遗响，钟期不存，我志谁赏。②

《兄秀才公穆入军赠诗十九首》其十八：

琴诗自乐，远游可珍，含道独往，弃智遗身。寂乎无累，何求于人，长寄灵岳，怡志养神。③

后者是把叙说哲理的基石安放在"长寄灵岳，怡志养神"的山水生活之上的。晋人李充曾作《吊嵇中散》，文中述说了嵇康是如何由于自然景物的感发而情思连翩的：

寄欣孤松，取乐竹林；尚想荣庄，聊与抽簪。味孙筋之浊醪，鸣七弦之清琴；慕义人于玄旨，咏千载之徽音；凌晨风而长啸，托归流而咏吟。乃自足于丘壑，孰有愠乎陆沉？④

此中的"寄欣""取乐"云云都是说醉心于自然景物并由之触发了自己的情思，所以凌风长啸，依水长吟。这是阮籍所认定的理想人格。

至人者，恬于生而静于死。生恬则情不惑，死静则神不离，故能

---

① 戴明扬：《嵇康集校注》，人民文学出版社，1962，卷1，第73页。
② 戴明扬：《嵇康集校注》，卷1，第74页。
③ 戴明扬：《嵇康集校注》，卷1，第19页。
④ （宋）李昉等：《太平御览》，中华书局，1960年影印本，卷596，第2686页。

与阴阳化而不易，从天地变而不移。生究其寿，死循其宜，心气平治，不消不亏。①

向秀在玄学发展上有特殊贡献，《晋书·向秀传》称其"清悟有远识，少为山涛所知，雅好老庄之学"，②《世说新语·文学》载：

初，注《庄子》者数十家，莫能究其旨要。向秀于旧注外为解义，妙析奇致，大畅玄风，唯秋水、至乐二篇未竟而秀卒。秀子幼，义遂零落，然犹有别本。郭象者，为人薄行，有俊才，见秀义不传于世，遂窃为己注，乃自注《秋水》、《至乐》二篇，又易《马蹄》一篇，其余众篇，或定点文句而已。后秀义别本出，故今有向、郭二庄，其义一也。③

《竹林七贤论》：

秀为此义，读之者无不超然，若己出尘埃而窥绝冥，始了视听之表。有神德玄哲，能遗天下，外万物。虽复使动竞之人顾视所徇，皆怅然自有振拔之情矣。④

山涛，《世说新语·赏誉》：

人问王夷甫："山巨源义理何如？是谁辈？"王曰："此人初不肯以谈自居，然不读《老》、《庄》，时闻其咏，往往与其旨合。"⑤

王戎，是当日的玄学清谈名家，《晋书·王戎传》载，阮籍对戎父浑

---

① （魏）阮籍：《达庄论》，陈伯君：《阮籍集校注》，中华书局，1987，第144页。
② 《晋书》，卷49，第1374页。
③ 余嘉锡：《世说新语笺疏》，上海古籍出版社，1993，第205~206页。
④ 《世说新语·文学》第17条注引，余嘉锡《世说新语笺疏》，上海古籍出版社，1993，第206页。
⑤ 余嘉锡：《世说新语笺疏》，第433页。

曰："濬冲清赏，非卿伦也。共卿言，不如共阿戎谈。"朝贤尝上巳禊洛，有人问王济："昨游有何言谈？"济曰："张华善说《史》《汉》；裴𬱟论前言往行，衮衮可听；王戎谈子房、季札之间，超然玄著。"① 王戎的清谈被识鉴者所欣赏。

刘伶也有很深的玄学修养，史称其"泰始初对策，盛言无为之化"。②

东晋人袁宏《名士传》把曹魏至西晋的名士分为三个时期：

> 宏以夏侯太初、何平叔、王辅嗣为正始名士，阮嗣宗、嵇叔夜、山巨源、向子期、刘伯伦、阮仲容、王濬冲为竹林名士，裴叔则、乐彦辅、王夷甫、庾子嵩、王安期、阮千里、卫叔宝、谢幼舆为中朝名士。③

"竹林七贤"代表着玄学发展的一个时期。

## 三 "竹林七贤"的个体生活特质——酒、行、才

作为玄学人士，"竹林七贤"各有其"越名教而任自然"的特立独行。我们首先看到的是"竹林七贤"的饮酒，④"竹林之游"的因缘就是以酒相会。《魏纪》云：

> 谯郡嵇康，与阮籍、阮咸、山涛、向秀、王戎、刘伶友善，号"竹林七贤"，皆豪尚虚无，轻蔑礼法，纵酒昏酣，遗落世事。⑤

似乎相聚在一起饮酒就是他们的生活。《世说新语·任诞》云：

---

① 《晋书》，卷43，第1231~1232页。
② 《晋书》，卷49，第1376页。
③ 《世说新语·文学》第94条注引，余嘉锡《世说新语笺疏》，上海古籍出版社，1993，第272页。
④ 王瑶：《文人与酒》对此有专门论述，此处多有参考。《文人与酒》，载王瑶《中古文学史论集》，上海古籍出版社，1982，第28~48页。
⑤ 《古今事文类聚别集》卷十五《礼乐部》引，文渊阁《四库全书》影印本，上海古籍出版社，1987，第927册，第755页。

陈留阮籍、谯国嵇康、河内山涛三人年皆相比，康年少亚之。预此契者：沛国刘伶、陈留阮咸、河内向秀、琅邪王戎。七人常集于竹林之下，肆意酣畅，故世谓"竹林七贤"。①

但往深里讲，"竹林七贤"的每个成员，有着大为不同的喝酒方式。如《晋书·山涛传》载：

涛饮酒至八斗方醉，帝欲试之，乃以酒八斗饮涛，而密益其酒，涛极本量而止。②

山涛的酒量，明里暗里都能控制，那人生还有什么不能控制呢！《晋书·刘伶传》载：

（刘伶）常乘鹿车，携一壶酒，使人荷锸而随之，谓曰："死便埋我。"其遗形骸如此。尝渴甚，求酒于其妻。妻捐酒毁器，涕泣谏曰："君酒太过，非摄生之道，必宜断之。"伶曰："善！吾不能自禁，惟当祝鬼神自誓耳。便可具酒肉。"妻从之。伶跪祝曰："天生刘伶，以酒为名。一饮一斛，五斗解酲。妇儿之言，慎不可听。"仍引酒御肉，隗然复醉。③

"其遗形骸如此"，刘伶还有什么事会放不开呢！批评阮籍"惟饮酒过差耳"的嵇康，其"志意毕矣"中也有所谓"浊酒一杯"；山涛称嵇康"其醉也，傀俄若玉山之将崩"，连醉酒的风度也如此宏伟而令人尊敬。④ 阮籍的饮酒，人称"阮籍胸中垒块，故须酒浇之"；⑤ 但又有以酒避事的作用，醉了还能干什么事。如《晋书·阮籍传》载：

---

① 余嘉锡：《世说新语笺疏》，上海古籍出版社，1993，第726页。
② 《晋书》，卷43，第1228页。
③ 《晋书》，卷49，第1376页。
④ 余嘉锡：《世说新语·雅量》，《世说新语笺疏》，上海古籍出版社，1993，第344页。
⑤ 余嘉锡：《世说新语·任诞》，第762页。

> 会帝让九锡，公卿将劝进，使籍为其辞。籍沈醉忘作，临诣府，使取之，见籍方据案醉眠。使者以告，籍便书案，使写之，无所改窜。①

这就是文载《昭明文选》的《为郑冲作劝晋王笺》，此事常常为人所诟病，但是也有人为阮籍辩解。其实，古来都有一条潜规则，就是酒后说话是不算数的，这个规则甚或在某些朝廷立为明令，如《三国志·吴书·虞翻传》载：

> （孙）权既为吴王，欢宴之末，自起行酒，翻伏地阳醉，不持。权去，翻起坐。权于是大怒，手剑欲击之，侍坐者莫不惶遽，惟大（司）农刘基起抱权谏曰："大王以三爵之后（手）杀善士，虽翻有罪，天下孰知之？且大王以能容贤畜众，故海内望风，今一朝弃之，可乎？"权曰："曹孟德尚杀孔文举，孤於虞翻何有哉？"基曰："孟德轻害士人，天下非之。大王躬行德义，欲与尧、舜比隆，何得自喻于彼乎？"翻由是得免。权因敕左右，自今酒后言杀，皆不得杀。②

孙权"因敕左右"云云，就是把酒后说话不算数这个潜规则挑明了。阮籍岂不知如此潜规则，于是劝进表写了，但是在酒后尤其是醉后，算数不算数都可以说。

未闻向秀有什么饮酒事迹，但有称向秀"与吕安灌园于山阳，收其余利，以供酒食之费"，③ 在饮酒上，向秀肯定是个很现实的人。阮咸的饮酒，让人听起来很夸张：

> 诸阮皆饮酒，咸至，宗人间共集，不复用杯觞斟酌，以大盆盛酒，圆坐相向，大酌更饮。时有群豕来饮其酒，咸直接去其上，便共

---

① 《晋书》，卷49，第1360~1361页。
② 《三国志》，卷57，第1321页。
③ 《向秀别传》，（宋）李昉等：《太平御览》，中华书局，1960年影印本，卷409，第1888页。

饮之。①

王戎也曾回忆自己与嵇叔夜、阮嗣宗的饮酒：

> 王濬冲为尚书令，着公服，乘轺车，经黄公酒垆下过。顾谓后车客："吾昔与嵇叔夜、阮嗣宗共酣饮于此垆。竹林之游，亦预其末。自嵇生夭、阮公亡以来，便为时所羁绁。今日视此虽近，邈若山河。"②

他的饮酒可谓聊附骥尾而已。《晋书·王戎传》还载其对阮籍饮酒的一次提问：

> 戎尝与阮籍饮，时兖州刺史刘昶字公荣在坐，籍以酒少，酌不及昶，昶无恨色。戎异之，他日问籍曰："彼何如人也？"答曰："胜公荣，不可不与饮；若减公荣，则不敢不共饮；惟公荣可不与饮。"③

由他的提问我们知道了阮籍与什么人喝酒是有原则的。

沈约《七贤论》论述"竹林七贤"以酒相会"情性宜有所托""萧散怀抱"曰：

> 彼嵇、阮二生，志存保己，既托其迹，宜慢其形。慢形之具，非酒莫可。故引满终日，陶兀尽年。酒之为用，非可独酌。宜须朋侣，然后成欢。刘伶酒性既深，子期又是饮客，山、王二公，悦风而至。相与莫逆，把臂高林，徒得其游。故于野泽，衔杯举樽之致，寰中妙趣，固冥然不睹矣。④

于是，"竹林七贤"不仅在生活中饮酒，而且处处赞美饮酒，如刘伶有

---

① 《晋书·阮咸传》，《晋书》，中华书局，第1363页。
② 余嘉锡：《世说新语·伤逝》，《世说新语笺疏》，上海古籍出版社，1993，第636页。
③ 《晋书》，卷43，第232页。
④ （唐）欧阳询：《艺文类聚》，上海古籍出版社，1982，卷37，第672页。

《酒德颂》；嵇康《酒会诗》其一：

> 乐哉苑中游，周览无穷已。百卉吐芳华，崇台邈高寺，林木纷交错，玄池戏鲂鲤。轻丸毙翔禽，纤纶出鳣鲔。坐中发美赞，异气同音轨。临川献清酤，微歌发皓齿。素琴挥雅操，清声随风起。斯会岂不乐，恨无东野子。酒中念幽人，守故弥终始。但当体七弦，寄心在知己。①

嵇康又有《杂诗》述及饮酒：

> 微风清扇，云气四除。皎皎亮月，丽于高隅。兴命公子，携手同车。龙骥翼翼，扬镳踟蹰。肃肃宵征，造我友庐。光灯吐辉，华幔长舒。鸾觞酌醴，神鼎烹鱼。弦超子野，叹过绵驹。流咏太素，俯赞玄虚。孰克英贤，与尔剖符。②

酒与自然景物、友人相会结合在一起。又，嵇康有以酒打比方作学术论证：

> 酒以甘苦为主，而醉者以喜怒为用。其见欢戚为声发，而谓声有哀乐，不可见喜怒为酒使，而谓酒有喜怒之理也。③

大家都知道酒本身无"喜怒之理"，那么，酒非主体，而自己的态度想法才是最主要的。于是，"竹林七贤"在"酒"上的态度行为，其价值取向就在于以"酒"来表现自己的人生态度，以"酒"来表现自己的"越名教而任自然"。

除了"酒"，"竹林七贤"又各有其特立独行。

阮籍是个把自己的本性自然以极端的方式表现出来的人，王隐《晋书》

---

① 戴明扬：《嵇康集校注》，人民文学出版社，1962，卷1，第72页。
② （南朝梁）萧统编、（唐）李善注《文选》，中华书局，1977年影印胡克家刻本，卷29，第417页。
③ 戴明扬：《声无哀乐论》，《嵇康集校注》，人民文学出版社，1962，卷5，第205页。

称他"嗜酒荒放,露头散发,裸袒箕踞";①《晋书·阮籍传》载阮籍"又能为青白眼,见礼俗之士,以白眼对之";其东平任职,身体力行的是一种"简易"的传统,"籍乘驴到郡,坏府舍屏鄣,使内外相望,法令清简,旬日而还"。②

嵇康的容止也是举世瞩目的,《世说新语·容止》载:

> 嵇康身长七尺八寸,风姿特秀。见者叹曰:"萧萧肃肃,爽朗清举。"或云:"肃肃如松下风,高而徐引。"山公曰:"嵇叔夜之为人也,岩岩若孤松之独立;其醉也,傀俄若玉山之将崩。"③

其《与山巨源绝交书》称自己情性"有必不堪者七,甚不可者二":

> 卧喜晚起,而当关呼之不置,一不堪也。抱琴行吟,弋钓草野,而吏卒守之,不得妄动,二不堪也。危坐一时,痹不得摇,性复多虱,把搔无已,而当裹以章服,揖拜上官,三不堪也。素不便书,又不喜作书,而人间多事,堆案盈机,不相酬答,则犯教伤义,欲自勉强,则不能久,四不堪也。不喜吊丧,而人道以此为重,己为未见恕者所怨,至欲见中伤者,虽瞿然自责,然性不可化,欲降心顺俗,则诡故不情,亦终不能获无咎无誉如此,五不堪也。不喜俗人,而当与之共事,或宾客盈坐,鸣声聒耳,嚣尘臭处,千变百伎,在人目前,六不堪也。心不耐烦,而官事鞅掌,机务缠其心,世故繁其虑,七不堪也。又每非汤、武而薄周、孔,在人间不止,此事,会显世教所不容,此甚不可一也。刚肠疾恶,轻肆直言,遇事便发,此甚不可二也。④

嵇康的魅力能够坚持到至死一刻,《世说新语·雅量》载:

---

① (宋)李昉等:《太平御览》,中华书局,1960年影印本,卷498,第2276页。
② 《晋书》,卷49,第1360~1361页。
③ 余嘉锡:《世说新语笺疏》,上海古籍出版社,1993,第607页。
④ (南朝梁)萧统编、(唐)李善注《文选》,中华书局,1977年影印胡克家刻本,卷43,第602页。

嵇中散临刑东市，神气不变。索琴弹之，奏《广陵散》。曲终，曰："袁孝尼尝请学此散，吾靳固不与，广陵散于今绝矣！"①

正始名士的夏侯玄也有如此人格精神与风度，也是"临刑东市，颜色不异。"② 正始名士与竹林名士，可谓一脉相承，这是玄学精神的某种骄傲。

山涛有"居选职"的识鉴才华，但他交朋友要经过妻子肯定，《竹林七贤论》载：

山涛与阮籍、嵇康皆一面而契若金兰。涛妻韩氏尝以问涛，涛曰："当年可为友者，惟此二人耳。"妻曰："负羁之妻亦观狐赵，意欲一窥之，可乎？"涛曰："可也。"二人至，妻劝涛留之宿其酒食，夜穿墉而窥之。涛入曰："所见何如吾？"妻曰："君才殊不如也，正当以识度相友。"涛曰："然，伊辈亦当谓我识度胜。"③

山涛又有"暗与道合"的才华，《世说新语·赏誉》载：

人问王夷甫："山巨源义理何如？是谁辈？"王曰："此人初不肯以谈自居，然不读《老》、《庄》，时闻其咏，往往与其旨合。"

《世说新语·识鉴》载：

晋宣武讲武于宣武场，帝欲偃武修文，亲自临幸，悉召群臣。山公谓不宜尔，因与诸尚书言孙、吴用兵本意。遂究论，举坐无不咨嗟，皆曰："山少傅乃天下名言。"后诸王骄汰，轻遘祸难。于是寇盗处处

---

① 余嘉锡：《世说新语笺疏》，上海古籍出版社，1993，第344页。
② 余嘉锡：《世说新语笺疏》，第285页。
③ （宋）李昉等：《太平御览》，中华书局，1960年影印本，卷444，第2042页。又，中古女性的识鉴才华，史多有载，如《晋书》载羊耽妻辛氏，"其明鉴俭约如此"；载虞潭母孙氏"性聪敏，识鉴过人。"（《晋书》，卷96，第2509、2513页）《南史》载，桓玄妻刘氏，聪明有智鉴，尝见刘裕，谓桓玄曰："刘裕龙行虎步，视瞻不凡，恐必不为人下，宜早为其所。"（《南史》，中华书局，1975，卷1，第3~4页）

蚁合，郡国多以无备，不能制服，遂渐炽盛，皆如公言。时人以谓"山涛不学孙、吴，而暗与之理会"。王夷甫亦叹云："公暗与道合。"

"不读《老》、《庄》"而"往往与其旨合"，"不学孙、吴，而暗与之理会"，山涛岂非"心有灵通"的天才乎！

向秀为人略显平和，但与嵇康在一起，也有特立独行与执着之处，《晋书·向秀传》载：

> （嵇）康善锻，秀为之佐，相对欣然，傍若无人。又共吕安灌园于山阳。①

王戎有"鉴识"，他的特立独行以俭吝为突出，《世说新语·俭啬》载数例：

> 王戎俭吝，其从子婚，与一单衣，后更责之。
> 司徒王戎，既贵且富，区宅僮牧，膏田水碓之属，洛下无比。契疏鞅掌，每与夫人烛下散筹算计。
> 王戎有好李，卖之，恐人得其种，恒钻其核。
> 王戎女适裴頠，贷钱数万。女归，戎色不说，女遽还钱，乃释然。②

可见并不以此"俭啬"辨其"贤"否。王戎"鉴识"使自己能看透人；那么，对人的斤斤计较，不是表现在政治上，就是表现在财物上。对王戎的贪财吝啬，晋武帝有个解释："戎之为行，岂怀私苟得，正当不欲为异耳！"③或许这是他以贪财表现自己的某种韬晦。刘伶，邓粲《晋记》曰：

> 刘伶常着袒服而乘鹿车。客有诣伶，值其裸袒，责伶，伶笑曰：

---

① 《晋书》，卷49，第1375页。
② 余嘉锡：《世说新语笺疏》，上海古籍出版社，1993，第873~874页。
③ （宋）李昉等：《太平御览》，中华书局，1960年影印本，卷219，第1042页。

"吾以天为屋,以屋为裈,诸君不当入中,又何怨乎?"其自任若此。①

阮咸,《晋书·阮咸传》:

> 咸与籍居道南,诸阮居道北,北阮富而南阮贫。七月七日,北阮盛晒衣服,皆锦绮粲目,咸以竿挂大布犊鼻于庭。人或怪之,答曰:"未能免俗,聊复尔耳!"……居母丧,纵情越礼。素幸姑之婢,姑当归于夫家,初云留婢,既而自从去。时方有客,咸闻之,遽借客马追婢,既及,与婢累骑而还,论者甚非之。②

王戎、刘伶、阮咸辈的特立独行,完全是所谓"任性"进而"任诞"。《晋书·阮籍传》称阮籍"任性不羁",而"当其得意,忽忘形骸,时人多谓之痴"③。"任性不羁"与"痴",前者是内心的出发点,后者是外在的行为动作及其给人们的印象。这也是"竹林七贤"的特立独行的总述。竹林名士把正始名士的玄学要义逐步实现为一种生活状态,以显示自己与时代、社会的某种关系,或反抗,或避祸,或韬晦,或真率,或现实,等。不管"竹林七贤"个体的特立独行是怎么样的,其相同的外在志趣就是以自己的方式自由自在地、不受约束地生活,这给笼罩在深厚传统里的人们无比的超越现实的遐想!而对于"任性不羁"与"痴",自古以来的传统就是,不管什么社会、不管什么政治力量都应该给予宽容,如对箕子的被发佯狂的接受,对接舆漆身为厉的理解;而至此"竹林七贤",在玄学思潮的影响下,对他们生活在体制内的"任性不羁"与"痴",则给予肯定乃至赞赏。

"竹林七贤"又各有其政治"才能",没有"才能",何以在社会上自立?他们并不像东晋时那种名士,"不必须奇才,但使常得无事,痛饮酒,熟读《离骚》,便可称名士"④,而都是有才有能的人。阮籍所作《为郑冲

---

① (宋)李昉等:《太平御览》,中华书局,1960年影印本,卷498,第2276页。
② 《晋书》,卷49,第1362~1363页。
③ 《晋书》,卷49,第1359页。
④ 余嘉锡:《世说新语笺疏》,上海古籍出版社,1993,第763页。

劝晋王笺》，在司马氏最后获得政权涂上浓重一笔。嵇康之才，"山涛将去选官，举康自代"①。山涛是朝廷重臣，仅说他"居选职"，就是他人难以企及的。向秀，学术上阐发《庄子》学说，独占鳌头，任职散骑侍郎，转黄门侍郎、散骑常侍。王戎也是朝廷重臣，"迁豫州刺史，加建威将军，受诏伐吴。戎遣参军罗尚、刘乔领前锋，进攻武昌，吴将杨雍、孙述、江夏太守刘朗各率众诣戎降。戎督大军临江，吴牙门将孟泰以蕲春、邾二县降。吴平，进爵安丰侯，增邑六千户，赐绢六千匹。戎渡江，绥慰新附，宣扬威惠"②。阮咸也是有大才的人，"山涛举咸典选，曰：'阮咸贞素寡欲，深识清浊，万物不能移。若在官人之职，必绝于时。'武帝以咸耽酒浮虚，遂不用……咸妙解音律，……荀勖每与咸论音律，自以为远不及也，疾之，出补始平太守。"③ 史载阮咸讥荀勖造新钟律"声高"，"后始平掘地得古铜尺，岁久欲腐，不知所出何代，果长勖尺四分，时人服咸之妙，而莫能厝意焉"④；"后有田父耕于野，得周时玉尺，勖以校己所治钟鼓金石丝竹，皆短校一米，于此伏咸之妙，复征咸归"⑤。刘伶亦有玄学辩才，"虽陶兀昏放，而机应不差。未尝厝意文翰，惟著《酒德颂》一篇。……尝为建威参军。泰始初对策，盛言无为之化"⑥。

正因为有才，"竹林七贤"又往往有一种"士不遇""士不用"的郁闷，其"越名教而任自然"是在"士不遇""士不用"笼罩下的。嵇康被杀，当然是"士不用"；《晋书·阮籍传》载"籍本有济世志，属魏、晋之际，天下多故，名士少有全者，籍由是不与世事，遂酣饮为常。""尝登广武，观楚、汉战处，叹曰：'时无英雄，使竖子成名！'登武牢山，望京邑而叹，于是赋《豪杰诗》"⑦。《晋书·阮咸传》："武帝以（阮）咸耽酒浮虚，遂不用。"⑧《晋书·刘伶传》："时辈皆以高第得调，伶独以无用罢。"⑨

---

① 《晋书》，《晋书·嵇康传》，卷49，第1370页。
② 《晋书》，《晋书·王戎传》，卷43，第1232页。
③ 《晋书》，《晋书·阮咸传》，卷49，第1362~1363页。
④ 《晋书》，《晋书·律历上》，卷6，第491页。
⑤ 《晋书》，《晋书·乐上》，卷49，第693页。
⑥ 《晋书》，《晋书·刘伶传》，卷49，第1376页。
⑦ 《晋书》，《晋书·阮籍传》，卷49，第1360~1361页。
⑧ 《晋书》，《晋书·阮咸传》，卷49，第1362页。
⑨ 《晋书》，《晋书·刘伶传》，卷49，第1376页。

《世说新语·言语》载向秀不能遂其性而被强迫出仕：

> 嵇中散既被诛，向子期举郡计入洛，文王引进，问曰："闻君有箕山之志，何以在此？"对曰："巢、许狷介之士，不足多慕。"王大咨嗟。①

"王大咨嗟"的意味很丰富，"竹林七贤"特立独行的追求精神自由被社会所欣赏，司马昭也不例外；但他更愿意士为我用。特立独行的追求精神妨害士为我用，士为我用妨害特立独行的追求精神。司马昭不"咨嗟"又能怎样呢！

### 四 "竹林之游"的组织与活动——诗、友、游

"竹林之游"是文学之游、艺术之游，如向秀与嵇康的玄学讨论：

> 嵇康傲世不羁，（吕）安放逸迈俗，而秀雅好读书，二子颇以此嗤之。后秀将注《庄子》，先以告康、安，康、安咸曰："此书讵复须注，徒弃人作乐事耳。"及成，以示二子，康曰："尔故复胜不？"安乃惊曰："庄子不死矣！"②
> 
> （向秀）又与康论养生，辞难往复，盖欲发康高致也。③

嵇康似乎不赞同向秀的文学活动，但向秀坚持要与他"论养生，辞难往复"；于是引发嵇康"高致""忘言之契"间有所文学交流，产生了优秀的文字作品。正因为嵇康有"高致"，那就还有人想与嵇康讨论文章，或想得到指点，《世说新语·文学》载：

> 锺会撰《四本论》始毕，甚欲使嵇公一见。置怀中，既定，畏其

---

① 余嘉锡笺疏《世说新语笺疏》，上海古籍出版社，1993，第79页。
② 《向秀别传》，《世说新语·文学》第17条注引，余嘉锡笺疏《世说新语笺疏》，第205~206页。
③ 《晋书·向秀传》，卷49，第1374页。

难，怀不敢出，于户外遥掷，便回急走。①

"竹林之游"的相聚，可能还有音乐活动，向秀《思旧赋》称"嵇博综伎艺，于丝竹特妙"，又称"经其旧庐"听到"邻人有吹笛者，发声寥亮"，这才"追想曩昔游宴之好，感音而叹，故作赋曰"；最后又说"听鸣笛之慷慨兮，妙声绝而复寻"②，之所以围绕着音乐展开对故人的怀念，应是当年就多有音乐活动的。阮咸本是音乐大家，史称"阮咸妙解音律，善弹琵琶。虽处世不交人事，惟共亲知弦歌酣宴而已"③；这里的"亲知"当然包括"竹林七贤"的朋友。虞世南《琵琶赋》以琵琶弹奏述及"竹林之聚"：

悲紫塞之昭君，泣乌孙之公主；季伦观金谷之宴，仲容畅竹林之聚。④

"竹林之游"使"七贤"结下深厚的友情，嵇康临诛前有托孤之举：

康后坐事，临诛，谓子绍曰："巨源在，汝不孤矣。"⑤

这又可从多年后其间的回忆历历可见：

戎自言与康居山阳二十年，未尝见其喜愠之色。⑥
有人语王戎曰："嵇延祖（嵇康之子嵇绍）卓卓如野鹤旨在鸡群。"答曰："君未见其父耳。"⑦

向秀《思旧赋》之所以成为千古名篇，就在于对友情的执着，其先述

---

① 余嘉锡笺疏《世说新语笺疏》，上海古籍出版社，1993，第195页。
② 《晋书》，卷49，第1375页。
③ 《晋书》，卷49，第1363页。
④ 《初学记》，卷16，第393页。
⑤ 《晋书》，《晋书·山涛传》，中华书局，1974，卷43，第1223页。
⑥ 《晋书》，《晋书·嵇康传》，中华书局，1974，卷49，第1370页。
⑦ 余嘉锡笺疏《世说新语笺疏》，《世说新语·容止》，第610页。

"余与嵇康、吕安居止接近,其人并有不羁之才,嵇意远而疏,吕心旷而放,其后并以事见法","追想曩昔游宴之好,感音而叹",故作赋曰:

> 将命适于远京兮,遂旋反以北徂。济黄河以泛舟兮,经山阳之旧居。瞻旷野之萧条兮,息余驾乎城隅。践二子之遗迹兮,历穷巷之空庐。叹《黍离》之愍周兮,悲《麦秀》于殷墟。惟追昔以怀今兮,心徘徊以踌躇。栋宇在而弗毁兮,形神逝其焉如。昔李斯之受罪兮,叹黄犬而长吟。悼嵇生之永辞兮,顾日影而弹琴。托运遇于领会兮,寄余命于寸阴。听鸣笛之慷慨兮,妙声绝而复寻。伫驾言其将迈兮,故援翰以写心。①

后人对"竹林七贤"的吟咏,大多数在于其友情,梁萧钧《晚景游泛怀友诗》称"一辞金谷苑,空想竹林游";江总《伤顾野王诗》称"独酌一樽酒,高咏七哀诗,何言蒿里别,非复竹林期"。陈祖孙登《宫殿名登高台诗》曰:

> 独有相思意,聊敞凤皇台。莲披香梢上,日明光正来。离鹤将云散,飞花似雪回。遥思竹林友,前窗夜夜开。②

"竹林之游"最主要的、最核心的因缘在于欣然、神交、忘言之契;如果说是组织,这是一种相互串联,自由参加的组织。据史载,嵇康"所与神交者惟陈留阮籍、河内山涛,豫其流者河内向秀、沛国刘伶、籍兄子咸、琅邪王戎,遂为竹林之游"云云,③阮咸"与叔父籍为竹林之游",④他是其叔父带去的,刘伶"身长六尺,容貌甚陋。放情肆志,常以细宇宙齐万物为心。澹默少言,不妄交游,与阮籍、嵇康相遇,欣然神解,携手入

---

① 《晋书》,《晋书·向秀传》,卷49,第1375页。
② (唐)欧阳询:《艺文类聚》,上海古籍出版社,1982,卷62,第1120页
③ 《晋书》,《晋书·嵇康传》,卷49,第1370页。
④ 《晋书》,《晋书·阮咸传》,卷49,第1362页。

林"①。山涛"与嵇康、吕安善,后遇阮籍,便为竹林之交,著忘言之契"②。还有人特别想参加到这样的集团中,如东平吕安"服康高致,每一相思,辄千里命驾,康友而善之"③,还有吕巽,"初,康与东平吕昭子巽及巽弟安亲善"④。又,《世说新语·简傲》载:

> 钟士季精有才理,先不识嵇康,钟要于时贤俊者之士,俱往寻康。康方大树下锻,向子期为佐鼓排。康扬槌不辍,傍若无人,移时不交以言。钟起去,康曰:"何所闻而来?何所见而去?"钟曰:"闻所闻而来,见所见而去。"⑤

钟士季想"预其流",也要表现出某种特立独行,此处即所谓"闻所闻而来,见所见而去"之语,不是也很机趣吗?又,与嵇康交游者还有数人,阮侃"与嵇康为友"⑥;阮种"弱冠有殊操,为嵇康所重。康著《养生论》,所称阮生,即种也"⑦。《晋书·文苑传》载:

> (赵至)年十四,诣洛阳,游太学,遇嵇康于学,写石经。徘徊视之,不能去,而请问姓名。康曰:"年少何以问邪?"曰:"观君风器非常,所以问耳。"康异而告之。后乃亡到山阳,求康不得而还。⑧

"竹林之游"甚为人们企羡,《晋书》载:

> 阮咸与籍为竹林之游,太原郭奕、高爽为众所推,见咸而心醉,

---

① 《晋书》,卷49,第1376页。
② 《晋书》,卷43,第1223页。
③ 《晋书》,卷四49,第1372页。
④ 《三国志·魏书·王粲传》注引《魏氏春秋》,《三国志》,卷21,第606页。
⑤ 余嘉锡笺疏《世说新语笺疏》,上海古籍出版社,1993,第766页。
⑥ 《世说新语·贤媛》第6条注引《陈留志名》,余嘉锡笺疏《世说新语笺疏》,上海古籍出版社,1993,第671页。
⑦ 《晋书》,卷52,第1444页。
⑧ 《晋书》,卷92,第2377页。

不觉叹焉。①

于是，或疑"竹林七贤"是个概称、统称，并不见得就是七人，后人记载"竹林七贤"的著作就有超出"竹林七贤"的人或事，如东晋戴逵《竹林七贤论》载：

> 王济诸人尝至洛水解禊事。明日，或问济曰："昨游，有何语议？"济云云。②

这种"竹林之游"首先就是孔子所说的"游于艺"③，能说嵇康、向秀的"锻"是为了锻造生产劳动工具吗？嵇康、向秀的"锻"是"游于艺"，而"竹林七贤"趋赴"竹林"中的读书、作诗、思辨、音乐，都是其"游于艺"的表现。进而，这又是一种追求逍遥之"游"，是一种回归人间的"逍遥游"。庄子《逍遥游》提出追求精神自由，提出这种追求是"无待"，是绝对的，因此说"至人无己，神人无功，圣人无名"，提出一种"藐姑射之山，有神人居焉"的境界。而"竹林七贤"的"逍遥游"是"有己"的，其"有待者"就是自己。向子期、郭子玄《逍遥义》曰：

> 夫大鹏之上九万，尺鷃之起榆枋，小大虽差，各任其性，苟当其分，逍遥一也。然物之芸芸，同资有待，得其所待，然后逍遥耳。唯圣人与物冥而循大变，为能无待而常通。岂独自通而已！又从有待者不失其待，不失则同于大通矣。④

"竹林七贤"的所谓"便为竹林之交，著忘言之契"，是一种心灵的契

---

① （宋）李昉等：《太平御览》，中华书局，1960年影印本，卷376，第1735页。
② 《世说新语·言语》第23条注引，余嘉锡笺疏《世说新语笺疏》，上海古籍出版社，1993，第85页。
③ 《论语·述而》："子曰：志于道，据于德，依于仁，游于艺。"张葆全：《论语通译》，漓江出版社，2005，第95页。
④ 《世说新语·文学》第32条注引，余嘉锡笺疏《世说新语笺疏》，第220页。

合,"竹林七贤"的聚合的方式是通过追求逍遥之"游"来实现的,故称"竹林之游";在"竹林之游"中,他们也实现了"有我"的逍遥。因此,与其他文学集团的活动相比,"竹林之游"有不一样的地方:这里或许只有精神领袖,而没有实际的领导者;其成员是自己走到一起而不是某人召集、更不是朝廷任命;大家的活动也是即兴式、随机性的,是大家适意化的,当然也没有命题创作一类。

## 五 "竹林之游"的文化精神

我们并不以单个人物的行为动作标准来衡量评价"竹林七贤",而是采用整体评价的方式来评价"竹林七贤"的。当时代品味与认识"竹林七贤"的个体时,会说到他们的人生各有不同,他们的为人、品行也各有不同。但是,当时代称他们为"竹林七贤"时,对他们的品味与认识成为整体上的了,而是在强调他们的共同点了,对"竹林七贤"中每个个体的认识,往往是在服从整体认识上进行的。于是"竹林七贤"成员的某些个性,或者在群体中其某些性质有所改变,然后个体与群体才能达到某种统一;也就是说,人们并不是以个体的某种品质来定位这个群体,而是以群体来限定个体的某种品质。这七人的个性及特立独行,有些在整体被遮蔽、淡化掉了;有些则在整体中而更凸显了。比如嵇康之死,从某方面单独地看,可以是生命毁灭的血腥,抨击的是统治阶级的暴力;而放在"竹林七贤"这个整体里,嵇康的被处死与"竹林七贤"的生活、行为方式并没有关系;而嵇康之死更增添了其面临大难的优雅的意味,人们更赞赏的是其"高情远趣,率然玄远"的风度。[①]

而作为一个文学集团来说,因为有了每个个体的特立独行,"竹林七贤"则显得分外与众不同,充溢着叛逆的、不可束缚的气息,使得原本传统的文士集团的雅趣、雅兴、雅行增添出强烈的活力,如此的不确定因素令人增添出多少想入非非,给文士集团增添些许色彩或意趣;让人们感到,这样的文人集团可以使人们有个人独立发展的空间,于是对"竹林七贤"的体味便有了难以名状的企羡。

---

① 《晋书》,《晋书·嵇康传》,卷49,第1374页。

群体特征与个体品性二者的结合，使得"竹林七贤"构成有意味的系统，于是我们说，"竹林之游"并非简单的"竹林"下的相聚相会，乃是意味丰富的、意向固定的某种聚会，"竹林之游"有着某种象征意义。就"贤"而言，起码有两种意义趋向，一种是道德趋向，汉刘向《新序·杂事二》："昔者，唐虞崇举九贤布之于位而海内大康。"晋陆云《嘲褚常侍文》："九贤翼世，而有命既集；五子佐时，匡霸以济。"另一种就是精神趋向，《吕氏春秋·恃君》"有力者贤"高诱注："贤，豪者也。""竹林七贤"对自由的追求都有特立独行之处，因此，用一般有德行者、善者解释七贤之"贤"是不行的，而用"贤，豪者也"的解释倒很恰切，这种"豪"，应该就是"越名教而任自然"的行为动作表现。

什么是"竹林之游""竹林七贤"承载的文化精神呢？或者说，千百年来人们为什么如此崇尚、敬仰"竹林七贤"呢？这是一种自由不羁的、玄远悠然的隐士化生活，但又是日常的官宦生活；这是一种以诗文创作、艺术体验为文士本色的生活，但又是有才干的、有能力的、有抱负的生活；这是一种审美化了的、诗意化了的人生，但又是脚踏实地、优雅、高傲、惬意的生活，他们的生活不像颜回"一箪食，一瓢饮，在陋巷"那么贫穷，① 也不是苦行僧般的隐士。在这里他们每人都有自己的"越名教而任自然"的特立独行，但又都满含着、体现着"士不遇""士不用"的忧郁。

"竹林七贤"生活在浪漫与现实之间，"竹林之游"徘徊在传统与叛逆之间；他们生活在庄园化的竹林，那里又多具人文情怀、神秘氛围，在其中的活动自然蕴含着令人无比遐想的意味。"竹林七贤"是玄学人物品格的凝聚，既溶化了形而上的玄学理论的深奥、隽永，又剔除了堕入下流而凸显其"自有乐地"。在这样的士人集团中，人们似乎实现了超脱社会与政治，不为什么具体目的，自由而来，自由而去，并渴望在此中实现最大的自由；在这样的文士团体里，所谓"文士之疵"得到了最大的宽容乃至欣赏②，所作所为全是士人的优雅、意趣。

---

① 《论语·雍也》："子曰：贤哉，回也！一箪食，一瓢饮，在陋巷，人不堪其忧，回也不改其乐。贤哉，回也！"见张葆全《论语通译》，漓江出版社，2005，第81页。

② （南朝梁）刘勰《文心雕龙·程器》、（北齐）颜之推《颜氏家训·文章》曾数说历代作家品行的"瑕累"或"轻薄"。

《论语·泰伯》载曾子曰:"士不可以不弘毅,任重而道远。仁以为己任,不亦重乎?死而后已,不亦远乎?"① 以修身、齐家、治国、平天下为己任的儒家,强调进取。《老子》云:

> 知其雄,守其雌,为天下蹊。为天下蹊,常德不离,复归于婴儿。知其白,守其黑,为天下式。常得不忒,复归于无极。知其荣,守其辱,为天下谷。为天下谷,常得乃足,复归于朴。朴散为器,圣人用为官长。是以大制无割。②

道家强调"守其雌"而"复归于朴"。阮籍向往的"自然"社会人们处事的状态是:

> 盖无君而庶物定,无臣而万事理,保身修性,不违其纪,惟兹若然,故能长久。③

在从政生活的本与末、动与静、出与处上,"竹林七贤"是徘徊其二者之间的,或者说是调和、折衷于名教与自然之间。他们在"达则兼济天下"之时,却时时不忘遗落世事,并不向世人显示出自己是以"达则兼济天下"耿耿于怀的,如向秀"在朝不任职,容迹而已"④。山涛有一段时间也是"遂隐身不交世务",即便任高官,也是谦让,"涛再居选职十有余年,每一官缺,辄启拟数人,诏旨有所向,然后显奏,随帝意所欲为先"⑤。王戎,"以晋室方乱,慕蘧伯玉之为人,与时舒卷,无蹇谔之节。自经典选,未尝进寒素,退虚名,但与时浮沈,户调门选而已。"⑥ 又如阮籍,关键时刻为司马氏立有大功,《晋书·阮籍传》载:

---

① 张葆全:《论语通译》,漓江出版社,2005,第 118 页。
② 《老子》第二十八章,见朱谦之《老子校释》,中华书局,1984,第 112 页。
③ 陈伯君:《阮籍集校注》,《大人先生传》,中华书局,1987,第 170 页。
④ 《晋书》,卷 49,第 1375 页。
⑤ 《晋书》,卷 43,第 1225~1226 页。
⑥ 《晋书》,第 1234 页。

会帝让九锡，公卿将劝进，使籍为其辞。籍沈醉忘作，临诣府，使取之，见籍方据案醉眠。使者以告，籍便书案，使写之，无所改窜。辞甚清壮，为时所重。①

但平常时候却与司马氏不即不离，所谓"由是不与世事，遂酣饮为常。文帝初欲为武帝求婚于籍，籍醉六十日，不得言而止。钟会数以时事问之，欲因其可否而致之罪，皆以酣醉获免"云云。② 只有嵇康视从政表达自己的政治态度为唯一，于是落到了另一种结局。

《论语·子罕》载：

子曰：吾有知乎哉？无知也。有鄙夫问于我，空空如也。我扣其两端而竭焉。③

《礼记·中庸》载：

子曰："舜其大知也与！舜好问而好察迩言，隐恶而扬善，执其两端，用其中于民，其斯以为舜乎！"④

《论语》所说是思想上的"扣其两端"，《礼记》所说是"用其中"；而在"竹林七贤"的"竹林之游"中成为行为上的"扣其两端"，却并非"用其中"。"竹林七贤"的"扣其两端"，一方面生活在自己"任性不羁"中，另一方面又在社会体制中成为中坚；孔子所谓的"从心所欲不逾矩"⑤，本来是对"从心所欲"的要求，而在"竹林七贤"这里，均成为对其不管怎么样的"从心所欲"，对时代与社会都做出了"不逾矩"的宽容、肯定甚

---

① 《晋书》，第1360~1361页
② 《晋书》，第1360页。
③ 张葆全：《论语通译》，漓江出版社，2005，第131页。
④ 《周礼·仪礼·礼记》，《古典名著普及文库》本，岳麓书社，1989，第494页。
⑤ 《论语·为政》："子曰：吾十有五而志于学，三十而立，四十而不惑，五十而知天命，六十而耳顺，七十而从心所欲，不逾矩。"见张葆全《论语通译》，漓江出版社，2005，第14页。

或是赞赏，这就是时代与社会为"竹林七贤"所作的实际定位。"竹林七贤"，作为文化精神载体的意义，远远大于作为文士集团的意义。

"竹林七贤"的二者兼顾，不正是传统社会的士人所梦寐以求的吗？一方面享受着文人生活的纵欲与狂傲；另一方面又生活在体制之中而承担着文人精神的社会责任；但这一切的形成又都是理想化的，是经过了时代的过滤与社会的选择凝聚而成；是一个时代在时过境迁以后对他们所作的一种想象中的肯定与赞赏。所以他们在他们的时代并不显赫，而随着时光的流逝与空间的变换，却更加被后代士人所向往与企羡。嵇康临死前索琴而弹，曲终，曰："昔袁孝尼尝从吾学《广陵散》，吾每靳固之，《广陵散》于今绝矣！"① "竹林七贤"亦"于今绝矣"！"竹林七贤"是不可复制的！②

---

① 《晋书》，卷49，第1374页。
② 南朝有士族似乎在模仿"竹林七贤"生活状态与精神状态，与晋时堕入下流者不同，他们"雅"得只能成为一种饰品，没有才干、没有能力、没有抱负。如《颜氏家训·勉学》称："人生在世，会当有业：农民则计量耕稼，商贾则讨论货贿，工巧则致精器用，伎艺则沈思法术，武夫则惯习弓马，文士则讲议经书。多见士大夫耻涉农商，羞务工伎，射则不能穿札，笔则才记姓名，饱食醉酒，忽忽无事，以此销日，以此终年。或因家世馀绪，得一阶半级，便自为足，全忘修学；及有吉凶大事，议论得失，蒙然张口，如坐云雾；公私宴集，谈古赋诗，塞默低头，欠伸而已。有识旁观，代其入地。何惜数年勤学，长受一生愧辱哉！梁朝全盛之时，贵游子弟，多无学术，至于谚云：'上车不落则著作，体中何如则秘书。'无不熏衣剃面，傅粉施朱，驾长檐车，跟高齿屐，坐棋子方褥，凭斑丝隐囊，列器玩于左右，从容出入，望若神仙。明经求第，则顾人答策；三九公宴，则假手赋诗。当尔之时，亦快士也。及离乱之后，朝市迁革，铨衡选举，非复囊者之亲；当路秉权，不见昔时之党。求诸身而无所得，施之世而无所用。被褐而丧珠，失皮而露质，兀若枯木，泊若穷流，孤独戎马之间，转死沟壑之际。当尔之时，诚驽材也。"（王利器：《颜氏家训集解》，上海古籍出版社，1980，第141、145页）这是后话，此处不论。

# 第十六章 "竹林七贤"盛名之兴起

## 一 "竹林七贤"的称号起自何时

"竹林七贤"之名并不盛称其身前。

据《后汉书·党锢列传》载：后汉时兴起为名士"称号"而"共相标榜"之风，既有为个体"称号"，如"天下规矩房伯武，因师获印周仲进""汝南太守范孟博，南阳宗资主画诺。南阳太守岑公孝，弘农成瑨但坐啸""天下模楷李元礼，不畏强御陈仲举，天下俊秀王叔茂"等。又有为群体连署的"称号"，如"三君""八俊""八顾""八及""八厨"。"称号"在彼时或成为"共为部党"而获罪的依据，《后汉书·党锢列传》又载，"张俭乡人朱并，承望中常侍侯览意旨，上书告俭与同乡二十四人别相署号，共为部党，图危社稷"。① 于是我们看到，对"共相标榜"的"称号"，既有正面赞誉，亦有反面抨击，二者的例子都有。那么，"竹林七贤"的称谓又有什么意味呢？

如果我们回到嵇康、阮籍生活的时代，那时是否有以"竹林七贤"称此七人的可能？

其一，史料并无像《党锢列传》里称"八俊""八顾""八及"那样，明确记载时人称"竹林七贤"，《魏纪》称"号竹林七贤"、孙盛《晋阳秋》称"于时风誉扇于海内，至今咏之"的说法，② 只是泛泛而谈，不明时段。

其二，"竹林七贤"活动之时，正是所谓"属魏、晋之际，天下多故，

---

① 《后汉书》，卷67，第2186~2188页。
② 《世说新语·任诞》第1条注引，（南朝宋）刘义庆撰、（南朝梁）刘孝标注、余嘉锡笺疏《世说新语笺疏》，上海古籍出版社，1993，第726页。

名士少有全者"时候①，而"七贤"之类带有"共相标榜""共相题表"性质的"署号"，能被当权者所容吗？况嵇康、阮籍、山涛诸人，又都是至谨至慎之人；如有"竹林七贤"的光环笼罩他们，他们会心安吗？

假如是后人的追题，那么又大约在什么时候？"竹林七贤"的称号，今见材料最早为《魏纪》所录②。《隋书·经籍志》有"《魏纪》十二卷，左将军阴澹撰"。《晋书·张轨传》载阴澹事迹：

> 永宁（301~302）初，（张轨）出为护羌校尉、凉州刺史。于时鲜卑反叛，寇盗从横，轨到官，即讨破之，斩首万馀级，遂威著西州，化行河右。以宋配、阴充、氾瑗、阴澹为股肱谋主，征九郡胄子五百人，立学校，始置崇文祭酒，位视别驾，春秋行乡射之礼。③

马鹏翔说，《魏纪》的写成时间可以考虑定于两晋之际④。那么，"竹林七贤"称号为什么会盛行于渡江之后呢？我们考订"竹林七贤"命名、盛行时间及其盛行原因，我们知道，这种考订不仅仅是对某一史实的考订，而是关系到在那个时代人们对"竹林七贤"文化精神的认定。

## 二 西晋崇尚儒学与东晋崇尚玄学

"竹林七贤"在西晋并不怎么受关注而到东晋时却被盛赞，这与西晋崇尚儒学而东晋转而崇尚玄学有很密切的关系。

西晋立国崇尚儒学，晋武帝司马炎泰始四年六月丙申朔有诏曰：

> 郡国守相，三载一巡行属县，必以春，此古者所以述职宣风展义也。见长吏，观风俗，协礼律，考度量，存问耆老，亲见百年。录囚徒，理冤枉，详察政刑得失，知百姓所患苦。无有远近，使若朕亲临

---

① 《晋书》，卷49，第1360页。
② 据卫绍生《竹林七贤若干问题考辨》，《中州学刊》1999年5期。
③ 《晋书》，卷86，第2221~2222页。
④ 对《魏纪》与阴澹的考证，见马鹏翔《"竹林七贤"名号之流传与东晋中前期政局》，《中国哲学史》2008年第2期。

之。敦喻五教，劝务农功，勉励学者，思勤正典，无为百家庸末，致远必泥。士庶有好学笃道，孝悌忠信，清白异行者，举而进之；有不孝敬于父母，不长悌于族党，悖礼弃常，不率法令者，纠而罪之。田畴辟，生业修，礼教设，禁令行，则长吏之能也；人穷匮，农事荒，奸盗起，刑狱烦，下陵上替，礼义不兴，斯长吏之否也。①

显然，"敦喻五教"是此篇诏书的核心。又，《晋书·傅玄传》载傅玄上疏，其中云：

> 臣闻先王之临天下也，明其大教，长其义节；道化隆于上，清议行于下，上下相奉，人怀义心。亡秦荡灭先王之制，以法术相御，而义心亡矣。近者魏武好法术，而天下贵刑名；魏文慕通远，而天下贱守节。其后纲维不摄，而虚无放诞之论盈于朝野，使天下无复清议，而亡秦之病复发于今。陛下圣德，龙兴受禅，弘尧舜之化，开正直之路，体夏禹之至俭，综殷周之典文，臣咏叹而已，将又奚言！惟未举清远有礼之臣，以敦风节；未退虚鄙，以惩不恪，臣是以犹敢有言。②

其要点也是强调儒学。《晋书·傅玄传》载傅玄又上疏，文曰：

> ……夫儒学者，王教之首也。尊其道，贵其业，重其选，犹恐化之不崇；忽而不以为急，臣惧日有陵迟而不觉也。"③

西晋是礼法之士掌权，如《晋书·何曾传》载礼法之士对阮籍的态度：

> 时步兵校尉阮籍负才放诞，居丧无礼。曾面质籍于文帝座曰："卿纵情背礼，败俗之人，今忠贤执政，综核名实，若卿之曹，不可长也。"因言于帝曰："公方以孝治天下，而听阮籍以重哀饮酒食肉于公

---

① 《晋书》，卷3，第57页。
② 《晋书》，卷47，第1317~1318页。
③ 《晋书》，卷47，第1319~1320页。

座。宜摈四裔，无令污染华夏。"帝曰："此子羸病若此，君不能为吾忍邪！"曾重引据，辞理甚切。帝虽不从，时人敬惮之。①

葛晓音云：

> 司马氏政权的基础是大族高门，其中主要是儒学世家。晋室开国元勋如荀顗、荀勖、贾充、王肃、卫瓘等都是东汉以来的学门。他们提倡名教，特别重视礼乐孝道。其他重臣虽不是汉儒之后，但也大都重儒轻玄。"②

而到东晋则崇尚玄学，南朝人的著作多有论及彼时玄学对文学的影响，刘勰《文心雕龙》之《明诗》篇称"江左篇制，溺乎玄风，嗤笑徇务之志，崇盛亡机之谈"；《时序》篇称"自中朝贵玄，江左称盛，因谈馀气，流成文体。是以世极迍邅，而辞意夷泰，诗必柱下之旨归，赋乃漆园之义疏"，等③。钟嵘《诗品序》称，"永嘉时，贵黄、老，稍尚虚谈。于时篇什，理过其辞，淡乎寡味。爰及江左，微波尚传，孙绰、许询、桓、庾诸公诗，皆平典似《道德论》，建安风力尽矣"，"永嘉以来，清虚在俗。王武子辈诗，贵道家之言。爰泊江表，玄风尚备。真长、仲祖、桓、庾诸公犹相袭。世称孙、许，弥善恬淡之词。"④ 等。

东晋崇尚玄学的原因之一，就是想通过玄学地位的确立，来重塑中原文化在南方的正统地位。西晋统一南北，南方文化与北方文化便互有争胜，《晋书·陆机传》载陆机从南方来到北方京城：

> 又尝诣侍中王济，济指羊酪谓机曰："卿吴中何以敌此？"答云："千里莼羹，未下盐豉。"时人称为名对。⑤

---

① 《晋书》，卷33，第995~996页。
② 葛晓音：《八代诗史》，陕西人民出版社，1989，第105页。
③ 詹锳：《文心雕龙义证》，上海古籍出版社，1989，第204、1710页。
④ 杨明：《文赋诗品译注》，上海古籍出版社，1999，第30、97页。
⑤ 《晋书》，卷54，第1472~1473页。

而以后晋王朝南渡，又不得不来到南方，晋王朝面对北方自己故土的少数民族统治者，它要以弘扬原有文化传统来表现自己的正统；而与目前自己所处的南方来说，它也要证明自己文化的正统。《世说新语·言语》载：

> 元帝始过江，谓顾骠骑曰："寄人国土，心常怀惭。"①

怎样才能克服"怀惭"心理？玄学传统的确立，玄学人物的文化优势，当然是可以运用的资源。

由崇尚儒学到崇尚玄学，就要重建玄学道统。玄学在魏正始年间兴起，王弼创立了一整套玄学理论，何晏则以其权势地位来推广玄学，《世说新语·文学》即称，"何晏为吏部尚书，有位望，时谈客盈坐"；注引《文章叙录》也说，"（何）晏能清言，而当时权势，天下谈士，多宗尚之"②，玄学大师王弼也是何晏一手提拔起来的。但是，以何晏、王弼、曹爽主人为玄学标榜，多有忌讳；他们正是被司马氏集团镇压的人。鲁迅《魏晋风度及文章与药及酒之关系》曰：

> 何晏的名声很大，位置也很高，他喜欢研究《老子》和《易经》。至于他是一个怎样的人呢？那真相现在很难知道，很难调查。因为他是曹氏一派的人，司马氏很讨厌他，所以他们的记载对何晏大不满。③

如《魏末传》曰："晏妇金乡公主，即晏同母妹。"即属"对何晏大不满"的记载，对此裴松之案曰："《魏末传》云晏取其同母妹为妻，此搢绅所不忍言，虽楚王之妻［嫂］娟，不是甚也已。设令此言出于旧史，犹将莫之或信，况底下之书乎！案诸王公传，沛王出自杜夫人所生。晏母姓尹，公主若与沛王同生，焉得言与晏同母？"④ 于是顺理成章的以玄学第二阶段的人物为标榜，也就是以

---

① （南朝宋）刘义庆撰、（南朝梁）刘孝标注、余嘉锡笺疏《世说新语笺疏》，上海古籍出版社，1993，第 91 页。
② 《世说新语·文学》第 6 条及注引。（南朝宋）刘义庆撰、（南朝梁）刘孝标注、余嘉锡笺疏《世说新语笺疏》，第 195 页。
③ 鲁迅撰、吴中杰导读《魏晋风度及其他》，上海古籍出版社，2000，第 189 页。
④ 《三国志·魏书·何晏传》注引。《三国志》，卷 9，第 293 页。

"竹林七贤"为标榜,鲁迅《魏晋风度及文章与药及酒之关系》称:

> 魏末,何晏他们以外,又有一个团体新起,叫做"竹林名士",也是七个,所以又称"竹林七贤"。正始名士服药,竹林名士饮酒。竹林的代表是嵇康和阮籍。……他们七人中差不多都是反对旧礼教的。①

这里的"反对旧礼教",就是说他们与传统儒学认识是不一样的。"竹林七贤"时期,"七贤"各有政治态度,各有处世之方,在很多方面是分道扬镳的,如嵇康就有《与山巨源绝交书》,而阮籍有《为郑冲劝晋王笺》,以及向秀的先不出仕后出仕;而渡江以后,时过境迁,一切都可以淡化甚或超脱,政治分歧的淡化,此"七贤"合在一起评论已成为可能。

### 三 重塑玄学人物形象

东晋崇尚玄学的首要任务之一,就是重塑玄学形象,为玄学人士张扬名誉。正始年间,玄学人士"共相标榜"而被朝廷视为浮华并予以抑制,《世语》曰:

> 是时,当世俊士散骑常侍夏侯玄、尚书诸葛诞、邓飏之徒,共相题表,以玄、畴四人为"四聪",诞、备八人为"八达",中书监刘放子熙、孙资子密、吏部尚书卫臻子烈三人,咸不及比,以父居势位,容之为"三豫",凡十五人。帝以构长浮华,皆免官废锢。②

又如稍后于嵇康、阮籍时代的情形,《晋书·光逸传》载:

> (逸)初至,属辅之与谢鲲、阮放、毕卓、羊曼、桓彝、阮孚散发裸裎,闭室酣饮已累日。逸将排户入,守者不听,逸便于户外脱衣露头于狗窦中窥之而大叫。辅之惊曰:"他人决不能尔,必我孟祖也。"

---

① 鲁迅撰、吴中杰导读《魏晋风度及其他》,上海古籍出版社,2000,第192页。
② 《三国志·魏书·诸葛诞传》"(诸葛诞)与夏侯玄、邓飏等相善,收名朝廷,京都翕然。言事者以诞、飏等脩浮华,合虚誉,渐不可长。明帝恶之,免诞官"注引《三国志》,卷28,第769页。

遽呼入，遂与饮，不舍昼夜。时人谓之"八达"。①

在魏晋之际，"时人谓之"带有褒贬评价意味的"署号"，则已多为贬义。又如《世说新语·德行》载：

> 王平子、胡毋彦国诸人，皆以任放为达，或有裸体者。乐广笑曰："名教中自有乐地，何为乃尔也？"②

过江之后玄学仍然盛行，如何恢复玄学的"高情远趣，率然玄远"，调和名教与自然之间的对立，实现"名教中自有乐地"，摆在时人面前。"竹林之游"的成员，可以视为玄学人士的楷模。从"竹林七贤"各自的"能"所显现出的风度，再结合东晋时对"清谈误国"的反思③，可知"竹林七贤"是时代所树立的正统的玄学人物形象。比如说嵇康，他在南渡后的玄学地位很高，《世说新语·文学》载：

> 旧云：王丞相过江左，止道声无哀乐、养生、言尽意三理而已，然宛转关生，无所不入。④

嵇康著有《声无哀乐论》、《养生论》，东晋崇尚的玄学"三理"，嵇康

---

① 《晋书》，卷49，第1385页。
② （南朝宋）刘义庆撰、（南朝梁）刘孝标注、余嘉锡笺疏《世说新语笺疏》，上海古籍出版社，1993，第24页。
③ 《晋书·王衍传》载："（王）衍将死，顾而言曰：'呜呼！吾曹虽不如古人，向若不祖尚浮虚，戮力以匡天下，犹可不至今日。'"王衍的忏悔代表了一部分人的观点，这就是"清谈误国"，《晋书·殷浩传》载庾翼贻殷浩书抨击王衍的"高谈庄、老，说空终日"。（《晋书》，卷43、77，第1238、2044页）《世说新语·言语》载王右军（羲之）称"虚谈废务，浮文妨要"，也是此义。《世说新语·轻诋》第11条注引《八王故事》曰："夷甫虽居台司，不以事物自婴，当世化之，差言名教。自台郎以下，皆雅崇拱默，以遗事为高。四海尚宁，而识者知其将乱。"《世说新语·轻诋》又载东晋桓温对此事的看法："桓公入洛，过淮、泗，践此境，与诸僚属登平乘楼，眺瞩中原，慨然曰：'遂使神州陆沉，百年丘墟，王夷甫诸人不得不任其责。'"（余嘉锡笺疏《世说新语笺疏》，上海古籍出版社，1993，第129、834、834页）
④ （南朝宋）刘义庆撰、（南朝梁）刘孝标注、余嘉锡笺疏《世说新语笺疏》，上海古籍出版社，1993，第211页。

有其二。

这就是为什么《世说新语·品藻》有这样的记载：

> 谢遏诸人共道"竹林"优劣，谢公云：'先辈初不臧贬七贤。'"①

这里透露出为什么"先辈初不臧贬七贤"而后来却"共道'竹林'优劣"，于是评价"竹林七贤"、弘扬"竹林之游"成为时尚。而竹林七贤的行为在人们的论述中，也有所避讳或美化，如《晋书·虞预传》载，东晋虞预"憎疾玄虚"，就曾"论阮籍裸袒"②，而在推崇竹林七贤的论述就不见类似的话。

### 四 东晋玄学仍以"正始""竹林"理论为基准

西晋末，玄学理论已呈现出停滞的态势，如《世说新语·文学》载：

> 阮宣子有令闻。太尉王夷甫见而问曰："老庄与圣教同异？"对曰："将无同！"太尉善其言，辟之为掾。世谓"三语掾"。③

他们已不大在理论建设上下很大功夫，而只是崇尚清谈，《世说新语·文学》载：

> 殷中军为庾公长史，下都，王丞相为之集，桓公、王长史、王蓝田、谢镇西并在。丞相自起解帐带麈尾，语殷曰："身今日当与君共谈析理。"既共清言，遂达三更。丞相与殷共相往反，其余诸贤略无所关。既彼我相尽，丞相乃叹曰："向来语，乃竟未知理源所归。至于辞喻不相负，正始之音，正当尔耳。"明旦，桓宣武语人曰："昨夜听殷、王清言，甚佳，仁祖亦不寂寞，我亦时复造心；顾看两王掾，辄翣如

---

① （南朝宋）刘义庆撰、（南朝梁）刘孝标注、余嘉锡笺疏《世说新语笺疏》，第536页。
② 《晋书》，卷82，第2147页。
③ （南朝宋）刘义庆撰、（南朝梁）刘孝标注、余嘉锡笺疏《世说新语笺疏》，第207页。

生母狗馨。"①

清谈中只注意"辞喻不相负",即注意比喻与理论的相辅相成;而"未知理源所归",即到底"理源"在何处,竟不知晓。《世说新语·文学》载:

> 支道林、许掾诸人共在会稽王斋头。支为法师,许为都讲。支通一义,四坐莫不厌心。许送一难,众人莫不抃舞。但共嗟咏二家之美,不辩其理之所在。②

只关注清谈辩论的语锋所载,而"不辩其理之所在"。正是如此,"王丞相过江左,止道《声无哀乐》《养生》《言尽意》,三理而已",还是西晋的那些玄学理论。

《晋书·向秀传》:

> 庄周著内外数十篇,历世才士虽有观者,莫适论其旨统也,秀乃为之隐解,发明奇趣,振起玄风,读之者超然心悟,莫不自足一时也。惠帝之世,郭象又述而广之,儒墨之迹见鄙,道家之言遂盛焉。始,秀欲注,嵇康曰:"此书诅复须注,正是妨人作乐耳。"及成,示康曰:"殊复胜不?"③

东晋对《庄子》《老子》的研究又有支道林(遁),《世说新语·文学》:

> 支道林、许、谢盛德,共集王家,谢顾诸人曰:"今日可谓彦会,时既不可留,此集固亦难常,当共言咏,以写其怀。"许便问主人:"有《庄子》不?"正得渔父一篇。谢看题,便各使四坐通。支道林先通,作七百许语,叙致精丽,才藻奇拔,众咸称善。于是四坐各言怀

---

① (南朝宋)刘义庆撰、(南朝梁)刘孝标注、余嘉锡笺疏《世说新语笺疏》,上海古籍出版社,1993,第212页。
② (南朝宋)刘义庆撰、(南朝梁)刘孝标注、余嘉锡笺疏《世说新语笺疏》,第227页。
③ 《晋书》,卷49,第1374页。

毕。谢问曰："卿等尽不？"皆曰："今日之言，少不自竭。"谢后粗难，因自叙其意，作万余语，才峰秀逸，既自难干，加意气拟托，萧然自得，四坐莫不厌心。支谓谢曰："君一往奔诣，故复自佳耳。"①

但支道林解《庄子》《老子》，有浓厚的佛学意味，《世说新语·文学》载：

王逸少作会稽，初至，支道林在焉。孙兴公谓王曰："支道林拔新领异，胸怀所及乃自佳，卿欲见不？"王本自有一往隽气，殊自轻之。后孙与支共载往王许，王都领域，不与交言。须臾支退。后正值王当行，车已在门，支语王曰："君未可去，贫道与君小语。"因论《庄子·逍遥游》。支作数千言，才藻新奇，花烂映发。王遂披襟解带，留连不能已。（裴注：《支法师传》曰："法师研十地，则知顿悟于七住；寻庄周，则辩圣人之逍遥。当时名胜，咸味其音旨。"《道贤论》以七沙门比竹林七贤。遁比向秀，雅尚《庄》《老》，二子异时，风尚玄同也。）②

从《支法师传》所载，可知支道林的玄学取向，难怪前述支道林、许掾辩论，众人"不辩其理之所在"。但支道林亦有清谈家的高见，《世说新语·文学》载：

《庄子·逍遥篇》，旧是难处，诸名贤所可钻味，而不能拔理于郭、向之外。支道林在白马寺中，将冯太常共语，因及逍遥。支卓然标新理于二家之表，立异义于众贤之外，皆是诸名贤寻味之所不得。后遂用支理。③

---

① （南朝宋）刘义庆撰、（南朝梁）刘孝标注、余嘉锡笺疏《世说新语笺疏》，上海古籍出版社，1993，第237页。
② （南朝宋）刘义庆撰、（南朝梁）刘孝标注、余嘉锡笺疏《世说新语笺疏》，第223页。
③ （南朝宋）刘义庆撰、（南朝梁）刘孝标注、余嘉锡笺疏《世说新语笺疏》，上海古籍出版社，1993，第220页。

支氏《逍遥论》曰：

> 夫逍遥者，明至人之心也。庄生建言大道，而寄指鹏、鷃。鹏以营生之路旷，故失色于体外；鷃以任近而笑远，有矜伐于心内。至人乘天正而高兴，游无穷于放浪，物物而不物于物，则遥然不我得，玄感不为，不疾而速，则逍然靡不适，此所以为逍遥也。若夫有欲当其所足，足于所足，快然有似天真，犹饥者一饱，渴者一盈，岂忘蒸尝于糗粮，绝觞爵于醪醴哉！苟非至足，岂所以逍遥乎？①

此当是进入佛学境界后对玄学的深入一步的理解，汤用彤曰：

> 此文不但释《庄》具有新义，并实写清谈家之心胸，曲尽其妙。当时名士读此，必心心相印，故群加激扬。吾人今日三复斯文，而支公之气宇，及当世称赏之故，从可知矣。②

玄学人物也有能言谈而不能著论者，如《世说新语·文学》载：

> 乐令善于清言，而不长于手笔。将让河南尹，请潘岳为表。潘曰："可作耳。要当得君意。"乐为述己所以为让，标位二百许语，潘直取错综，便成名笔。时人咸云："若乐不假潘之文，潘不取乐之旨，则无以成斯矣。"③

乐广善谈论而不善著文，要请人代笔；善谈论者与能文者相结合，便产生"名笔"。又如王衍，《世说新语·言语》注引《晋诸公赞》称其"好尚清谈，为时人所宗"，但他不能著文，文藻鲜传于世。因此刘师培云：

---

① 《世说新语·文学》第32条注引，（南朝宋）刘义庆撰、（南朝梁）刘孝标注、余嘉锡笺疏《世说新语笺疏》，第220页。
② 汤用彤：《汉魏两晋南北朝佛教史》，中华书局，1983，第128~129页。
③ （南朝宋）刘义庆撰、（南朝梁）刘孝标注、余嘉锡笺疏《世说新语笺疏》，上海古籍出版社，1993，第252~253页。

"然王（弼）、何（晏）虽工谈论，及著为文章，亦为后世所取法；迄于西晋，则王衍、乐广之徒，文藻鲜传于世，用是言语、文章，分为二途。"① 鲁迅《魏晋风度及文章与药及酒之关系》：

> 嵇康阮籍的纵酒，是也能做文章的，后来到东晋，空谈和饮酒的遗风还在，而万言的大文如嵇阮之作，却没有了。②

因此，东晋以"竹林七贤"为标榜又是理论建设的需要。

## 五  时代不需要一味进取的人物

东晋王朝君弱臣强，从立国初期的"王与马，共天下"的时人之语就可见出。③ 因此，从东晋王朝的现实来说，只知进取不知谦让的强势人物是朝廷的心腹大患，最终也摆脱不了覆亡的结局。这样的人物如王敦、苏峻、桓温等，以下依次叙之。

其一，王敦，性豪强，"时王恺、石崇以豪侈相尚，恺尝置酒，敦与导俱在坐，有女伎吹笛小失声韵，恺便驱杀之，一坐改容，敦神色自若。他日，又造恺，恺使美人行酒，以客饮不尽，辄杀之。酒至敦、导所，敦故不肯持，美人悲惧失色，而敦傲然不视"。司马睿"初镇江东，威名未著，（王）敦与导等，同心翼戴"，任都督江扬荆襄交广六州军事、江州刺史，镇武昌，逐步威胁到中央朝廷；"初，敦务自矫厉，雅尚清谈，口不言财色"；王敦崇尚清谈是假。待王敦"既素有重名，又立大功于江左，专任阃外，手控强兵，群从贵显，威权莫贰，遂欲专制朝廷，有问鼎之心"。王敦"每酒后辄咏魏武帝乐府歌曰：'老骥伏枥，志在千里。烈士暮年，壮心不已。'以如意打唾壶为节，壶边尽缺。"司马睿则以刘隗、戴渊、刁协诸人为腹心组织人马，名义上北讨石勒，实际上防御王敦。王敦自武昌举兵，攻下建康，戴渊、刁协诸人被杀，刘隗逃奔石勒。司马睿死，司马绍即位，

---

① 刘师培：《中国中古文学史》，人民文学出版社，1959，第50页。
② 鲁迅撰、吴中杰导读《魏晋风度及其他》，上海古籍出版社，2000，第196~197页。
③ 《晋书·王敦传》："帝初镇江东，威名未著，敦与从弟导等同心翼戴，以隆中兴，时人为之语曰：'王与马，共天下。'"《晋书》，卷98，第2554页。

是为明帝。公元 324 年，王敦病重，明帝司马绍下令讨伐王敦，王敦败。①

其二，苏峻，中原战乱，"百姓流亡，所在屯聚，（苏）峻纠合得数千家，结垒于本县"，后升为历阳内史，"有锐卒万人，器械甚精"，朝廷委以江北驻守重任。公元 325 年，明帝死，司马衍即位，是为成帝，王导、庾亮辅政。庾亮欲夺苏峻兵权，公元 327 年，苏峻与豫州刺史祖约合谋，以讨庾亮为名举兵渡江，第二年，攻破建康，声势日盛。后被荆州刺史陶侃、江州刺史温峤联军所败。②

其三，陶侃坐镇荆楚，拥重兵，"梦生八翼，飞而上天，见天门九重，已登其八，唯一门不得入。阍者以杖击之，因隧地，折其左翼。及寤，左腋犹痛。又尝如厕，见一人朱衣介帻，敛板曰：'以君长者，故来相报。君后当为公，位至八州都督。'有善相者师圭谓侃曰：'君左手中指有竖理，当为公。若彻于上，贵不可言。'侃以针决之见血，洒壁而为'公'字，以纸裹，'公'字愈明。及都督八州，据上流，握强兵，潜有窥窬之志，每思折翼之祥，自抑而止"③。陶侃"自抑"并谦退，得以全身。陶侃死，庾亮镇武昌，"亮虽居外镇，而执朝廷之权。既据上流，拥强兵，趣向者多归之"④。庾亮死，弟庾翼继之，庾翼死，公元 345 年，桓温为都督荆楚四州诸军事、荆州刺史，长江上游事权集中其身。桓温"豪爽有风概，姿貌甚伟，面有七星"。桓温其父桓彝"为韩晃所害，泾令江播豫焉。温时年十五，枕戈泣血，志在复仇。至年十八，会播已终，子彪兄弟三人居丧，置刃杖中，以为温备。温诡称吊宾，得进，刃彪于庐中，并追二弟杀之"。第二年，桓温平蜀。后三次北伐，但最终失败，曾收复洛阳以及淮水以北失地，重又丧失。⑤桓温北伐的失败，前燕谋臣申胤有所预料，其云："以温今日声势，似能有为。然在吾观之，必无成功。何则？晋室衰弱，温专制其国，晋之朝臣未必皆与之同心。故温之得志，众所不愿也，必将乖阻以

---

① 以上见《晋书·王敦传》，《晋书》，卷 98，第 2553~2568 页。
② 以上见《晋书·苏峻传》，《晋书》，卷 100，第 2628~2631 页。
③ 《晋书》，卷 66，第 1776 页。
④ 《晋书》，卷 65，第 1753 页。
⑤ 以上见《晋书·桓温传》，《晋书》，卷 98，第 2568~2582 页。

败其事。"① 朝廷的牵制，是桓温北伐失败的最大原因。公元371年，桓温废皇帝司马奕，拥立司马昱，是为简文帝。第二年，司马昱病死，司马曜继位，是为孝武帝；已患重病的桓温要求加九锡，这是禅位之前的一种荣典，谢安等故意拖延，九个月后，桓温病死。

## 六 东晋的人物崇尚以"竹林七贤"为榜样

那么，从东晋的现实来说需要什么样的人物呢？这就是前有王导，后有谢安，这是两位时代崇尚的人物。

王导，字茂弘，他是安定东晋王朝的关键人物。他与元帝"契同友执"，元帝"徙镇建康，吴人不附，居月余，士庶莫有至者"，"会三月上巳，帝亲观禊，乘肩舆，具威仪，敦、导及诸名胜皆骑从。吴人纪瞻、顾荣，皆江南之望，窃觇之，见其如此，咸惊惧，乃相率拜于道左"，树立了司马睿的威望，在南人心目中树立了东晋王朝的形象。但当时人心不定，"过江人士，每至暇日，相要出新亭饮宴。周顗中坐而叹曰：'风景不殊，举目有江河之异。'皆相视流涕。惟导愀然变色曰：'当共戮力王室，克复神州，何至作楚囚相对泣邪！'"是他稳定了南渡社会的人心。②

王导又是一个极其谦退的人，《世说新语·宠礼》载：

> 元帝正会，引王丞相登御床，王公固辞，中宗引之弥苦。王公曰："使太阳与万物同晖，臣何以瞻仰？"③

王导的谦退也可以从他怕老婆一事看出，"初，曹氏性妒，导甚惮之，乃密营别馆，以处众妾。曹氏知，将往焉。导恐妾被辱，遽令命驾，犹恐迟之，以所执麈尾柄驱牛而进"。④从王导对吴人的态度亦可知他的谦退处下的气度，《世说新语·方正》载：

---

① （宋）司马光：《资治通鉴》（七），中华书局，1956，"海西公下太和四年"。
② 《晋书》，卷65，第1747页。
③ （南朝宋）刘义庆撰、（南朝梁）刘孝标注、余嘉锡笺疏《世说新语笺疏》，上海古籍出版社，1993，第722页。
④ 《晋书·王导传》，第1752页。

王丞相初在江左，欲结援吴人，请婚陆太尉。对曰："培塿无松柏，薰莸不同器。玩虽不才，义不为乱伦之始。"①

《世说新语·排调》载：

刘真长始见王丞相，时盛暑之月，丞相以腹熨弹棋局，曰："何乃淘？"刘既出，人问王公云何，刘曰："未见他异，唯闻作吴语耳。"②

他时时不忘以弱相示，这也是为了朝廷才这样做的。进而，他又要求朝廷以谦退为准的，《世说新语·尤悔》载：

王导、温峤俱见明帝，帝问温前世所以得天下之由。温未答。顷，王曰："温峤年少未谙，臣为陛下陈之。"王乃具叙宣王创业之始，诛夷名族，宠树同己。及文王之末，高贵乡公事。明帝闻之，复面着床曰："若如公言，祚安得长！"③

指出前代的血腥，就是要引出当权者说出如此"祚安得长"的话来。于是王导为政主事，务在清静，《世说新语·政事》载：

丞相末年，略复不省事，正封箓诺之。自叹曰："人言我愦愦，后人当思此愦愦。"（裴注：徐广《历纪》曰："导阿衡三世，经纶夷险，政务宽恕，事从简易，故垂遗爱之誉也。"）④

"竹林七贤"以酒著称，王丞相与酒，也充满玄机。他或劝人戒酒，《世说新语·任诞》载：

---

① （南朝宋）刘义庆撰、（南朝梁）刘孝标注、余嘉锡笺疏《世说新语笺疏》，第305页。
② （南朝宋）刘义庆撰、（南朝梁）刘孝标注、余嘉锡笺疏《世说新语笺疏》，第792页。
③ （南朝宋）刘义庆撰、（南朝梁）刘孝标注、余嘉锡笺疏《世说新语笺疏》，第900页。
④ （南朝宋）刘义庆撰、（南朝梁）刘孝标注、余嘉锡笺疏《世说新语笺疏》，上海古籍出版社，1993，第176页。

>   鸿胪卿孔群好饮酒，王丞相语云："卿何为恒饮酒？不见酒家覆瓿布，日月糜烂？"①

这是纯粹的以酒论酒。但是他又有劝孔群饮酒的记载，《世说新语·方正》载：

>   苏峻时，孔群在横塘，为匿术所逼。王丞相保存术，因众坐戏语，令术劝群酒，以释横塘之憾。②

这完全是一种政治调解的劝酒。邓粲《晋纪》曰：

>   上身服俭约，以先时务。性素好酒，将渡江，王导深以戒，帝乃令左右进觞，饮而覆之，自是遂不复饮。克己复礼，官修其方，而中兴之业隆焉。③

这种劝人戒酒也是出于政治目的的。

王导是个玄学人物，他曾自述其玄学，《世说新语·企羡》载：

>   王丞相过江，自说昔在洛水边，数与裴成公、阮千里诸贤共谈道。羊曼曰："人久以此许卿，何须复尔？"王曰："亦不言我须此，但欲尔时不可得耳！"④

而王导作为玄学人物与"竹林七贤"相比，其最主要的风度就在于，他既是努力进取的，他又是注重谦退，二者结合的更大效果，就是由此而保全了东晋王朝。

---

① （南朝宋）刘义庆撰、（南朝梁）刘孝标注、余嘉锡笺疏《世说新语笺疏》，第 741 页。
② （南朝宋）刘义庆撰、（南朝梁）刘孝标注、余嘉锡笺疏《世说新语笺疏》，第 317 页。
③ 《世说新语·规箴》第 11 条注引，（南朝宋）刘义庆撰、（南朝梁）刘孝标注、余嘉锡笺疏《世说新语笺疏》，上海古籍出版社，1993，第 560 页。
④ （南朝宋）刘义庆撰、（南朝梁）刘孝标注、余嘉锡笺疏《世说新语笺疏》，第 630 页。

东晋王朝的另一丞相谢安亦是如此。谢安，字安石，是个玄学人物，《世说新语·文学》载：

> 谢安年少时，请阮光禄道《白马论》，为论以示谢。于时谢不即解阮语，重相咨尽。阮乃叹曰："非但能言人不可得，正索解人亦不可得！"①

谢安初以隐居出名，"初辟司徒府，除佐著作郎，并以疾辞。寓居会稽，与王羲之及高阳许询、桑门支遁游处，出则渔弋山水，入则言咏属文，无处世意"。隐居意志坚决，"有司奏安被召，历年不至，禁锢终身，遂栖迟东土。尝往临安山中，坐石室，临浚谷，悠然叹曰：'此去伯夷何远！'"但后来为官也至高至上。苻坚"率众，号百万，次于淮肥，京师震恐。加安征讨大都督。玄入问计，安夷然无惧色，答曰：'已别有旨。'既而寂然。玄不敢复言，乃令张玄重请。安遂命驾出山墅，亲朋毕集，方与玄围棋赌别墅。安常棋劣于玄，是日玄惧，便为敌手而又不胜。安顾谓其甥羊昙曰：'以墅乞汝。'安遂游涉，至夜乃还，指授将帅，各当其任。玄等既破坚，有驿书至，安方对客围棋，看书既竟，便摄放床上，了无喜色，棋如故。客问之，徐答云：'小儿辈遂已破贼。'既罢，还内，过户限，心喜甚，不觉屐齿之折，其矫情镇物如此。"他的一退一进乃至立下赫赫功劳，都充满了玄学意味。与王导相比，谢安的玄学家风度更多一些，所谓"人皆比之王导，谓文雅过之"。史载，其"尝与孙绰等泛海，风起浪涌，诸人并惧，安吟啸自若。舟人以安为悦，犹去不止。风转急，安徐曰：'如此将何归邪？'舟人承言即回。众咸服其雅量。"又载，"简文帝疾笃，温上疏荐安宜受顾命。及帝崩，温入赴山陵，止新亭，大陈兵卫，将移晋室，呼安及王坦之，欲于坐害之。坦之甚惧，问计于安。安神色不变，曰：'晋祚存亡，在此一行。'既见温，坦之流汗沾衣，倒执手版。安从容就席，坐定，谓温曰：'安闻诸侯有道，守在四邻，明公何须壁后置人邪？'温笑曰：'正自不

---

① （南朝宋）刘义庆撰、（南朝梁）刘孝标注、余嘉锡笺疏《世说新语笺疏》，第215~216页。

能不尔耳。'遂笑语移日。坦之与安初齐名，至是方知坦之之劣"。所以，在《晋书》本传后史臣评曰：谢安"尝与王羲之登冶城，悠然遐想，有高世之志。羲之谓曰：'夏禹勤王，手足胼胝；文王旰食，日不暇给。今四郊多垒，宜思自效，而虚谈废务，浮文妨要，恐非当今所宜。'安曰：'秦任商鞅，二世而亡，岂清言致患邪？'"①

因此，时代盛赞"竹林七贤"的原因，在于他们有事功，又懂得谦退；他们是有玄学理论理论的，他们的玄学风度又是合乎传统的，不具怪诞的成分。东晋王朝需要的正是这样的人物，既需要这样的人物来支撑朝廷，又不希望这样的人物一味进取，否则有篡权之虞。

---

① 以上见《晋书·谢安传》，《晋书》，卷79，第2072~2077页。

# 第十七章 "竹林七贤"在南朝的品格定位

"竹林七贤"是魏末时的文人集合，他们的思想、作品乃至行为、活动、最终遭遇，充满着传奇色彩。历来人们对"竹林七贤"的评价，实际上都带有自己所处时代的期待。以下探索原生态的"竹林七贤"是怎样与东晋至南北朝的时代期望结合在一起的，所产生的"竹林七贤"又是什么形态的。

## 一 是"本性自然"还是"佯狂避世"

"竹林七贤"多有"狂""痴"等行为，如阮籍，《魏纪》载其"纵酒昏酣"，[1]《晋书·阮籍传》[2] 称"时人多谓之痴"，接着具体叙说：阮籍"不拘礼教"但"性至孝，母终，正与人围棋，对者求止，籍留与决赌。既而饮酒二斗，举声一号，吐血数升。及将葬，食一蒸肫，饮二斗酒，然后临诀，直言穷矣，举声一号，因又吐血数升，毁瘠骨立，殆致灭性。"又载：阮籍常曰："礼岂为我设邪！"阮籍"嫂尝归宁，籍相见与别"，"邻家少妇有美色，当垆沽酒。籍尝诣饮，醉，便卧其侧。籍既不自嫌，其夫察之，亦不疑也。兵家女有才色，未嫁而死。籍不识其父兄，径往哭之，尽哀而还。"

又如嵇康，其《与山巨源绝交书》称自己"性复疏懒，筋驽肉缓，头面常一月十五日不洗，不大闷痒，不能沐也。每常小便而忍不起，令胞中略转乃起耳"；又称"性复多虱把搔无已"等。[3] 又如《世说新语·任诞》

---

[1] （宋）祝穆等：《古今事文类聚别集》卷十五《礼乐部》引，文渊阁《四库全书》影印本，上海古籍出版社，1987，第927册，第755页。
[2] 《晋书》，卷49，第1359、1361页。
[3] （南朝梁）萧统撰，（唐）李善注《文选》，中华书局，1977，第601页下、602页上。

载刘伶事迹：刘伶"恒纵酒放达，或脱衣裸形在屋中，人见讥之。伶曰：'我以天地为栋宇，屋室为裈衣，诸君何为入我裈中？'"又载："诸阮皆能饮酒，仲容至宗人间共集，不复用常杯斟酌，以大瓮盛酒，圆坐，相向大酌。时有群猪来饮，直接去上，便共饮之。"《世说新语·任诞》载，甚或有"王戎有好李，卖之，恐人得其种，恒钻其核"的极端行为。①

"竹林七贤"的"狂""痴"属什么性质？《晋书》称阮籍为"外坦荡而内淳至"②，但《晋书》是唐代人所撰，可能有唐代人的观念，王隐《晋书》这样说："魏末，阮籍有才，而嗜酒荒放，露头散发，裸袒箕踞。作二千石，不治官事，日与刘伶等共饮酒歌呼。时人或以籍生在魏晋之交，欲佯狂避时，不知籍本性自然也。"③ 王隐是东晋初年撰《晋书》的，那么所谓"时人"，即东晋人已经认为是"佯狂避时"了，而他则坚持认为是"本性自然"。这也就是说，最晚自东晋时起，对"竹林七贤"的"狂""痴"的评价，就有"本性自然"与"佯狂避世"的不同。

就"本性自然"而言，东晋的孙绰，以天竺七僧比作竹林七贤作《道贤论》，其论刘伶时称："潜公道素渊重，有远大之量；刘灵（伶）肆意放荡，以宇宙为小。虽高栖之业，刘所不及，而旷大之体同焉。"④ 孙绰把刘伶"纵酒放达"的行为与话语称之为"肆意放荡"，但称刘伶"肆意放荡"的"旷大之体"不及潜公的"远大之量"，认同刘伶为"本性自然"。

晋人袁宏《七贤序》论述"竹林七贤"有这样的见解："阮公瑰杰之量，不移于俗，然获免者，岂不以虚中莘节，动无过则乎？中散遣外之情，最为高绝，不免世祸，将举体秀异，直致自高，故伤之者也。山公中怀体默，易可因任，平施不挠，在众乐同，游刃一世，不亦可乎！"⑤ 认为他们各自处世的不同，或"虚中莘节"、或"直致自高"、或"平施不挠"，于是遭遇不同，同样认为他们"本性自然"。

真实的阮籍或有谨慎之举，《晋书·阮籍传》称其"发言玄远，口不臧

---

① （南朝宋）刘义庆撰、（南朝梁）刘孝标注、余嘉锡笺疏《世说新语笺疏》，上海古籍出版社，1993，第730、733、874页。
② 《晋书》，卷49，第1359页。
③ （宋）李昉等：《太平御览》卷四百九十八引，中华书局，1960，2276页下。
④ （南朝梁）慧皎等：《高僧传》，《高僧传合集》，上海古籍出版社，1991，第28页中。
⑤ （宋）李昉等：《太平御览》卷四百四十七引，中华书局，1960，第2058页下。

否人物","(阮)籍本有济世志，属魏、晋之际，天下多故，名士少有全者，籍由是不与世事，遂酣饮为常。文帝初欲为武帝求婚于籍，籍醉六十日，不得言而止。钟会数以时事问之，欲因其可否而致之罪，皆以酣醉获免。"① 虽不以"佯狂"出之，但称其谨慎已又有"佯狂"之意；嵇康也称说"阮嗣宗口不论人过，吾每师之，而未能及"②，这就给后世成说阮籍、嵇康"佯狂避世"留下依据，东晋南北朝有种种称说"竹林七贤"的"佯狂避世"。李秉《家诫》载司马师称："然天下之至慎，其惟阮嗣宗乎！每与之言，言及玄远，而未曾评论时事，臧否人物，真可谓至慎矣。"③ 又如颜延之《五君咏》④，其中这样吟咏阮籍："阮公虽沦迹，识密鉴亦洞。沈醉似埋照，寓辞类托讽。长啸若怀人，越礼自惊众。物故不可论，途穷能无恸。""沦迹"者，痴、放、狂也；"识密鉴亦洞"，李善注称"分别是非谓之识"，颜延之认为阮籍心中自有对世事"物故不可论"的深切认识，所以有"沦迹"之举。《五君咏》又吟咏刘伶道："刘伶善闭关，怀情灭闻见。鼓锺不足欢，荣色岂能眩。韬精日沈饮，谁知非荒宴。"也是称其"佯狂避世"。沈约《七贤论》这样评价阮籍："阮公才器宏广，亦非衰世所容，但容貌风神，不及叔夜，求免世难，如为有涂。若率其恒仪，同物俯仰，迈群独秀，亦不为二马所安。故毁行废礼，以秽其德，崎岖人世，仅然后全。"⑤ 称哲人"非衰世所容"，故"毁行废礼，以秽其德"自然是"佯狂避世"，主要称赏其"佯狂避世"的智慧。

东晋南北朝时，还往往称说嵇康做不到"佯狂避世"，似乎有比照阮籍之意。而嵇康被司马氏所杀的事实，也强化了嵇康在"避世"上的失败。孙绰《道贤论》称嵇康云："帛祖衅起于管蕃，中散祸作于钟会：二贤并以俊迈之气，昧其图身之虑，栖心事外，轻世招患，殆不异也。"⑥ 嵇康本也胸有大志，《晋书》本传载钟会谮"(嵇)康欲助毌丘俭，赖山涛不听。昔齐戮华士，鲁诛少正卯，诚以害时乱教，故圣贤去之。康、安等

---

① 《晋书》，卷49，第1360页。
② （南朝梁）萧统撰，（唐）李善注《文选》，中华书局，1977，第601页下、602页上。
③ 《三国志·李通传》注引，第536页。
④ （南朝梁）萧统撰，（唐）李善注《文选》，第303页上~304页上。
⑤ （南朝梁）沈约著，陈庆元校笺《沈约集校笺》，浙江古籍出版社，1995，第145页。
⑥ （南朝梁）慧皎等：《高僧传》，《高僧传合集》，上海古籍出版社，1991，第8页中。

言论放荡，非毁典谟，帝王者所不宜容。宜因衅除之，以淳风俗","帝既昵听信会，遂并害之"；但他也"作《太师箴》，亦足以明帝王之道焉"。① 嵇康最后也是因政治被杀，所以孙绰感叹嵇康"昧其图身之虑"，感叹其做不到"佯狂避世"。李充《吊嵇中散文》称："嗟乎先生！逢时命之不丁。冀后凋于岁寒，遭繁霜于夏零。灭皎皎之玉质，绝琅琅之金声。援明珠以弹雀，损所重而为轻。谅鄙心之不爽，非大雅之所营。"② 也是哀叹其未能"避世"。

于是我们看到，东晋南北朝人们多有以"佯狂避时"为"竹林七贤"的"狂""痴"定位，认为把"竹林七贤"这些行为冠之以"佯"，是其智慧的体现。视"竹林七贤"为"佯狂避世"，往往把指斥的矛头指向所"避"之"世"，即当时的社会，如袁宏友李氏《吊嵇中散》："嗟乎道之丧也。虽智周万物，不能违颠沛之难。故存其心者，不以一眚累怀，检乎迹者，必以纤芥为事。慨达人之获讥，悼高范之莫全，凌清风以三叹，抚兹子而怅焉。闻先觉之高唱，理极滞其必宣。候千载之大圣，期五百之明贤。聊寄愤于斯章，思慷慨而男儿泫然。"③ 所谓以"道之丧"领起抒情，即是此意。

东晋南北朝之所以强调阮籍的"佯狂避世"，原因之一，在于阮籍稍后的玄学时代，玄学人士特有的行为举止的"痴""荒放""狂"把声誉弄坏了，如《世说新语·德行》载："王平子、胡毋彦国诸人，皆以任放为达，或有裸体者。乐广笑曰：'名教中自有乐地，何为乃尔也！'"④《世说新语·任诞篇》注引《竹林七贤论》曰："（阮）籍之抑浑，盖以浑未识己之所以为达也。后咸兄子简，亦以旷达自居，父丧，行遇大雪寒冻，遂诣浚仪令，令为它宾设黍臛，简食之，以致清议，废顿几三十年。是时竹林诸贤之风虽高，而礼教尚峻，迨元康中，遂至放荡越礼。乐广讥之曰：'名教

---

① 《晋书》，卷49，第1373、1374页。
② （宋）李昉等：《太平御览》卷五百九十六引，中华书局，1960，第2686页下。
③ （宋）李昉等：《太平御览》卷五百九十六引，第2686页下~2687页上。
④ （南朝宋）刘义庆撰、（南朝梁）刘孝标注、余嘉锡笺疏《世说新语笺疏》，上海古籍出版社，1993，第24页。

中自有乐地,何至于此。'乐令之言有旨哉! 谓彼非玄心,徒利其纵恣而已。"①

原因之二,尤其是南朝的批评玄学行为,但当东晋以后,社会上兴起否定玄学回归儒学的思潮,如刘琨《答卢谌书》"然后知聃周之为虚诞,嗣宗之为妄作也。"② 干宝《晋纪总论》抨击魏末时"学者以老庄为崇而黜六经,谈者以虚薄为辩而贱名检,行身者以放浊为通而狭节信,进仕者以苟得为贵而鄙居正,当官者以望空为高而笑勤恪"云云,称之为"风俗淫僻,耻尚失所"。③ 而范宁则抨击"时以浮虚相扇,儒雅日替"的现象,"以为其源始于王弼、何晏,二人之罪深于桀纣"。④ 把"竹林七贤"的"痴"、"荒放"、"狂"称之为"本性自然",自然不如称之为"佯狂避世"。

原因之三,人们对自己所处的社会与时代,永远是又爱又恨,基本是根据自己的处境而言的;当自己处得很好的时候,往往以自己的能力自诩,往往不会理解是时势造英雄;而当自己倒霉时,往往认为是社会与时代不容自己,是社会与时代害了自己。因此,尤其在南北朝这样朝代更替频繁显示出各种险恶时,"佯狂"显示着自己在遇到麻烦时的智力与办法,"避世"则就是"避祸"。于是,与"本性自然"相比,"佯狂避世"就成为一种有意识的人生哲学与生活方式。

## 二 是逍遥生活还是隐士生涯

"竹林七贤"都是有官职的人,但他们都在寻求逍遥生活,其逍遥生活以"竹林"所在为著称,如《世说新语·任诞》云:"七人常集于竹林之下,肆意酣畅,故世谓'竹林七贤'。"⑤《晋书·嵇康传》载:嵇康"性绝巧而好锻。宅中有一柳树甚茂,乃激水圜之,每夏月,居其下以锻",⑥ 这是日常生活的逍遥。又《向秀别传》曰:向秀"常与康偶锻于洛邑,与吕

---

① (南朝宋)刘义庆撰、(南朝梁)刘孝标注、余嘉锡笺疏《世说新语笺疏》,上海古籍出版社,1993,第734页。
② (南朝梁)萧统撰,(唐)李善注《文选》,中华书局,1977,第355页下。
③ (南朝梁)萧统撰,(唐)李善注《文选》,第692页下。
④ 《晋书》,《晋书·范宁传》,卷75,第1984页。
⑤ (南朝宋)刘义庆撰、(南朝梁)刘孝标注、余嘉锡笺疏《世说新语笺疏》,第726页。
⑥ 《晋书》,卷49,第1372页。

安灌园于山阳,收其馀利以供酒食之费。或率尔相携,观原野极游浪之势,亦不计远近;或经日乃归,复修常业。"①阮籍、嵇康追求逍遥生活更甚,或进入神仙境界,如阮籍"尝于苏门山遇孙登,与商略终古及栖神导气之术,登皆不应,籍因长啸而退。至半岭,闻有声若鸾凤之音,响乎岩谷,乃登之啸也"②。嵇康亦是,"尝采药游山泽,会其得意,忽焉忘反。时有樵苏者遇之,咸谓为神。至汲郡山中见孙登,康遂从之游。登沈默自守,无所言说。康临去,登曰:'君性烈而才隽,其能免乎!'康又遇王烈,共入山,烈尝得石髓如饴,即自服半,馀半与康,皆凝而为石。又于石室中见一卷素书,遽呼康往取,辄不复见"③。

虽说阮籍偶有不任职的经历,如"曹爽辅政,召为参军。(阮)籍因以疾辞,屏于田里"④,但他们毕竟不是隐士;再说,那个时代并不欣赏隐士,如《招隐诗》之类,要到西晋初年的陆机、左思才有撰作。如左思《招隐诗》其一所咏,其所往是"荒涂横古今",其所居是"岩穴无结构",其所食所服是"秋菊兼糇粮,幽兰间重襟"⑤,带有充分的艰苦性。

而晋南北朝人是把"竹林七贤"说成是隐居生活的典范,其依据就是后人把"常集于竹林之下,肆意酣畅"以及"游于竹林"云云,提升到精神层面,称之为有意识的隐居生活。如李充《吊嵇中散》:"先生挺邈世之风,资高明之质。神萧萧以宏远,志落落以遐逸。忘尊荣于华堂,括卑静于蓬室。宁漆园之逍遥,安柱下之得一。寄欣孤松,取乐竹林。尚想蒙庄,聊与抽簪。味孙筋之浊胶,鸣七弦之清琴。慕义人之元旨,咏千载之徽音。凌晨风而长啸,托归流而咏吟。乃自足于丘壑,孰有愠乎陆沈?马乐原而跂足,龟悦涂而曳尾。畴庙堂而足荣,岂和铃之足视!久先生之所期,羌元达于遐旨。尚遗大以出生,何殉小而入死?"⑥所谓"凌晨风而长啸,托归流而咏吟"等,不就是隐士生活吗?又如谢万《七贤·嵇中散赞》:"邈矣先生,英标秀上。希巢洗心,拟庄托相。乃放乃

---

① (宋)李昉等:《太平御览》四百九引,中华书局,1960,第1888页上。
② 《晋书》,卷49,第1362页。
③ 《晋书》,卷49,第1370页。
④ 《晋书》,卷49,第1360页。
⑤ (南朝梁)萧统撰,(唐)李善注《文选》,中华书局,1977,第309页下~310页上。
⑥ (宋)李昉等:《太平御览》卷五百九十六引,第2868页下。

逸，迈兹俗网。锺期不存，奇音谁赏。"① 赞赏的也是其"乃放乃逸"的生活。颜延之《五君咏》是这样咏嵇康的："中散不偶世，本自餐霞人。形解验默仙，吐论知凝神。立俗迕流议，寻山洽隐沦。鸾翮有时铩，龙性谁能驯。"称其虽然只是"寻山洽隐沦"，却达到了"仙"的境地，李善注引顾凯之《嵇康赞》曰："南海太守鲍靓，通灵士也。东海徐宁师之，宁夜闻静室有琴声，怪其妙而问焉。靓曰：嵇叔夜。宁曰：嵇临命东市，何得在兹？靓曰：叔夜迹示终，而实尸解。"② 这是其后世"仙化"的故事。

沈约《七贤论》把嵇康的"霓裳羽带""饵术黄精"称之为"自全"手段："嵇生是上智之人，值无妄之日，神才高杰，故为世道所莫容。风邈挺特，荫映于天下；言理吐论，一时所莫能参。属马氏执国，欲以智计倾皇祚，诛锄胜己，靡或有遗。玄伯、太初之徒，并出嵇生之流，咸已就戮。嵇生于此时，非自免之运。若登朝进仕，映迈当时，则受祸之速，过于旋踵。自非霓裳羽带，无用自全。故始以饵术黄精，终于假涂托化。"③ 这是"佯狂避世"的另一种说法。《南齐书·高逸·宗测传》：（宗测）"善画，自图阮籍遇苏门于行障上，坐卧对之。"④ 单纯从这样的画看，阮籍不是隐士还会是什么？

"竹林七贤"作为官员，他们的竹林的活动显然是断续的，人们之所以放大了"竹林七贤"在竹林的活动，放大其处于自然中的活动，就是为了凸显其魅力，就是为了突出其追求逍遥生活的愿望与行为，这是与新时代隐居的类型的产生——朝隐的产生分不开的。如刘宋时谢灵运，"出为永嘉太守。郡有名山水，灵运素所爱好，出守既不得志，遂肆意游遨，遍历诸县，动逾旬朔，民间听讼，不复关怀。所至辄为诗咏，以致其意焉"，朝廷不重用他，于是"灵运意不平，多称疾不朝直。穿池植援，种竹树菫，驱课公役，无复期度。出郭游行或一日百六七十里，经旬不归，既无表闻，

---

① （唐）徐坚等：《初学记》十七，中华书局，1962，第413页。
② （南朝梁）萧统撰，（唐）李善注《文选》，中华书局，1977，第303页下。
③ （南朝梁）沈约著，陈庆元校笺《沈约集校笺》，浙江古籍出版社，1995，第145页。
④ 《南齐书》，第941页。

又不请急"。① 又如南齐时孔稚珪，"不乐世务，居宅盛营山水，凭几独酌，傍无杂事。门庭之内，草莱不剪，中有蛙鸣"②。这种对隐士生活的崇尚，最津津乐道的是山中宰相之类，如《南史·隐逸·陶弘景传》载："后屡加礼聘，并不出，唯画作两牛，一牛散放水草之间，一牛著金笼头，有人执绳，以杖驱之。武帝笑曰：'此人无所不作，欲效曳尾之龟，岂有可致之理！'国家每有吉凶征讨大事，无不前以谘询。月中常有数信，时人谓为山中宰相。"③ 这是一种时代观念，那么，时代所憧憬的"竹林七贤"为什么不是隐士呢！

## 三 是情性交游还是政治交游

历史上"竹林七贤"并无政治上拉党结派的用意，所谓嵇康与毌丘俭云云，本属子虚乌有，这是锺会的谮言。而锺会本人与嵇康政治观点不同，也欲参与这样的文人雅集，《世说新语·文学》载："锺会撰《四本论》始毕，甚欲使嵇公一见。置怀中，既定，畏其难，怀不敢出，于户外遥掷，便回急走。"《世说新语·简傲》载："锺士季精有才理，先不识嵇康。锺要于时贤俊之士，俱往寻康。康方大树下锻，向子期为佐鼓排。康扬槌不辍，傍若无人，移时不交一言。锺起去，康曰：'何所闻而来？何所见而去？'锺曰：'闻所闻而来，见所见而去。'"④ 锺会对自己不能参与"竹林七贤"的聚会应该是很遗憾的。

"竹林七贤"兴起于交友，《魏纪》云："谯郡嵇康，与阮籍、阮咸、山涛、向秀、王戎、刘伶友善，号'竹林七贤'，皆豪尚虚无，轻蔑礼法，纵酒昏酣，遗落世事。"⑤ 这里只说是"友善"而已。《晋书·山涛传》载山涛"与嵇康、吕安善，后遇阮籍，便为竹林之交，著忘言之契"⑥，也只是交友。戴逵《竹林七贤论》记载山涛交友征求妻子的意见："山涛与阮籍、

---

① 《宋书·谢灵运传》，第1753~1754、1772页。
② 《南齐书·孔稚珪传》，第840页。
③ 《南史》，第1899页。
④ 余嘉锡笺疏《世说新语笺疏》，上海古籍出版社，1993，第766页。
⑤ 《古今事文类聚别集》卷十五《礼乐部》引，文渊阁《四库全书》影印本，上海古籍出版社，1987，第927册，第755页。
⑥ 《晋书》，卷43，第1223页。

嵇康皆一面而契若金兰。涛妻韩氏尝以问涛，涛曰：'当年可为友者，唯此二人耳。'妻曰：'负羁之妻，亦观狐赵，意欲一窥之可乎？'涛曰：'可也。'二人至，妻劝涛留之宿，具酒食，夜穿牖而窥之，涛入曰：'所见何如吾？'妻曰：'君才殊不如也。正当以识度相友。'涛曰：'然，伊辈亦当谓我识度胜。'"①《向秀别传》载向秀与诸人的交友，"少为同郡山涛所知，又与谯国嵇康、东平吕安友善，其趋舍进止，无不必同造。"②《世说新语·简傲》载："嵇康与吕安善，每一相思，千里命驾。"③ 这些都是友情上的交游，并无政治意味。联系到嵇康《与山巨源绝交书》，假如是官府的召集，那就一定不能去的，而且还要"绝交"；而假如是"竹林七贤"间的召唤，那么，彼此之间"每一相思，辄千里命驾"，也很欣然。这一定是士人间自由意愿的结合。

从"竹林七贤"所有的活动状况来看，阮籍、嵇康无疑是标杆性的中心人物，但从上述"竹林七贤"交友的这些记载来看，一个基本的突出事实，即"竹林七贤"的交友都涉及山涛。这些记载或传说为什么都会涉及山涛呢？可能与山涛担任的尚书吏部郎这样的职位有关。尚书吏部郎隶属于吏部尚书，主管官吏的选任、铨叙和调动等事务，《晋书·山涛传》载："涛再居选职十有余年，每一官缺，辄启拟数人，诏旨有所向，然后显奏，随帝意所欲为先。故帝之所用，或非举首，众情不察，以涛轻重任意。或谮之于帝，故帝手诏戒涛曰：'夫用人惟才，不遗疏远单贱，天下便化矣。'而涛行之自若，一年之后众情乃寝。涛所奏甄拔人物，各为题目，时称《山公启事》。"④ 记事者、说事者当然都愿意把人物集合与朝廷选官部门的作为联系起来。再说山涛本人也确实推荐过"竹林七贤"，他将离选职，欲召嵇康代之，嵇康致书与之绝交，这就是有名的《与山巨源绝交书》；而且，嵇康被诛后，山涛举嵇康子嵇绍为秘书丞。

正是有上述两方面的事例，东晋南北朝对"竹林七贤"的崇仰有着两

---

① （宋）李昉等：《太平御览》四百四十四引，中华书局，1960，第 2042 页下。
② （宋）李昉等：《太平御览》四百九引，第 1888 页上。
③ （南朝宋）刘义庆撰、（南朝梁）刘孝标注、余嘉锡笺疏《世说新语笺疏》，上海古籍出版社，1993，第 768 页。
④ 《晋书》，卷 43，第 1225~1226 页。

种倾向。一是赞赏这是情性交游,如《世说新语·伤逝》载王戎对往事的流连:"王濬冲为尚书令,著公服,乘轺车,经黄公酒垆下过。顾谓后车客:'吾昔与嵇叔夜、阮嗣宗共酣饮于此垆,竹林之游,亦预其末。自嵇生夭、阮公亡以来,便为时所羁绁。今日视此虽近,邈若山河。'"①《晋书·山涛传》载,嵇康"后坐事,临诛,谓子绍曰:'巨源在,汝不孤矣。'"嵇康把儿子托付给山涛,友情有多深才能这样做啊!

二是把"竹林七贤"的交游引向政治化,如对王戎所称,刘孝标注引《竹林七贤论》曰:"俗传若此。颍川庾爰之尝以问其伯文康,文康云:'中朝所不闻,江左忽有此论,盖好事者为之也。"② 这就是对"竹林七贤"交游友情化的一种否定。又如袁宏友李氏《吊嵇中散》对嵇康的交游做出"良友""恶人"之类的判断:"宣尼有言曰:惟仁者能好人,能恶人。自非贤智之流,不可以褒贬明德,拟议英哲矣。故彼嵇中散之为人,可谓命世之杰矣。观其德行奇伟,风勋劲邈,有似明月之映幽夜,清风之过松林也。若夫吕安者,嵇子之良友也。锺会者,天下之恶人也。良友不可以不明,明之而理全。恶人不可以不拒,拒之而道显。夜光非与鱼目比映,三秀难与朝华争荣。故布鼓自嫌于雷门,砥石有忌于琳琅矣。"③ 以嵇康的交友不曾多从政治层面考虑来"吊嵇中散"。

《宋书·颜延之传》载,颜延之赞赏"竹林七贤"的"五君"也是出自政治的目的:"延之好酒疏诞,不能斟酌当世,见刘湛、殷景仁专当要任,意有不平,常云:'天下之务,当与天下共之,岂一人之智所能独了!'辞甚激扬,每犯权要。谓湛曰:'吾名器不升,当由作卿家吏。'湛深恨焉,言于彭城王义康,出为永嘉太守。延之甚怨愤,乃作《五君咏》以述竹林七贤,山涛、王戎以贵显被黜,咏嵇康曰:'鸾翮有时铩,龙性谁能驯。'咏阮籍曰:'物故可不论,途穷能无恸。'咏阮咸曰:'屡荐不入官,一麾乃出守。'咏刘伶曰:'韬精日沉饮,谁知非荒宴。'此四句,盖自序也。"④

---

① (南朝宋)刘义庆撰、(南朝梁)刘孝标注、余嘉锡笺疏《世说新语笺疏》,上海古籍出版社,1993,第636页。
② (南朝宋)刘义庆撰、(南朝梁)刘孝标注、余嘉锡笺疏《世说新语笺疏》,第636页。
③ (宋)李昉等:《太平御览》卷五百九十六引,中华书局,1960,第2868页。
④ 《宋书》,第1892页。

对"竹林七贤"的认识引向政治化。

沈约《七贤论》论及"竹林七贤"的交游最有意味,其云:"彼嵇、阮二生,志存保己,既托其迹,宜慢其形。慢形之具,非酒莫可。故引满终日,陶兀尽年。酒之为用,非可独酌。宜须朋侣,然后成欢。刘伶酒性既深,子期又是饮客,山、王二公,悦风而至。相与莫逆,把臂高林,徒得其游。故于野泽,衔杯举樽之致,寰中妙趣,固冥然不睹矣。"沈约《七贤论》论述"竹林七贤"以酒相会是因为"情性宜有所托""萧散怀抱"。此中,其交友的方式为"酒之为用,非可独酌",交友的目的是"萧散怀抱",交友的意味是所谓的自由组合,所构成的文人集合群体在"衔杯举樽"之中一切都可以释怀了,即《七贤论》所谓:"自嵇、阮之外,山、向五人,止是风流器度,不为世匠所骇。且人本含情,情性宜有所托慰,悦当年隐,萧散怀抱,非五人之与,其谁与哉?"[1]

而就沈约在当时的实际情况看,南齐时沈约、范云、任昉、萧衍诸人皆"竟陵八友",这个"竟陵八友"集团最终助萧衍成功登基改朝换代,这几人也谋官谋权。而在此数人集合在一起时就有所约定,《梁书·任昉传》载:"高祖克京邑,霸府初开,以昉为骠骑记室参军。始高祖与昉遇竟陵王西邸,从容谓昉曰:'我登三府,当以卿为记室。'昉亦戏高祖曰:'我若登三事,当以卿为骑兵。'谓高祖善骑也。至是,故引昉符昔言焉。"[2] 此中,沈约与范云出力最大,史载:"高祖在西邸,与约游旧,建康城平,引为骠骑司马,将军如故。时高祖勋业既就,天人允属,(沈)约尝扣其端,高祖默而不应。"他日沈约又屡次进言,这才使萧衍下定了决心,并与沈约制定了具体措施。萧衍大事成功,高祖对沈约与范云说:"我起兵于今三年矣,功臣诸将,实有其劳,然成帝业者,乃卿二人也。"沈约自然要在其中分得更大的一杯羹,但沈约的愿望没有得到满足,"初,约久处端揆,有志台司,论者咸谓为宜,而帝终不用,乃求外出,又不见许"。沈约"与徐勉素善,遂以书陈情于勉",徐勉"为言于高祖,请三司之仪,弗许,但加鼓吹而已"。比起"竹林七贤"组成集团的意气相投来,"竟陵八友"更居政治

---

[1] (南朝梁)沈约著,陈庆元校笺《沈约集校笺》,浙江古籍出版社,1995,第146页。
[2] 《梁书》,第253页。

集团的性质，那么，沈约称赏"竹林七贤"的情性交游只是一种寄托，他不讳言自己的政治交游，但他更羡慕"竹林七贤"的情性交游，他临死前的遭遇更使其如此，沈约"梦齐和帝以剑断其舌。召巫视之，巫言如梦。乃呼道士奏赤章于天，称禅代之事，不由己出。高祖遣上省医徐奘视约疾，还具以状闻。"武帝"闻赤章事，大怒，中使谴责者数焉，约惧遂卒"。[①] 沈约的心态在南北朝具有典型意义，既渴望纯粹意味的文人雅集，又对文人雅集的政治意味有所期待，在如此的矛盾心态中，对"竹林七贤"的评价既有纯雅集化的，又有政治化的，这是很可以理解的。

## 四 结语

"竹林七贤"在某个时代的声誉与影响，起码基于两方面的因素：一是"竹林七贤"活动的基本事实，我们称之为原生态的"竹林七贤"；二是"竹林七贤"在某个时代的当代价值，即这个时代对其活动的认识与期待值。因此，每个时代对"竹林七贤"的认识都会有所不同，对"竹林七贤"活动的基本事实而得出的价值判断，会产生着某种变异或迁异；这种变异、迁异，或悄悄地在人们的不知不觉中发生；或会大张旗鼓地大肆宣扬地进行。在这个过程中，原先大肆鼓吹的某些人物品行，虽然后来仍在鼓吹，但其意味却发生了变化；原先呈自然趋势的个体人物行为，一点点串连成线，且渐渐演变成为事物发展的规律性与群体性趋向；原先有着具体环境的独立的个别的事件，成为人物刻意追求的生活目标。于是，历史人物在新的时代演变成为理想人格、时代人格，历史人物事迹、思想，在新的时代焕发出新的光芒。这就是东晋南朝"竹林七贤"的品格定位给我们的启示。我们今日研究"竹林七贤"，其基本出发点有两个：一是期望得出最近于事实的历史真相的"竹林七贤"；二是期望得出最近于我们当代社会需要的"竹林七贤"。

---

① 《梁书》，中华书局，1973，第 233~243 页。

# 第十八章 "竹林七贤"与玄学艺术化

## 一 "竹林七贤"开创玄学艺术化

正始年间，一种新的哲学思潮形成了，这就是以老庄哲学为核心融会儒家思想的玄学。"玄"，取《老子》首章"玄之又玄，众妙之门"之意，以"玄"来统摄世界，当时把《周易》《老子》《庄子》称为"三玄"。王弼创立了一整套玄学理论，何晏则以其权势地位来推广玄学。王弼、何晏后，玄学进入"竹林七贤"时期，由"有无本末"出发探讨"名教"与"自然"的关系。"名教"指人们的所为，具体的说就是人为的等级名分和教化；"自然"指宇宙本体、世界本源或宇宙万物本来的样子。嵇康从正面论证"越名教而任自然"，其曰："夫气静神虚者，心不存于矜尚；体亮心达者，情不系于所欲。矜尚不存乎心，故能越名教而任自然；情不系于所欲，故能审贵贱而通物情。"① 其主张的关键不在于要人们从形式上超出名教对人的束缚，而是要从自己心底里摆脱名教对人的束缚。阮籍则批判那些礼法、名教之士，其《咏怀诗》六十七：

> 洪生资制度，被服正有常。尊卑设次序，事物齐纪纲。容饰整颜色，磬折执圭璋。堂上置玄酒，室中盛稻粱。外厉贞素谈，户内灭芬芳。放口从衷出，复说道义方。委曲周旋仪，姿态愁我肠。②

当然，礼法之士也抨击他们，如阮咸随叔父阮籍为竹林之游，"当世礼

---

① （魏）嵇康：《释私论》，戴明扬：《嵇康集校注》，人民文学出版社，1962，第234页。
② 陈伯君：《阮籍集校注》，中华书局，1987，第377页。

法者讥其所为"。① 嵇康所认定的理想社会是崇尚自然的"无为"政治,所谓"崇简易之教,御无为之治。君静于上,臣顺于下,玄化潜通,天人交泰","群生安逸,自求多福,默然从道,怀忠抱义,而不觉其所以然也"。② 阮籍向往的理想社会也是一种"自然","故至人无宅,天地为客;至人无主,天地为所;至人无事,天地为故。无是非之别,无善恶之异,故天下被其泽而万物所以炽也。"③

"越名教而任自然"走向极端即宣扬人生的一切要合乎人的自然性,向秀曰:

> 夫人受形于造化,与万物并存,有生之最灵者也……有生则有情,称情则自然。若绝而外之,则与无生同,何贵于有生哉!且夫嗜欲,好荣恶辱,好逸恶劳,皆生于自然。夫天地之大德曰生,圣人之大宝曰位。崇高莫大于富贵,然富贵,天地之情也……曰生之为乐,以恩爱相接,天理人伦,燕惋娱心,荣华悦志。服飨滋味,以宣五情;纳御声色,以达性气。此天理之自然,人之所宜,三王所不易也。④

向秀、郭象是玄学理论家,《晋书·向秀传》:"雅好老庄之学。庄周著内外数十篇,历世才士虽有观者,莫适论其旨统也,秀乃为之隐解,发明奇趣,振起玄风,读之者超然心悟,莫不自足一时也。惠帝之世,郭象又述而广之。"向秀、郭象宣扬独化安分随时,认为天地间任何事物的生成变化,外不依靠"道",内不由于己,都是无原因无根据的,因此,"物任其性,事称其能,各当其分,逍遥一也",⑤ 在各种环境中都要能安然自得。在如此思想的统领下,"竹林七贤"有着迥然不同于以往文学集团的行为,即其学术行为、生活行为、文学行为等,在强烈的玄学色彩统领下,又都

---

① 《晋书·阮咸传》,第1362页。
② (魏)嵇康:《声无哀乐论》,戴明扬:《嵇康集校注》,人民文学出版社,1962,第221~222页。
③ (魏)阮籍:《大人先生传》,陈伯君:《阮籍集校注》,中华书局,1987,第173页。
④ (魏)向秀:《难养生论》,戴明扬:《嵇康集校注》,人民文学出版社,1962,第162~167页。
⑤ (魏)向秀、郭象注《逍遥游》语,(清)郭庆藩《庄子集释》,中华书局,1961,第1页。

包含有某种安然自得的适情惬意;而从学术的特征来说,这些行为的安然自得、适情惬意恰恰表现出玄学艺术化的魅力。于是可以说,艺术化是"竹林七贤"开发的学问、学说实现自身的另一种路径。这是要探讨的,即"竹林七贤"在哪些方面开创了玄学艺术化,而又给予玄学乃至哲学、文学哪些影响。

## 二 开清谈论辩审美化的风气

汉代学术派别与政治关系密切,学说论辩有时表现出似乎战场上敌对双方的你死我活,如《史记·孝武本纪》载:

> 而上乡儒术,招贤良,赵绾、王臧等以文学为公卿,欲议古立明堂城南,以朝诸侯。草巡狩封禅改历服色事未就。会窦太后治黄老言,不好儒术,使人微得赵绾等奸利事,召案绾、臧,绾、臧自杀,诸所兴为者皆废。①

又如《史记·儒林列传》:

> 窦太后好《老子》书,召辕固生问《老子》书。固曰:"此是家人言耳。"太后怒曰:"安得司空城旦书乎?"乃使固入圈刺豕。②

今古文之争亦是如此,《文选》所录《移书让太常博士》,前曰刘歆"亲近,欲建立《左氏春秋》及《毛诗》、《逸礼》、《古文尚书》,皆列于学官。哀帝令歆与《五经》博士讲论其议,诸儒博士或不肯置对,歆因移书太常博士,责让之曰",文末曰:"若必专己守残,党同门,妒道真,违明诏,失圣意,以陷于文吏之议,甚为二三君子不取也。"③ 威胁意味甚重。又有《世说新语·文学》载:

---
① 《史记》,第452页。
② 《史记》,第3123页。
③ 萧统撰、李善注《文选》,中华书局,1977,第610页下、612页上。

郑玄在马融门下，三年不得相见，高足弟子传授而已。尝算浑天不合，诸弟子莫能解。或言玄能者，融召令算，一转便决，众咸骇服。及玄业成辞归，既而融有"礼乐皆东"之叹。恐玄擅名而心忌焉。玄亦疑有追，乃坐桥下，在水上据屐。融果转式逐之，告左右曰："玄在土下水上而据木，此必死矣。"遂罢追，玄竟以得免。①

为了学术之争，竟然是生死相见。

而玄学论辩，最重所谓"理中清远"的玄言味，如王戎评价王祥的清谈："太保居在正始中，不在能言之流。及与之言，理中清远。"② 且"理中清远"更重艺术化、审美化。在玄理论辩的聚会上，人们往往更注重论辩的艺术技巧，如谈锋健否、设譬妙否、音调朗否、思路清否、气势盛否，等。重视论辩艺术技巧的突出表现就是互为主客，论辩的一方以正命题屈反命题，这只是赢了一半；如还能以反命题屈正命题，这才是胜场。这就成了命题的正反是无所谓的，重要的是对论辩艺术技巧方面的追求与展现，于是，便使人们由对玄理的探索而进入一种审美层次。如《世说新语·文学》载：

殷中军、孙安国、王、谢能言诸贤，悉在会稽王许，殷与孙共论《易》象妙于见形，孙语道合，意气干云，一坐咸不安孙理，而辞不能屈。会稽王慨然叹曰："使真长来，故应有以制彼。"即迎真长，孙意已不如。真长既至，先令孙自叙本理，孙粗说己语，亦觉殊不及向。刘便作二百许语，辞难简切，孙理遂屈。一坐同时抚掌而笑，称美良久。③

而当真正在"辞难"上屈服对方，"论难"双方都"抚掌而笑，称美良久"，这是对"论难"的享受。又如玄学时代，人们参与谈论玄理的聚会的兴趣还要大于谈论玄理本身，《世说新语·文学》载：

---

① 余嘉锡：《世说新语笺疏》，上海古籍出版社，1993，第189~190页。
② 余嘉锡：《世说新语笺疏》，《世说新语·德行》，第22页。
③ 余嘉锡：《世说新语笺疏》，第238页。

> 支道林、许掾诸人共在会稽王斋头。支为法师，许为都讲。支通一义，四坐莫不厌心。许送一难，众人莫不抃舞。但共嗟咏二家之美，不辩其理之所在。①

玄学论辩的审美化倾向，"竹林七贤"是先导。如论辩审美化首先表现在讲究"机锋"上，嵇康开此风气之先，如《世说新语·简傲》载嵇康与钟会的交谈：

> 钟士季精有才理，先不识嵇康，钟要于时贤俊者之士，俱往寻康。康方大树下锻，向子期为佐鼓排。康扬槌不辍，傍若无人，移时不交以言。钟起去，康曰："何所闻而来？何所见而去？"钟曰："闻所闻而来，见所见而去。"②

问"何所闻而来，何所见而去"，答"闻所闻而来，见所见而去"，机锋互起，意味不尽。而刘伶"虽陶兀昏放，而机应不差"，③ 其玄学才华就体现在"机应"。其次，魏晋玄学论辩的艺术化，要有足够的审美化内容，王戎则是最早的实践者。王戎是当日的玄学清谈名家，《晋书·王戎传》载，阮籍对戎父浑曰："濬冲清赏，非卿伦也。共卿言，不如共阿戎谈。"④《世说新语·言语》载：

> 诸名士共至洛水戏。还，乐令问王夷甫曰："今日戏乐乎？"王曰："裴仆射善谈名理，混混有雅致；张茂先论《史》、《汉》，靡靡可听；我与王安丰说延陵、子房，亦超超玄著。"⑤

王安丰即王戎，他实现了所谓"超超玄著"这样的论辩审美化。

---

① 余嘉锡：《世说新语笺疏》，上海古籍出版社，1993，第 227 页。
② 余嘉锡：《世说新语笺疏》，第 766 页。
③ 《晋书·刘伶传》，第 1376 页。
④ 《晋书》，第 1231~1232 页。
⑤ 余嘉锡：《世说新语笺疏》，第 85 页。

### 三　人物品评重形象化比喻

汉末清议与人物品评，如许劭，"好共核论乡党人物，每月辄更其品题，故汝南俗有'月旦评'焉"；许劭评陈寔、陈蕃："太丘道广，广则难周；仲举性峻，峻则少通"，就是一种针对时政的社会舆论，是当时政治派别斗争的工具；而许劭评曹操为"清平之奸贼，乱世之英雄"，① 更有其政治指向。又，《后汉书·党锢传》载人物品评的"裁量执政"：

> （周福）时同郡河南尹房植有名当朝，乡人为之谣曰："天下规矩房伯武，因师获印周仲进。"二家宾客，互相讥揣，遂各树朋徒，渐成尤隙，由是甘陵有南北部，党人之议，自此始矣。后汝南太守宗资任功曹范滂，南阳太守成瑨亦委功曹岑晊，二郡又为谣曰："汝南太守范孟博，南阳宗资主画诺。南阳太守岑公孝，弘农成瑨但坐啸。"因此流言转入太学，诸生三万余人，郭林宗、贾伟节为其冠，并与李膺、陈蕃、王畅更相褒重。学中语曰："天下模楷李元礼，不畏强御陈仲举，天下俊秀王叔茂。"……遂乃激扬名声，互相题拂；品覈公卿，裁量执政。②

品评更有批评当时朝廷乱政的，如"直如弦，死道边；曲如钩，反封侯"等，③ 这些人物品评，直述人物政治品性。

玄学的人物品评，则充满艺术味，此又以王戎为著，如《晋书·王戎传》载：

> （王）戎有人伦鉴识，尝目山涛如璞玉浑金，人皆钦其宝，莫知名其器；王衍神姿高彻，如瑶林琼树，自然是风尘表物。谓裴頠拙于用长，荀勖工于用短，陈道宁谡谡如束长竿。④

---

① 《后汉书·许劭传》，第 2234~2235 页。
② 《后汉书》，第 2185~2186 页。
③ 《后汉书·五行志》，第 3281 页。
④ 《晋书》，第 1235 页。

《世说新语》亦多载王戎的品鉴言论：

> 王戎目阮文业："清伦有鉴识，汉元以来未有此人。"① （《赏誉》）
> "见裴令公精明朗然，笼盖人上，非凡识也。若死而可作，当与之同归。"或云王戎语。② （《赏誉》）
> 有人语王戎曰："嵇延祖卓卓如野鹤之在鸡群。"答曰："君未见其父耳。"③ （《容止》）

这些品评往往是多用直觉的、印象式的描述方式，而且，又是以对自然界事物的描摹来实现的。对人物的评述本来应该是一种概念化的论证，是一种理性化的、整体化的评价，而玄学人物的如此品评，实际上让大众沉浸在自然事物中，以人们对自然事物的体验来体悟个人风格。

不仅仅是王戎，"竹林七贤"的其他人也有如此的形象化比喻式的人物品评，如：

> 山公举阮咸为吏部郎，目曰："清真寡欲，万物不能移也。"④ （《赏誉》）
> 嵇康身长七尺八寸，风姿特秀。见者叹曰："萧萧肃肃，爽朗清举。"或云："肃肃如松下风，高而徐引。"山公曰："嵇叔夜之为人也，岩岩若孤松之独立；其醉也，傀俄若玉山之将崩。"⑤ （《容止》）

而人们又是以如此方式品评王戎的，如《世说新语》所载：

> 钟士季目王安丰："阿戎了了解人意。"⑥ （《赏誉》）
> 王濬冲、裴叔则二人，总角诣钟士季，须臾去后，客问钟曰："向

---

① 余嘉锡：《世说新语笺疏》，上海古籍出版社，1993，第 425 页。
② 余嘉锡：《世说新语笺疏》，第 434 页。
③ 余嘉锡：《世说新语笺疏》，第 610 页。
④ 余嘉锡：《世说新语笺疏》，第 424 页。
⑤ 余嘉锡：《世说新语笺疏》，第 607 页。
⑥ 余嘉锡：《世说新语笺疏》，第 419 页。

二童何如?"钟曰:"裴楷清通,王戎简要。后二十年,此二贤当为吏部尚书,冀尔时天下无滞才。"① （《赏誉》）

裴令公目王安丰:"眼烂烂如岩下电。"（注：王戎形状短小,而目甚清炤,视日不眩。)② （《容止》）

如此形象化比喻式的人物品评,在社会上广泛流行,显示出玄学艺术化已经成为一种社会风气。

## 四 玄言诗：理论表述的艺术化

玄学,作为一种社会思潮,必定会对当时文化生活诸方面产生影响,其中也有对诗歌的影响,诗歌被其影响的表现之一,即是用玄学"言不尽意""得意忘言,得意忘象"的思想方法来进行创作,阮籍是用这种新的思想方法来写诗的代表。玄学是对人生与社会的思考,诗歌也是对人生与社会的思考,玄学一步步发展,有赖于玄学思想方法,而把玄学思想方法引进诗歌,也为诗歌发展开辟了一个新的天地。经钟嵘《诗品》所称"文已尽而意有余"的阶段③,由晚唐司空徒在诗歌理论上正式予以肯定,并总结阐发,其《与极浦书》要求追求"象外之象,景外之景",④ "得意忘言,得意忘象"成为诗歌创作的一个重要手法,为后代理论家所继承、阐发,也为后代的诗人所实践、遵循,阮籍的开创之功实不可没。

玄学影响诗歌创作的另一种表现,即玄言诗的诞生。嵇康的诗已是正宗的玄言诗了,其《代秋胡歌诗》其五:

绝智弃学,游心于玄默。绝智弃学,游心于玄默。遇过而悔,当不自得。垂钓一壑,所乐一国。被发行歌,和气四塞。歌以言之,游心于玄默。⑤

---

① 余嘉锡笺疏《世说新语笺疏》,上海古籍出版社,1993,第420页。
② 余嘉锡笺疏《世说新语笺疏》,第608页。
③ （南朝梁）钟嵘撰、曹旭集注《诗品集注》,上海古籍出版社,1994,第39页。
④ 郭绍虞：《中国历代文论选》第二册,上海古籍出版社,1979,第201页。
⑤ 逯钦立：《先秦汉魏晋南北朝诗》,中华书局,1983,第480页。

又如其《四言诗赠兄诗》其十七：

> 琴诗自乐，远游可珍，含道独往，弃智遗身。寂乎无累，何求于人，长寄灵岳，怡志养神。①

这首诗是把叙说哲理的基石安放在"远游可珍"的山水生活之上的。又有其十八的纯粹说理，写"流俗难悟，逐物不还，至人远鉴，归之自然"云云②。统在"赠兄"的大诗题下，这些诗的叙说哲理也可看作是嵇康向其兄秀才吐露心曲。

前人多有评价嵇康四言诗具有意趣高远、情思玄悠的特点，如其《四言赠兄诗》其十五"闲夜肃清"一首，王夫之称之为"含情之妙，山远天高"③，陈祚明称之为"别绪缠绵，言情深至，如此结颇悠然有馀致，不须下文"④，也十分看重"悠然有余致"这一点。为了对嵇康四言诗的清峻玄远的特点有一个更为清晰全面的认识，以下再剖析其一首四言诗。《四言赠兄诗》其十四：

> 息徒兰圃，秣马华山，流磻平皋，垂纶长川。目送归鸿，手挥五弦，俯仰自得，游心太玄。嘉彼钓叟，得鱼忘筌，郢人逝矣，谁与尽言？⑤

诗中自然景物如兰圃、华山、平皋、长川、归鸿等，都给人一种恬淡安谧、宁静玄远的印象；人物活动如休憩、秣马、弋射、垂钓、远望、挥弦等，都给人一种随意悠闲、潇洒自得的感觉。如此的景物与如此的活动，主人公实际上对"太玄"这样一种极其虚静神妙的境界有了更深层的体悟。如王士禛评其中"目送归鸿，手挥五弦"二句为"妙在象外"⑥，即指这些

---

① 逯钦立：《先秦汉魏晋南北朝诗》，中华书局，1983，第483页。
② 逯钦立：《先秦汉魏晋南北朝诗》，第483页。
③ （清）王夫之评选，张国星校点《古诗评选》，文化艺术出版社，1997，第86页。
④ （清）陈祚明评选，李金松点校《采菽堂古诗选》，上海古籍出版社，2008，第225页。
⑤ 逯钦立：《先秦汉魏晋南北朝诗》，中华书局，1983，第483页。
⑥ （清）王士禛：《古夫于亭杂录》，中华书局，1988，第30页。

诗句意味悠长而含蓄不尽。但这种体悟或已"得意忘言"而无可言说，或无知音可与尽言，反正是体悟到了但不曾有某种尽兴的表达，那么这种体悟到的东西只好让读者来默默地体悟，于是给人一种玄妙悠远的感觉，余音袅袅，含蓄不尽。又如《四言诗》其十一：

> 微风清扇，云气四除，皎皎亮月，丽于高隅。兴命公子，携手同车，龙骥翼翼，扬镳踟蹰。肃肃宵征，造我友庐，光灯吐辉，华幔长舒。鸾觞酌醴，神鼎烹鱼，弦超子野，叹过绵驹。流咏太素，俯赞玄虚，孰克英贤，与尔剖符。①

一方面叙写自然美景及人在自然美景中的种种活动，另一方面则不对这些自然美景及人在自然美景中的活动作具体对应式的、感发性的咏叹与说理，而是一下子跳跃至对时光流逝的慨叹、对宇宙天地的咏赞。如此的慨叹咏赞，则令人超越诗的前半部所述的具体自然景物，让人们感到这些自然景物更加清峻玄远。嵇康四言诗所述哲理大都是有这样的特点。

清峻玄远是玄言诗兴盛时期的典型风格的要素之一，从嵇康诗作可知，这种典型风格在玄学兴起时已经有人给它奠定了基础。嵇康为了使其诗歌达到清峻玄远的效果，一是自创景物境界让人去体悟清峻玄远，一是叙说哲理以引发诗作就自然景物的清峻玄远作进一步的体悟，哲理与自然景物的相互配合、相互启发以构成清峻玄远，对玄言诗风格的形成起了榜样作用。玄学家本来就有论辩谈析玄理的内心要求，既对玄理的玄远超迈执着，又对引人进入玄远超迈的机辩智慧入迷；且面对美好景物又引发了辨析谈论玄理的兴致。于是，在嵇康的诗中出现以自然景物叙说玄理来追求玄远超迈，这就是玄言诗的魅力所在：玄理与论辩玄理而产生的玄远超迈和面对美好自然心中的感发，此二者的相互融和构成了玄言诗的魅力。这也是符合玄学思想方法"略于具体事物而究心抽象原理"的②，即不叙述具体生活内容，也不叙述任何背景细节，一意突出玄远超迈；自然景物是为玄理

---

① 逯钦立：《先秦汉魏晋南北朝诗》，中华书局，1983，第485页。
② 汤用彤：《言意之辨》语，《汤用彤学术论文集》，中华书局，1983，第214页。

的玄远超迈服务，其本身不具备独立性；这样，玄学思想方法也增进了玄言诗的玄远超迈。嵇康的诗作给世人留下深刻的印象，以后的玄言诗也是如此写来，且也多用四言。

## 五　任性任情：人生实践的艺术化

玄学人物任性任情，又多是"竹林七贤"兴起的，一方面固然是其提出"越名教而任自然"、独化安分随时所至，如嵇康《与山巨源绝交书》提出任官的"七不堪二不可"之类；另一方面则是其本身情性的"肆意酣畅"，所谓"七人常集于竹林之下，肆意酣畅，故世谓'竹林七贤'"。[①] 以下以《世说新语》所载，各举"竹林七贤"一例任性任情的雅事。

> 王安丰（王戎）妇，常卿安丰。安丰曰："妇人卿婿，于礼为不敬，后勿复尔。"妇曰："亲卿爱卿，是以卿卿；我不卿卿，谁当卿卿？"遂恒听之。[②]（《惑溺》）

于是，"卿卿我我"成为爱情的专门用语。

> 阮步兵啸，闻数百步。苏门山中，忽有真人，樵伐者咸共传说。阮籍往观，见其人拥膝岩侧，籍登岭就之，箕踞相对。籍商略终古，上陈黄、农玄寂之道，下考三代盛德之美以问之，仡然不应。复叙有为之教、栖神导气之术以观之，彼犹如前，凝瞩不转。籍因对之长啸。良久，乃笑曰："可更作。"籍复啸。意尽，退，还半岭许，闻上嘈然有声，如数部鼓吹，林谷传响，顾看，乃向人啸也。[③]（《栖逸》）

啸，放歌长啸，傲然自得，这种逍遥自在、不受世俗礼法拘束的作为，这种与山水自然相呼应的"啸"，只有阮籍才配具有！

---

① 余嘉锡笺疏《世说新语笺疏》，《世说新语·任诞》，上海古籍出版社，1993，第726页。
② 余嘉锡笺疏《世说新语笺疏》，第922页。
③ 余嘉锡笺疏《世说新语笺疏》，第647页。

> 荀勖善解音声，时论谓之"暗解"，遂调律吕，正雅乐。每至正会，殿庭作乐，自调宫商，无不谐韵。阮咸妙赏，时谓"神解"。每公会作乐，而心谓之不调。既无一言直勖，意忌之，遂出阮为始平太守。后有一田父耕于野，得周时玉尺，便是天下正尺，荀试以校己所治钟鼓、金石、丝竹，皆觉短一黍，于是伏阮神识。①（《术解》）

阮咸是著名的音乐家，精通音律，有一种古代琵琶即以"阮咸"为名，据说作有《三峡流泉》一曲。

> 刘伶病酒，渴甚，从妇求酒。妇捐酒毁器，涕泣谏曰："君饮太过，非摄生之道，必宜断之！"伶曰："甚善。我不能自禁，唯当祝鬼神自誓断之耳！便可具酒肉。"妇曰："敬闻命。"供酒肉于神前，请伶祝誓。伶跪而祝曰："天生刘伶，以酒为名，一饮一斛，五斗解酲。妇人之言，慎不可听！"便引酒进肉，隗然已醉矣。②（《任诞》）

刘伶的戒酒与刘伶的骗酒，只有刘伶才做得出。

> 人问王夷甫："山巨源义理何如？是谁辈？"王曰："此人初不肯以谈自居，然不读《老》、《庄》，时闻其咏，往往与其旨合。"③（《赏誉》）

山涛的玄学，仿佛是与生俱来，顾恺之《画赞》称山涛"有而不恃"。④

> 嵇中散临刑东市，神气不变。索琴弹之，奏《广陵散》。曲终，曰："袁孝尼尝请学此散，吾靳固不与，广陵散于今绝矣！"太学生三

---

① 余嘉锡：《世说新语笺疏》，上海古籍出版社，1993，第702页。
② 余嘉锡：《世说新语笺疏》，第728~729页。
③ 余嘉锡：《世说新语笺疏》，第433页。
④ 余嘉锡：《世说新语笺疏》，上海古籍出版社，1993，第433页。

千人上书,请以为师,不许。文王亦寻悔焉。①(《雅量》)

嵇康之死,天下绝唱。

## 六 流风遗韵

上述审美化论辩、形象化品评、玄言诗风韵、任情任性处世,既是"竹林七贤"诸人的艺术气质绝佳体现,又是玄学艺术化登峰造极的雅趣。而人生艺术化、学问艺术化,正是历代哲人诗意化的学术生活的理想。如孔子向往的理想生活:

> (曾点)曰:"莫春者,春服既成,冠者五六人,童子六七人,浴乎沂,风乎舞雩,咏而归。"夫子喟然叹曰:"吾与点也!"②

孔子向往的学术研究与表现,也是美物与礼仪的结合:

> 子夏问曰:"'巧笑倩兮,美目盼兮,素以为绚兮'何谓也?"子曰:"绘事后素。"曰:"礼后乎?"子曰:"起予者商也,始可与言《诗》已矣。"③

而庄子的理想生活,既有实用技术的艺术化,如庖丁解牛之类;又有辨论哲理的艺术化,如《庄子·秋水》:

> 庄子与惠子游于濠梁之上。庄子曰:"鯈鱼出游从容,是鱼之乐也。"惠子曰:"子非鱼,安知鱼之乐?"庄子曰:"子非我,安知我不知鱼之乐?"惠子曰:"我非子,固不知子矣;子固非鱼也,子之不知鱼之乐,全矣。"庄子曰:"请循其本。子曰'汝安知鱼乐'云者,既

---

① 余嘉锡笺疏《世说新语笺疏》,上海古籍出版社,1993,第344页。
② 张葆全:《论语通译》,《论语·先进》,漓江出版社,2005,第171页。
③ 张葆全:《论语通译》,《论语·八佾》,第32页。

已知吾知之而问我，我知之濠上也。"①

庄子所谓"请循其本"即理之所论，认为从审美体验上说，任何动物的动作、表情，痛苦或快乐，人是可以凭观察而体验到的。也就是说，人们应该凭观察去体验万事万物的快乐。

玄学盛兴之时，西晋灭亡，朝廷南迁，东晋人多归罪于玄学，如干宝抨击魏末时"学者以老庄为崇而黜《六经》，谈者以虚构为辨而贱名检"云云，称之为"风俗淫僻，耻尚失所"；②而范宁则抨击"时以浮虚擁扇，儒雅日替"的现象，"以为其源始于王弼、何晏，二人之罪深于桀纣"。③进而批评玄学的种种艺术化，称之为"虚浮"，如虞预，"雅好经史，憎疾玄虚，其论阮籍裸袒，比之伊川被发，所以胡虏遍于中国，以为过衰周之时"，④等。而玄学也在这些批评声中渐渐消亡了，汤用彤说：

王弼注《老》而阐贵无之学，向（秀）、郭（象）释《庄》而有崇有之学。皆就中华固有学术而加以发明，故影响甚广。释子立义，亦颇挹其流风。及至僧肇解空第一。虽颇具谈玄者之趣味，而其鄙薄老、庄，服膺佛乘，亦几突破玄学之藩篱矣。⑤

后二者已脱离玄学直入佛门，也就是说，魏时王弼、向秀、郭象时，玄学鼎盛；而到支愍度、僧肇时，已是东晋，玄学看起来仍盛行社会，但已经向佛学转向了。玄学向佛学的转向，一方面固然是佛学借玄学而宣传自己的主张并成长壮大；另一方面，则是玄学沉浸在艺术化的美妙之中而在理论发展的各个方面没有与时俱进的结果，这就导致了人们对玄学的批判，进而使玄学走向衰亡。但历史永远怀念"竹林七贤"开创玄学艺术化的风采，永远把学术、学问艺术化当做心中的理想境界。

---

① （清）郭庆藩：《庄子集释》，中华书局，1961，第606~607页。
② 《晋书》，《晋纪总论》第135~136页。
③ 《晋书》，《晋书·范宁传》，第1984页。
④ 《晋书》，《晋书·虞预传》，第2147页。
⑤ 汤用彤：《汤用彤学术论文集》，《魏晋玄学流别略论》，中华书局，1983，第244页。

# 第十九章 "竹林七贤"家风与"各有俊才子"

《世说新语·任诞》云：

> 陈留阮籍、谯国嵇康、河内山涛三人年皆相比，康年少亚之。预此契者：沛国刘伶、陈留阮咸、河内向秀、琅邪王戎。七人常集于竹林之下，肆意酣畅，故世谓"竹林七贤"。①

大体说来，通脱而清玄、谨慎有识见、能言并善文、多才多情趣等，这些"竹林七贤"特有的气度，并非凭空而生，也并非凭空而被后世传诵，他们的家族是其家风产生的根由，而由他们发扬光大的家族传统，又由其"各有俊才子"承袭并随着时代风气的变化而焕发出新的光彩。由"竹林七贤"及其"各有俊才子"的家族传统，我们可以看到我们民族文化的某种传承方式，可以看到我们所津津乐道"竹林七贤"在当今的传统文化教育中的意义。

## 一 家族传统及其形成

"竹林七贤"本出自文化家族，尤以阮籍为著。阮籍字嗣宗，陈留尉氏人，其父阮瑀，字元瑜，为"建安七子"之一。阮瑀少时受学于蔡邕，善解音，能鼓琴，曹操以阮瑀为司空军谋祭酒，管记室，军国书檄，多是陈琳、阮瑀所作，阮瑀曾受命作书与韩遂，于马上具草，曹操揽笔欲有所修定，竟不能增损。刘师培云："《魏志》以'才藻艳逸'评（阮）籍，最为

---

① 余嘉锡笺疏《世说新语笺疏》，上海古籍出版社，1993，第726页。

知言。籍为元瑜之子,瑀之所作,如《为曹公作书与孙权》诸篇,均尚才藻,多优渥之言,此即籍文所自出也。"又云:"阮籍才思敏捷,盖亦得自元瑜。"① 又,嵇康,《嵇氏谱》:"康父昭,字子远,督军粮治书侍御史。兄喜,字公穆,晋扬州刺史、宗正。"《嵇康传》:"家世儒学"②,《晋书·嵇康传》:"与魏宗室婚","兄喜,有当世才,历太仆、宗正"③,王戎,出自高门琅邪王氏家族,魏幽州刺史王雄之孙,晋凉州刺史王浑之子。刘伶(一作刘灵),其父为太祖大将军掾,有宠。山涛,字巨源,河内怀人,其父山曜,宛句令。

"竹林七贤"家族中的女辈之流,亦有事迹可述。《世说新语·贤媛》载:

> 山公与嵇、阮一面,契若金兰。山妻韩氏,觉公与二人异于常交,问公,公曰:"我当年可以为友者,唯此二生耳。"妻曰:"负羁之妻亦亲观狐、赵,意欲窥之,可乎?"他日,二人来,妻劝公止之宿,具酒肉。夜穿墉以视之,达旦忘反。公入曰:"二人何如?"妻曰:"君才致殊不如,正当以识度相友耳。"公曰:"伊辈亦常以我度为胜。"④

这是赞赏山涛妻颇具"才识",《晋阳秋》载,日后山涛也就只与此数人为"忘言之契,至于群子,屯蹇于世,涛独保浩然之度"⑤。王隐《晋书》曰:

> 韩氏有才识,涛未仕时,戏之曰:"忍寒,我当作三公,不知卿堪为夫人不耳?"⑥

山涛夫妇共同度过了一段艰难的时光。刘伶妻苦劝丈夫戒酒,虽终未成功,亦可见是个有识见的人,《世说新语·任诞》载:

---

① 刘师培:《中国中古文学史·论文杂记》,人民文学出版社,1959,第42~43页。
② 《三国志》注引,第605页。
③ 《晋书》,第1369页。
④ 余嘉锡笺疏《世说新语笺疏》,上海古籍出版社,1993,第679页。
⑤ 余嘉锡笺疏《世说新语笺疏》,第679页。
⑥ 余嘉锡笺疏《世说新语笺疏》,第679页。

刘伶病酒，渴甚，从妇求酒。妇捐酒毁器，涕泣谏曰："君饮太过，非摄生之道，必宜断之！"伶曰："甚善。我不能自禁，唯当祝鬼神，自誓断之耳！便可具酒肉。"妇曰："敬闻命。"供酒肉于神前，请伶祝誓。伶跪而祝曰："天生刘伶，以酒为名，一饮一斛，五斗解酲。妇人之言，慎不可听。"便引酒进肉，隗然已醉矣。①

或称王戎夫妇则俭啬之味相同，《世说新语·俭啬》载：

司徒王戎既贵且富，区宅、僮牧，膏田水碓之属，洛下无比。契书鞅掌，每与夫人烛下散筹算计。②

但世称这是王戎夫妇的明哲保身，《世说新语》刘孝标注：

《晋诸公赞》曰："戎性简要，不治仪望，自遇甚薄，而产业过丰，论者以为台辅之望不重。"王隐《晋书》曰："戎好治生，园田周遍天下，翁妪二人，常以象牙筹昼夜算计家资。"《晋阳秋》曰："戎多殖财贿，常若不足。或谓戎故以此自晦也。"戴逵论之曰："王戎晦默于危乱之际，获免忧祸，既明且哲，于是在矣。或曰：'大臣用心，岂其然乎？'逵曰：'运有险易，时有昏明，如子之言，则蘧瑗、季札之徒，皆负责矣。自古而观，岂一王戎也哉？'"③

阮咸之姑姑也是很有文化水平的，其侄儿的字，就是她起的，《阮孚别传》载：

（阮）咸与姑书曰："胡婢遂生胡儿。"姑答书曰："《鲁灵光殿赋》曰：'胡人遥集于上楹'，可字曰遥集也。"故孚字遥集。④

---

① 余嘉锡笺疏《世说新语笺疏》，上海古籍出版社，1993，第728~729页。
② 余嘉锡笺疏《世说新语笺疏》，第873页。
③ 余嘉锡笺疏《世说新语笺疏》，第873~874页。
④ 余嘉锡笺疏《世说新语笺疏》，第734~735页。

"竹林七贤"的子弟或有早秀、早慧者,《山涛传》载山涛之子山淳、山允小时候的几则轶事:

> (山)淳字子玄,不仕,(山)允字叔真,奉车都尉,并少尪病,形甚短小,而聪敏过人。武帝闻而欲见之,涛不敢辞,以问于允。允自以尪陋,不肯行,涛以为胜己。乃表曰:"臣二子尪病,宜绝人事,不敢受诏。"①

山涛有五子,此二子并有"尪病",即患过小儿麻痹症,故"形甚短小",他们自己表态不愿去见皇帝。又,《世说新语·方正》载:

> 山公大儿著短帢,车中倚。武帝欲见之,山公不敢辞,问儿,儿不肯行。时论乃云胜山公。②

此儿因"著短帢"而不愿去见皇帝。这几件事都是在称赏山涛之子的谦退、谨慎,而且是伴随着山涛本人的谦退、谨慎,所谓"不敢辞"以及山涛"以为胜己"。又,《晋书·山简传》载:

> (山)简字季伦。性温雅,有父风。年二十余,涛不之知也。简叹曰:"吾年几三十,而不为家公所知!"③

山简说其父山涛都不"知"自己,可见其谦退、谨慎。这些就是山涛之子的"有父风";史称山涛自己就是个"每隐身自晦"者,这就是山涛家族传统吧。

"竹林七贤"有了盛名,人们对其子弟也特别关注,有"各有俊才子"之说,《世说新语·赏誉》:

---

① 《晋书》,第1218页。
② 余嘉锡笺疏《世说新语笺疏》,上海古籍出版社,1993,第295页。
③ 《晋书》,第1228页。

> 林下诸贤，各有俊才子：籍子浑，器量弘旷；康子绍，清远雅正；涛子简，疏通高素；咸子瞻，虚夷有远志，瞻弟孚，爽朗多所遗；秀子纯、悌，并令淑有清流；戎子万子，有大成之风，苗而不秀；唯伶子无闻。凡此诸子，唯瞻为冠，绍、简亦见重当世。①

"各有俊才子"并"见重当世"，应该是其家族培养出来的，更是家族文化传统的某种延续。而"竹林七贤"的盛名，也应该与其家族、与"各有俊才子"有相当的关系。

## 二 家庭教育与"家训""家诫"

"竹林七贤"对其子弟的培养，首先就在于训导子女健康成长。嵇康《与山巨源绝交书》中提到"欲守陋巷，教养子孙，时时与亲旧叙离阔，陈说平生"；耿耿于怀的是"吾新失母兄之欢，意常凄切，女年十三，男年八岁，未及成人，况复多疾，顾此恨恨，如何可言！"② 后嵇康获罪司马氏，被诛杀前还关心着儿子嵇绍，把儿子托付给"为竹林之交，著忘言之契"的山涛，跟儿子说：有山巨源在，"汝不孤矣"③。

王戎之子王万，"有美名，少而大肥，戎令食糠而肥愈甚"。④ 王戎为了儿子的减肥，可说是伤透了脑筋。后来王万早卒，王戎非常伤心，《世说新语·伤逝》载：

> 王戎丧儿万子，山简往省之，王悲不自胜。简曰："孩抱中物，何至于此？"王曰："圣人忘情，最下不及情。情之所钟，正在我辈。"简服其言，更为之恸。⑤

---

① 余嘉锡笺疏《世说新语笺疏》，上海古籍出版社，1993，第437页。
② 《晋书》，第1372页。
③ 《晋书》，第1223页。
④ 《晋书》，第1235页。
⑤ 余嘉锡笺疏《世说新语笺疏》，第637页。或云王戎之子王万年十九卒，不得云"孩抱中物也"，今《晋书·王衍传》作"衍尝丧幼子，山简吊之"。可能是《世说新语》误把王衍与王戎合为一事。但王戎丧子之痛，应该是事实。

以"情之所锺,正在我辈"表达自己丧儿的悲痛。又,王隐《晋书》曰:"戎子绥,欲取裴遁女。绥既蚤亡,戎过伤痛,不许人求之,遂至老无敢取者。"① 王戎因为丧子之痛,不许未曾过门的儿媳嫁人,为了自己的儿子,对他人又过于残酷。王戎"有庶子兴,戎所不齿。以从弟阳平太守憎子为嗣"②,他有"人伦鉴识",见儿子不成器、成才,于是以堂弟的儿子"为嗣"。据说,王戎对女儿、女婿却不怎么厚道,《世说新语·俭啬》载:

  王戎女适裴頠,贷钱数万。女归,戎色不说,女遽还钱,乃释然。③

一定要其归还了婚礼时的借款,他才心里舒服。从现在的观念看,也是要求女儿、女婿自立的表现。

曾有人与"竹林七贤"的后代讨论儿童教育问题,如《晋书·阮瞻传》载,东海王司马越写信给阮咸之子阮瞻:

  东海王越镇许昌,以瞻为记室参军,与王承、谢鲲、邓攸俱在越府。越与瞻等书曰:"礼,年八岁出就外傅,明始可以加师训之则;十年曰幼学,明可渐先王之教也。然学之所入浅,体之所安深。是以闲习礼容,不如式瞻仪度;讽诵遗言,不若亲承音旨。小儿毗既无令淑之质,不闻道德之风,望诸君时以闲豫,周旋诲接。"④

司马越与阮瞻讲自己的小儿司马毗的教育问题。

古代家庭教育又有书写成文字的"家训""家诫",一般来说,"家训""家诫"的理论意义涵括两个方面,一是指向未来,这是子弟们必须遵循的训诫,二是直面当前,是家长体会最深的东西,是家长认为在生活中为人

---

① 余嘉锡笺疏《世说新语笺疏》,上海古籍出版社,1993,第637页。
② 《晋书》,第1235页。
③ 余嘉锡笺疏《世说新语笺疏》,第874页。
④ 《晋书》,第1363~1364页。

处事最为重要者。"竹林七贤"中嵇康有《家诫》①，在当代及后代都影响很大。其中首先讲"守志"，即"志之所之，则口与心誓，守死无二，耻躬不逮，期于必济"，这就是对子孙们说，如果认同什么东西是对的，就应该遵照去做。以下就是谆谆告诫所该"秉志"者，如"所居长吏，但宜敬之而已矣"，这是如何对待长官；"其立身当清远，若有烦辱，欲人之尽命，托人之请求，当谦辞□谢"，这是请人办事的原则；"凡行事，先自审其可不，差于宜"，自己行事要认定哪些是应该的；"不须行小小束修之意气，若见穷乏而有可以赈济者，便见义而作"，这是如何对待别人的请求；"言语，君子之机"，这是说话的原则；"自非知旧、邻比，庶几已下，欲请呼者，当辞以他故，勿往也"，"凡人自有公私，慎勿强知人知"，这是讲交往的尺度、原则，等。鲁迅先生这样举例嵇康所说：

> 他在《家诫》中教他的儿子做人要小心，还有一条一条的教训。有一条是说长官处不可常去，亦不可住宿；官长送人们出来时，你不要在后面，因为恐怕将来官长惩办坏人时，你有暗中密告的嫌疑。又有一条是说宴饮时候有人争论，你可立刻走开，免得在旁批评，因为两者之间必有对与不对，不批评则不像样，一批评就总要是甲非乙，不免受一方见怪。还有人要你饮酒，即使不愿饮也不要坚决地推辞，必须和和气气的拿着杯子。②

细读嵇康《家诫》，再考索嵇康之子嵇绍的性格与行事，可以发现嵇康《家诫》对嵇绍的深切影响。

晋时，或有他人把"竹林七贤"的言行写进《家诫》以训诫子孙，如李秉《家诫》以"慎"训诫子孙，其曰：

> 昔尝侍坐于先帝，时有三长史俱见，临辞出，上曰："为官长当

---

① 严可均：《全上古三代秦汉三国六朝文》，中华书局，1958，第1342~1343页。
② 鲁迅撰、吴中杰导读《魏晋风度及其他》，《魏晋风度及文章与药及酒的关系》，上海古籍出版社，2000，第196页。

清、当慎、当勤，修此三者，何患不治乎？"并受诏。上顾谓吾等曰："必不得已而去，于斯三者何先？"或对曰"清固为本"。复问吾，吾对曰："清慎之道，相须而成，必不得已，慎乃为大。"上曰："办言得之矣，可举近世能慎者谁乎？"吾乃举故太尉荀景倩、尚书董仲达、仆射王公仲。上曰："此诸人者，温恭朝夕，执事有恪，亦各其慎也。然天下之至慎者，其唯阮嗣宗乎！每与之言，言及玄远，而未尝评论时事，臧否人物，可谓至慎乎！"①

阮籍之慎，世所著称，嵇康《与山巨源绝交书》就说："阮嗣宗口不论人过，吾每师之，而未能及。"② 李秉把它写进其《家诫》。

## 三 承袭"父风"与撰述立家

《晋书·嵇绍传》载嵇绍的成长史：

> 嵇绍，字延祖，魏中散大夫康之子也。十岁而孤，事母孝谨。以父得罪，靖居私门。山涛领选，启武帝曰："《康诰》有言：'父子罪不相及。'嵇绍贤侔郤缺，宜加旌命，请为秘书郎。"帝谓涛曰："如卿所言，乃堪为丞，何但郎也。"乃发诏征之，起家为秘书丞。③

在山涛推荐下，嵇绍任职，虽然官一步步做大，但正是有其父嵇康的教导儿子事事要小心，嵇绍为人处事才如此谨慎而保身，才有眼力能够看到他人易招祸的地方，前者如嵇绍"为给事黄门侍郎，时侍中贾谧以外戚之宠，年少居位"，"谧求交于绍，绍距而不答。及谧诛，绍时在省，以不阿比凶族，封弋阳子"；后者如"沛国戴晞少有才智，与绍从子含相友善，时人许以远致，绍以为必不成器。晞后为司州主簿，以无行被斥，州党称有知人之明"。④ 而从喝酒上说，嵇绍比其父嵇康更为谨慎，嵇康《酒会诗》

---

① 严可均：《全上古三代秦汉三国六朝文》，中华书局，1958，第1763页。
② 《晋书》，第1371页。
③ 《晋书》，第2298页。
④ 《晋书》，第2298页。

有"酒中念幽人,守故弥终始。但当体七弦,寄心在知己",①重心不在酒而在"知己";《世说新语·容止》载嵇康"其醉也,傀俄若玉山之将崩"②,可能他就不太擅长喝酒;而嵇康《代秋胡行》又有称"酒色何物,自令不辜。歌以言之,酒色令人枯",③则直接斥酒。嵇绍更是坚决地斥酒,其《赠石季伦诗》诗曰:

> 人生禀五常,中和为至德,嗜欲虽不同,伐生所不识。仁者安其身,不为外物惑,事故诚多端,未若酒之贼。内以损性命,烦辞伤轨则,屡饮致疲怠,清和自否塞。阳竖败楚军,长夜倾宗国,诗书著明戒,量体节饮食。远希彭聃寿,虚心处冲默,茹芝味醴泉,何为昏酒色。④

不饮酒而"虚心处冲默",显得其更为玄学化的人生。

"竹林七贤"之所以有"俊才子",与其承袭"父风"有很大的关系。《晋书·嵇绍传》:

> 绍始入洛,或谓王戎曰:"昨于稠人中始见嵇绍,昂昂然如野鹤之在鸡群。"戎曰:"君复未见其父耳。"⑤

《世说新语·容止》称"嵇叔夜之为人也,岩岩若孤松之独立",⑥王戎的意思就是有其父必有其子,自是气宇不凡。嵇绍不单单在气宇上有类其父,其他方面也继承了其父的才华,如《嵇康传》载,嵇康弹琴咏诗,自足于怀,尤以《广陵散》著名,将刑东市前,自称:"昔袁孝尼尝从吾学《广陵散》,吾每靳固之,《广陵散》于今绝矣!"⑦嵇绍也善于丝竹,《嵇绍

---

① 逯钦立:《先秦汉魏晋南北朝诗》,中华书局,1983,第486页。
② 余嘉锡笺疏《世说新语笺疏》,上海古籍出版社,1993,第607页。
③ 逯钦立:《先秦汉魏晋南北朝诗》,第480页。
④ 逯钦立:《先秦汉魏晋南北朝诗》,第725页。
⑤ 《晋书》,第2298页。
⑥ 余嘉锡笺疏《世说新语笺疏》,第607页。
⑦ 《晋书》,第1374页。

传》载：

> （嵇）绍尝诣（齐王）冏咨事，遇冏宴会，召董艾、葛旟等共论时政。艾言于冏曰："嵇侍中善于丝竹，公可令操之。"左右进琴，绍推不受。冏曰："今日为欢，卿何吝此邪！"绍对曰："公匡复社稷，当轨物作则，垂之于后。绍虽虚鄙，忝备常伯，腰绂冠冕，鸣玉殿省，岂可操执丝竹，以为伶人之事！若释公服从私宴，所不敢辞也。"冏大惭。艾等不自得而退。①

嵇绍善于丝竹，但绝不以此取悦权贵，必以"礼"而行。看到嵇绍的如此言行，不禁想起嵇康蔑视钟会等权贵的情形，《世说新语·简傲》载：

> 钟士季精有才理，先不识嵇康，钟要于时贤俊者之士，俱往寻康。康方大树下锻，向子期为佐鼓排。康扬槌不辍，傍若无人，移时不交以言。钟起去，康曰："何所闻而来？何所见而去？"钟曰："闻所闻而来，见所见而去。"②

又有阮浑与其父阮籍，《世说新语·任诞》称"阮浑长成，风气韵度似父"。③ 又如阮咸"妙解音律，善弹琵琶。虽处世不交人事，惟共亲知弦歌酣宴而已"；其子阮瞻，"善弹琴，人闻其能，多往求听，不问贵贱长幼，皆为弹之。神气冲和，而不知向人所在。"④ 而史载诸阮都能饮酒，诸阮有"父风"是自然而然的。

山涛的识见当世有名，如《晋书·山涛传》载，与石鉴共宿，夜起蹴鉴问曰："今为何等时而眠邪！知太傅卧何意？"石鉴曰："宰相三不朝，与尺一令归第，卿何虑也！"山涛曰："咄！石生无事马蹄间邪！"早就看出司马懿与曹爽之争，未二年，果有曹爽之事，山涛遂隐身不交世务。他任冀

---

① 《晋书》，第 2299~2230 页。
② 余嘉锡笺疏《世说新语笺疏》，上海古籍出版社，1993，第 766 页。
③ 余嘉锡笺疏《世说新语笺疏》，第 734 页。
④ 《晋书》，第 1363 页。

州刺史时,"甄拔隐屈,搜访贤才,旌命三十余人,皆显名当时";后任职吏部,"再居选职十有余年,每一官缺,辄启拟数人,诏旨有所向,然后显奏,随帝意所欲为先","所奏甄拔人物,各为题目,时称《山公启事》"①。《世说新语·政事》:"山司徒前后选殆周遍百官举无失才,凡所题目皆如其言。唯用陆亮,是诏所用,与公意异,争之不从。亮亦寻为贿败"②。这就是其识见。其子山简亦以识见著名当世,《晋书·蔡谟传》载:

> (蔡)克素有格量,及居选官,苟进之徒,望风畏惮。初,克未仕时,河内山简尝与琅邪王衍书曰:"蔡子尼今之正人。"衍以书示众曰:"山子以一字拔人,然未易可称。"后衍闻克在选官,曰:"山子正人之言,验于今矣。"③

山简亦任职吏部,"征为尚书左仆射,领吏部。简欲令朝臣各举所知,以广得才之路",因此上疏④。

"竹林七贤"的家族传统,又是靠本家族成员有意识的宣扬而被发扬光大的,如嵇喜为其弟作传,其所撰《嵇康传》曰:

> 家世儒学,少有俊才,旷迈不群,高亮任性,不修名誉,宽简有大量。学不师授,博洽多闻,长而好老、庄之业,恬静无欲。⑤

宣扬了自己的家族。而"竹林七贤"之子往往有为父亲宣传的文字,如嵇绍《赵至叙》,谈"赵景真与从兄茂齐书,时人误谓吕仲悌与先君书,故具列本末",具体内容是辨证某些文字不是其父的,但其中谈到其父嵇康事迹,称赵景真"年十四,入太学观,时先君在学写石经古文,事讫去,遂随车问先君姓名。先君曰:'年少何以问我?'至曰:'观者风器非常,故

---

① 《晋书》,第 1223~1226 页。
② 余嘉锡笺疏《世说新语笺疏》,上海古籍出版社,1993,第 170 页。
③ 《晋书》,第 2033~2034 页。
④ 《晋书》,第 1229 页。
⑤ 《三国志》注引,第 605 页。

问耳。'先君具告之。"又载其父嵇康称赵至曰："卿头小而锐，瞳子白黑分明，视瞻停谛，有白起风。"① 宣扬了其父的名声。

但如果家族无人，家族的学术传统非但不能承续，家族的学术成果反而会被他人篡夺，"竹林七贤"中也有惨痛的事例。《世说新语·文学》载：

> 初，注《庄子》者数十家，莫能究其旨要。向秀于旧注外为解义，妙析奇致，大畅玄风，唯《秋水》、《至乐》二篇未竟而秀卒。秀子幼，义遂零落，然犹有别本。郭象者，为人薄行，有俊才，见秀义不传于世，遂窃为己注，乃自注《秋水》、《至乐》二篇，又易《马蹄》一篇，其余众篇，或定点文句而已。后秀义别本出，故今有向、郭二庄，其义一也。②

向秀的儿子因为年龄小，不能整理、继承其父的学术，导致其父的著作权被他人盗窃。而《诗品》载另一事例：

> 《行路难》是东阳柴廓所造。宝月尝憩其家，会廓亡，因窃而有之。廓子赍手本出都，欲讼此事，乃厚赂止之。③

柴廓亡，其《行路难》的著作权被窃，柴廓儿子拿出手稿要打官司，这才要回著作权。向秀的儿子没能这样做，今《庄子》注只好向秀、郭象两署，令人扼腕。

而应璩之子应贞为《百一诗》作注，《隋书·经籍志四》总集类载"应贞注应璩《百一诗》八卷"④，则是为前辈把事情做下去。

## 四　父风及其变型

不论是褒是贬，是正是反，"竹林七贤"的"俊才子"有着与自己父辈

---

① 余嘉锡笺疏《世说新语笺疏》，上海古籍出版社，1993，第74~75页。
② 余嘉锡笺疏《世说新语笺疏》，第205~206页。
③ （南朝梁）钟嵘撰、曹旭集注《诗品集注》，上海古籍出版社，1994，第421页。
④ 《隋书》，卷三十五，第四册，第1084页。

的不同之处。

其一，放达而躲避世事。"竹林七贤"放达，但并不希望子弟像自己一样，如《世说新语·任诞》：

> 阮浑长成，风气韵度似父，亦欲作达。（阮）步兵曰："仲容已预之，卿不得复尔。"①

《竹林七贤论》分析原因曰：

> 籍之抑浑，盖以浑未识己之所以为达也。后咸兄子简，亦以旷达自居。父丧，行遇大雪，寒冻，遂诣浚仪令，令为他宾设黍臛，简食之，以致清议，废顿几三十年。是时竹林诸贤之风虽高，而礼教尚峻。迨元康中，遂至放荡越礼。乐广讥之曰："名教中自有乐地，何至于此？"乐令之言有旨哉！谓彼非玄心，徒利其纵恣而已。②

以阮籍为代表的"竹林七贤"，其"放诞有傲世情"，或是以"达"排解自己心中的郁闷，或是以"达"表示自己对社会的不合作态度。所以，后人认为他们并不以"达"为然，如鲁迅就说：

> 凡人们的言论，思想，行为，倘若自己以为不错的，就愿意天下的别人，自己的朋友都这样做。但嵇康阮籍不这样，不愿意别人来模仿他。竹林七贤中有阮咸，是阮籍的侄子，一样的饮酒。阮籍的儿子阮浑也愿加入时，阮籍却道不必加入，吾家已有阿咸在，够了。假若阮籍自以为行为是对的，就不当拒绝他的儿子，而阮籍却拒绝自己的儿子，可知阮籍并不以他自己的办法为然。……嵇康自己对于他自己的举动也是不满足的。③

---

① 余嘉锡笺疏《世说新语笺疏》，上海古籍出版社，1993，第734页。
② 余嘉锡笺疏《世说新语笺疏》，第734页。
③ 鲁迅撰、吴中杰导读《魏晋风度及其他》，《魏晋风度及文章与药及酒的关系》，上海古籍出版社，2000，第195~196页。

但是，时代不同了，作风也不同，有时候，"竹林七贤"的某些"俊才子"，却把为"放达"而"放达"，演绎得越来越过火，如王隐《晋书》谓：

> 魏末阮籍，嗜酒荒放，露头散发，裸袒箕踞。其后贵游子弟阮瞻、王澄、谢鲲、胡母辅之之徒，皆祖述于籍，谓得大道之本。故去巾帻，脱衣服，露丑恶，同禽兽。甚者名之为通，次者名之为达也。①

甚或把国家大事不放在心上，如《阮孚传》载，阮咸子孚，"蓬发饮酒，不以王务婴心，时帝既用申、韩以救世，而孚之徒未能弃也。"朝廷让他少喝酒，多管政事，他反而说：如今朝廷威风赫然，正好是端拱啸咏，以乐当年。"虽然，不以事任处之"，"终日酣纵"，甚或躲避现实，当温峤跟阮孚说："主上遂大渐，江左危弱，实资群贤，共康世务。"邀同行去京城，他却假借内急下车回家。②

其二，能谈不能写、能写不能说。时代不同了，刘师培云：

> 西晋之士，其以嗣宗为法者，非法其文，惟法其行。③

鲁迅说："嵇康阮籍的纵酒，是也能做文章的，后来到东晋，空谈和饮酒的遗风还在，而万言的大文如嵇阮之作，却没有了"。④ "非法其文"者，"竹林七贤"后嗣的文章很少，但也有些颇具"父风"之文，如阮瞻《上巳会赋》曰：

> 临清川而嘉宴，聊假日以游娱。荫朝云而为盖，托茂树以为庐。好修林之蓊郁，乐草芥之扶疏。列四筵而设席，祈吉祥于斯途。酌羽觞而交酬，献遐寿之无疆。同欢情而悦豫，欣斯乐之恺慷。发中怀而

---

① 余嘉锡笺疏《世说新语笺疏》，上海古籍出版社，1993，第 24 页。
② 《晋书》，第 1364~1365 页。
③ 刘师培：《中国中古文学史论文杂记》，人民文学出版社，1959，第 52 页。
④ 鲁迅撰、吴中杰导读《魏晋风度及其他》，《魏晋风度及文章与药及酒的关系》，上海古籍出版社，2000，第 196~197 页。

弦歌，托情志于宫商。①

有些竹林相聚的意味，只是写得太豪华了。又，阮籍从子阮修，史载"所著述甚寡"，所以《阮修传》只录其尝作《大鹏赞》曰：

> 苍苍大鹏，诞自北溟。假精灵鳞，神化以生。如云之翼，如山之形。海运水击，扶摇上征。翕然层举，背负太清。志存天地，不屑唐庭。鸴鸠仰笑，尺鷃所轻。超世高逝，莫知其情。②

虽是衍化《庄子·逍遥游》之大鹏形象，但还有阮籍之豪放。

"竹林七贤""俊才子"在清谈方面有着超越其前辈的表现，如《阮瞻传》载：

> （阮瞻）性清虚寡欲，自得于怀。读书不甚研求，而默识其要，遇理而辩，辞不足而旨有余。……见司徒王戎，戎问曰："圣人贵名教，老庄明自然，其旨同异？"瞻曰："将无同。"戎咨嗟良久，即命辟之。时人谓之"三语掾"。太尉王衍亦雅重之。③

玄学崇尚简约。阮瞻"三语掾"的故事就是清谈简约的最好的例子。阮瞻还能与鬼辩论，让鬼无话可说，《阮瞻传》载：

> 永嘉中，为太子舍人。（阮）瞻素执无鬼论，物莫能难，每自谓此理足可以辩正幽明。忽有一客通名诣瞻，寒温毕，聊谈名理。客甚有才辩，瞻与之言，良久及鬼神之事，反覆甚苦。客遂屈，乃作色曰："鬼神，古今圣贤所共传，君何得独言无！即仆便是鬼。"于是变为异形，须臾消灭。瞻默然，意色大恶。④

---

① （唐）欧阳询：《艺文类聚》卷四，上海古籍出版社，1982，第70页。
② 《晋书》，第1366页。
③ 《晋书》，第1363页。
④ 《晋书》，第1364页。

鬼无话可说，只好"变为异形"来吓唬阮瞻。阮孚有称郭景纯诗句"林无静树，川无停流"为"泓峥萧瑟，实不可言。每读此文，辄觉神超形越"，① 评价之语简约隽永，古今视为名言。

又有阮籍从子阮修，字宣子，好《易》《老》，善清言，《阮修传》载：

> 王衍当时谈宗，自以论《易》略尽，然有所未了，研之终莫悟，每云"不知比没当见能通之者不"。衍族子敦谓衍曰："阮宣子可与言。"衍曰："吾亦闻之，但未知其蕴癖之处定何如耳！"及与修谈，言寡而旨畅，衍乃叹服焉。②

"竹林七贤"后嗣尽管仰慕先辈，随着时代的不同，其意气风度才华也有所变化，但都具有对时局危机的迹象的认识即"知几"，如"疏放"的阮孚，虽然终日饮酒，也知时局不可为，《阮瞻传》载：

> 咸和初，拜丹阴尹。时太后临朝，政出舅族。孚谓所亲曰："今江东虽累世，而年数实浅。主幼时艰，运终百六，而庾亮年少，德信未孚，以吾观之，将兆乱矣。"会广州刺史刘顗卒，遂苦求出。王导等以孚疏放，非京尹才，乃除都督交、广、宁三州军事、镇南将军、领平越中郎将、广州刺史、假节。未至镇，卒，年四十九。寻而苏峻作逆，识者以为知几。③

其他如嵇绍、山简、阮瞻等，也有如此能力。但他们是不可企及其先辈"竹林七贤"的。从这方面说，是时代造就了"竹林七贤"，尽管他们也有"常集于竹林之下，肆意酣畅"之举，如史载阮修"与兄弟同志，常自得于林皋之间"，但他们已经没有了"竹林七贤"的根本，"竹林七贤"绝响无嗣，惟其绝响无嗣，更显得"竹林七贤"的旷世意味！

---

① 余嘉锡笺疏《世说新语笺疏》，上海古籍出版社，1993，第 256~257 页。
② 《晋书》，第 1366 页。
③ 《晋书·阮瞻传》，第 1365 页。

# 结语　寻找失去的世界

## ——三国时代文学的一种特殊现象

建安文学的特征，一方面是叙写社会动乱、民生疾苦，一方面是抒发统一天下、建功立业的理想与壮志，二者是互为因果的，文学的对象是很外向的。待三足鼎立局面形成后，建功立业的理想是否实现姑且不言，但诗人渐渐感到社会对自我的禁锢，生活中一些美好的东西正在从身边消失，社会理应具有的、自己理应拥有的，正在失去或已经失去，诗人焦虑，感到自我似乎也在这"失去"的大潮中失去，于是他们把这种焦虑表现在作品中，这就是我们要论述的。

### 一　寻找失去的"德"者

戴良，字文让，一云字叔鸾，汝南慎阳人，《三国志·吴书·士燮传》载孙权以戴良为交州刺史。《后汉书·逸民列传》[①] 载其身世："举孝廉，不就。再辟司空府，弥年不到，州郡迫之，乃遁辞诣府，悉将妻子，既行在道，因逃入江夏山中。优游不仕，以寿终。"戴良《失父零丁》诗曰：

> 敬白诸君行路者，敢告重罪自为祸，积恶致灾天困我。今月七日失阿爹，念此酷毒可痛伤，当以重币用相偿，请为诸君说事状：我父躯体与众异，脊背伛偻卷如戟，唇吻参差不相值。此其庶形何能备？请复重陈其面目：鸱头鹄颈獦狗啄，眼泪鼻涕相追逐；吻中含纳无齿牙，食不能嚼左右蹉，□似西域□骆驼。请复重陈其形骸：为人虽长

---

① 范晔：《后汉书·逸民列传·戴良》，中华书局，1965，第2772~2773页。下同。

甚细材，面目芒苍如死灰，眼眶臼陷如羹杯。①

所谓"零丁"，即今之寻人告示。《太平御览》卷五百九十八"零丁"目载："《齐谐记》曰：前后有失儿女者，零丁有数十。吏便敛此零丁，至冢口，迎此群女，随家远近而报之，各迎取于此。"②杨慎《丹铅续录·零丁》称为"今之寻人招子也"③，招子即招贴。如果把《失父零丁》之"父"解释为父亲，"失父零丁"的意思就是父亲走失的寻人告示。但文中所叙述"失父"形状太不雅了，既有先天生理上的缺陷，还有后天修养的不足，诸如"眼泪鼻涕相追逐"之类；且文中所用语句，诸如鸥、鹄、獭、狗、骆驼、死灰等，用以指父亲就太不恭敬了。而戴良是个非常孝敬的人，且戴良曾祖父赫赫有名，家境不致如此落魄。据《后汉书·逸民列传》载："戴良字叔鸾，汝南慎阳人也。曾祖父遵，字子高，平帝时，为侍御史。王莽篡位，称病归乡里。家富，好给施，尚侠气，食客常三四百人。时人为之语曰：'关东大豪戴子高'。""良少诞节，母憙驴鸣，良常学之，以娱乐焉。"即便戴良"诞节"（即放纵不拘），但还是很孝敬的。既然不可能是为其父所作，于是李慈铭《越缦堂读书记》云"戴文让为失父者言"④，称其为代言体，非称说自己父亲；但是，如此称说别人的父亲也不恭敬啊。

其实，这里的"父"应该解释为对有才德的男子的美称。《诗·大雅·大明》："维师尚父，时维鹰扬。"马瑞辰通释："父与甫同。甫为男子美称。"⑤《春秋·隐公元年》："三月，公及邾仪父盟于昧。"《谷梁传》："仪，字也。父，犹傅也，男子之美称也。"⑥那么，有才德的男子可以是如此形状的"畸人"吗？如此形状的"畸人"正是《庄子》所推崇的，《大宗师》载："子贡曰：'敢问畸人。'（孔子）曰：'畸人者，畸于人而侔于天。'"⑦《人间世》又有进一步的说明："支离疏者，颐隐于脐，肩高于顶，会撮指

---

① （宋）李昉等：《太平御览》，中华书局，1960，卷五百九十八，第2695页下。
② 李昉等：《太平御览》，中华书局，1960，卷五百九十八，第2695页下。
③ （明）杨慎：《丹铅续录》，丛书集成初编本，中华书局，1985，第82页。
④ 李慈铭：《越缦堂读书记》，中华书局，1963，第802页。
⑤ （清）马瑞辰撰、陈金生点校《毛诗传笺通释》，中华书局，1989，第810页。
⑥ 《春秋谷梁传注疏》，《十三经注疏》，上海古籍出版社，1997，第2365页中。
⑦ （清）郭庆藩：《庄子集释》，中华书局，1961，第273页。

天，五管在上，两髀为胁。挫针治繲，足以糊口；鼓筴播精，足以食十人。上征武士，则支离攘臂而游于其间；上有大役，则支离以有常疾不受功；上与病者粟，则受三钟与十束薪。夫支离其形者，犹足以养其身，终其天年，又况支离其德者乎！"① 《德充符》载："闉跂支离无脤说卫灵公，灵公说之；而视全人，其脰肩肩。瓮㼜大瘿说齐桓公，桓公说之；而视全人，其脰肩肩。故德有所长而形有所忘，人不忘其所忘而忘其所不忘，此谓诚忘。"② 正所谓"德有所长而形有所忘"。这样的人，即《大宗师》所谓"堕肢体，黜聪明，离形去智"者③，如此才会真正获得精神自由。《德充符》载，卫国有丑人曰哀骀它，"丈夫与之处者，思而不能去也。妇人见之，请于父母曰'与为人妻宁为夫子妾'者"，国君爱他，委之以国政；鲁哀公问这是什么人，孔子说："形全犹足以为尔，而况全德之人乎！今哀骀它未言而信，无功而亲，使人授己国，唯恐其不受也，是必才全而德不形者也。"④ 称哀骀它为"德不形者"的"全德"之人，即"德"并不表现在形体上的"全德"。《知北游》载被衣歌曰："形若槁骸，心若死灰，真其实知，不以故自持。媒媒晦晦，无心而不可与谋。彼何人哉！"⑤ 就是对这些"德不形者"的歌颂。

以形之丑反衬德之贤，先秦有这样的传统。《尸子》曰："禹长颈、鸟喙，面貌亦恶，天下从贤之者学也。"⑥ 大禹是这样的人。又如史称孔子也是这样的人，《史记·孔子世家》载："孔子适郑，与弟子相失，孔子独立郭东门。郑人或谓子贡曰：'东门有人，其颡似尧，其项类皋陶，其肩类子产，然自要以下不及禹三寸。累累若丧家之狗。'"人们拿孔子相貌说事。孔子相貌确有可说之处，其"生而首上圩顶，故因名曰丘云"。《索隐》："圩顶言顶上窳也，故孔子顶如反宇。反宇者，若屋宇之反，中低而四傍高也。""孔子长九尺有六寸，人皆谓之'长人'而异之。"⑦ 于是有把容貌缺

---

① （清）郭庆藩：《庄子集释》，中华书局，1961，第 180 页。
② （清）郭庆藩：《庄子集释》，中华书局，1961，第 216 页。
③ （清）郭庆藩：《庄子集释》，中华书局，1961，第 284 页。
④ （清）郭庆藩：《庄子集释》，中华书局，1961，第 206 页。
⑤ （清）郭庆藩：《庄子集释》，中华书局，1961，第 738 页。
⑥ （宋）李昉等：《太平御览》三百六十五，中华书局，1960，1680 页下。
⑦ 《史记》，第 1905~1906 页。

陷称之有福者，如《论语摘辅象》曰："樊迟山额，有若月衡，反宇陷额，是谓和喜。"① 和喜，即和洽喜悦。

这样看起来，戴良《失父零丁》正是一份寻找"全德"者的告示，其叙写"失父"的如此形象是一种反讽，就是对社会失去"全德"之人的愤慨，就是为了表达自己对"全德"之人的企羡。如果仅以调笑、揶揄、洒脱、有趣视之，未免太表面化了。因为戴良所看到的社会是一个混乱的、争权夺利的、腌臜的社会。戴良也是这样有怪诞行为的人，应璩《与崔玄书》曰："岂有乱首抗巾以入都城，衣不在体而以适人乎？昔戴叔鸾箕坐见边文祖，此皆衰世之慢行也。"② 又如前述《后汉书·逸民列传》载戴良："及母卒，兄伯鸾居庐啜粥，非礼不行，良独食肉饮酒，哀至乃哭，而二人俱有毁容。或问良曰：'子之居丧，礼乎？'良曰：'然。礼所以制情佚也。情苟不佚，何礼之论！夫食旨不甘，故致毁容之实。若味不存口，食之可也。'论者不能夺之。"正以其"诞节"对抗社会。

## 二　寻找失去的朋友

曹植《野田黄雀行》，是一首很有名的诗，其云：

> 高树多悲风，海水扬其波。利剑不在掌，结友何须多。不见篱间雀，见鹞自投罗。罗家得雀喜，少年见雀悲。拔剑捎罗网，黄雀得飞飞。飞飞摩苍天，来下谢少年。③

刘勰《文心雕龙·隐秀》有"陈思之《黄雀》，公干之《青松》，格刚才劲，而并长于讽谕"数句④，或认为《文心雕龙·隐秀》有明人伪托部分，此数句即在其内，但也可见曹植《野田黄雀行》给后人留下的深刻印象。自古至今，人们都认为《野田黄雀行》是有"讽谕"的；而且认为，此为悼友之作，悲伤自己失权，不能如少年拔剑捎罗网以救投罗黄雀。或

---

① （宋）李昉等：《太平御览》三百六十四，中华书局，1960，第1677页下。
② （宋）李昉等：《太平御览》四百九十八，中华书局，1960，卷四百九十八，第2277页下。
③ （宋）郭茂倩：《乐府诗集》，中华书局，1979，第571页。
④ 詹锳：《文心雕龙义证》，上海古籍出版社，1989，第1498页。

以为悼丁氏兄弟,《三国志·任城陈萧王传》:"植既以才见异,而丁仪、丁廙、杨修等为之羽翼……文帝即王位,诛丁仪、丁廙并其男口。"注引《魏略》:"(丁仪)而与临菑侯亲善,数称其奇才。太祖既有意欲立植,而仪又共赞之。及太子立,欲治仪罪,转仪为右刺奸掾,欲仪自裁而仪不能……后遂因职事收付狱,杀之。"① 或以为悼杨俊,《三国志·杨俊传》:"初,临菑侯与俊善,太祖适嗣未定,密访群司。俊虽并论文帝、临菑才分所长,不適有所据当,然称临菑犹美,文帝常以恨之。黄初三年,车驾至宛,以市不丰乐,发怒收俊。尚书仆射司马宣王、常侍王象、荀纬请俊,叩头流血,帝不许。俊曰:'吾知罪矣。'遂自杀。众冤痛之。"② 或以为悼杨修,《三国志·任城陈萧王传》:"太祖既虑终始之变,以杨修颇有才策,而又袁氏之甥也,于是以罪诛修。植益内不自安。"注引《典略》曰:"杨修字德祖,太尉彪子也。谦恭才博。建安中,举孝廉,除郎中,丞相请署仓曹属主簿。是时,军国多事,脩总知外内,事皆称意。自魏太子已下,并争与交好。又是时临菑侯植以才捷爱幸,来意投修,数与修书……其相往来,如此甚数。植后以骄纵见疏,而植故连缀修不止,修亦不敢自绝。至二十四年秋,公以修前后漏泄言教,交关诸侯,乃收杀之。修临死,谓故人曰:'我固自以死之晚也。'其意以为坐曹植也。"③ 又引《世语》曰:"修年二十五,以名公子有才能,为太祖所器,与丁仪兄弟,皆欲以植为嗣……修与贾逵、王凌并为主簿,而为植所友。每当就植,虑事有阙,忖度太祖意,豫作答教十余条,敕门下,教出以次答。教裁出,答已入,太祖怪其捷,推问始泄。太祖遣太子及植各出邺城一门,密敕门不得出,以观其所为。太子至门,不得出而还。修先戒植:'若门不出侯,侯受王命,可斩守者。'植从之。故修遂以交构赐死。"④

我们来看以下这则关于黄雀的故事,吴均《续齐谐记·黄雀报恩》载:"宏农杨宝,性慈爱。年九岁,至华阴山,见一黄雀为鸱枭所搏,逐树下,伤瘢甚多,宛转复为蝼蚁所困。宝怀之以归,置诸梁上。夜闻啼声甚切,亲自

---

① 《三国志》,第 557~562 页。
② 《三国志》,第 664 页。
③ 《三国志》,第 558~560 页。
④ 《三国志》,第 560~561 页。

照视,为蚊所齿,乃移置巾箱中,唤以黄花。逮十余日,毛羽成,飞翔,朝去暮来,宿巾箱中。如此积年,忽与群雀俱来,哀鸣绕堂,数日乃去。是夕,宝三更读书,有黄衣童子曰:'我,王母使者。昔使蓬莱,为鸱枭所搏,蒙君之仁爱见救,今当受赐南海。'别以四玉环与之,曰:'令君子孙洁白,且从登三公事,如此环矣。'宝之孝大闻天下,名位日隆。子震,震生秉,秉生彪,四世明公。及震葬时,有大鸟降,人皆谓真孝招也。蔡邕论曰:'昔日黄雀报恩而至。'"① 杨修为杨彪之子,杨修的祖上于黄雀有恩,黄雀有报恩之举;如今杨修因为支持曹植,非但享受不到报恩,且有杀身之祸。联系"黄雀报恩"的故事来读《野田黄雀行》,其震撼力岂不更大?

又有向秀《思旧赋》:

> 余与嵇康、吕安,居止接近。其人并有不羁之才。然嵇志远而疏,吕心旷而放,其后各以事见法。嵇博综技艺,于丝竹特妙。临当就命,顾视日影,索琴而弹之。余逝将西迈,经其旧庐。于时日薄虞渊,寒冰凄然。邻人有吹笛者,发声寥亮。追思曩昔游宴之好,感音而叹,故作赋云:
>
> 将命适于远京兮,遂旋反而北徂。济黄河以泛舟兮,经山阳之旧居。瞻旷野之萧条兮,息余驾乎城隅。践二子之遗迹兮,历穷巷之空庐。叹《黍离》之愍周兮,悲《麦秀》于殷墟。惟古昔以怀今兮,心徘徊以踌躇。栋宇存而弗毁兮,形神逝其焉如。昔李斯之受罪兮,叹黄犬而长吟。悼嵇生之永辞兮,顾日影而弹琴。托运遇于领会兮,寄余命于寸阴。听鸣笛之慷慨兮,妙声绝而复寻。停驾言其将迈兮,遂援翰而写心。②

好友"以事见法"被杀,向秀"追思曩昔游宴之好",走在友人走过的道路上,经历友人已去的"穷巷之空庐","听鸣笛之慷慨兮,妙声绝而复寻",寻找笛声也就是寻找失去的友人了。

---

① 林家骊:《吴均集校注》,浙江古籍出版社,2005,第 220~221 页。
② (南朝梁)萧统撰、(唐)李善注《文选》,中华书局,1977,第 229~230 页。

## 三 寻找失去的英雄

天下大乱的建安年间是一个崇尚英雄的时代。东汉后期，宦官、外戚交相干政，互相倾轧，政治黑暗，朝廷腐败，天下大乱，如此形势给了群雄平定天下、建功立业的机会。当时以英雄评议人物，汤用彤《读〈人物志〉》曰："创大业则尚英雄。英雄者，汉魏间月旦人物所有名目之一也。天下大乱，拨乱反正则需英雄。汉末豪俊并起，群欲平定天下，均以英雄自许，故王粲著有《汉末英雄记》。当时四方鼎沸，亟须定乱，故曹操曰：'方今收英雄时也。'夫拨乱端仗英雄，故许子将目曹操曰：'君清平之奸贼，乱世之英雄也。'"① 魏刘劭《人物志》就是汉魏人物品鉴的结果，其"英雄"一章，称"聪明秀出谓之英，胆力过人谓之雄"，"必聪能谋始，明能见机，胆能决之，然后可以为英，张良是也。气力过人，勇能行之，智足断事，然后可以为雄，韩信是也。体分不同，以多为目，故英雄异名。然皆偏至之材，人臣之任也。故英可以为相，雄可以为将。若一人之身兼有英雄，则能长世，高祖、项羽是也"。②

在汉末人物中，曹操最为英雄，从安天下说，李瓒称："时将乱矣，天下英雄无过曹操"③；曹操的英雄气还在于其武艺，《世说新语·容止》载曹操"将见匈奴使，自以形陋，不足雄远国，使崔季珪代，帝自捉刀立床头。既毕，令间谍问曰：'魏王何如？'匈奴使答曰：'魏王雅望非常，然床头捉刀人，此乃英雄也。'"④ 曹操有英雄气，连匈奴人都看得出。英雄往往是与高强武艺联系在一起的，曹操有武艺，又喜兵法，后来继承曹操事业的曹丕，也是一个有武艺的人。《三国志·魏书·文帝纪》引《魏书》称其"善骑射，好击剑"⑤；其《典论·自叙》称："余时年五岁，上以世方扰乱，教余学射，六岁而知射，又教余骑马，八岁而能骑射矣……夫文武之道，各随时而用，生于中平之季，长于戎旅之间，是以少好弓马，于今不

---

① 《汤用彤学术论文集》，中华书局，1983，第200页。
② 王玫评注《人物志》，红旗出版社，1996，第113~114页。
③ 《后汉书·党锢传》，第2197页。
④ （南朝宋）刘义庆著，（南朝梁）刘孝标注，余嘉锡笺疏《世说新语笺疏》，上海古籍出版社，1993，第605页。
⑤ 《三国志·魏书·文帝纪》引《魏书》，《三国志》，第57页。

衰；逐禽辄十里，驰射常百步。"又称当有人称赏他"善左右射，此实难能"，他回答说："执事未睹夫项发口纵，俯马蹄而仰月支也。"① 很为自己善射自豪。

为了战争的需要，曹操多选拔侠士作为武将来率领部队冲锋陷阵。曹操《求逸才令》也说要访求"果勇不顾，临阵力战"之人②。《三国志·魏书·二李臧文吕许典二庞阎传》载，许褚"长八尺余，腰大十围，容貌雄毅，勇力绝人"，其归曹操时，"诸从褚侠客，皆以为虎士"；"褚所将为虎士者从征伐，太祖以为皆壮士也，同日拜为将，其后以功为将军封侯者数十人，都尉、校尉百余人，皆剑客也"。又载典韦，"形貌魁梧，旅（膂）力过人，有志节任侠"；军中为之语曰："帐下壮士有典君，提一双戟八十斤"。③《三国志·夏侯渊传》注引《魏书》，称夏侯渊为将，"赴急疾，常出敌之不意，故军中为之语曰：典军校尉夏侯渊，三日五百，六日一千。"④

到了阮籍的时代，却是一个寻找英雄的时代。阮籍"本有济世志，属魏、晋之际，天下多故，名士少有全者，籍由是不与世事，遂酣饮为常。……时率意独驾，不由径路，车迹所穷，辄恸哭而反。尝登广武，观楚、汉战处，叹曰：'时无英雄，使竖子成名！'登武牢山，望京邑而叹，于是赋《豪杰诗》"⑤。"时无英雄"，于是呼喊英雄、寻找英雄。阮籍《咏怀》三十九：

> 壮士何忼慨，志欲威八荒。驱车远行役，受命忘自忘。良弓挟乌号，明甲有精光。临难不顾生，身死魂飞扬。岂为金躯士，效命争战场。忠为百世荣，义使令石彰。垂声谢后世，气节故有常。⑥

关于此诗的旨意，曾国藩称："此首似指王陵、诸葛诞、毋丘俭之徒"，赞美忠于魏室的奋起反抗司马氏的人物，虽然兵败身死，但气节常存；黄

---

① 《三国志》，第89页。
② 《三国志》，第49页。
③ 《三国志》，第542~544页。
④ 《三国志·夏侯渊传》引，《三国志》，第270页。
⑤ 《晋书·阮籍传》，卷四十九，第五册。第1360~1361页。
⑥ 陈伯君：《阮籍集校注》，中华书局，1987，第321页。

侃称：这是正始五年曹爽征蜀之事，"其时阮氏先应蒋济之辟命，后并曾为爽之参军。而爽之伐蜀也，其腹心邓飏等实欲令其'立威名于天下'，'大发卒六、七万人'（均见爽传），可为大举。阮氏此诗，其为此役而发，欲以激励将士欤？"① 总之是要寻找英雄了。

但毋丘俭之徒失败了，不算英雄；曹爽征蜀成功了吗？寻找英雄，英雄却不存在，那么寻找英雄还值得不值得？《咏怀》四十二：

> 王业须良辅，建功俟英雄。元凯康哉美，多士颂声隆。阴阳有舛错，日月不常融。天时有否泰，人事多盈冲。园绮遁南岳，伯阳隐西戎。保身念道真，宠耀焉足崇。人谁不善始，鲜能克厥终。休哉上世士，万载垂清风。

阮籍本来对"建功""王业"有巨大的热情，期望成为上古"八元""八凯"式的"良辅"人物。但是，此时已经不是建安时期那个建功立业的时代了，诗中一连串的"阴阳""日月""否泰""盈冲"，都是指由阳而阴、由日而月、由泰而否、由盈而冲，社会已经由盛而衰，哪里还需要什么"英雄"，于是，学习那些隐士吧！企羡"园绮""伯阳"吧！

## 四 寻找逝去的青春

曹植《美女篇》曰：

> 美女妖且闲，采桑歧路间。柔条纷冉冉，落叶何翩翩。攘袖见素手，皓腕约金环。头上金爵钗，腰佩翠琅玕。明珠交玉体，珊瑚间木难。罗衣何飘飘，轻裾随风还。顾盼遗光采，长啸气若兰。行徒用息驾，休者以忘餐。借问女安居，乃在城南端。青楼临大路，高门结重关。容华耀朝日，谁不希令颜。媒氏何所营，玉帛不时安。佳人慕高义，求贤良独难。众人徒嗷嗷，安知彼所观。盛年处房室，中夜起长叹。

---

① 陈伯君：《阮籍集校注》引，第 323~324 页。

郭茂倩《乐府诗集》曰："美女者，以喻君子，言君子有美行，愿得贤君而事之。若不遇时，虽见徵求，终不屈也。"① 虽然美女不随便应人，但"盛年处房室，中夜起长叹"却有着深深的恐惧，"盛年"一逝怎么办？这个意思在曹植《杂诗》其四表达得更为明显，其云："南国有佳人，容华若桃李。朝游江北岸，日夕宿湘沚。时俗薄朱颜，谁为发皓齿。俯仰岁将暮，荣耀难久恃。"② 南国佳人确实是"容华若桃李"，但不可抗拒的事实则是"俯仰岁将暮，荣耀难久恃"，那时该怎么办呢？

曹植又有《种葛篇》：

种葛南山下，葛藟自成阴。与君初婚时，结发恩义深。欢爱在枕席，宿昔同衣衾。窃慕棠棣篇，好乐和瑟琴。行年将晚暮，佳人怀异心。恩纪旷不接，我情遂抑沈。出门当何顾，徘徊步北林。下有交颈兽，仰有双栖禽。攀枝长叹息，泪下沾罗襟。良马知我悲，延颈对我吟。昔为同池鱼，今为商与参。往古皆欢遇，我独困于今。弃置委天命，悠悠安可任。③

诗中有"与君初婚时，结发恩义深"与"行年将晚暮，佳人怀异心"的强烈对比，使诗人对青春逝去充满恐惧。

阮籍诗作则明明白白表达对岁月消逝的焦虑，《咏怀》"平生少年时"：

平生少年时，轻薄好弦歌。西游咸阳中，赵李相经过。娱乐未终极，白日忽蹉跎。驱马复来归，反顾望三河。黄金百溢尽，资用常苦多。北临太行道，失路将如何。

《文选》李善注此诗曰："少年之日，志好弦歌，及乎岁晚旋归，路失财尽，同乎太行之子，当如之何乎？"④ 岁月蹉跎，结局就是"路失财尽"，

---

① （宋）郭茂倩：《乐府诗集》，中华书局，1979，第912~913页。
② （南朝梁）萧统撰、（唐）李善注《文选》，中华书局，1977，第416页下。
③ （宋）郭茂倩：《乐府诗集》，中华书局，1979，第929页。
④ （南朝梁）萧统撰、（唐）李善注《文选》，中华书局，1977，第324页上。

那时真是无可奈何啊!

于是就有切切实实的对失去岁月的寻找。曹植《洛神赋》:"于是越北沚,过南冈,纡素领,回清阳,动朱唇以徐言,陈交接之大纲。恨人神之道殊兮,怨盛年之莫当。抗罗袂以掩涕兮,泪流襟之浪浪。悼良会之永绝兮,哀一逝而异乡。无微情以效爱兮,献江南之明珰。虽潜处于太阴,长寄心于君王。忽不悟其所舍,怅神宵而蔽光。"《文选》李善注曰:"盛年,谓少壮之时,不能得当君王之意。"[1] 主人公与洛神终于相会,但这已不是"少壮之时"的相会,虽然思念又思念,且现在又相遇相慕,却最终是不能结合的。

## 五 寻找失去的世界的文学史意义

东汉末年,儒教呈没落之势,鱼豢《儒宗传序》称:"从初平之元至建安之末,天下分崩,人怀苟且,纲纪既衰,儒道尤甚。"[2] 至三国分立,曹魏主导中原文化,也不以儒教为然,傅玄《举清远疏》所谓"魏武好法术,而天下贵刑名;魏文慕通达,而天下贱守节。其后纲维不摄,而虚无放诞之论盈于朝廷,使天下无复清议,而亡秦之病复发于今"[3]。东汉末年随着天下大乱而带来的思想解放,只是经过建安时期短暂的灵光一现而没有持续下去,没有成为常态。这时又出现了新的禁锢,社会对待士人的残酷又以更残酷的形式出现,如曹操杀孔融、黄祖杀祢衡、司马氏杀名士,等等。在这个时候,诗人才体会到过去的那个时代是多么地美好,那些失去的东西是多么地美好,寻找失去的世界就成为追求美好的世界。

这些作品虽然是在寻找失去的世界,但实质上是在寻找失去的自我,那些看起来是发生在社会其他成员身上的事,实际上会一一落实到自己身上。如戴良寻找"失父",或许戴良是自许"全德"之人。《后汉书·逸民列传·戴良》载:"(戴)良才既高达,而论议尚奇,多骇流俗。同郡谢季孝问曰:'子自视天下孰可为比?'良曰:'我若仲尼长东鲁,大禹出西羌,独步天下,谁与为偶!'"但戴良最终还是"因逃入江夏山中,优游不仕,

---

[1] (南朝梁)萧统撰、(唐)李善注《文选》,中华书局,1977,第271页下。
[2] 《三国志》,第420页。
[3] 《晋书》,卷47,第1317~1318页。

以寿终",他也是以"失"表达了自己与社会的关系。向秀作《思旧赋》,寻找失去的友人,但在心底深处,他怀有失去自我的恐惧,《文选》李善注引臧荣绪《晋书》曰:"向秀,字子期,河内怀人也。始有不羁之志,与嵇康、吕安友。康既被诛,秀应本州计入洛。太祖问曰:'闻有箕山之志,何以在此?'秀曰:'以为巢、许未达尧心,是以来见。'反自役,作《思旧赋》。"① 向秀是看到了嵇康、吕安不与司马氏合作而死,于是他才有如此失去自我的举动与回答。曹植写"盛年不嫁",是说自己正当青春时就不被所用,如今青春已逝又有什么可说?阮籍称"时无英雄",就是自许英雄而未成为英雄。因此,寻找失去的世界,实在是寻找自我在这个世界中的地位,实在是认为自己是可以顶替、弥补这些缺失的,如戴良认为自己可以成为孔子,阮籍认为自己可以成为英雄,曹植认为自己在某种情况下可以实现青春,认为自己是最合乎交友之道并可以为朋友做出奉献的。但是,时代没有提供给他们实现自我的机会,时代也不允许他们实现自我。

这些作品在文学表现方法上都有一定意义的"反讽"意味。比如戴良笔下的"失父",身形委琐,功用残缺,本是无所用之人,但正是这些人的"忘形"使他们"全德",成为全社会崇尚之人,于是,"失父"有了新的意义,或成为对"全形"之人的、更是对社会的一种讥讽。诗人认为,这样的社会只能用这样的语言来表达自己的意见。《庄子·天下》有这样的说法:"以天下为沈浊,不可与庄语,以卮言为曼衍,以重言为真,以寓言为广。独与天地精神往来而不敖倪于万物,不谴是非,以与世俗处。"② "天下为沈浊,不可与庄语",这就是产生《失父零丁》的社会背景,也是其他作品运用反讽的原因。曹植诗作《野田黄雀行》,运用反讽又有自己的意味、特点。曹植明明看到自己解救不了自己的朋友,诗中也说"利剑不在掌,结友何须多",却又说"拔剑捎罗网,黄雀得飞飞",这简直让九泉之下的杨修哭笑不得。阮籍一方面痛心"时无英雄,使竖子成名";另一方面又高扬"忠为百世荣,义使令石彰"。而那些寻找逝去的青春的诗作,一方面以"盛年"与"晚暮"对比表达对青春逝去的焦虑;另一方面又叙写"盛年"

---

① (南朝梁)萧统撰、(唐)李善注《文选》,中华书局,1977,第229页上。
② (清)郭庆藩:《庄子集释》,中华书局,1961,第1098~1099页。

时的高傲而不抓紧青春的矜持。反讽的运用使得"寻找"与"失去"的对立意味更为浓厚。

## 六　寻找失去的世界与文学史研究

从某方面来说，我们的文学史研究与寻找失去的世界有相似的意味。我们的文学史研究，本质上是要恢复文学史发展的原貌，并加以我们今日的价值判断，也就是把实际发生的文学事件、实际产生的文学作品，转换成以意念和文字形式存在的文学史。历代文学史家不仅仅只是单纯的记录文学史的发展，还要对文学史作出解释，并对文学史规律作出探求。

# 后记　本书篇章来源说明

本书篇章陆陆续续在学术刊物上发表，兹说明如下。

第一章《曹魏"尚实"政风与文体学》，曾发表于《广西师范大学学报》2014年第4期。

第二章《文学新动力与建安诗歌繁荣》，曾发表于《广西师范大学学报》2019年第3期。

第三章《邺下文学集团论》，曾发表于《广西师范大学学报》1991年第2期。

第四章《论曹魏时代对诗歌体制的全面把握》，曾发表于《固原师专学报》1985年第3期。

第九章《曹丕、曹植论批评家》，原题《论魏晋南北朝文学批评家对自我身份的确认》，曾发表于《东方丛刊》1998年第3期，又见人大复印资料1999年第2期。

第十章《建安诗人对乐府民歌的改制与曹植的贡献》，曾发表于《文学遗产》1990年第3期。

第十一章《何晏：玄言诗之辨》，曾发表于《梧州师专学报》2005年第1期。

第十二章《应璩〈百一诗〉与形名学》，曾发表于《中国诗学》第十一辑，人民文学出版社2006年10月。

第十三章《阮籍诗风与玄学思想方法》，曾发表于《中国古典文学论丛》（6），人民文学出版社1987年11月。

第十四章《嵇康四言诗清峻玄远与自然景物》，原题《论嵇康的四言诗及对玄言诗的启发》，原发表于《中国诗学》第4辑，南京大学出版社1995年12月版，有增删。

第十八章《"竹林七贤"与玄学艺术化》，原发表于《中原文化研究》，2014年第4期，2014年7月22日《文摘报》第6版"学林漫步"之"论点短辑"；《高等学校文科学术文摘》，2014年第5期P196"学术卡片"。

第九章《"竹林七贤""各有俊才子"》，原发表于《中原文化研究》，2015年第5期。

结语《寻找失去的世界》，原发表于《学术研究》（广州），2010年第12期。

图书在版编目(CIP)数据

邺下风流与竹林风度：曹魏社会与文学／胡大雷著.--北京：社会科学文献出版社，2019.12
 ISBN 978-7-5201-5658-5

Ⅰ.①邺… Ⅱ.①胡… Ⅲ.①建安文学-古典文学研究 Ⅳ.①I209.342

中国版本图书馆 CIP 数据核字（2019）第 222492 号

## 邺下风流与竹林风度
### ——曹魏社会与文学

著　　者 / 胡大雷

出　版　人 / 谢寿光
组稿编辑 / 宋月华　刘　丹
责任编辑 / 刘　丹

出　　版 / 社会科学文献出版社·人文分社（010）59367215
　　　　　　地址：北京市北三环中路甲29号院华龙大厦　邮编：100029
　　　　　　网址：www.ssap.com.cn
发　　行 / 市场营销中心（010）59367081　59367083
印　　装 / 三河市龙林印务有限公司

规　　格 / 开　本：787mm×1092mm　1/16
　　　　　　印　张：20　字　数：317千字
版　　次 / 2019年12月第1版　2019年12月第1次印刷
书　　号 / ISBN 978-7-5201-5658-5
定　　价 / 148.00元

本书如有印装质量问题，请与读者服务中心（010-59367028）联系

版权所有 翻印必究